T0258503

El valle de los Leones

Ken Follett es uno de los autores más queridos y admirados por los lectores de todo el mundo, y las ventas de sus libros superan los ciento ochenta millones de ejemplares. Su primer gran éxito literario llegó en 1978 con *El ojo de la aguja* (*La isla de las tormentas*), un thriller de espionaje ambientado en la Segunda Guerra Mundial. En 1989 publicó *Los pilares de la Tierra*, el épico relato de la construcción de una catedral medieval del que se han vendido veintisiete millones de ejemplares y que se ha convertido en su novela más popular. Su continuación, *Un mundo sin fin*, se publicó en 2007, y en 2017 vio la luz *Una columna de fuego*, que transcurre en la Inglaterra del siglo XVI, durante el reinado de Isabel I. En 2020 llegó a las librerías la aclamada precuela de la saga, *Las tinieblas y el alba*, que se remonta al año 1000, cuando Kingsbridge era un asentamiento anglosajón bajo la amenaza de los invasores vikingos. Su última novedad es *Nunca*. Follett, que ama la música casi tanto como los libros, es un gran aficionado a tocar el bajo. Vive en Stevenage, Hertfordshire, con su esposa Barbara. Entre los dos tienen cinco hijos, seis nietos y cuatro perros labradores.

Para más información, visite la página web del autor:
www.kenfollett.es

Biblioteca

KEN FOLLETT

El valle de los Leones

Traducción de
Montserrat Solanas Mata

DEBOLS!LLO

Papel certificado por el Forest Stewardship Council®

MIXTO
Papel procedente de
fuentes responsables
FSC® C117695
www.fsc.org

Penguin
Random House
Grupo Editorial

Título original: *Lie Down with Lions*

Primera edición con esta cubierta: julio de 2023

© 1986, Holland Copyright Corporation B. V.
© 1987, Penguin Random House Grupo Editorial, S. A. U.
Travessera de Gràcia, 47-49. 08021 Barcelona
© 1987, Montserrat Solanas Mata, por la traducción
Diseño de la cubierta: Penguin Random House Grupo Editorial
basado en el diseño original de Tal Goretsky y Daren Cook para Penguin Books
Imagen de la cubierta: © Getty, © Shutterstock y © Didier Marti

Penguin Random House Grupo Editorial apoya la protección del *copyright*.
El *copyright* estimula la creatividad, defiende la diversidad en el ámbito de las ideas
y el conocimiento, promueve la libre expresión y favorece una cultura viva.
Gracias por comprar una edición autorizada de este libro y por respetar las leyes del *copyright*
al no reproducir, escanear ni distribuir ninguna parte de esta obra por ningún medio sin permiso.
Al hacerlo está respaldando a los autores y permitiendo que PRHGE continúe publicando libros
para todos los lectores. Diríjase a CEDRO (Centro Español de Derechos Reprográficos,
http://www.cedro.org) si necesita fotocopiar o escanear algún fragmento de esta obra.

Printed in Spain – Impreso en España

ISBN: 978-84-9793-024-6
Depósito legal: B-9.455-2023

Impreso en Novoprint
Sant Andreu de la Barca (Barcelona)

P 8 3 0 2 4 F

Para Barbara

Existen diversas organizaciones reales que envían médicos voluntarios a Afganistán, pero Médécins pour la Liberté es imaginaria. Todos los lugares descritos en este libro son reales, excepto los pueblos de Banda y Darg, que pertenecen a la ficción. Todos los personajes son ficticios, a excepción de Masud.

Aunque he pretendido que el ambiente resulte auténtico, esta obra es fruto de la imaginación y no ha de ser tratada como fuente de información infalible sobre Afganistán o cualquier otro aspecto. Los lectores que deseen informarse con mayor exactitud encontrarán una lista bibliográfica al final del libro.

PRIMERA PARTE

1981

1

Los hombres que querían matar a Ahmet Yilmaz eran personas serias. Se trataba de estudiantes turcos exiliados que vivían en París. Habían matado a un agregado de la embajada de su país, así como colocado una bomba e incendiado la casa de un alto ejecutivo de las Líneas Aéreas turcas. Eligieron a Yilmaz como su blanco inmediato porque constituía un importante apoyo para la dictadura militar y porque vivía, convenientemente, en París.

Tanto su hogar como su oficina estaban bien protegidos, y se desplazaba en un Mercedes blindado, pero todos los hombres tienen alguna debilidad, según opinaban los estudiantes, y esa debilidad suele ser el sexo. En el caso de Yilmaz tenían razón. Un par de semanas de vigilancia les reveló que Yilmaz solía salir de su casa dos o tres noches cada semana, conduciendo la camioneta Renault que sus criados utilizaban para las compras, y se dirigía a un callejón del Distrito Quince para visitar a una hermosa joven turca que estaba enamorada de él.

Los estudiantes decidieron colocar una bomba en el Renault mientras Yilmaz se divertía.

Sabían dónde conseguir los explosivos: Pepe Gozzi, tratante de armas, era uno de los muchos hijos del «padrino» Mémé Gozzi. Las vendía a cualquiera, pero prefería los clientes políticos pues, según admitía alegremente, «los idealistas pagaban precios más altos». Había ayudado a los estudiantes turcos en sus dos atentados anteriores.

Sin embargo, había un inconveniente en el plan de la bomba en el vehículo: Yilmaz solía marcharse solo de casa de la chica en el Renault, pero no siempre. A veces la llevaba a cenar, en otras ocasiones, ella salía en el automóvil y regresaba media hora después cargada de pan, fruta, queso y vino, evidentemente para celebrar una fiesta íntima. De vez en cuando, Yilmaz regresaba a su casa en taxi y la chica se quedaba con el coche durante un par de días. Como todos los terroristas, los estudiantes eran románticos, y se mostraban reacios a arriesgarse a matar a una mujer hermosa cuyo único crimen era el fácilmente excusable de amar a un hombre que no la merecía.

Discutieron el problema democráticamente. Tomaban todas las decisiones por votación y no reconocían líderes, aunque había uno entre ellos cuya fuerte personalidad se imponía a los demás. Se llamaba Rahmi Coskum, y era un hombre joven, atractivo y apasionado, con un poblado bigote y cierta luz de iluminado en sus ojos. Su energía y decisión habían impulsado los dos proyectos anteriores hasta el fin, a pesar de los problemas y los riesgos. Rahmi propuso consultar con un experto en bombas.

Al principio, la idea no sedujo a los otros. ¿En quién podían confiar?, se preguntaron. Rahmi sugirió a Ellis Thaler, un americano que se llamaba a sí mismo poeta pero que, de hecho, se ganaba la vida dando lecciones de inglés y había aprendido todo lo que sabía sobre explosivos mientras luchaba en la guerra de Vietnam. Rahmi le había conocido hacía un año más o menos: habían trabajado juntos en un periódico revolucionario de escaso éxito llamado *Caos*, y juntos también habían organizado una lectura de poemas a fin de recoger fondos destinados a la Organización para la Liberación de Palestina. Ellis parecía comprender la ira de Rahmi ante lo que estaba ocurriendo en Turquía y su odio hacia los bárbaros que lo llevaban a cabo. Algunos de los otros estudiantes también conocían a Ellis: había sido visto en varias manifestaciones, y ellos habían supuesto que se trataba de un estudiante graduado o un joven profesor. Sin embargo, se mostraban reacios a que participase en la operación una persona no turca, pero Rahmi había insistido, hasta que finalmente dieron su consentimiento.

Ellis dio la solución a su problema enseguida: la bomba tendría que llevar un mecanismo de control remoto. Rahmi debía sentarse junto a una ventana, frente al apartamento de la chica o en un coche aparcado en la calle, sin dejar de vigilar el Renault. En su mano habría un pequeño radiotransmisor del tamaño de un paquete de cigarrillos, como los utilizados para abrir las puertas automáticas en los garajes. Si Yilmaz se metía solo en su coche, Rahmi apretaría el botón del transmisor, y una señal de radio activaría un interruptor en la bomba. Ésta se activaría y estallaría tan pronto como Yilmaz pusiera el motor en marcha. Pero si era la chica quien entraba en el vehículo, Rahmi no presionaría el botón y ella podría alejarse con su bendita ignorancia. La bomba estaría segura hasta que fuese conectada.

—Si no se aprieta el botón, no hay explosión —comentó Ellis.

A Rahmi le gustó la idea y preguntó a Ellis si quería colaborar con Pepe Gozzi en la construcción de la bomba.

—Claro —respondió Ellis.

Surgió entonces otro inconveniente.

—Tengo un amigo —dijo Rahmi— que quiere conoceros a los dos, Ellis y Pepe. A decir verdad, debe conoceros, ya que de lo contrario no hay trato. Él es el amigo que nos proporciona el dinero para explosivos, coches, sobornos, armas y todo lo demás.

–¿Por qué quiere conocernos? –inquirió Ellis.

–Desea asegurarse de que la bomba funcionará y quiere estar seguro de poder confiar en vosotros –respondió Rahmi con aire ausente–. Todo lo que tenéis que hacer es traerle la bomba, explicarle cómo funcionará, estrecharle la mano y permitirle que os mire a los ojos directamente. ¿Es eso pedir demasiado por parte del hombre que está haciendo posible todo el asunto?

–Por mí, de acuerdo –dijo Ellis.

Pepe dudaba. Quería el dinero que pudiera sacar del trato, del mismo modo que el cerdo siempre quiere comer en su artesa, pero le contrariaba conocer caras nuevas.

–Escucha –dijo Ellis, tratando de razonar con Pepe–. Estos grupos de estudiantes florecen y se marchitan como la mimosa en primavera, y Rahmi seguro que desaparecerá muy pronto; pero si conoces a su «amigo», podrás seguir haciendo negocios cuando Rahmi se haya marchado.

–Tienes razón –convino Pepe, que no era ningún genio pero era capaz de apreciar la esencia de un negocio si se le explicaba con sencillez.

Ellis informó a Rahmi de que Pepe estaba de acuerdo, y Rahmi concertó una entrevista para el domingo siguiente.

Aquella mañana Ellis despertó en la cama de Jane. Lo hizo de pronto, sintiéndose asustado, como si hubiera sufrido una pesadilla. Al cabo de un momento, recordó el motivo de su inquietud.

Miró el reloj. Era temprano. Revisó el plan mentalmente. Si todo iba bien, ese día obtendría el triunfal fruto de más de un año de paciente y cuidadoso trabajo. Además, podría compartir ese triunfo con Jane, si él continuaba con vida al terminar el día, por supuesto.

Volvió la cabeza para contemplarla, moviéndose con cuidado a fin de no despertarla. El corazón le dio un brinco, como le ocurría cada vez que admiraba su rostro. Jane yacía de espaldas, con su naricilla respingona señalando el techo y su negro cabello esparcido por la almohada como el ala desplegada de un pájaro. Contempló la ancha boca de labios carnosos, que tan a menudo y con tanta exquisitez le besaban. La luz del sol primaveral revelaba el fino vello rubio de sus mejillas, «su barba», decía ella, cuando Ellis bromeaba al respecto.

Era un goce extraño poder verla así, en reposo, con el rostro relajado y en paz. Por lo general, Jane estaba animada, solía reír, arrugar la nariz, hacer muecas, mostrando sorpresa, escepticismo o compasión. Su expresión más corriente era una mueca maliciosa, como la de un muchacho travieso que acabase de realizar una broma especialmente diabólica. Sólo cuando estaba durmiendo o pensando en algo con suma concentración, podía vérsela de esa manera. Sin embargo, en tales ocasiones él la amaba especialmente, porque al encontrarse desprevenida e inconsciente, su apariencia insinuaba la lánguida sensualidad que ardía bajo la superficie, como un fuego lento y ardiente bajo tierra. Al contemplarla de esa forma, sus manos ansiaban desesperadamente tocarla.

Eso había sorprendido a Ellis. El día que la conoció, poco después de llegar a París, Jane le había parecido la típica metomentodo que solía encontrar entre los jóvenes y los radicales de las capitales, en los comités y organizando campañas contra el *apartheid* o en favor del desarme nuclear, conduciendo marchas de protesta por El Salvador y la contaminación del agua, recogiendo dinero para los hambrientos del Chad o intentando promocionar a un joven talento director de cine. Jane atraía a la gente por su extraordinaria hermosura, los seducía con su encanto y les contagiaba energía con su entusiasmo. Había quedado con ella un par de veces, sólo por el placer de contemplar a una bella muchacha devorando un filete. Pero un buen día, sin apenas recordar cómo sucedió, Ellis había descubierto que dentro de aquella excitante muchacha vivía una mujer apasionada, y se había enamorado de ella.

Recorrió el pequeño apartamento con la mirada. Observó con placer las posesiones personales de Jane: una bonita lámpara hecha con un pequeño jarrón chino; una estantería de libros sobre economía y la pobreza mundial; un enorme sofá blando en el que uno se hundía; una fotografía de su padre (un hombre atractivo que lucía una americana cruzada), tomada con toda probabilidad a principios de los años sesenta; una pequeña copa de plata que Jane había ganado con su poni *Dandelion* y fechada en 1971, hacía diez años. Ella tenía trece años en aquel entonces, pensó Ellis, y yo veintitrés. Mientras Jane ganaba concursos de ponis en Hampshire, yo me encontraba en Laos, diseminando minas antipersona a lo largo de la línea Hô Chi Minh.

Cuando vio el apartamento por primera vez, casi un año antes, ella acababa de instalarse allí procedente de los suburbios, y estaba casi vacío: era un pequeño ático con la cocina en una alcoba, una ducha dentro de un armario y un retrete al final del vestíbulo. Sin embargo, ella había convertido aquel sucio lugar en un nido alegre. Jane ganaba un buen salario como intérprete, traduciendo al inglés del francés y el ruso, pero su alquiler resultaba caro, ya que el apartamento se encontraba cerca del boulevard Saint-Michel, de modo que había comprado con cautela, ahorrando el dinero justo para la mesa de ébano, la cabecera de cama antigua y la alfombra Tabriz. Jane era lo que el padre de Ellis llamaría una dama con clase. Te hubiera gustado, padre, pensó Ellis. Te hubieras vuelto loco con ella.

Se volvió de lado para mirarla, y aquel movimiento la despertó, como él sabía que ocurriría. Por un instante sus grandes ojos azules miraron al techo. Después dirigió la mirada hacia Ellis, le sonrió y rodó a sus brazos.

–Hola –murmuró, y él la besó.

De inmediato tuvo una erección. Permanecieron juntos un rato, medio adormilados, besándose de vez en cuando. De pronto, ella pasó una pierna por encima de la cadera de Ellis y comenzaron a hacer el amor lánguidamente, sin hablar.

Al principio, cuando se convirtieron en amantes y comenzaron a hacer el amor por la mañana y por la noche, y a menudo también a media tarde, Ellis supuso que semejante ardor no duraría, y que al cabo de pocos días, o tal vez en un par de semanas, la novedad habría desaparecido y volverían al promedio estadístico de dos veces por semana, o cualquiera que fuese. Un año después seguían haciendo el amor como pareja en luna de miel.

Jane se puso encima de él, dejando que el peso de su cuerpo reposara sobre el de Ellis. Su piel húmeda se pegó a la de él. Ellis rodeó su pequeño cuerpo con los brazos y la penetró profundamente. Jane supo que a él le llegaba el orgasmo y alzó la cabeza para mirarle. Justo antes de sentir su furiosa embestida, Jane le besó en la boca. Luego ella lanzó un suave y discreto gemido, y él la dejó que terminase con un largo, suave y ondulante orgasmo. Jane permaneció encima de él, todavía medio dormida. Ellis le acarició el cabello.

Al cabo de un rato, ella se movió y murmuró:

–¿Sabes qué día es hoy?

–Domingo –contestó Ellis.

–Es tu domingo para preparar el almuerzo.

—No lo he olvidado.

—Bien.

Hubo una pausa.

—¿Qué vas a ofrecerme?

—Filete, patatas, guisantes, queso de cabra, fresas y nata.

Ella alzó la cabeza, riendo.

—¡Eso es lo que preparas siempre!

—No lo es. La última vez comimos judías.

—Y la vez anterior, que tú habías olvidado, comimos fuera. ¿Qué te parece si hubiera alguna variedad en tu cocina?

—Eh, un momento. El trato fue que cada uno de nosotros prepararía el almuerzo en domingos alternos. Nadie dijo nada sobre preparar un almuerzo *diferente* cada vez.

Jane se dejó caer de nuevo sobre él, fingiéndose derrotada.

Ese día Ellis debía ocuparse de un asunto y no había dejado de pensar en ello. Iba a necesitar la ayuda de Jane, y era el momento de pedírsela.

—He de encontrarme con Rahmi esta mañana —comenzó.

—De acuerdo. Me reuniré contigo en tu casa más tarde.

—Hay algo que podrías hacer por mí, si no te importa ir allí un poco antes.

—¿Qué he de hacer?

—Preparar el almuerzo. ¡No! ¡No! Bromeaba. Quisiera que me ayudases en una pequeña conspiración.

—Adelante —dijo ella.

—Hoy es el cumpleaños de Rahmi y su hermano Mustafá está en la ciudad, pero Rahmi no lo sabe. —Si esto da resultado, pensó Ellis, nunca más te mentiré—. Me gustaría que Mustafá se presentara en la fiesta de Rahmi por sorpresa. Pero necesito un cómplice.

—Acepto —dijo ella.

Rodó encima de Ellis y se sentó muy erguida, cruzando las piernas.

Sus pechos eran como manzanas, suaves, redondos y duros. La punta de sus cabellos cosquilleaba sus pezones.

—¿Qué tengo que hacer?

—Bueno, es muy sencillo. He de decirle a Mustafá dónde debe ir, pero Rahmi todavía no ha decidido el lugar donde comer. De modo que tengo que hacer llegar el mensaje a Mustafá en el último momento. Y, probablemente, Rahmi estará a mi lado cuando yo haga la llamada.

—¿Y cuál es la solución?

—Te llamaré a ti. Te diré algunas tonterías, pero mencionaré el lugar. Después llamas a Mustafá, le das la dirección y le indicas cómo puede llegar allí.

Al planearlo, todo parecía satisfactorio, mientras que al explicarlo resultaba totalmente increíble.

Sin embargo, Jane no parecía sospechar nada.

—Es bastante sencillo —dijo.

—Bien —respondió Ellis con rapidez, ocultando su alivio.

—Y después de llamar, ¿cuánto tardarás en llegar a casa?

—Menos de una hora. Quiero esperar y ver la sorpresa, pero me marcharé antes del almuerzo.

—Te han invitado a ti, pero a mí no —comentó Jane, molesta.

Ellis se encogió de hombros.

—Supongo que se trata de una celebración sólo para hombres.

Cogió el librito de notas que había sobre la mesilla de noche y escribió el número telefónico de Mustafá.

Jane saltó de la cama y cruzó la habitación hasta el armario de la ducha. Abrió la puerta y giró la llave del agua. Había cambiado de humor. Ya no sonreía.

–¿Qué es lo que te enfurece? –preguntó Ellis.

–No estoy furiosa –repuso ella–. A veces me desagrada cómo me tratan tus amigos.

–Pero ya sabes cómo son los turcos con respecto a las chicas.

–¡Eso es…, chicas! No les importan las mujeres respetables, pero yo soy una chica.

Ellis suspiró.

–No es propio de ti ofenderte por las actitudes prehistóricas de algunos chovinistas. ¿Qué estás intentando decirme en realidad?

Ella se quedó pensativa un momento, de pie, desnuda junto a la ducha, y estaba tan adorable que Ellis deseaba hacer de nuevo el amor.

–Supongo que estoy diciendo que no me gusta mi estatus –respondió Jane–. Estoy comprometida contigo, todo el mundo lo sabe. No me acuesto con nadie más, ni siquiera salgo con otros hombres, pero tú no estás comprometido conmigo. No vivimos juntos, no sé adónde vas ni qué haces la mayor parte del tiempo, nunca hemos sido presentados a nuestros padres respectivos… y la gente lo sabe, de modo que me tratan como a una mujerzuela.

–Creo que estás exagerando.

–Tú siempre dices lo mismo.

Entró en la ducha y cerró de un portazo. Ellis cogió su navaja de afeitar del cajón donde guardaba su estuche de viaje y comenzó a rasurarse la barba encima del fregadero de la cocina. Habían discutido sobre eso otras veces, y él sabía lo que había en el fondo del asunto: Jane quería que viviesen juntos.

Él también lo deseaba, por supuesto: quería casarse con ella y pasar juntos el resto de su vida. Pero tenía que esperar hasta que terminara la misión, y no podía decirle nada al respecto, de modo que se excusaba con tópicos que para ambos resultaban absurdos y falsos. Aquellas evasivas enfurecían a Jane, porque le parecía que un año era un plazo demasiado largo para amar a un hombre sin que él se comprometiera de alguna manera. Jane tenía razón, naturalmente, pero si todo iba bien, más tarde él podría enderezar la situación.

Acabó de afeitarse, envolvió su navaja en una toalla y la puso en su cajón. Jane salió de la ducha y él ocupó su lugar. No nos hablamos, pensó. Esto es una bobada.

Mientras él se duchaba, Jane preparó café. Ellis se vistió rápidamente con unos vaqueros descoloridos y una camiseta negra y se sentó frente a ella en la pequeña mesa de ébano. Jane le sirvió el café.

–Quiero hablar contigo –le dijo.

–De acuerdo –respondió él con rapidez–. Podemos hacerlo durante el almuerzo.

–¿Por qué ahora no?

–No tenemos tiempo.

–¿Es el cumpleaños de Rahmi más importante que nuestra relación?

–Por supuesto que no.

Ellis percibió la irritación en su propio tono, y una voz interior le advirtió que fuera amable si no quería perderla.

–Pero lo he prometido, y es importante que cumpla mis promesas. Además, me parece que no es tan importante que mantengamos esa conversación ahora o después.

Jane adoptó una expresión firme, testaruda, que Ellis ya conocía: aparecía cuando ella tomaba una decisión y alguien trataba de hacerle cambiar de idea.

–Es importante para mí que hablemos ¡ahora!

Por un instante, Ellis se sintió tentado de contarle la verdad. Pero no era el camino que había planeado. No disponía de tiempo, su mente estaba en otra cosa y no se encontraba preparado. Sería mucho mejor más tarde, cuando ambos estuvieran relajados y él pudiera contarle que su trabajo en París había acabado.

–Creo que esto es absurdo y no quiero seguir discutiendo –dijo–. Por favor, hablaremos después. Ahora tengo que marcharme.

Se levantó.

–Jean-Pierre me ha pedido que le acompañe a Afganistán –comentó ella, mientras Ellis se dirigía a la puerta.

Esa noticia era tan inesperada, que Ellis tuvo que pensar en ella un momento antes de comprender su sentido.

–¿Hablas en serio? –preguntó incrédulo.

–Claro que sí.

Ellis sabía que Jean-Pierre estaba enamorado de Jane, y lo mismo ocurría con otra media docena de hombres. Esa clase de problemas eran inevitables con una mujer como Jane. Ninguno de ellos son rivales serios, se dijo Ellis. Por lo menos, hasta este momento. Comenzó a recuperar la compostura e inquirió:

–¿Te gustaría visitar una zona de guerra?

–¡No es cosa de risa! –repuso Jane, indignada–. Estoy hablando de mi vida.

Ellis meneó la cabeza con incredulidad.

–Tú no puedes ir a Afganistán.

–¿Por qué no?

–Porque me amas.

–Lo cual no me pone a tu disposición.

Por lo menos ella no había dicho: «No, no te amo.» Ellis miró el reloj. Era ridículo: dentro de pocas horas le contaría a Jane todo lo que ella deseaba escuchar.

–No quiero hacerlo así –dijo Ellis–. Estamos hablando de nuestro futuro y ésa es una discusión que no puede ser precipitada.

–Yo no pienso esperar toda la vida.

–No te pido que lo hagas. Te estoy rogando que esperes sólo unas horas, nada más. –Le tocó la mejilla y añadió–: No nos peleemos por un poco de tiempo.

Ella se levantó y le besó en la boca.

—No te irás a Afganistán, ¿verdad? —preguntó Ellis.

—No lo sé —repuso ella.

—Por lo menos, no antes del almuerzo, cariño.

Ella le sonrió y asintió.

—No antes del almuerzo.

Ellis la miró un momento y después se marchó.

La amplia avenida de los Campos Elíseos estaba atestada de turistas y parisinos que habían salido a dar un paseo matinal, moviéndose como ovejas en el corral bajo el cálido sol de primavera y llenando las terrazas de los cafés. Ellis se quedó cerca del lugar convenido. Llevaba una mochila que había comprado en una tienda de material de viaje. Parecía un turista americano, viajando por Europa.

Deseó que Jane no hubiera escogido esa mañana para iniciar una discusión: la encontraría enfurruñada y de mal humor cuando él fuese más tarde. En tal caso, se vería obligado a tratar de calmarla durante un rato.

Intentó olvidarse de Jane y se concentró en la tarea que le esperaba.

Había dos posibilidades en cuanto a la identidad del «amigo» de Rahmi, el que financiaba el pequeño grupo terrorista. La primera era que se tratase de un turco rico, amante de la libertad, que hubiera decidido, por razones políticas o personales, que la violencia estaba justificada contra la dictadura militar y sus defensores. Si ése era el caso, Ellis se sentiría defraudado.

La segunda posibilidad era que se tratase de Boris, una figura legendaria en los círculos en que Ellis se movía, entre los estudiantes revolucionarios, los palestinos exiliados, los conferenciantes de política parciales, los editores de periódicos extremistas mal impresos, los anarquistas, los maoístas, los armenios y los militantes vegetarianos. Se decía que era un ruso, un hombre del KGB que deseaba patrocinar cualquier acto violento de izquierda en Occidente. Muchos dudaban de su existencia, sobre todo aquellos que habían intentado conseguir fondos de los rusos y habían fracasado. Pero de vez en cuando, Ellis había notado que algunos grupos, que durante meses no habían hecho más que quejarse de que no podían comprar una máquina fotocopiadora, de pronto dejaban de hablar de dinero para pasar a la acción. Poco después, se producía un secuestro o un atentado.

Sin duda los rusos financiaban grupos como los disidentes turcos: les era difícil resistirse a un modo tan barato y de tan bajo riesgo de provocar el caos. Además, Estados Unidos realizaba secuestros y asesinatos en América Central, y Ellis no podía imaginar que la Unión Soviética fuese más escrupulosa que su propio país. Y puesto que en esa línea de trabajo el dinero no se guardaba en cuentas bancarias ni se transmitía por télex, alguien tenía que entregar los billetes de banco. Así pues, la conclusión era obvia: Boris tenía que existir.

Ellis deseaba fervientemente conocerle.

Rahmi se presentó a las diez y media en punto. Lucía una camisa Lacoste de color rosa y unos pantalones pardos cuidadosamente planchados. Parecía nervioso. Dirigió una ardiente mirada hacia Ellis y después volvió la cabeza.

Ellis le siguió, permaneciendo a diez o quince metros detrás de él, tal como habían convenido previamente.

En una terraza próxima se hallaba sentada la figura musculosa, quizá demasiado pesada, de Pepe Gozzi, vestido con un traje de seda negra, como si hubiera ido a misa, lo que probablemente era así. En su regazo sostenía un enorme portafolios. Se levantó y echó a andar al lado de Ellis, de tal modo que cualquiera hubiera dudado de si iban juntos o separados.

Rahmi comenzó a subir la colina hacia el Arco de Triunfo.

Ellis vigilaba a Pepe de reojo. El corso tenía un instinto animal de conservación: con discreción, comprobaba si estaban siendo vigilados. Cuando cruzaba la calle o mientras esperaba en el semáforo miraba hacia atrás con total naturalidad, y de nuevo comprobaba si le seguían al pasar frente a una tienda en una esquina, donde veía la gente que había detrás de él reflejada en la luna del escaparate.

Ellis simpatizaba con Rahmi pero no con Pepe. Rahmi era sincero y de altos principios, y la gente que mataba probablemente merecían la muerte. Pepe era totalmente distinto. Él lo hacía por dinero, y porque era demasiado grosero y estúpido para sobrevivir en el mundo de los negocios legales.

Tres manzanas al este del Arco de Triunfo, Rahmi se metió por una calle lateral. Ellis y Pepe lo siguieron. Rahmi cruzó la calle y entró en el hotel Lancaster.

De modo que allí se celebraría la cita. Ellis confió en que el encuentro tuviera lugar en un bar o un restaurante del hotel: se sentiría más seguro en un lugar público.

El vestíbulo de mármol de la entrada resultaba frío comparado con el calor de la calle. Ellis se estremeció. Un camarero vestido de esmoquin miró sus pantalones vaqueros con desdén. Rahmi entró en un pequeño ascensor al fondo del vestíbulo. Así pues, se llevaría a cabo en una habitación del hotel. Ellis siguió a Rahmi al ascensor y Pepe también se apretujó dentro. Los nervios de Ellis estaban tensos como el alambre mientras subían. Bajaron en el cuarto piso y Rahmi los condujo hasta la habitación 41, en cuya puerta dio unos golpecitos.

Ellis intentaba que su rostro apareciera calmado e impasible.

La puerta se abrió con lentitud.

Era Boris. Ellis lo supo en cuanto le vio, sintiendo una viva emoción de triunfo y, al mismo tiempo, un estremecimiento frío de miedo. Parecía llevar escrita la palabra Moscú por toda su persona, desde su corte de pelo barato hasta sus zapatos sólidos y prácticos, y se adivinaba el estilo inconfundible del KGB en la mirada dura y el gesto brutal de su boca. Aquel hombre no era como Rahmi o Pepe; no se trataba de un idealista impulsivo ni de un repugnante mafioso. Boris era un terrorista profesional de corazón duro, que no dudaría en volarle la cabeza a cualquiera de los tres hombres que en ese momento tenía frente a él.

He estado buscándote desde hace largo tiempo, pensó Ellis.

Boris sostuvo la puerta abierta un momento, cubriendo su cuerpo mientras los observaba. Luego dio un paso atrás.

—Entrad —dijo en francés.

Penetraron en la salita de una suite. Estaba decorada con delicadeza, amueblada con sillas, mesas poco corrientes y un armario, que parecían antigüedades del siglo XVIII. Había un cartón de cigarrillos Marlboro y un litro de coñac libre de impuestos de aduana sobre una delicada mesita lateral. En el rincón más alejado una puerta medio abierta daba al dormitorio.

Las presentaciones de Rahmi fueron nerviosamente breves:

—Pepe, Ellis. Mi amigo.

Se trataba de un hombre de hombros anchos. Llevaba una camisa blanca con las mangas recogidas, mostrando unos antebrazos carnosos, cubiertos de vello. Sus pantalones de sarga azul eran demasiado gruesos para aquella temperatura. Del respaldo de una silla colgaba una chaqueta a cuadros negros y marrones, nada a juego con los pantalones azules.

Ellis dejó su mochila en el suelo y se sentó.

Boris indicó con un gesto la botella de coñac.

—¿Un trago? —preguntó.

Ellis no quería coñac a las once de la mañana.

–Sí, por favor... pero de café –pidió.

Boris le dedicó una mirada dura, hostil.

–Todos beberemos café –indicó.

Se dirigió hacia el teléfono. Está acostumbrado a que todo el mundo le tema, se dijo Ellis. No le ha gustado que yo le haya tratado como a un igual.

Resultaba evidente que Rahmi estaba asustado y se agitaba, ansioso, abrochando y desabrochando el botón superior de su polo rosa mientras el ruso llamaba al servicio de habitaciones.

Boris colgó el auricular y se dirigió a Pepe.

–Estoy encantado de conocerle –dijo en francés–. Creo que podemos ayudarnos mutuamente.

Pepe asintió sin hablar. Se sentó en una butaca de terciopelo, y su poderoso volumen embutido dentro del traje negro parecía extrañamente vulnerable comparado con el delicado mueble, como si éste pudiera romperle a él. Pepe tiene mucho en común con Boris, pensó Ellis. Ambos son fuertes, hombres crueles sin conciencia ni compasión. Si Pepe fuese ruso, estaría en el KGB; y si Boris fuese francés, estaría en la mafia.

–Enséñeme la bomba –dijo Boris.

Pepe abrió su portafolios. Estaba lleno de bloques, de unos tres centímetros de longitud y cuatro de anchura, de una sustancia amarillenta. Boris se arrodilló en la alfombra junto a la cartera y presionó con el dedo índice sobre uno de los bloques. La sustancia cedió como si fuese arcilla. Boris la olfateó.

–Supongo que esto es C3 –le dijo a Pepe, que asintió con un gesto–. ¿Dónde está el mecanismo?

–Ellis lo lleva en la mochila –indicó Rahmi.

–No, no lo llevo –repuso Ellis.

El silencio se adueñó de la habitación por un momento. Una expresión de pánico apareció en el rostro joven y atractivo de Rahmi.

–¿Qué quieres decir? –preguntó nervioso.

Su mirada asustada pasó de Ellis a Boris y luego de nuevo a Ellis.

—Me dijiste… Yo le dije a él que tú…

—Cállate —ordenó Boris con brusquedad.

Rahmi obedeció. Boris miró a Ellis con expectación, y éste comentó con falsa indiferencia:

—Temía que fuera una trampa, de modo que dejé el mecanismo en casa. Puede estar aquí dentro de unos minutos. Sólo he de hacer una llamada a mi chica.

Boris lo miró fijamente durante un momento. Ellis le devolvió la mirada con tanta frialdad como pudo. Finalmente Boris preguntó:

—¿Por qué pensaba que podía tratarse de una trampa?

Ellis decidió que, si intentaba justificarse, parecería que se ponía a la defensiva. De todos modos, era una pregunta estúpida. Asumió una actitud arrogante ante Boris, se encogió de hombros y no respondió.

Boris continuó escudriñándole. Finalmente fue el ruso quien habló.

—Yo haré la llamada —susurró.

A los labios de Ellis subía una protesta que ahogó. No había calculado aquel imprevisto. Con sumo cuidado, mantuvo su postura de no-me-importa-un-comino mientras se preguntaba furiosamente: ¿Cómo reaccionará Jane ante la voz de un extraño? ¿Y si ella no está allí? ¿Qué sucederá si ha decidido romper su promesa. Lamentó utilizarla como una salida, pero ya era demasiado tarde.

—Al parecer, es un hombre cuidadoso —dijo a Boris.

—También usted. ¿Cuál es su número de teléfono?

Él se lo dijo. Boris lo escribió en un bloc de notas que había junto al teléfono y luego comenzó a marcar.

Los otros esperaban en silencio.

—¡Hola! —dijo Boris—. Llamo en nombre de Ellis.

Quizá la voz desconocida no la sorprenda, pensó Ellis. De todos modos, ella espera una llamada absurda. «Mencionaré el lugar», le había dicho Ellis.

—¿Qué? —exclamó Boris con irritación.

Mierda, ¿qué le estará diciendo Jane ahora?, se preguntó Ellis.

—Sí, lo soy, pero eso no importa —repuso Boris—. Ellis quiere que traiga el mecanismo a la habitación cuarenta y uno del hotel Lancaster, en la calle de Berri.

Hubo otra pausa.

Sigue el juego, Jane, rogó Ellis en silencio.

—Sí, es un hotel muy agradable.

¡Deja de dar rodeos! Sólo dile a ese hombre que lo harás... ¡Por favor!

—Gracias —dijo Boris y añadió con sarcasmo—: Es muy amable.

Luego, colgó el auricular.

Ellis intentó aparentar que en todo momento había tenido la seguridad de que no surgiría problema alguno.

—Ella sabía que yo era ruso —comentó Boris—. ¿Cómo lo ha descubierto?

Por un instante, Ellis se quedó perplejo, pero después reaccionó y respondió:

—Es lingüista. Conoce los acentos.

—Mientras esperamos a esta tía, vamos a ver el dinero —intervino Pepe.

—De acuerdo.

Boris entró en el dormitorio, y Rahmi aprovechó el momento para susurrar a Ellis:

—¡Yo no sabía que ibas a hacer ese truco!

—Claro que no —repuso Ellis con fingida indiferencia—. Si lo hubieras sabido, no me hubiera servido de salvaguarda, ¿no es verdad?

Boris regresó con un gran sobre de color marrón y se lo entregó a Pepe. Éste lo abrió y comenzó a contar billetes de cien francos.

Boris desenvolvió el paquete de Marlboro y encendió un cigarrillo.

Ojalá Jane no espere para llamar a Mustafá, pensó Ellis. Hubiera debido decirle que era importante que pasara el mensaje de inmediato.

–Todo está ahí –dijo Pepe al cabo de un momento.

Volvió a meter el dinero dentro del sobre, lamió la pestaña, la pegó y lo dejó encima de una mesa.

Los cuatro hombres permanecieron en silencio durante unos minutos.

–¿A qué distancia vive usted? –preguntó Boris a Ellis.

–Quince minutos en moto.

En aquel momento alguien llamó a la puerta. Ellis se tensó.

–Conduce deprisa –comentó Boris, y abrió la puerta–. Café –dijo irritado, y volvió a su asiento.

Dos camareros empujaron una mesa con ruedas al interior de la habitación, se irguieron y, de pronto, los apuntaron con sus pistolas D MAB, arma que solían llevar los detectives franceses.

–¡Que nadie se mueva! –ordenó uno de ellos.

Ellis advirtió que Boris se preparaba para reaccionar. ¿Por qué habría dos detectives nada más? Si Rahmi cometía alguna estupidez y recibía un balazo, Boris y Pepe tendrían ocasión de reducir a los pistoleros.

En aquel momento la puerta del dormitorio se abrió y entraron otros dos hombres, también vestidos de camarero y armados como sus colegas.

En el rostro de Boris apareció un gesto de resignación.

Ellis se dio cuenta de que había estado conteniendo la respiración y lanzó un hondo suspiro.

Todo había terminado.

Un policía uniformado entró en la habitación.

–¡Una trampa! –exclamó Rahmi–. ¡Es una trampa!

–Cállate –dijo Boris, y de nuevo su áspera voz silenció a Rahmi. Luego se dirigió al oficial de policía–: Expreso mi más firme protesta ante este ultraje. Sírvase tomar nota de que...

El policía le dio un golpe en la boca con su puño enguantado.

Boris se tocó los labios y después miró la mancha de sangre que había en su mano. Su actitud cambió cuando se dio cuenta de que la situación era demasiado seria para librarse con sus jactancias.

–Recuerde mi cara –dijo al oficial de policía con voz gélida–. La verá otra vez.

–Pero ¿quién es el traidor? –gritó Rahmi–. ¿Quién nos ha traicionado?

–Él –repuso Boris, señalando a Ellis.

–¿Ellis? –preguntó Rahmi, perplejo.

–La llamada telefónica... –dijo Boris–. La dirección.

Rahmi observó a Ellis. Parecía muy ofendido.

Entraron más policías uniformados.

El oficial señaló a Pepe y dijo:

–Éste es Gozzi.

Dos policías esposaron a Pepe y se lo llevaron. El oficial miró a Boris.

–¿Quién eres tú? –inquirió.

–Me llamó Jan Hocht –respondió Boris con indiferencia–. Soy un ciudadano argentino...

–No te molestes –repuso el oficial con brusquedad–. Lleváoslo.

Se volvió hacia Rahmi.

–¿Y bien?

–¡No tengo nada que decir! –repuso Rahmi, con aire solemne.

El oficial hizo un gesto con la cabeza hacia Rahmi, que también fue esposado. Mientras se lo llevaban, Rahmi lanzó una fiera mirada a Ellis.

El portafolios de Pepe y el sobre lleno de billetes fueron envueltos en plástico. Un fotógrafo de la policía entró en la habitación e instaló un trípode.

El oficial se volvió hacia Ellis.

—Hay un Citroën DS estacionado frente al hotel... -dijo y añadió con vacilación–, señor.

Estoy de nuevo en el lado de la ley, pensó Ellis. Lástima que Rahmi sea mucho más cordial que este policía.

Bajó en el ascensor. En el vestíbulo del hotel el gerente, ataviado con su chaqueta negra y pantalones a rayas ofrecía una penosa expresión en su rostro, contemplando de pie, la llegada de más policías.

Ellis salió a la luz del sol. El Citroën negro estaba aparcado en el otro lado de la calle. Había un conductor y un pasajero en la parte trasera. Ellis subió al coche. El vehículo arrancó inmediatamente.

El pasajero se volvió hacia Ellis.

—Hola, John –lo saludó.

Ellis sonrió. Le resultaba extraño oír su propio nombre después de más de un año.

—¿Cómo estás, Bill? –preguntó.

—¡Aliviado! –exclamó Bill–. Durante trece meses sólo hemos recibido de ti demandas de dinero. Después llegó tu llamada urgente en que nos informabas que teníamos veinticuatro horas para preparar una patrulla de arresto local. Imagina lo que hemos tenido que hacer para convencer a los franceses de que lo hicieran sin contarles la razón. La patrulla tenía que estar lista por los alrededores de los Campos Elíseos, pero para conseguir la dirección exacta debíamos esperar la llamada de una mujer que preguntaría por Mustafá. ¡Y eso era todo lo que sabíamos!

—Era el único medio –dijo Ellis, excusándose.

—Bueno, no fue fácil, y ahora debo algunos favores importantes en esta ciudad, pero lo hemos conseguido. De modo que espero que me digas que ha valido la pena. ¿A quién hemos metido en el saco?

—El ruso es Boris –respondió Ellis.

Bill esbozó una amplia sonrisa.

—Serás hijo de perra… —dijo—. Has atrapado a Boris. No estarás bromeando, ¿verdad?

—No bromeo.

—¡Joder! Será mejor que se lo quite a los franceses antes de que imaginen quién es.

Ellis se encogió de hombros.

—De todos modos, nadie le sacará mucha información. Es el clásico devoto. Lo importante es que lo hemos apartado de la circulación. Se pasarán un par de años hasta que introduzcan un sustituto y el nuevo Boris haga sus contactos. Entretanto, hemos abortado su operación.

—Puedes apostar a que sí. Esto es sensacional.

—El corso es Pepe Gozzi, un tratante de armas —prosiguió Ellis—. Ha suministrado el material para casi todas las acciones terroristas en Francia durante los dos últimos años, y mucho más en otros países. A ése es al que hay que interrogar primero. Envía un detective francés para que hable con su padre, Mémé Gozzi, en Marsella. Presiento que te encontrarás con que al viejo nunca le gustó la idea de que la familia se viera involucrada en crímenes políticos. Ofrécele un trato: inmunidad para Pepe si éste declara contra todas las personas políticas a las que vendió armas, nada de criminales ordinarios. Mémé se avendrá a ello, porque eso no cuenta como traición a los amigos. Y si Mémé está de acuerdo, Pepe lo hará. Los franceses pueden pasarse años haciendo juicios.

—Increíble. —Bill parecía asombrado—. En un día has atrapado probablemente a los dos mayores instigadores del terrorismo mundial.

—¿Un día? —dijo Ellis con una sonrisa—. He necesitado un año.

—Ha merecido la pena.

—El joven es Rahmi Coskum —informó Ellis, tratando de apresurarse, ya que había alguien más a quien necesitaba contar todo eso–. Rahmi y su grupo colocaron las bombas en las Líneas Aéreas turcas hace un par de meses y mataron a un agregado de la embajada antes de eso. Si puedes coger a todo el grupo, seguro que encontrarás evidencia forense.

–O la policía francesa les convencerá de que confiesen.

–Sí. Dame un lápiz y yo te escribiré los nombres y las direcciones.

–No es necesario –dijo Bill–. Vas a ponerme al corriente de todo en la embajada.

–No pienso volver a la embajada.

–Vamos, John, no luches contra el programa.

–Voy a darte esos nombres y tú tendrás toda la información realmente esencial, aunque esta tarde me atropelle un taxista francés loco. Si sobrevivo, mañana por la mañana nos encontraremos y te daré todos los detalles.

–¿Por qué esperar?

–Tengo una cita para almorzar.

Bill miró hacia el techo y dijo de mala gana:

–Supongo que te lo debemos.

–Estoy seguro.

–¿Quién es tu cita?

–Jane Lambert. El suyo fue uno de los nombres que me diste cuando me informaste al principio.

–Lo recuerdo. Te dije que si te ganabas su afecto, ella te presentaría a todos los revolucionarios locos, terroristas árabes, parásitos Baader-Meinhof y poetas vanguardistas de París.

–Y fue así, pero me enamoré de ella.

Bill adoptó el aspecto de un banquero de Connecticut que acaba de enterarse de que su hijo tiene intención de casarse con la hija de un millonario negro: no sabía si sentirse emocionado o asustado.

—¿Cómo es ella en realidad?

—No está loca, aunque tiene algunos amigos que sí lo están. ¿Qué puedo decirte? Es tan bonita como una pintura, brillante como un alfiler y cabezota como un asno. En fin, maravillosa. Es la mujer que he estado buscando durante toda mi vida.

—Bueno, comprendo que prefieras celebrarlo con ella y no conmigo. ¿Qué piensas hacer?

Ellis sonrió.

—Voy a abrir una botella de vino, freír un par de filetes, contarle que atrapo terroristas para ganarme la vida y pedirle que se case conmigo.

2

Jean-Pierre lanzó una mirada de compasión a la joven morena que estaba sentada frente a él.

—Creo que sé cómo te sientes —susurró con calor—. Recuerdo haber estado muy deprimido hacia el final de mi primer año en la facultad de medicina. Parece que te hubieran dado más información de la que un cerebro puede absorber y no sabes cómo solucionarlo a tiempo para los exámenes.

—Así es —convino ella asintiendo, a punto de echarse a llorar.

—Es una buena señal —añadió él, tranquilizándola—. Significa que estás dominando el curso. Quienes no se preocupan son los que fracasan.

—¿Lo crees así de verdad?

—Estoy seguro.

La muchacha lo miró con adoración. Apuesto a que te resulto más apetecible que el almuerzo, pensó él. La muchacha se movió ligeramente y el cuello de su jersey se abrió, mostrando el borde de encaje de su sujetador. Jean-Pierre se sintió tentado. En el ala este del hospital había un armario para ropa blanca que casi nunca era usado después de las nueve y media de la mañana. Él lo había aprovechado más de una vez. Se podía cerrar la puerta por dentro y tenderse encima de un montón blando de sábanas limpias…

La joven suspiró y se llevó un pedazo de carne a la boca. Cuando comenzó a masticar, Jean-Pierre perdió todo interés. Le disgustaba ver comer a la gente. De todos modos, sólo tenía que hacer un gesto para demostrar que podía seducirla, aunque en realidad no la deseaba. Era muy hermosa, con su cabello rizado y su tez broncínea; además, tenía un cuerpo perfecto, pero últimamente Jean-Pierre no sentía interés por las conquistas casuales. La única chica capaz de fascinarle durante más de unos minutos era Jane Lambert, y ella ni siquiera quería besarle.

Apartó la vista de la joven y su mirada vagó, inquieta, por la cantina del hospital. No vio a nadie conocido. El lugar estaba casi desierto. Él almorzaba temprano porque trabajaba en el primer turno.

Habían pasado seis meses desde que por primera vez vio la hermosa cara de Jane al otro lado de una habitación atestada de gente, en un cóctel para lanzar un libro sobre ginecología feminista. Él le había sugerido que no existía nada parecido a medicina feminista, sino sólo una buena y mala medicina. Jane le había replicado que no existía nada parecido a matemática cristiana, pero que, a pesar de ello, se necesitó a un hereje como Galileo para demostrar que la Tierra giraba alrededor del Sol.

–¡Tienes razón! –había exclamado Jean-Pierre con su acento más conciliador, y se habían hecho amigos.

Sin embargo, Jane se resistía a sus encantos, aunque simpatizara con él. Sabía que le gustaba, pero ella parecía estar comprometida con el americano, aunque Ellis era mucho mayor que ella. De alguna manera, aquello la hacía más deseable todavía para Jean-Pierre. Si Ellis desapareciese de su vida, si le atropellase un autobús o algo parecido… Últimamente la resistencia de Jane parecía haber disminuido, ¿o sería una suposición engañosa?

–¿Es verdad que te vas a Afganistán? –preguntó la joven, devolviéndole a la realidad.

–Sí.

–¿Por qué?

–Porque creo en la libertad, supongo. Y porque no he pasado todas estas prácticas sólo para cuidar de los obesos corazones de los hombres de negocios.

Las mentiras acudían a sus labios de manera instintiva.

–Pero ¿por qué dos años? La gente que hace eso suele quedarse allí de tres a seis meses, como mucho un año. Dos años parece que sea una eternidad.

–¿Lo crees así? –preguntó Jean-Pierre con una vaga sonrisa–. Es difícil conseguir nada que valga la pena en un período corto. La idea de enviar médicos allí durante una visita corta es ineficaz. Lo que los rebeldes necesitan es un establecimiento médico permanente, un hospital estable, y que parte del personal permanezca allí un año y el siguiente. Tal como están las cosas en la actualidad, la mitad de la gente no sabe adónde llevar a sus enfermos y heridos, no siguen las órdenes de los médicos porque nunca llegan a conocerles lo bastante como para confiar en ellos, y nadie tiene tiempo para una educación sanitaria. Además, el coste de transportar los voluntarios al país y traerlos de vuelta convierte sus servicios *gratuitos* en servicios *caros*.

Jean-Pierre había puesto tanto énfasis en su discurso, que casi se convenció a sí mismo y tuvo que recordarse los verdaderos motivos de su partida a Afganistán, la auténtica razón por la que debía permanecer dos años allí.

–¿Quién va a prestar servicios gratuitos? –preguntó una voz detrás de él.

Se volvió y vio a otra pareja que llevaban sus bandejas con la comida. Se trataba de Valérie, una interna como él, y su novio, un radiólogo. Ambos se sentaron con ellos.

La joven estudiante respondió a la pregunta de Valérie.

—Jean-Pierre irá a Afganistán a trabajar para los rebeldes.

—¿De verdad? —exclamó Valérie, sorprendida—. Había oído decir que te habían ofrecido un trabajo maravilloso en Houston.

—Lo rechacé.

—Pero ¿por qué?

—Considero que merece la pena salvar las vidas de los luchadores por la libertad, mientras que unos pocos millonarios tejanos más o menos no supondrán ninguna diferencia para nadie.

El radiólogo no estaba tan fascinado por Jean-Pierre como su novia. Se tragó un bocado de patatas y dijo:

—No te preocupes. Cuando regreses, no tendrás problema alguno en conseguir la misma oferta, serás un héroe además de un médico.

—¿Estás seguro? —preguntó Jean-Pierre con frialdad.

No le gustaba el rumbo que la conversación estaba tomando.

—Dos personas de este hospital fueron a Afganistán el año pasado —prosiguió el radiólogo—. Ambas consiguieron puestos importantes cuando regresaron.

Jean-Pierre esbozó una sonrisa tolerante.

—Es bueno saber que conseguiré empleo si sobrevivo.

—¡Así lo espero! —exclamó la joven con indignación—. ¡Después de semejante sacrificio…!

—¿Qué opinan tus padres? —preguntó Valérie.

—Mi madre está de acuerdo —respondió Jean-Pierre.

Por supuesto, ella amaba un héroe. Por otro lado, Jean-Pierre imaginaba lo que su padre diría sobre los jóvenes médicos idealistas que iban a trabajar para los rebeldes de Afganistán: «¡El socialismo no significa que todo el mundo pueda hacer lo que le dé la gana!

–exclamaría con voz atronadora y el rostro rojo de ira–. ¿Qué crees que son esos rebeldes? Bandidos que saquean a los campesinos cumplidores de la ley. Las instituciones feudales han de ser barridas antes de que el socialismo se implante. –Daría un fuerte puñetazo en la mesa, y añadiría–: ¡Para hacer una tortilla, primero tienes que romper los huevos; para hacer socialismo, primero tienes que romper cabezas!»

«No te preocupes, papá, ya lo sé», se limitaría a responder él.

–Mi padre está muerto –dijo Jean-Pierre–. Pero él mismo era un luchador por la libertad. Combatió en la Resistencia durante la guerra.

–¿Qué hizo? –preguntó el radiólogo, escéptico.

Jean-Pierre no llegó a responder, porque había visto a Raoul Clermont, el editor de *Le Révolte*, que en aquel momento cruzaba, sudoroso, la cantina. ¿Qué demonios estaba haciendo el rollizo periodista en el hospital?

–Necesito hablar contigo –dijo Raoul, sin preámbulos.

Estaba sin aliento.

Jean-Pierre le indicó que se sentara.

–Raoul…

–Es urgente –le interrumpió Raoul, como si no quisiera que los otros oyeran su nombre.

–¿Por qué no almuerzas con nosotros? Podríamos hablar con tranquilidad.

–Lo siento. No puedo.

Jean-Pierre percibió un atisbo de pánico en la voz del hombre obeso. Mirándole a los ojos, comprendió que no deseaba perder tiempo. Sorprendido, Jean-Pierre se levantó y dijo:

–Muy bien. –Para disimular la brusquedad de su marcha, se volvió a los otros y añadió–: No os comáis mi almuerzo… Volveré.

Cogió por el brazo a Raoul y salieron de la cantina.

Jean-Pierre intentó detenerse y hablar junto a la puerta, pero Raoul continuó andando por el pasillo.

–Monsieur Leblond me ha enviado –dijo.

–Suponía que él estaría detrás de todo esto –comentó Jean-Pierre.

Hacía tan sólo un mes que Raoul le había presentado a Leblond, quien le había pedido que fuese a Afganistán, aparentemente para ayudar a los rebeldes como hacían muchos médicos jóvenes franceses, pero en realidad para obtener información en favor de los rusos. Jean-Pierre se había sentido orgulloso y, por encima de todo, emocionado ante la oportunidad de hacer algo realmente espectacular por la causa. Su único temor residía en que las organizaciones que enviaban médicos a Afganistán lo rechazaran por ser comunista. Aunque no tenían medio de saber que era miembro del Partido y, por supuesto, él no pensaba contarlo, sí podían averiguar que era un simpatizante de los comunistas. Sin embargo, había muchos comunistas franceses que se oponían a la invasión de Afganistán. Por otro lado, también existía la posibilidad remota de que una organización precavida sugiriese que Jean-Pierre se sentiría mejor trabajando en favor de algún otro grupo de luchadores por la libertad. De hecho, enviaban grupos para ayudar a los rebeldes de El Salvador. Finalmente no había sucedido nada de esto: Jean-Pierre había sido aceptado inmediatamente por los Médécins pour la Liberté. Le había comunicado la buena noticia a Raoul, y éste le había dicho que tendrían otro encuentro con Leblond. Quizá ambas cosas estaban relacionadas.

–Pero ¿a qué viene tanta prisa?

–Quiere verte ahora.

–¿Ahora? –repuso Jean-Pierre, irritado–. Estoy de servicio. Tengo pacientes…

–Habrá alguien que se cuide de ellos.

–Pero ¿por qué tanta urgencia? No me marcho hasta dentro de dos meses.

–No se trata de Afganistán.

–Bueno, ¿y de qué se trata entonces?

–No lo sé.

En ese caso, ¿qué es lo que te asusta tanto?, se preguntó Jean-Pierre.

–¿No tienes idea?

–Sé que Rahmi Coskum ha sido detenido.

–¿El estudiante turco?

–Sí.

–¿Por qué?

–Lo ignoro.

–¿Y qué tiene esto que ver conmigo? Casi no lo conozco.

–Monsieur Leblond te lo explicará.

Jean-Pierre alzó las manos y repuso:

–No puedo salir de aquí con tanta facilidad.

–¿Qué sucedería si te sintieses mal de pronto? –preguntó Raoul.

–Se lo comunicaría a la enfermera jefe, y ella llamaría a un sustituto. Pero…

–Pues díselo.

Habían llegado a la entrada del hospital. Junto a la pared, había una hilera de teléfonos interiores.

Esto podría ser una prueba, pensó Jean-Pierre; una prueba de lealtad, para comprobar si soy lo bastante serio como para que me confíen esa misión. Así pues, decidió arriesgarse a sufrir la ira de las autoridades del hospital. Descolgó el auricular de uno de los teléfonos.

–Acabo de recibir una emergencia familiar –mintió cuando tuvo la comunicación–. Debe ponerme en contacto con el doctor Roche inmediatamente.

–Sí, doctor –dijo la enfermera con calma–. Espero que no sean malas noticias.

–Más tarde se lo contaré –se apresuró a añadir Jean-Pierre–. Adiós. Oh… un instante.

Tenía un pos-operatorio que había estado con hemorragia durante la noche.

–¿Cómo está madame Ferier?

–Bien. La hemorragia no se ha repetido.

–De acuerdo. Vigílenla.

–Sí, doctor.

Jean-Pierre colgó el auricular.

–Muy bien –dijo a Raoul–. Vámonos.

Se dirigieron al aparcamiento, donde subieron al Renault 5 de Raoul. El sol de mediodía había calentado el interior del vehículo. Raoul condujo con rapidez por calles apartadas. Jean-Pierre estaba nervioso. No sabía exactamente quién era Leblond, pero suponía que se trataría de alguien del KGB. Se preguntó si habría hecho algo que hubiera podido ofender a aquella organización tan temida, y, en tal caso, cuál podría ser el castigo.

Esperaba que no hubiesen descubierto lo de Jane.

Que él le pidiera que le acompañase a Afganistán no era asunto del KGB. De todos modos, habría otras personas en el grupo, quizá una enfermera para ayudar a Jean-Pierre en su destino, tal vez otros médicos destinados a otras partes del país: ¿por qué no podía Jane encontrarse entre ellos? No tenía el título de enfermera, pero podía hacer un cursillo acelerado, y tenía la ventaja de que hablaba algo de farsi, el lenguaje persa, un dialecto utilizado en la zona adonde Jean-Pierre se dirigía.

Esperaba que ella lo acompañara por idealismo y por la emoción de la aventura, que se olvidase de Ellis mientras estuviera en Afganistán y se enamorara del europeo más cercano que, por supuesto, sería él.

También confiaba en que nunca se supiera en el grupo que él la había animado a ir por motivos personales. No necesitaban saberlo ni tenían manera alguna de descubrirlo, o al menos así lo esperaba. Sin embargo, quizá estuviera equivocado y ellos se hubiesen enfadado.

Esto es una estupidez, se dijo. En realidad, no he hecho nada malo; y aunque lo hubiera hecho, no habría castigo. Se trata del auténtico KGB, no la mítica institución que provoca el temor en los corazones de los suscriptores del *Reader's Digest*.

Raoul estacionó el coche. Se habían detenido frente a un lujoso edificio de apartamentos en la calle de l'Université. Era el lugar donde Jean-Pierre se había encontrado con Leblond la última vez. Dejaron el vehículo y entraron en el edificio.

El vestíbulo estaba envuelto en la penumbra. Subieron por la escalera hasta el primer piso y tocaron el timbre. ¡Cómo ha cambiado mi vida, pensó Jean-Pierre, desde la última vez que esperé en esta puerta!

Monsieur Leblond la abrió. Era un hombre de baja estatura, calvo, llevaba gafas y, vestido con un traje gris y un lazo plateado, tenía el aspecto de un mayordomo. Los condujo a la habitación de la parte trasera del edificio, en la que Jean-Pierre había sido entrevistado. Las altas ventanas y las complicadas molduras indicaban que aquello había sido un salón elegante en otro tiempo, pero ahora había una alfombra de nailon, un escritorio barato de oficina y algunas sillas de plástico moldeado, de color naranja.

–Esperad un momento aquí –dijo Leblond.

Su voz era baja y fría, y tan seca como el polvo. Un ligero acento sugería que su nombre auténtico no era Leblond. Salió por una puerta distinta.

Jean-Pierre tomó asiento en una de las sillas de plástico. Raoul permaneció en pie.

En esta habitación, pensó Jean-Pierre, aquella voz seca me dijo: «Has sido un miembro silenciosamente leal del Partido desde tu infancia. Tu carácter y tu ambiente familiar sugieren que le servirías bien en un papel encubierto.» Espero no haberlo arruinado todo por causa de Jane.

Leblond volvió acompañado de otro hombre. Ambos permanecieron en el umbral y Leblond señaló a Jean-Pierre. El segundo hombre le miró fijamente, como si estuviera aprendiendo sus facciones de memoria. Jean-Pierre le devolvió la mirada. El hombre era corpulento, de hombros anchos como los de un jugador de rugby. Llevaba el cabello largo por los costados, pero corto en la cima de su cabeza, y lucía un bigote caído. Vestía una chaqueta de dril verde con un rasgón en la manga. Al cabo de unos segundos, asintió y se marchó.

Leblond cerró la puerta detrás de él y se sentó al escritorio.

—Ha habido un desastre —susurró.

No se trata de Jane, se dijo Jean-Pierre. Gracias a Dios.

—Hay un agente de la CIA entre tu círculo de amigos —informó Leblond.

—¡Dios mío! —exclamó Jean-Pierre.

—Ése no es el desastre —añadió Leblond, irritado—. No resulta nada raro que haya un espía americano entre tus amigos. No hay duda de que también habrá espías israelíes, sudafricanos y franceses. ¿Qué podrían hacer todos ellos si no se infiltrasen en los grupos de los jóvenes activistas políticos? Y nosotros también tenemos uno, por supuesto.

—¿Quién?

—Tú.

—¿Qué?

Jean-Pierre se quedó perplejo. Nunca había pensado en sí mismo como en un espía. Pero ¿qué otra cosa podía significar «servir al Partido en un papel encubierto»?

–¿Quién es ese agente de la CIA? –preguntó, lleno de curiosidad.

–Alguien llamado Ellis Thaler.

Atónito, Jean-Pierre se puso en pie e inquirió:

–¿Ellis?

–Lo conoces. Bien.

–¿Ellis es un espía de la CIA?

–Siéntate –ordenó Leblond con frialdad–. Nuestro problema no reside en quién es él, sino en lo que ha hecho.

Si Jane lo descubre, se librará de Ellis como si fuese un hierro candente, pensó Jean-Pierre. ¿Me permitirán que se lo diga? Si no, ¿lo descubrirá ella de alguna otra manera? ¿Lo creerá? ¿Lo negará Ellis?

Leblond seguía hablando. Jean-Pierre se esforzó por concentrarse en lo que le decía.

–El desastre radica en que Ellis ha tendido una trampa y ha atrapado en ella a alguien muy importante para nosotros.

Jean-Pierre recordó que Raoul le había hablado de la detención de Rahmi Coskum.

–¿Rahmi es importante para nosotros?

–No, Rahmi no.

–¿Quién, pues?

–No necesitas saberlo.

–Entonces, ¿por qué me habéis traído aquí?

–Cállate y escucha –ordenó Leblond bruscamente y, por primera vez, Jean-Pierre sintió miedo de aquel hombre–. Como es lógico, nunca he conocido a tu amigo Ellis. Por desgracia, Raoul tampoco le ha visto. Así pues, ninguno de nosotros sabe qué aspecto tiene. Pero tú sí. Por eso te he hecho venir. ¿Sabes dónde vive Ellis?

–Sí. Tiene alquilada una habitación en la calle de l'Ancienne Comédie. En la planta baja hay un restaurante.

–¿Da esa habitación a la calle?

Jean-Pierre frunció el entrecejo. Sólo había estado una vez allí, ya que Ellis no solía recibir visitas en su casa.

–Creo que sí.

–¿No estás seguro?

–Dejadme pensar.

Había estado allí una noche, con Jane y un grupo de personas, después de una sesión de cine en la Sorbona. Ellis les había ofrecido café. Era una habitación pequeña. Jane se había sentado en el suelo, junto a la ventana...

–Sí. La ventana da a la calle. ¿Por qué es importante?

–Significa que puedes hacer una señal.

–¿Yo? ¿Por qué? ¿A quién?

Leblond le dirigió una mirada amenazadora.

–Lo siento –se excusó Jean-Pierre.

Leblond vaciló. Al hablar de nuevo, su voz era algo más suave, aunque su gélida expresión se mantuvo invariable.

–Estás pasando tu bautismo de fuego. Lamento tener que utilizarte en una... *acción* como ésta, cuando todavía no has hecho nada para nosotros. Pero tú conoces a Ellis y estás aquí. En este momento no disponemos de nadie más que lo conozca, y lo que hemos de hacer perderá impacto si no se hace de inmediato. Así que presta mucha atención, porque es importante. Tú vas a su habitación. Si él está allí, entras, piensa en algún pretexto. Ve hacia la ventana, te inclinas hacia fuera y te aseguras de que te vea Raoul, que estará esperando en la calle.

Raoul se estremeció como un perro que oye que la gente menciona su nombre en la conversación.

–¿Y si Ellis no está? –preguntó Jean-Pierre.

–Habla con los vecinos. Intenta descubrir dónde ha ido y cuándo regresará. Si te parece que ha salido sólo un rato, o quizá durante una hora más o menos, le esperas. Cuando regrese, procede como he dicho antes: entra, asómate y asegúrate de ser visto por Raoul. Tu aparición en la ventana es la señal de que Ellis se encuentra allí. De modo que, hagas lo que hagas, no te asomes a la ventana si él no está. ¿Lo has comprendido?

—Sé lo que queréis que haga —dijo Jean-Pierre—. Pero no comprendo el propósito de todo esto.

—Identificar a Ellis.

—¿Y cuando lo haya identificado?

Leblond dio la respuesta que Jean-Pierre más temía y que le causó una honda impresión:

—Le mataremos, por supuesto.

3

Jane cubrió con un trapo blanco la pequeña mesa de Ellis y puso unos cubiertos viejos y diferentes. Encontró una botella de Fleurie en la alacena, debajo del fregadero, y la abrió. Se sintió tentada de probarlo, pero después decidió esperar a Ellis. Puso los vasos, la sal y la pimienta, la mostaza y las servilletas de papel. Dudó en comenzar a preparar la comida. No, sería mejor dejarlo para él.

La habitación de Ellis no le gustaba. Resultaba desnuda, pequeña e impersonal. La primera vez que la vio, se asombró bastante. Había estado saliendo con aquel hombre maduro, cálido y tranquilo, y esperaba que viviese en un lugar que expresara su personalidad, un apartamento atractivo, cómodo, que guardase recuerdos de un pasado rico en experiencias. Pero nadie adivinaría nunca que el hombre que vivía allí había estado casado, había luchado en una guerra, tomado LSD y capitaneado su equipo escolar de fútbol. Las frías paredes blancas estaban adornadas con algunos carteles escogidos precipitadamente. La porcelana procedía de cacharrerías y los utensilios de la cocina eran baratos. No había inscripciones en los escasos volúmenes en rústica de poesía del estante. Guardaba sus vaqueros y sus jerseys en una maleta de plástico, debajo de la quejumbrosa cama. ¿Dónde estaban sus viejos certificados de estudio, las fotografías de sus sobrinos y sobrinas, su ejemplar querido de *Heartbreak Hotel*, su navajita recuerdo de Boloña o de las cataratas de Niágara, el cuenco de madera de teca para la ensalada que todo el mundo recibe de sus padres antes o después? La habitación no contenía nada realmente importante, ninguna de las cosas que suelen guardarse, no por lo que son, sino porque representan parte del alma.

Se trataba de la habitación de un hombre reservado, lleno de secretos; un hombre que nunca compartía sus más íntimos pensamientos con nadie. Poco a poco, y con una terrible tristeza, Jane había terminado por darse cuenta de que en realidad Ellis *era* como su habitación: frío y reservado.

Sin embargo, parecía tan seguro de sí mismo… Caminaba con la cabeza alta, como si nunca hubiera temido a nadie en su vida. En la cama era totalmente desinhibido, libre con su sexualidad. Haría cualquier cosa y diría lo que fuese, sin ansiedad, vacilación o vergüenza. Jane nunca había conocido a nadie como Ellis. Pero en ciertas ocasiones, en la cama, en algún restaurante, paseando por la calle, o mientras ella reía o le escuchaba, o simplemente contemplando cómo se le arrugaba la piel alrededor de los ojos, Ellis parecía ausentarse de pronto. Entonces dejaba de ser el amante, ya no divertía, ni era comprensivo, amable, caballeroso o compasivo. Conseguía que se sintiese excluida, como una extraña, una intrusa en su mundo privado. Era como si el sol se ocultase detrás de una nube.

Jane sabía que iba a abandonarle. Lo amaba desesperadamente, pero al parecer él era incapaz de corresponderle de la misma manera. Ellis tenía treinta y tres años, y si hasta entonces no había sabido aprender el arte de los sentimientos, jamás lo aprendería.

Jane se sentó en el sofá y comenzó a leer *The Ob-*

server, que había comprado en un quiosco de periódicos internacionales en el boulevard Raspail, mientras iba hacia allí. Aparecía un artículo sobre Afganistán en primera plana. Parecía un buen lugar donde olvidar a Ellis.

La idea la había atraído enseguida. Aunque Jane amaba París y también su trabajo, deseaba vivir experiencias, aventuras y tener una oportunidad para dar un golpe en favor de la libertad. No tenía miedo. Según Jean-Pierre, los médicos eran considerados demasiado valiosos para que se les enviase a la zona de combate. Existía el riesgo de ser alcanzado por una bala perdida o verse atrapado en una escaramuza, pero quizá no sería peor que el peligro de ser atropellada por un conductor parisino. Sentía gran curiosidad por el estilo de vida de los rebeldes afganos.

–¿Qué comen? –preguntó a Jean-Pierre–. ¿Qué llevan? ¿Viven en tiendas? ¿Disponen de letrinas?

–No hay letrinas –había respondido él–. Ni electricidad, ni carreteras, ni vino, ni automóviles, ni calefacción central, ni dentistas, ni carteros, ni teléfonos, ni restaurantes, ni anuncios, ni coca-cola. Nada de previsiones meteorológicas, nada de informes bursátiles, nada de decoradores, ni asistentes sociales, ni lápiz de labios, ni Tampax, ni moda, ni fiestas, ni taxis, ni colas de autobús…

–¡Basta! –le interrumpió Jane, consciente de que podía continuar durante horas–. Deben de tener autobuses y taxis.

–No en el campo. Voy a una región llamada valle de los Cinco Leones, un fuerte rebelde en las estribaciones del Himalaya. Ya era primitivo incluso antes de que los rusos lo bombardearan.

Jane estaba segura de que podía vivir feliz sin cañerías, lápiz de labios o previsiones meteorológicas. Sospechaba que él estaba menospreciando el peligro, incluso fuera de la zona de combate, pero en cualquier caso aquello no iba a detenerla. Su madre, como era natural, se pondría histérica. Su padre, de haber seguido vivo, le hubiera dicho: «Buena suerte, Janey.» Él habría comprendido la importancia de hacer algo valioso con la propia vida. Aunque había sido un buen médico, nunca había ganado dinero, porque allí donde vivieron –Nassau, El Cairo, Singapur, pero sobre todo Rodesia– siempre cuidaba de la gente pobre sin cobrarles nada, de modo que habían acudido en multitud, alejando a los clientes de pago.

Sus pensamientos fueron interrumpidos por el sonido de unos pasos en la escalera. Se dio cuenta de que no había leído más que algunas líneas del periódico. Inclinó la cabeza, escuchando. No parecían los pasos de Ellis. Alguien llamó a la puerta.

Jane dejó el periódico y abrió. Se trataba de Jean-Pierre, que parecía tan sorprendido como ella. Se miraron en silencio durante unos segundos.

–Ahora mismo estaba pensando en ti. Pasa.

Jean-Pierre entró y echó un vistazo alrededor.

–¿No está Ellis?

–Espero que llegue pronto. Siéntate.

Jean-Pierre acomodó su largo cuerpo en el sofá. Jane pensó, y no por primera vez, que quizá fuese el hombre más guapo que había conocido en toda su vida. Su rostro tenía una forma angular perfecta, con la frente alta, nariz fuerte, ojos castaños, brillantes, y una boca sensual que permanecía medio oculta tras una barba abundante de color castaño oscuro, con destellos rojizos en el bigote. Vestía informalmente, pero escogía la ropa con cuidado, y se movía con una elegancia que la propia Jane envidiaba.

Se sentía atraída por Jean-Pierre. Su gran defecto consistía en la buena opinión que tenía de sí mismo, aunque en este sentido era tan ingenuo que se le podía desarmar como a un chiquillo jactancioso. A Jane le gustaba su idealismo y su dedicación a la medicina. Poseía un enorme encanto y una imaginación desbordante, lo que a veces resultaba divertido, ya que con cualquier anécdota se lanzaba a un fanático monólogo que podía continuar durante diez o quince minutos. Cuando en cierta ocasión alguien citó una observación hecha por Jean-Paul Sartre sobre fútbol, Jean-Pierre hizo un espontáneo comentario respecto al partido tal y como lo hubiera presentado un filósofo existencialista. Jane se había reído hasta que le dolió el estómago. La gente decía que aquella alegría tenía su aspecto negativo, con períodos de negra depresión, pero Jane nunca había visto evidencia alguna de ello.

—Bebe un poco de vino de Ellis —dijo Jane, cogiendo la botella de la mesa.

—No, gracias.

—¿Estás preparándote para vivir en un país musulmán?

—No en especial.

Parecía muy solemne.

—¿Qué sucede? —preguntó ella.

—Necesito hablar contigo muy en serio —dijo Jean-Pierre.

—Hablamos así hace tres días, ¿no te acuerdas? —repuso ella—. Me pediste que dejara a mi amigo y me fuese contigo a Afganistán… Una oferta que pocas chicas podrían resistir.

—Sé formal.

—Muy bien. De todos modos, todavía no me he decidido.

—Jane, he descubierto algo terrible sobre Ellis.

Ella le miró fijamente. ¿Qué pretendía? ¿Tal vez inventar una historia, contarle una mentira, para convencerla de que se marchara con él? Se dijo que no.

—Muy bien. ¿De qué se trata?

–Ellis no es lo que parece ser –susurró Jean-Pierre.

Estaba poniéndose terriblemente melodramático.

–No hay ninguna necesidad de hablar con voz de enterrador. ¿Qué quieres decir?

–No es un pobre poeta. Trabaja para el gobierno americano.

Jane frunció el entrecejo.

–¿Para el gobierno americano?

Su primer pensamiento fue que Jean-Pierre había malinterpretado algo.

–Da lecciones de inglés a algunos franceses que trabajan para el gobierno de Estados Unidos…

–No me refiero a eso. Espía a los grupos radicales. Es un agente. Trabaja para la CIA.

Jane soltó una carcajada.

–¡Es absurdo! ¿Crees que conseguirás que le deje contándome eso?

–Es cierto, Jane.

–Eso es mentira. Ellis no puede ser un espía. ¿Crees que yo no lo sabría? He estado viviendo con él durante casi un año.

–Pero no del todo, ¿no es cierto?

–No hay ninguna diferencia. Le conozco.

Mientras hablaba, Jane pensaba que eso podría explicar muchas cosas. En realidad, ella no conocía mucho a Ellis, pero sí lo bastante para saber que no era un ser mezquino, traidor o sencillamente malo.

–Lo sabe todo el mundo –añadió Jean-Pierre–. Esta mañana Rahmi Coskum ha sido detenido y todos dicen que Ellis es el responsable.

–¿Por qué han detenido a Rahmi?

Jean-Pierre se encogió de hombros.

–Subversión, no hay duda. De todos modos, Raoul Clermont está merodeando por la ciudad intentando encontrar a Ellis, y *alguien* quiere vengarse.

–Oh, Jean-Pierre, es ridículo –dijo Jane.

De pronto, sintió mucho calor. Se dirigió a la ventana y la abrió de par en par. Al mirar hacia abajo, vio la cabeza rubia de Ellis, que entraba en aquel momento.

–Bien –dijo a Jean-Pierre–, ya sube. Ahora vas a tener que repetir esta ridícula historia delante de él.

Oyó los pasos de Ellis en la escalera.

–Eso voy a hacer –comentó Jean-Pierre–. ¿Por qué crees que estoy aquí? He venido a advertirle que lo persiguen.

Jane se dio cuenta de que Jean-Pierre era sincero, realmente él creía esa historia. Bien, Ellis lo pondría pronto en su sitio.

La puerta se abrió y Ellis entró.

Parecía muy feliz, como si fuera a estallar lleno de buenas noticias. Cuando ella vio su apuesto y sonriente rostro, con aquella nariz ligeramente torcida y sus penetrantes ojos azules, el corazón le dio un vuelco al pensar que había estado coqueteando con Jean-Pierre.

Ellis se detuvo en el umbral, sorprendido al ver a Jean-Pierre. Su sonrisa se apagó un poco.

–Hola, a los dos.

Cerró la puerta detrás de él y echó el cerrojo, como tenía por costumbre. Jane siempre había pensado que aquello era una excentricidad, pero de pronto se dijo que eso era precisamente lo que haría un espía. Apartó la idea de su mente.

–Te están buscando, Ellis. –dijo Jean-Pierre–. Lo saben. Van tras de ti.

Jane miró a uno y a otro. Jean-Pierre era más alto que Ellis, pero éste era más robusto. Se miraron mutuamente como dos gatos midiendo las fuerzas del otro.

Sintiéndose culpable, Jane rodeó a Ellis con sus brazos y lo besó.

–A Jean-Pierre le han contado una historia absurda sobre que eres un espía de la CIA.

Jean-Pierre se había asomado a la ventana, para escudriñar la calle.

–Díselo, Ellis –rogó Jean-Pierre, volviéndose.

–¿De dónde has sacado esa idea? –preguntó en francés.

–Todo el mundo lo comenta.

–¿Y quién, exactamente, te lo ha dicho? –inquirió Ellis con voz firme.

–Raoul Clermont.

Ellis asintió.

–Jane, ¿quieres sentarte, por favor?

–No me apetece.

–Debo decirte algo –insistió Ellis.

No podía ser verdad, era imposible. Jane sintió que el pánico le atenazaba la garganta.

–Entonces –exclamó–, ¡dímelo y deja de pedirme que me siente!

Ellis miró a Jean-Pierre y le pidió:

–¿Quieres dejarnos solos, por favor?

–¿Qué vas a decirme? –preguntó Jane, enojada–. ¿Por qué no me lo cuentas sin más y me demuestras que Jean-Pierre está equivocado? ¡Dime que no eres un espía, Ellis, antes de que me vuelva loca!

–No es tan sencillo –dijo Ellis.

–¡Es sencillo! –vociferó Jane, fuera de sí–. Dice que eres un espía, que trabajar para el gobierno americano y que has estado manteniéndome en una continua y vergonzosa mentira, a traición, desde que te conocí. ¿Es eso cierto? ¿Es cierto o no?

Ellis suspiró.

–Supongo que es cierto.

–¡Bastardo! –exclamó Jane–. ¡Eres un jodido bastardo!

–Iba a contártelo hoy –se excusó Ellis.

En aquel momento alguien llamó a la puerta, pero ambos hicieron caso omiso.

–¡Has estado espiándome, a mí y a todos mis amigos! –voceó Jane–. Me siento tan avergonzada.

–Mi trabajo aquí ha terminado –farfulló Ellis–. Ya no necesito mentirte más.

–No tendrás oportunidad de hacerlo. No quiero verte nunca más.

Llamaron de nuevo a la puerta.

–Hay alguien en la puerta –dijo Jean-Pierre en francés.

–No puede ser cierto que... que no quieras volver a verme.

–¿Todavía no comprendes lo que me has hecho? ¿No lo comprendes? –preguntó Jane.

–¡Abre la maldita puerta, por el amor de Dios! –insistió Jean-Pierre.

–Está bien –murmuró Jane, y se acercó a la puerta.

Al abrirla, vio ante ella a un hombre corpulento, ancho de espaldas, vestido con una chaqueta de dril verde que tenía un rasgón en la manga. Jane no le había visto hasta entonces.

–¿Qué demonios quiere? –le preguntó.

De pronto vio que llevaba una pistola en la mano. Los segundos que transcurrieron le parecieron eternos.

Jane comprendió súbitamente que si Jean-Pierre estaba en lo cierto, lo más probable era que realmente hubiera alguien que quisiera vengarse. Sin duda en el mundo secreto en que Ellis habitaba la palabra «venganza» podía significar una llamada en la puerta y un hombre con una pistola ante ella.

Abrió la boca, dispuesta a gritar.

El hombre vaciló un instante. Parecía sorprendido, como si no esperara encontrarse con una mujer. Miró a Jane y luego a Jean-Pierre. Sabía que éste no era su objetivo, pero se hallaba confuso porque no veía a Ellis, que se había ocultado detrás de la puerta medio abierta.

En vez de gritar, Jane intentó cerrar.

Al volverse hacia el pistolero éste se dio cuenta de lo que pretendía y metió el pie para evitar que la puerta se cerrara. Con el fuerte golpe, estuvo a punto de perder el equilibrio, y por un momento su pistola apuntó hacia el techo.

Va a matar a Ellis, pensó Jane. Va a matarle.

Se arrojó sobre el pistolero y le golpeó en la cara, tratando de evitar que Ellis muriera.

El desconocido reaccionó y le dio un fuerte empujón. Jane cayó al suelo, con intenso dolor en la espalda.

Horrorizada, Jane vio con espantosa claridad lo que sucedía después.

El brazo que la había empujado abrió la puerta de par en par. Mientras el hombre apuntaba con la pistola hacia todos lados, Ellis se abalanzó sobre él con la botella de vino en alto, por encima de su cabeza. El disparo se produjo en el momento en que la botella se hacía añicos.

Jane no podía apartar la mirada de los dos hombres.

El pistolero se desplomó y Ellis permaneció en pie: Jane se dio cuenta de que el disparo había fallado.

Ellis se inclinó y arrebató la pistola de la mano del hombre.

Jane trató de incorporarse.

—¿Estás bien? —le preguntó Ellis.

—Estoy viva —respondió ella.

Ellis se volvió hacia Jean-Pierre.

—¿Cuántos hay en la calle?

Jean-Pierre echó un vistazo por la ventana.

—Ninguno.

Ellis pareció sorprendido.

—Deben de estar escondidos.

Se metió la pistola en el bolsillo y se dirigió a la estantería de los libros.

—Echaos atrás —dijo, y arrojó la librería al suelo.

Detrás había una puerta.

Ellis la abrió, miró a Jane durante un largo momento, como si tuviera algo que decir pero no pudiese encontrar las palabras. Luego cruzó la puerta y desapareció.

Al cabo de un momento, Jane se acercó a la puerta secreta con lentitud y miró al otro lado. Había un pequeño estudio, con muy pocos muebles y lleno de polvo, como si no hubiera estado ocupado durante un año. Distinguió una puerta abierta y, más allá, una escalera.

Se volvió y contempló la habitación de Ellis. El pistolero yacía en el suelo, inconsciente en un charco de vino. Había intentado matar a Ellis, justo en esa habitación. Todo aquello parecía irreal, todo lo parecía: que Ellis fuese un espía, que Jean-Pierre lo supiera, que hubiesen arrestado a Rahmi y, sobre todo, la ruta de escape de Ellis.

Él se había marchado. «No quiero verte nunca más», le había dicho ella hacía unos segundos. Y al parecer, su deseo se cumpliría.

Oyó pasos en la escalera.

Miró al pistolero y luego a Jean-Pierre. Éste parecía aturdido. Al cabo de un momento, cruzó la habitación y la rodeó con sus brazos. Ella se apoyó en su hombro y rompió en sollozos.

SEGUNDA PARTE

1982

4

El río, siempre impetuoso, descendía de la línea de hielo, frío y claro, llenando el valle con su ruido mientras borboteaba por los barrancos y pasaba junto a los campos de trigo, hacia las distantes tierras bajas. Durante casi un año, aquel sonido había estado presente en los oídos de Jane de manera constante: unas veces con fuerza, cuando iba a bañarse o cuando seguía los tortuosos senderos de los riscos, entre los pueblos; y otras con suavidad, como en aquel momento en lo alto de la colina, desde donde el río de los Cinco Leones era poco más que un destello y un murmullo en la distancia. Algún día, cuando dejase el valle, encontraría enervante el silencio, como los habitantes de la ciudad que salen de vacaciones al campo y no pueden dormir porque hay demasiado silencio. De pronto le pareció oír algo más y se dio cuenta de que el nuevo ruido la había hecho consciente del antiguo. Alzándose por encima del estruendo del río, percibió el ruido de unas hélices.

Jane abrió los ojos. Era un Antonov, el predador, un avión de reconocimiento, de movimiento lento, cuyo gruñido incesante era el heraldo usual de la nave a reacción más ruidosa en una misión de bombardeo. Se sentó y miró ansiosamente a través del valle.

Se hallaba en su refugio secreto, una repisa ancha y

llana, a medio camino del escarpado. Sobre ella, el voladizo la ocultaba de la vista sin bloquear el sol y haría desistir, a cualquiera que no fuese un escalador, de descender. Por debajo, el camino de subida a su refugio era escarpado, pedregoso y desnudo de vegetación; nadie podría trepar sin ser oído y visto por Jane. De todos modos, no había motivo para que nadie subiera hasta allí. Jane había encontrado aquel recodo al perderse vagando por el sendero. La intimidad que le ofrecía era de gran importancia para ella, porque iba allí para desnudarse y tomar el sol ajena a las miradas de los afganos (si éstos, tan escandalizables como monjas, la hubiesen visto desnuda, la hubieran linchado).

A su derecha, la ladera de la polvorienta colina descendía, abrupta. Al pie de la misma, donde el declive comenzaba a nivelarse, cerca del río, se hallaba Banda, un pueblo de cincuenta o sesenta casas aferradas a un pedazo de terreno desigual y pedregoso, donde nadie podía cultivar. Estaban construidas con piedras grises y ladrillos de arcilla, y cada una de ellas tenía un techo plano de tierra prensada colocada sobre esteras. Junto a la pequeña mezquita de madera, había un pequeño grupo de casas destartaladas: uno de los bombarderos rusos las había destruido un par de meses antes. De hecho, Jane veía el pueblo con toda nitidez, aunque se hallase a unos veinte minutos de excursión por terreno escabroso. Escudriñó los tejados, los patios y senderos fangosos, buscando niños errantes, pero por fortuna no había ninguno. Banda aparecía desierto bajo el ardiente cielo azul.

A su izquierda, el valle se ensanchaba. Los pequeños campos pedregosos estaban salpicados con los cráteres de las bombas, y en los declives más bajos de la ladera de la montaña, la pared de alguna de las viejas terrazas se había derrumbado. El trigo estaba maduro, pero nadie lo cosechaba.

Más allá de los campos, al pie de la abrupta pared que formaba el costado más alejado del valle, corría el río de los Cinco Leones: profundo y ancho en algunos lugares, y estrecho en otros, pero siempre rápido y pedregoso. Jane miró a lo lejos. No había mujeres bañándose o lavando ropa, ni chiquillos jugando en los vados, ningún hombre cruzaba las aguas con sus caballos o burros.

Jane pensó en vestirse y abandonar su refugio, para trepar hasta las cuevas en lo alto de la montaña. Allí se ocultaban los habitantes del pueblo: los hombres dormían después de una noche de trabajo en el campo, las mujeres cocinaban e intentaban que los niños no se alejaran, las vacas estaban bajo techo, las cabras atadas y los perros luchaban por los desperdicios. Quizá allí ella se hallaba enteramente a salvo, pues los rusos bombardeaban los pueblos, no las laderas deshabitadas, pero siempre cabía la posibilidad de una bomba perdida, y una cueva la protegería de todo, excepto de un impacto directo.

Antes de decidirse, oyó el rugido de los reactores. Entornó los ojos al sol para mirarlos. Su estruendo llenó el valle, inundando el ímpetu del río cuando pasaron por encima de Jane en dirección nordeste, descendiendo, uno tras otro, cuatro asesinos plateados, la cumbre del ingenio humano desplegada para mutilar granjeros analfabetos, derribar casas de ladrillos de arcilla y volver luego a su base a mil kilómetros por hora.

En un minuto habían desaparecido. Banda había escapado. Lentamente Jane se relajó. Los reactores la aterrorizaban. El pueblo había escapado de los bombardeos el verano anterior, y todo el valle tuvo un respiro durante el invierno, pero todo había comenzado otra vez en la primavera y Banda había sido bombardeada varias veces, una de ellas en el centro del pueblo. Desde entonces, Jane odiaba a los bombarderos.

El valor de los habitantes era asombroso. Cada familia había improvisado un segundo hogar en las cuevas y todas las mañanas trepaban por la colina para pasar el día allí y volver al atardecer, ya que no había bombardeos de noche. Puesto que era peligroso trabajar en los campos durante el día, los hombres lo hacían de noche, es decir, los viejos, pues los jóvenes estaban ausentes la mayor parte del tiempo, disparando contra los rusos en el extremo sur del valle o más lejos todavía. Ese verano el bombardeo se había intensificado más que nunca en *todas* las zonas rebeldes, según lo que Jean-Pierre había oído contar a las guerrillas. Si los afganos de otras partes del país eran como los del valle, serían capaces de adaptarse y sobrevivir: rescatando algunas posesiones preciosas de entre los escombros de una casa bombardeada, replantando un huerto arruinado, cuidando de los heridos, enterrando a los muertos y enviando adolescentes cada vez más jóvenes a unirse a los líderes de las guerrillas. Los rusos nunca podrían derrotar a aquella gente, creía Jane, a menos que convirtieran todo el país en un desierto radiactivo.

En cuanto a si los rebeldes podrían derrotar a los rusos alguna vez, era otra cuestión. Valientes e intrépidos, controlaban la campiña, pero las tribus rivales se odiaban entre sí casi tanto como odiaban a los invasores, y sus rifles resultaban inútiles contra los bombarderos y los helicópteros armados.

Expulsó los pensamientos de guerra de su mente. Era el momento más caluroso del día, la hora de la siesta, cuando le gustaba estar sola y relajarse. Metió la mano en una bolsa de piel de cabra que contenía mantequilla clarificada y comenzó a untarse la piel tensa de su oronda barriga, preguntándose cómo podía haber sido tan estúpida para quedarse embarazada en Afganistán.

Había traído un suministro de píldoras anticonceptivas para dos años, un diafragma y una caja de gelatina espermicida. Sin embargo, unas semanas después se había olvidado de tomar las píldoras y tampoco había recordado utilizar el diafragma.

–¿Cómo has podido cometer semejante error? –gritó Jean-Pierre.

Ella no tenía respuesta.

No obstante, tendida al sol, feliz con su embarazo, con sus pechos adorablemente hinchados y un dolor de espalda crónico, podía ver que había sido un error deliberado, una especie de trampa procesional perpetrada de manera inconsciente. Quería tener un hijo, pero sabía que Jean-Pierre no estaba de acuerdo, de modo que había decidido actuar por su cuenta.

¿Por qué deseo tanto un bebé?, se preguntó, y la respuesta surgió de su interior: porque se sentía sola.

–¿Es eso cierto? –preguntó en voz alta.

Resultaba irónico. Nunca se había sentido sola en París, viviendo sin compañía, comprando sólo para ella y hablando consigo misma delante del espejo, pero al casarse, pasó cada día y cada noche con su marido, trabajando junto a él la mayor parte del tiempo, pero entonces se había sentido aislada, asustada y sola.

Se casaron en París justo antes de ir a Afganistán. Parecía formar parte de la aventura, en cierto modo otro desafío, otro riesgo, otra emoción. Todos elogiaron lo felices y valientes que eran, y lo mucho que se amaban. Sin duda era cierto.

Quizá ella había esperado demasiado. Había confiado en que el futuro le daría un amor y una intimidad crecientes con Jean-Pierre. Había pensado que éste le contaría sus amores infantiles y lo que le asustaba realmente. Por su parte ella le explicaría que su padre había sido un alcohólico, que albergaba la fantasía de ser violada por un hombre negro y que a veces se chupaba el dedo pulgar cuando sentía ansiedad. Pero Jean-Pierre parecía pensar que su relación después del matrimonio sería igual que antes de la boda. La trataba con cortesía, la hacía reír con sus bromas, caía entre sus brazos cuando se sentía deprimido, discutía de política y de la guerra, le hacía el amor con destreza una vez por semana, acariciándola con sus fuertes y sensibles manos de cirujano, y se comportaba, en todos los aspectos, más como un amigo que como un marido. Ella se sentía incapaz de hablarle de cosas triviales o embarazosas, tales como si un turbante hacía parecer más larga su nariz, o lo mucho que la hizo enfadar que le dieran una paliza por haber derramado tinta roja en la alfombra de la sala cuando, de hecho, fue su hermana Pauline quien lo hizo. Jane deseaba preguntar a alguien si podía esperar algo más del matrimonio, pero todos sus amigos y su familia estaban muy lejos, y las mujeres afganas hubieran encontrado ridículas sus inquietudes. Jane había resistido la tentación de comentar su desilusión a Jean-Pierre, porque sabía que sus quejas resultaban demasiado vagas y porque estaba asustada de cuál podría ser su respuesta.

En realidad era consciente de que la idea de tener un hijo había surgido en ella mucho antes, cuando salía con Ellis Thaler. Aquel año, había volado de París a Londres para el bautizo del tercer hijo de su hermana Pauline, algo que normalmente no hubiera hecho, pues le desagradaban los acontecimientos formales de la familia. También había comenzado a cuidar de los niños de un par de familias de su edificio, un comerciante de antigüedades histérico y su aristocrática esposa, y recordaba cuánto había disfrutado cuando el bebé se echó a llorar y ella tuvo que cogerlo en brazos para consolarlo.

Y después allí, en el valle, donde su deber consistía en animar a las mujeres a controlar la natalidad en favor de niños más sanos, se había sorprendido compartiendo la alegría con que cada nuevo embarazo era recibido incluso en los más pobres y superpoblados hogares. De ese modo, la soledad y el instinto maternal habían conspirado contra su sentido común.

¿Había habido un momento, quizá un instante fugaz, en que se dio cuenta de que en su inconsciente intentaba quedar embarazada? ¿Había pensado que podría tener un hijo en el momento en que Jean-Pierre la penetraba, mientras ella apretaba sus brazos alrededor del cuerpo de él? ¿O quizá poco antes de que Jean-Pierre alcanzara el orgasmo y cerrara los ojos para retraerse en la profundidad de ella? ¿O tal vez más tarde, mientras ella se dejaba llevar al deleitable sueño albergando la cálida simiente en su interior?

—¿Me daba cuenta? —se preguntó en voz alta.

La idea de hacer el amor se apoderó de su cuerpo y comenzó a acariciarse lánguidamente, con sus dedos untados de mantequilla, olvidando la cuestión y dejando que su mente se llenara con vagas imágenes arremolinadas de pasión.

El estallido de los reactores la hizo volver abruptamente al mundo real. Observó, asustada, otros cuatro bombarderos que cruzaron el valle y se alejaron. Cuando el ruido cesó, comenzó a acariciarse de nuevo, pero el deseo se había apagado. Permaneció inmóvil bajo el sol y pensó en su bebé.

Jean-Pierre había reaccionado ante su embarazo como si hubiera sido premeditado. Se había puesto tan furioso que propuso practicarle un aborto él mismo, de inmediato. A Jane le pareció un gesto macabro y, de pronto, creyó que se encontraba con un extraño. Pero lo más duro de aceptar fue el sentirse rechazada. El hecho de que su marido no quería a su bebé la había llenado de desolación. Él había empeorado las cosas al rehusar tocarla. Jane no se había sentido tan miserable en toda su vida. Por primera vez, comprendió por qué la gente intentaba matarse. La retirada del contacto físico fue la peor tortura. Hubiera preferido que Jean-

Pierre le pegara en vez de rechazarla, ya que necesitaba sentir el amor. Cuando recordaba aquellos días, todavía se sentía enojada con él, aunque en el fondo sabía que ella era la culpable de lo ocurrido.

Una mañana, él la había rodeado con su brazo y se había disculpado. Aunque una parte de ella quería decir: «Lamentarlo no es suficiente, bastardo», el resto deseaba desesperadamente su amor, y lo había perdonado de inmediato. Jean-Pierre le aseguró que tenía miedo de perderla, y que si iba a ser la madre de su hijo, él se sentiría aterrorizado por completo, puesto que los perdería a los dos. Aquella confesión había emocionado a Jane, y se había dado cuenta de que al quedar embarazada había adquirido el último compromiso con Jean-Pierre, por lo que se propuso salvar su matrimonio a toda costa.

A partir de entonces, él se mostró más cariñoso. Tenía interés por el bebé que crecía dentro de ella y se mostraba nervioso por la salud y la seguridad de Jane, como suelen hacer los futuros padres. Jane pensaba que su matrimonio podría ser una unión imperfecta pero feliz. Se imaginó un futuro ideal, con Jean-Pierre como futuro ministro de Sanidad francés en una administración socialista, siendo ella un miembro del Parlamento Europeo, y con tres brillantes hijos, uno en la Sorbona, otro en la escuela londinense de economía y el tercero en la Universidad de Artes de Nueva York.

En su fantasía, el hijo mayor, y el más brillante, sería una niña. Jane se tocaba el vientre, apretando suavemente con los dedos, y sentía la forma del bebé: según Rabia Gul, la comadrona del viejo pueblo, sería una niña, porque se decantaba hacia el lado izquierdo, mientras que los chicos crecían en el lado derecho. Rabia, por consiguiente, le había prescrito una dieta de verduras (sobre todo, pimiento verde). Para un chico, habría recomendado mucha carne y pescado. En Afganistán se alimentaba mejor a los varones, incluso antes de que hubieran nacido.

Los pensamientos de Jane se vieron interrumpidos por una terrible explosión. Por un momento pensó que se trataba de los reactores que había visto pasar unos minutos antes, dispuestos a bombardear algún otro pueblo. Pero de pronto oyó, muy cerca, el agudo y prolongado sollozo de un niño reflejando dolor y pánico.

Entonces se dio cuenta de lo que podía haber sucedido. Los rusos, utilizando tácticas que habían aprendido de los americanos en Vietnam, habían sembrado el campo de minas antipersona. El pretexto era bloquear las líneas de suministro para las guerrillas, pero puesto que las «líneas de suministro de las guerrillas» eran los caminos de montaña utilizados a diario por los viejos, las mujeres, los niños y los animales, el verdadero propósito de aquellas minas consistía en aterrorizar a la gente. Así pues, aquel alarido significaba que un niño había hecho estallar una de ellas.

Jane se puso en pie de un salto. Le pareció que el sonido provenía de algún lugar cercano a la casa del *mullah*, que estaba a un kilómetro de distancia, pendiente abajo. Se puso los zapatos, se vistió a toda prisa y echó a correr hacia allí. Los gritos cesaron para convertirse en una serie de estremecedores gemidos de terror. Quizá el niño hubiera visto el daño que la mina había causado en su cuerpo y estuviese gritando, horrorizado. Corriendo entre la tosca vegetación, Jane advirtió que ella misma estaba poseída por el pánico, ya que tan perentorios le resultaban los gritos de un niño en peligro. Tranquilízate, se dijo sin aliento. Si caía y se hacía daño, habría dos personas con problemas y nadie que las ayudase y, además, lo peor que podía haber para un niño asustado era un adulto asustado.

Ya se encontraba cerca. El niño estaría oculto entre los arbustos, no en el camino, pues los senderos y caminos eran revisados cada vez que sabían que estaban minados, pero resultaba imposible revisar toda la ladera.

Se detuvo y escuchó. Su jadeo era tan intenso que tuvo que contener la respiración. Los gritos provenían de unos matorrales de hierba de camello y arbustos de enebro. Se metió entre la vegetación y vislumbró parte de un abrigo azul. El niño debía de ser Mousa, el hijo de nueve años de Mohammed Khan, uno de los jefes guerrilleros. Al cabo de un momento, llegó junto a él.

Estaba arrodillado en el suelo polvoriento. Era evidente que había intentado arrancar la mina, pues le había volado la mano, y contemplaba, con los ojos muy abiertos por el pavor, el muñón ensangrentado mientras gritaba lleno de terror.

Jane había visto muchas heridas durante el año anterior, pero ésa le inspiró compasión.

—Oh, Dios mío —dijo—, pobre niño.

Se arrodilló delante de él, lo abrazó y trató de calmarlo con suaves murmullos. Al cabo de un minuto, el niño dejó de chillar. Jane esperaba que se echase a llorar, pero estaba demasiado aturdido por la impresión y permaneció en silencio. Mientras lo abrazaba, Jane encontró el punto de presión bajo su axila y detuvo el chorro de sangre.

Iba a necesitar su ayuda. Debía hacerle hablar.

—Mousa, ¿qué ha pasado? —preguntó en dari.

El niño no respondió. Ella preguntó de nuevo.

—Yo creía…

Abrió mucho los ojos y, al recordar, su voz se alzó hasta convertirse en grito, mientras decía:

—¡… Yo creía que era una pelota!

—Shhh… shhh… —susurró Jane—. Dime qué has hecho.

—¡La cogí! ¡La cogí!

Ella lo abrazaba con fuerza, tranquilizándole.

—¿Y qué sucedió?

Su voz era temblorosa, pero parecía más serena.

—Estalló —respondió el pequeño.

Jane le cogió la mano derecha y la puso debajo de su brazo izquierdo.

—Aprieta fuerte cuando te diga.

Guió los dedos del niño hasta el punto preciso y luego sacó la mano. La sangre comenzó a brotar de la herida otra vez.

—Empuja fuerte —ordenó Jane.

El niño obedeció y la hemorragia se detuvo. Lo besó en la frente húmeda y fría.

Jane se quitó el vestido y lo dejó en el suelo junto a Mousa. Eran las mismas prendas que llevaban las mujeres afganistanas: un amplio vestido con forma de saco encima de unos pantalones de algodón. Cogió el vestido y rasgó el fino tejido en varias tiras, para hacer un torniquete. Mousa la observaba con ojos muy abiertos y en silencio. Ella rompió una ramita seca de un arbusto de enebro y la utilizó para apretar el torniquete.

Necesitaba una venda, un sedante, un antibiótico para prevenir la infección y a la madre para consolar al pequeño.

Jane se puso los pantalones y ató el cordón. Deseó haber roto otra parte del vestido, para poder cubrirse el torso. Tendría que confiar en no encontrarse con ningún hombre camino de las cuevas.

¿Y cómo podría llevar a Mousa hasta allí? No quería hacerle caminar. No podía cargarlo en su espalda porque él no se sostendría. Jane suspiró: tendría que llevarlo en brazos. Se agachó, pasó un brazo alrededor de sus hombros y el otro debajo de sus nalgas, y lo alzó, más con las rodillas que con los riñones. Llevando al niño en brazos apoyado contra su pecho y con la espalda recostada en la curva de su vientre, Jane comenzó a subir lentamente la colina. Fue capaz de hacerlo porque se trataba de un niño mal alimentado (un niño europeo de nueve años hubiera resultado demasiado pesado).

Pronto abandonó los arbustos y encontró el sendero. Después de avanzar otros veinte o treinta metros, se sintió agotada. En las últimas semanas se cansaba con facilidad, lo cual la enfurecía, pero había aprendido a no luchar contra su cansancio. Dejó a Mousa en el suelo y se quedó junto a él, abrazándole cariñosamente, mientras ella descansaba apoyada contra la pared del risco que había a un lado del sendero. El niño había caído en un silencio helado que a ella le pareció más inquietante que sus gritos. Tan pronto como se sintió un poco mejor, volvió a cogerlo en brazos y reanudó la ascensión.

Estaba descansando cerca de la cima de la colina, quince minutos después, cuando en el sendero apareció un hombre. Jane lo reconoció.

–Oh, no –dijo en inglés–. Entre todos... y tenía que ser Abdullah.

Era un hombre bajo, de unos cincuenta y cinco años de edad y más bien rollizo, a pesar de la escasez local. Llevaba un turbante oscuro, anchos pantalones negros, un suéter Argyle y una chaqueta cruzada a rayas, que parecía como si, en otro tiempo, hubiera sido utilizada por un agente de bolsa londinense. Su abundante barba estaba teñida de rojo: era el *mullah* de Banda.

Abdullah desconfiaba de los extranjeros, despreciaba a las mujeres y odiaba a todos los practicantes de medicina extranjera. Jane, siendo las tres cosas, nunca había tenido la más mínima oportunidad de ganarse su afecto. Para empeorar las cosas, muchas personas del valle habían descubierto que los antibióticos de Jane eran mucho más efectivos para las infecciones que inhalar el humo de un pedazo de papel ardiendo en el que Abdullah había escrito con tinta de azafrán. Por tanto, el *mullah* estaba perdiendo dinero. Se refería a Jane como «la puta occidental», pero le resultaba difícil hacer nada, porque ella y Jean-Pierre estaban bajo la protección de Ahmed Shah Masud, el líder guerrillero, e incluso un *mullah* vacilaba en cruzar su espada con un héroe tan famoso.

Al verla, se detuvo de pronto en el camino, y una expresión de extrema incredulidad transformó su rostro, normalmente solemne, en una cómica máscara. Era la persona menos indicada que Jane podía haber encontrado. Cualquier otro hombre del pueblo se hubiera sentido avergonzado, quizá ofendido, al verla medio desnuda, pero Abdullah se enfurecería.

Jane decidió afrontarlo.

–Que la paz sea contigo –dijo en dari.

Ése era el principio de un intercambio formal de saludos, que a veces podía durar cinco o diez minutos. Pero Abdullah no respondió con el usual «Y contigo», sino que comenzó a insultarla con un torrente de imprecaciones, que incluía las palabras dari para «prostituta», «pervertida» y «seductora de niños». Con el rostro rojo de ira, caminó hacia ella y alzó el bastón.

La situación estaba yendo demasiado lejos. Jane le señaló a Mousa, que permanecía en silencio junto a ella, aturdido por el dolor y la debilidad causada por la pérdida de sangre.

–¡Mira! –voceó Jane a Abdullah–. ¿No lo ves...?

Pero estaba ciego de rabia. Antes de que ella pudiese terminar lo que intentaba decir, Abdullah alzó el bastón y la golpeó en la cabeza. Jane gritó de dolor y rabia, perpleja por la reacción del *mullah*.

Todavía no había visto la herida de Mousa. Tenía la mirada clavada en el pecho de Jane, y ella se dio cuenta de que para Abdullah contemplar a plena luz del día los pechos desnudos de una mujer occidental embarazada, era una visión tan cargada de implicaciones sexuales que estaba a punto de estallar. No pensaba en castigarla con un par de golpes, como hubiera podido hacer con su mujer por una desobediencia: en su corazón había ansias de asesinar.

De pronto, Jane se sintió asustada, por ella, por Mousa y por su hijo no nacido. Retrocedió tambaleándose, fuera del alcance de Abdullah, pero él avanzó hacia ella y alzó su bastón de nuevo. Instintivamente, Jane se abalanzó sobre él y le metió los dedos en los ojos.

El hombre rugió como un toro herido, no tanto por el daño cuanto por la indignación que le producía el que una mujer a la que estaba pegando tuviera la temeridad de defenderse. Mientras le tenía ciego, Jane le agarró la barba con las manos y tiró. Abdullah se tambaleó hacia atrás, tropezó y cayó. Rodó un par de metros cuesta abajo y chocó contra un sauce enano.

¡Oh, Dios mío! ¿Qué he hecho?, pensó Jane.

Contemplando el pomposo y maligno sacerdote en su humillación, Jane supo que nunca la perdonaría por lo que acababa de hacerle. Él podía quejarse ante los «barba-blanca», los ancianos de la comunidad. Podía dirigirse a Masud y exigirle que los médicos extranjeros fueran devueltos a casa e incluso intentar convencer a los hombres de Banda de que la lapidaran. Entonces recordó que, para hacer esta clase de queja, Abdullah tendría que contar su historia con todos los detalles ignominiosos, y las gentes del pueblo le ridiculizarían a partir de entonces (los afganos eran muy crueles). De modo que quizá no le ocurriera nada a ella.

Se volvió. Tenía algo más importante de que preocuparse. Mousa estaba de pie, en el mismo lugar donde ella lo había dejado, en silencio y demasiado asombrado para comprender lo que había ocurrido. Jane respiró hondo, lo cogió en brazos y siguió adelante.

Finalmente, llegó a la cima de la colina y pudo caminar más deprisa en terreno llano. Cruzó la meseta rocosa. Estaba cansada y le dolía la espalda, pero ya casi había llegado: las cuevas se hallaban justo debajo de la cumbre de la montaña. Se dirigió al lado más alejado de la cima y, cuando comenzaban a descender, oyó voces de niños. Un momento después, vio un grupo de niños que jugaban a Cielo e infierno, un juego que consistía en cogerse los dedos de los pies mientras otros niños te llevaban al cielo, si no soltaban los dedos, o al infierno, un montón de basura o una letrina, si se soltaban. Jane se dijo que el pequeño Mousa nunca podría jugar a aquel juego y, de pronto, el sentido de la tragedia se apoderó de ella. Los niños la vieron y, al pasar junto a ellos, dejaron de jugar y se quedaron mirándola. Uno de ellos susurró: «Mousa.» Otro repitió el nombre, el hechizo se rompió y todos echaron a correr delante de Jane, voceando la noticia.

El escondrijo diurno de los habitantes de Banda parecía el campamento de una tribu de nómadas del desierto: el suelo polvoriento, el deslumbrante sol de mediodía, los restos de los fuegos para cocinar, las mujeres encapuchadas, los niños sucios... Jane cruzó la pequeña plaza de terreno nivelado que había delante de las cuevas. Las mujeres estaban reuniéndose ya en la cueva mayor, donde Jane y su marido había instalado algo parecido a una enfermería. Jean-Pierre oyó el alboroto y salió. Aliviada, Jane le tendió a Mousa.

–Ha sido una mina –dijo en francés–. Ha perdido una mano. Dame tu camisa.

Jean-Pierre se llevó a Mousa dentro y lo tendió en la esterilla que servía de mesa de examen. Antes de atender al chico, se quitó la descolorida camisa caqui y se la dio a Jane, que se la puso.

Se sentía algo mareada. Pensó en dirigirse al fondo fresco de la cueva para sentarse a descansar, pero después de dar un par de pasos cambió de idea y se sentó inmediatamente.

–Dame torundas de algodón –pidió Jean-Pierre.

Ella lo ignoró. La madre de Mousa, Halima, entró corriendo en la cueva y comenzó a gritar cuando vio a su hijo. Yo debería tranquilizarla, pensó Jane, para que pueda consolar a su hijo. ¿Por qué no puedo levantarme? Creo que cerraré los ojos. Aunque sólo sea un minuto. A la caída de la tarde, supo que su pequeño estaba llegando.

Cuando recobró el conocimiento, después de haberse desmayado en la cueva, sintió un fuerte dolor de espalda, seguramente causado por haber cargado con Mousa. Jean-Pierre estuvo de acuerdo con su diagnóstico, le dio una aspirina y le dijo que permaneciera tumbada. Rabia, la comadrona, entró en la cueva para ver a Mousa y dirigió una fría mirada a Jane, pero en aquel momento ella no comprendió su significado. Jean-Pierre limpió y vendó el muñón de Mousa, le administró penicilina y le inyectó una antitetánica. El niño no moriría de infección, como seguramente habría ocurrido sin la medicina occidental, pero de todos modos, Jane se preguntaba si su vida valdría la pena. En aquel lugar la supervivencia era difícil, incluso para los más fuertes, y un niño inválido solía morir pronto.

A última hora de la tarde, Jean-Pierre se preparaba para marchar. Tenía el proyecto de atender a los pacientes de un pueblo a varios kilómetros de distancia y, por alguna razón que Jane no comprendía, jamás faltaba a esas citas, aunque él sabía que ningún afgano se hubiera sorprendido si hubiera llegado con un par de días o una semana de retraso.

Cuando besó a Jane para despedirse, ella comenzaba a preguntarse si su dolor de espalda podía ser el principio del parto, precipitado por su aventura con Mousa. No obstante, siendo primeriza no podía saberlo y, además, parecía improbable. Se lo preguntó a Jean-Pierre.

–No te preocupes –respondió él alegremente–. Aún tendrás que esperar unas seis semanas.

Ella le comentó que sería conveniente que se quedara a su lado, por si acaso, pero Jean-Pierre dijo que era del todo innecesario. Jane se sintió algo estúpida, de modo que le dejó marchar, con su equipo médico cargado en un poni enjuto, para que llegara a su destino antes de la noche y pudiera comenzar su trabajo a primera hora de la mañana.

Cuando el sol comenzó a ponerse detrás de la pared occidental del escarpado y el valle rebosaba de sombras, Jane bajó con las mujeres y los niños por la ladera hasta el pueblo, mientras los hombres se dirigían a los campos para recoger sus cosechas.

La casa en la que Jean-Pierre y Jane vivían pertenecía al tendero del pueblo, que había renunciado a la esperanza de enriquecerse en tiempo de guerra (ya que casi no había nada para vender) y se había marchado con su familia a Pakistán. La habitación delantera, antiguamente la tienda, había sido la clínica de Jean-Pierre hasta que la intensidad del bombardeo había obligado a los habitantes a refugiarse en las cuevas durante el día. La casa tenía otras dos habitaciones: una hubiera sido para el hombre y sus invitados; la otra para las mujeres y los niños. Jane y Jean-Pierre las utilizaban como dormitorio y sala de estar. A un lado de la casa había un patio tapiado que contenía un fogón para cocinar y un pequeño estanque para lavar la ropa, los platos y los niños. El tendero había dejado algunos muebles de madera hechos en casa, y los habitantes de Banda le habían prestado a Jane algunas hermosas alfombras para el suelo. El matrimonio dormía sobre un colchón, como los afganos, pero utilizaban un saco de dormir en vez de mantas. También como los afganos, enrollaban el colchón durante el día o lo ponían encima del tejado llano cuando hacía buen tiempo, para que se aireara. En verano todo el mundo dormía en los tejados.

La caminata desde la cueva hasta la casa tuvo un extraño efecto en Jane. El dolor de espalda empeoró y, cuando llegó, estaba a punto de desplomarse de dolor y cansancio. Tenía necesidad de orinar, pero se hallaba demasiado cansada para salir fuera, a la letrina, de modo que utilizó el orinal que tenían detrás del biombo en el dormitorio. Entonces observó una pequeña mancha de sangre en la costura de sus pantalones de algodón.

No tenía bastante energía para trepar por la escalera exterior hasta el tejado, en busca del colchón, de modo que se echó en una alfombra del dormitorio. El dolor de espalda le llegaba en oleadas. Colocó las manos sobre su vientre y notó que el bulto se alzaba, sobresaliendo más a medida que el dolor aumentaba y aplanándose de nuevo al cesar. Sin duda se trataba de las primeras contracciones.

Se asustó. Recordó haber hablado con su hermana Pauline acerca del parto. Después del primer hijo de Pauline, Jane la había visitado, llevando una botella de champán y un poco de marihuana. Cuando ambas se hallaban relajadas, Jane le preguntó cómo era aquello realmente, y Pauline le respondió:

–Como cagar un melón.

Habían estado riendo como bobas durante horas.

Pero Pauline había dado a luz en el Hospital de la Universidad, en el corazón de Londres, no en una casa con ladrillos de arcilla en el valle de los Cinco Leones.

¿Qué voy a hacer?, pensó Jane. No debo asustarme. Tengo que lavarme con jabón y agua caliente; buscar unas tijeras afiladas y hervirlas en agua durante quince minutos; buscar sábanas limpias donde tenderme; beber líquidos y relajarme.

Sin embargo, antes de que pudiera hacer nada, tuvo una contracción más dolorosa que las otras. Cerró los ojos e intentó respirar hondo, regularmente, tal como Jean-Pierre le había explicado, pero resultaba difícil hacerlo cuando todo lo que deseaba era gritar de miedo y dolor.

El espasmo la dejó agotada. Permaneció inmóvil, recuperándose. Se dio cuenta de que no podría hacer ninguna de las cosas que se proponía: no podría arreglárselas sola. Tan pronto como se sintiera con fuerzas suficientes, se levantaría e iría a la casa contigua, para pedir a las mujeres que corriesen en busca de la comadrona.

La siguiente contracción llegó más pronto de lo que esperaba, después de lo que le parecieron un par de minutos. Cuando el dolor fue insoportable, Jane exclamó:

–¿Por qué no te dicen cuánto duele?

En cuanto pasó lo peor, se esforzó por levantarse. El terror de dar a luz estando sola le dio fuerzas. Avanzó, vacilante, del dormitorio a la sala. Se sentía algo más fuerte con cada paso que daba. Llegó hasta el patio y, de pronto, notó un derrame de fluido caliente entre sus muslos. De inmediato sus pantalones se empaparon: había roto aguas.

–Oh, no –gimió.

Se apoyó contra el marco de la puerta. No estaba segura de poder recorrer ni siquiera los pocos metros que la separaban de la casa contigua, con sus pantalones colgándole de aquella manera. Se sentía humillada: Debo hacerlo, se dijo, pero comenzó una nueva contracción y se dejó caer al suelo. Tendré que hacerlo sola.

Cuando volvió a abrir los ojos, vio la cara de un hombre junto a la de ella. Parecía un *sehikh* árabe, tenía la piel tostada y oscura, ojos y bigote negros y sus rasgos eran aristocráticos: pómulos altos, nariz romana, dientes blancos y mandíbula alargada. Era Mohammed Khan, el padre de Mousa.

–Gracias a Dios –murmuró Jane confusamente.

–He venido a darte las gracias por salvar la vida de mi único hijo –susurró Mohammed en dari–. ¿Estás enferma?

–Voy a tener un bebé.

–¿Ahora? –preguntó él, asustado.

–Pronto. Ayúdame a entrar en la casa.

Él vaciló: el parto, como otras cosas únicamente femeninas, era considerado impuro. No obstante, la vacilación duró sólo un momento. La puso de pie y la sostuvo, mientras ella caminaba cruzando la sala hacia el dormitorio. Jane se tendió en la alfombra de nuevo.

–Pide ayuda –rogó Jane.

Él frunció el entrecejo, sin saber lo que tenía que hacer, con aspecto infantil y embobado.

–¿Dónde está Jean-Pierre?

–Se ha ido a Khawak. Necesito a Rabia.

–Sí –respondió él–. Enviaré a mi mujer.

–Antes de marcharte…

–¿Sí?

–Por favor, dame un poco de agua.

Mohammed pareció perplejo. Era impensable que un hombre sirviera a una mujer, aunque fuese un simple trago de agua.

Jane añadió:

–De la jarra especial.

Siempre tenía una jarra a mano, con agua hervida para beber: era el único medio de evitar los numerosos parásitos intestinales que la mayoría de la gente local tenía durante casi toda su vida.

Mohammed decidió saltarse las convenciones.

–Claro –dijo.

Entró en la otra habitación y volvió un momento después con una taza de agua. Jane le dio las gracias y bebió a sorbos.

–Enviaré a Halima para que busque a la comadrona –dijo él.

Halima era su esposa.

–Gracias –susurró Jane–. Dile que se apresure.

Mohammed salió de la casa. Jane había tenido suerte de que hubiera sido él y no otro hombre. Los otros hubieran rehusado tocar a una mujer enferma, pero Mohammed parecía distinto a ellos. Era uno de los guerrilleros más importantes y, en la práctica, representante local del líder rebelde Masud. Sólo tenía veinticuatro años, pero en aquel país no era ser demasiado joven para ser un líder guerrillero o para tener un hijo de nueve años. Había estudiado en Kabul, hablaba un poco de francés y sabía que las costumbres del valle no eran las únicas formas corteses de comportamiento en el mundo. Su principal responsabilidad consistía en organizar los convoyes que iban y venían de Pakistán con suministros vitales de armas y municiones para los rebeldes. En uno de esos convoyes Jane y Jean-Pierre habían llegado al valle.

Esperando la siguiente contracción, Jane recordó aquel horrible viaje. Siempre se había considerado una persona sana, activa y fuerte, capaz de caminar todo el día, pero no había previsto la escasez de comida, las cuestas escarpadas, los senderos cubiertos de ásperas piedras y la diarrea. Varios trechos del viaje fueron realizados de noche, por temor a los helicópteros rusos. También en algunos lugares habían tenido que contender con sus habitantes hostiles: temiendo que el convoy atrajera un ataque ruso, los locales rehusaban vender comida a los guerrilleros, se ocultaban detrás de puertas, o dirigían el convoy hacia un prado o una huerta a algunos kilómetros de distancia, un lugar perfecto para acampar que resultaba no existir.

A causa de los ataques rusos, Mohammed cambiaba las rutas constantemente. Jean-Pierre se había pertrechado en París de mapas americanos de Afganistán, y eran mejores que cualquiera que tuviesen los rebeldes, de modo que Mohammed solía acudir a su casa para examinarlos antes de enviar un nuevo convoy.

De hecho, Mohammed iba con más frecuencia de lo que era necesario. Solía dirigirse a Jane más de lo que hacían los afganos normalmente, y cruzaba su mirada con la de ella con demasiada frecuencia, además de contemplar su cuerpo siempre que podía. Ella creía que estaba enamorado o, por lo menos, lo había estado hasta que quedó embarazada.

Por su parte, Jane se había sentido atraída hacia él en el momento en que surgieron los problemas con Jean-Pierre. Mohammed era delgado, moreno, fuerte y poderoso y, por primera vez en su vida, Jane se encontraba a gusto en compañía de un auténtico cerdo machista.

Hubiera podido tener una aventura con él. Mohammed era un devoto musulmán, como todos los guerrilleros, pero Jane dudaba de que eso hubiera establecido diferencia alguna. Ella creía en lo que su padre solía decir: «La convicción religiosa puede destruir un tímido deseo, pero nada puede obstaculizar una pasión genuina.» Esa frase enfurecía a su madre. No, en aquella comunidad puritana de campesinos había tanto adulterio como en cualquier otra parte, según Jane pudo comprobar escuchando el comadreo entre las mujeres, mientras acudían al río a buscar agua o a bañarse. Jane sabía también cómo se las arreglaban.

–Puedes ver al pez que salta en el crepúsculo bajo la cascada del último molino de agua –le dijo Mohammed un día–. Yo voy allí algunas noches para atraparlos.

Durante el crepúsculo las mujeres cocinaban y los hombres se sentaban en el patio de la mezquita, hablando y fumando. A los amantes no podrían descubrirlos tan lejos del pueblo, y ni Jane ni Mohammed hubieran sido echados de menos.

La idea de hacer el amor junto a una cascada con aquel hombre tribal, atractivo y primitivo, tentó a Jane, pero entonces quedó embarazada y Jean-Pierre le confesó lo mucho que temía perderla. Ella decidió dedicar todas sus energías a salvar su matrimonio, de modo que nunca acudió a la cascada, y cuando su embarazo comenzó a hacerse visible, Mohammed dejó de mirarla lascivamente.

Quizá era su latente intimidad lo que había empujado

a Mohammed a ayudarla, cuando los otros hombres hubieran rehusado hacerlo e incluso se hubieran alejado sin entrar en la casa. O quizá se tratase de Mousa. Mohammed, que sólo tenía un hijo, y tres hijas, probablemente se sentía en deuda con Jane. Hoy he hecho un amigo y un enemigo, pensó Jane: Mohammed y Abdullah.

El dolor comenzó de nuevo y Jane observó que había tardado algo más en llegar. ¿Estaban haciéndose irregulares las contracciones? ¿Por qué? Jean-Pierre no le había comentado nada sobre eso, aunque gran parte de la ginecología estudiada tres o cuatro años atrás ya la había olvidado.

La nueva contracción había sido la peor hasta el momento, y la dejó temblorosa y mareada. ¿Qué ocurriría con la comadrona? Mohammed debía de haber enviado a buscarla, esperaba que no se olvidara de eso o cambiara de intención. Pero ¿obedecería ella a su marido? Por supuesto, las mujeres afganas siempre lo hacían. Aunque quizá caminara despacio, chismorreando por el camino, o incluso se detuviera en alguna otra casa para beber té. Si había adulterio en el valle de los Cinco Leones, también existirían los celos, y con seguridad Halima sabría, o por lo menos adivinaría, los sentimientos de su marido hacia Jane, ya que las esposas siempre lo notaban. Podría estar resentida por ser enviada a toda prisa en ayuda de su rival, la exótica extranjera instruida de piel blanca, que tanto fascinaba a su marido. De pronto, Jane se sintió irritada con Mohammed y también con Halima. No he hecho nada malo. ¿Por qué me han abandonado todos? ¿Por qué no está aquí mi marido?

Al sentir otra contracción, rompió en sollozos. Aquello era excesivo.

—No puedo seguir —farfulló.

Temblaba de manera incontrolada. Deseaba morir antes que soportar aquel dolor.

—Mamá, ayúdame, mamá —sollozó.

De pronto, un fuerte brazo la rodeó por los hombros y oyó una voz de mujer en su oído, murmurándole algo incomprensible pero tranquilizador en dari. Sin abrir los ojos, se agarró a la otra mujer, llorando y gritando cuando la contracción se hizo más intensa, hasta que finalmente comenzó a desvanecerse, muy despacio, pero con una sensación de finalidad, como si pudiera ser la última o quizá la penúltima.

Alzó la mirada y vio los ojos serenos y las mejillas redondas de la vieja Rabia, la comadrona.

–Que Dios esté contigo, Jane Debout.

Jane sintió alivio, como si le quitaran un insoportable peso de encima.

–Y contigo, Rabia Gul –murmuró agradecida.

–¿Con qué frecuencia tienes las contracciones?

–Cada uno o dos minutos.

–El bebé llegará pronto –dijo otra voz de mujer.

Jane volvió la cabeza y vio a Zahara Gul, la nuera de Rabia, una chica voluptuosa de la edad de Jane, con una larga cabellera negra y una boca grande y alegre. Entre todas las mujeres del pueblo, Zahara era la única a la que Jane se sentía unida.

–El parto se ha adelantado porque has cargado con Mousa montaña arriba –comentó Rabia.

–¿Es eso todo? –murmuró Jane.

–Ya es bastante.

De modo que no saben lo de la pelea con Abdullah, pensó Jane. Habrá decidido ocultarlo.

–¿Quieres que lo prepare todo para recibir al bebé? –le preguntó Rabia.

–Sí, por favor.

Dios, ¿en qué clase de ginecología primitiva me estoy metiendo? Pero no puedo hacerlo sola, sencillamente no puedo.

–¿Quieres que Zahara prepare un poco de té? –inquirió Rabia.

–Sí, por favor.

Al menos no había nada supersticioso en todo aquello. Las dos mujeres comenzaron a trabajar. Su simple presencia hacía que Jane se sintiese mejor. Era agradable, pensó, que Rabia hubiera pedido permiso para ayudarla –un médico occidental hubiera entrado y se hubiera hecho cargo de todo como si fuese el dueño del lugar–. Rabia se lavó las manos como en un ritual, invocando a los profetas para que le enrojecieran la cara, lo que significaba que tendría éxito, y después se las lavó de nuevo minuciosamente con jabón y abundante agua. Zahara trajo un bote de ruda salvaje, y Rabia prendió un puñado de la pequeña y oscura semilla con carbón de encina. Jane recordó que entre los afganos se decía que los malos espíritus eran ahuyentados por el olor de la ruda quemada. Se consoló pensando que el humo acre serviría para mantener a las moscas alejadas de la habitación.

Rabia era algo más que una comadrona. Su ocupación principal consistía en ayudar a nacer a los bebés, pero también tenía tratamientos mágicos y herbales que aumentaban la fertilidad de las mujeres con dificultades para quedar embarazadas. Conocía algunos métodos anticonceptivos y también abortivos, para los cuales había mucha menos demanda, ya que generalmente las mujeres afganas querían tener muchos hijos. También Rabia era consultada para cualquier enfermedad *femenina*. Y se la solía llamar para que lavase a los difuntos, tarea que, como la del parto, se consideraba impura.

Jane la observó mientras se movía por la habitación. Quizá fuese la mujer más anciana del pueblo, ya que tendría alrededor de los sesenta años. De baja estatura (no pasaría de metro cincuenta) estaba muy delgada, como la mayoría de las personas del lugar. Su ajado y atezado rostro estaba aureolado de cabello blanco. Se movía en silencio, mientras utilizaba sus viejas manos huesudas, precisas y eficientes.

La relación de Jane con ella se inició con desconfianza y hostilidad. Cuando Jane le preguntó a quién llamaba en caso de partos difíciles, Rabia le respondió con acritud:

—Puede que el diablo sea sordo. Nunca he tenido ningún parto difícil y nunca he perdido a una madre o a un bebé.

Pero más tarde, cuando las mujeres del pueblo acudieron a Jane con problemas menores de menstruación o rutinas de embarazo, Jane las enviaba a Rabia en vez de prescribir placebos.[1] Y ése fue el principio de una relación de trabajo. Rabia consultó con Jane el problema de una madre reciente que tenía infección vaginal. Jane había dado a Rabia una dosis de penicilina y le había explicado cómo administrarla. El prestigio de Rabia se fortaleció cuando se supo que había recibido medicina occidental, y Jane pudo decirle, sin que se ofendiese, que probablemente la propia Rabia había provocado la infección por su costumbre de lubricar la salida del bebé durante el parto.

A partir de entonces, Rabia comenzó a visitar la clínica un par de veces por semana, para hablar con Jane y observarla en su trabajo. Jane aprovechaba estas oportunidades para explicarle, con aire indiferente, cosas como por qué se lavaba las manos con tanta frecuencia, por qué colocaba su instrumental en agua hirviendo después de haberlo utilizado, y por qué daba tantos líquidos a los niños con diarrea.

A su vez, Rabia le contó algunos de sus secretos a Jane. Ésta estaba interesada en aprender qué contenían las pociones que Rabia preparaba, y pudo observar cómo algunas de ellas daban buenos resultados: las medicinas para ayudar al embarazo contenían cerebro

1. *Placebo*: medicina inocua que se administra a un paciente para conformarle. *(N. del T.)*

de conejo o bazo de gato, los cuales proporcionaban las hormonas que faltaban al metabolismo del paciente; la menta y la calamina[2] de muchos preparados probablemente ayudaban a limpiar las infecciones que impedían la concepción. Rabia también tenía un remedio que las esposas podían dar a sus maridos impotentes, y no había duda de cómo funcionaba: contenía opio.

La desconfianza había sido sustituida por un mutuo respeto, pero Jane no había consultado a Rabia sobre su propio embarazo. Una cosa era dejar que la mezcla de folklore y magia de Rabia diera resultado en las mujeres afganas, y otra muy distinta someterse a ella. Además, Jane había dejado muy claro que su parto sería occidental. Rabia pareció dolida, pero aceptó la decisión con dignidad. Sin embargo, ahora Jean-Pierre se encontraba en Khawak y Rabia estaba con ella, y se sentía contenta de disponer de la ayuda de una anciana que había contribuido al nacimiento de cientos de niños, y ella misma había tenido once.

Llevaba un rato sin tener contracciones, pero en los últimos minutos, mientras observaba a Rabia moverse por la habitación silenciosamente, Jane había comenzado a sentir algo extraño en el vientre: una clase distinta de presión acompañada de un fuerte impulso de empujar. El impulso se hizo irresistible, y Jane gritó por el mero esfuerzo de empujar.

Oyó la lejana voz de Rabia.

—Está comenzando. Eso es bueno.

Al cabo de un rato, dejó de empujar. Zahara trajo una taza de té verde. Jane se incorporó y se lo bebió, dando pequeños sorbos. Estaba caliente y era muy dulce. Zahara es de mi misma edad, pensó Jane, y ya ha tenido cuatro hijos, sin contar los abortos y los que

2.   Planta que crece en suelos incultos y se utiliza en farmacia como tónico intestinal. *(N. del T.)*

nacieron muertos. Era una de esas mujeres llenas de vitalidad, como una joven leona. Lo más probable era que tuviese algunos hijos más. Había recibido a Jane con franca curiosidad, mientras que la mayoría de las mujeres se habían mostrado suspicaces y hostiles en los primeros días. Además, Jane descubrió que Zahara se mostraba crítica con las costumbres y tradiciones más superficiales del valle y estaba ansiosa por aprender todo lo posible de las ideas extranjeras sobre la salud, el cuidado de los niños y la nutrición. Por consiguiente, Zahara no sólo se había convertido en la amiga de Jane, sino en la cabeza de lanza de su programa de educación sanitaria.

Sin embargo, en ese momento Jane estaba aprendiendo los métodos afganos. Contempló a Rabia extender una sábana de plástico en el suelo (¿qué utilizarían en el pasado, cuando no disponían de plástico?) y lo cubrió con una capa de arena que Zahara trajo del exterior en un cubo. Rabia había dejado algunas cosas sobre una mesa baja, y Jane se alegró de ver trapos limpios de algodón y una navaja nueva de afeitar, todavía en su envoltorio.

Volvió a sentir la necesidad de empujar, y Jane cerró los ojos para concentrarse. No era dolor lo que sentía, sino una especie de fuerte estreñimiento. Encontró alivio gruñendo mientras se esforzaba. Quería explicarle a Rabia cómo se encontraba, pero estaba demasiado ocupada empujando, para hablar.

En la pausa siguiente, Rabia se arrodilló y desató el cordón de los pantalones de Jane. Después se los quitó.

–¿Quieres orinar antes de que te lave? –preguntó.

–Sí.

Ayudó a Jane a levantarse e ir detrás del biombo, y la sostuvo por los hombros mientras se sentaba en el orinal.

Zahara entró portando un cuenco de agua caliente y

se llevó el orinal. Rabia lavó el vientre de Jane, sus caderas y partes íntimas, asumiendo por primera vez un aire más bien enérgico. Después Jane volvió a tenderse. Rabia se lavó las manos y las secó. Mostró a Jane un pequeño frasco de polvo azul (sulfato de cobre, adivinó Jane).

–Este color asusta a los malos espíritus –le informó.

–¿Qué piensas hacer? –preguntó Jane.

–Poner un poco en tu ceja.

–De acuerdo –dijo Jane, y luego añadió–: Gracias.

Rabia esparció un poco de polvo en la frente de Jane. No me molesta la magia cuando es inofensiva, pensó Jane, pero ¿qué hará si surge un problema médico real? ¿Y con cuántas semanas de anticipación llega el bebé?

Todavía estaba pensando en ello cuando comenzó la siguiente contracción, de modo que no tuvo ocasión de concentrarse en la oleada de presión por lo que fue muy dolorosa. No debo preocuparme, se dijo, sino relajarme.

Después se sintió agotada y soñolienta. Cerró los ojos. Notó que Rabia le desabrochaba la camisa, la misma que había pedido a Jean-Pierre aquella tarde, hacía tantos años. Rabia comenzó a frotarle el vientre con una especie de lubricante, quizá mantequilla clarificada. Introdujo sus dedos y Jane abrió los ojos.

–No intentes mover el bebé –le dijo a Rabia.

Ésta asintió, pero continuó probando, una mano encima del vientre de Jane y la otra en la vagina.

–La cabeza está abajo –susurró finalmente–. Todo va bien. El bebé nacerá muy pronto. Ahora deberías levantarte.

Zahara y Rabia la ayudaron a levantarse y a dar dos pasos al frente, en la sábana de plástico cubierta de tierra. Rabia se puso detrás de ella.

–Súbete encima de mis pies –le dijo.

Jane obedeció, aunque no estaba segura de la lógica de aquel acto. Rabia se agachó detrás de ella, haciéndole sentarse en cuclillas. De modo que ésa era la posición local para el parto, pensó Jane.

–Siéntate encima de mí –indicó Rabia–. Puedo sostenerte.

Jane apoyó su peso en los muslos de la anciana. La posición era sorprendentemente cómoda y tranquilizadora.

Sintió que sus músculos comenzaban a tensarse otra vez. Rechinó los dientes y se inclinó, gruñendo. Zahara se agachó delante de ella. Durante un rato, en la mente de Jane no hubo nada salvo la presión. Finalmente ésta se aflojó y ella se dejó caer, agotada y medio dormida, dejando que Rabia cargara con su peso.

Al cabo de unos segundos, volvió el dolor, una sensación de quemazón aguda entre las ingles.

–Ya llega –anunció Zahara de pronto.

–Ahora no empujes –le ordenó Rabia–. Deja que el bebé se deslice solo.

La presión se alivió. Zahara y Rabia cambiaron de lugar y ésta se puso en cuclillas entre las piernas de Jane, observando con atención. La presión comenzó de nuevo. Jane apretó los dientes. Rabia dijo:

–No empujes. Ten calma.

Jane intentó relajarse. Rabia la miró y alzó la mano para acariciarle el rostro.

–No aprietes los dientes. Deja la boca floja.

Jane obedeció y comprobó que aquello la ayudaba a relajarse.

La sensación de ardor surgió de nuevo, peor que nunca, y Jane supo que el bebé casi había nacido: sentía su cabecita emergiendo, ensanchando el paso de un modo casi imposible. Ella gritó de dolor, de pronto éste cesó y, por un momento, Jane no sintió nada. Miró hacia abajo. Rabia deslizó las manos entre los muslos de Jane, invocando los nombres de los profetas. A través de un velo de lágrimas, Jane vio algo redondo y oscuro en las manos de la comadrona.

–No tires –susurró Jane–. No tires de la cabeza.

–No –contestó Rabia.

La fuerte presión volvió a agitar el cuerpo de Jane.

–Un pequeño empujón para el hombro –pidió Rabia.

Jane cerró los ojos y apretó con suavidad.

–Ahora el otro hombro –dijo Rabia al cabo de un momento.

Jane empujó con fuerza y entonces sintió un enorme alivio. De inmediato supo que el bebé había nacido. Miró hacia abajo y vio su pequeño cuerpo acunado en los brazos de Rabia. Tenía la piel arrugada y húmeda, y su cabeza estaba cubierta con cabello negro mojado. El cordón umbilical tenía un aspecto extraño, parecía una cuerda gruesa de color azul palpitante como una vena.

–¿Está bien? –preguntó Jane.

Rabia sopló y el bebé abrió su pequeña boca y lloró. Jane dijo:

–Oh, Dios mío, gracias. Está vivo.

Rabia cogió un trapo de algodón limpio de la mesa y secó la cara del recién nacido.

–¿Es normal? –inquirió Jane.

Rabia miró fijamente a los ojos de Jane, sonrió y contestó:

–Sí. Ella es normal.

–Ella es normal –repitió Jane–. Ella... Tengo una hija. Una hija...

De pronto, se sintió exhausta. No podía permanecer en pie ni un momento más.

–Quiero echarme –dijo.

Zahara la ayudó a volver al colchón y colocó cojines detrás de ella, para que quedase sentada, mientras que Rabia sostenía el bebé, todavía ligado por el cordón umbilical. Cuando Jane estuvo acomodada, Rabia comenzó a enjugar el bebé con trapos de algodón.

Jane vio que el cordón dejaba de palpitar, se encogía y adoptaba un tono blanco.

—Puedes cortar el cordón —le dijo a Rabia.

—Siempre esperamos las secundinas —comentó Rabia.

—Hazlo ahora, por favor.

Rabia parecía dudar, pero obedeció. Cogió un pedazo de cuerda blanca de la mesa y la enrolló en el cordón, a pocos centímetros del ombligo del bebé. Debería ser más cerca, pensó Jane, pero no importa.

Rabia desenvolvió la navaja nueva.

—En el nombre de Alá —dijo y cortó el cordón.

—Dámela —pidió Jane.

Rabia le entregó el bebé.

—No le permitas que mame.

Jane sabía que Rabia estaba equivocada al respecto.

—Ayuda a las secundinas —dijo.

Rabia se encogió de hombros.

Jane puso la carita del bebé junto a su pecho. Sus pezones se habían ensanchado y estaban deliciosamente sensibles, como cuando Jean-Pierre los besaba. Al rozar con el pezón la mejilla del bebé, éste volvió la cabeza en un acto reflejo y abrió la boca. En cuanto introdujo el pezón en su boca, comenzó a chupar. Por un momento, Jane se sintió sorprendida y avergonzada, y después pensó: ¡Qué demonios…!

Sintió otros movimientos en el abdomen. Obedeció un impulso instintivo de empujar y notó que expulsaba la placenta, un pequeño nacimiento resbaladizo. Rabia la envolvió con cuidado en un trapo.

El bebé dejó de mamar y pareció quedar dormido.

Zahara le ofreció a Jane un vaso de agua. Ella lo bebió de un trago. Sabía a gloria. Pidió más.

Estaba dolorida, agotada y se sentía benditamente feliz. Miró a la pequeña, durmiendo plácidamente sobre su pecho. Ella misma se sintió inclinada a dormir.

—Deberíamos taparla —dijo Rabia.

Jane alzó el bebé, que era ligero como una muñeca, y se lo entregó a la anciana.

–Chantal –murmuró cuando Rabia lo cogía–. Se llama Chantal.

Entonces cerró los ojos.

5

Ellis Thaler tomó las Aerolíneas Eastern en su recorrido de Washington a Nueva York. En el aeropuerto de La Guardia tomó un taxi hasta el hotel Plaza de Nueva York. El taxi lo dejó en la entrada del hotel de la Quinta Avenida. Ya en el vestíbulo, se dirigió hacia los ascensores de la calle Cincuenta y ocho. Un hombre vestido con traje de negocios y una mujer que llevaba una bolsa de Saks entraron con él. El hombre bajó en el séptimo piso; Ellis en el octavo. La mujer siguió hacia arriba. Ellis recorrió el sombrío pasillo del hotel, totalmente solo, hasta que llegó a los ascensores de la calle Cincuenta y nueve. Bajó de nuevo y salió del hotel por la entrada que daba a la calle Cincuenta y nueve.

Convencido de que nadie le seguía, detuvo un taxi en Central Park South y se dirigió a la estación Penn,[3] donde tomó el tren hacia Douglashouse, en el barrio de Queens.

Algunos versos de la *Nana* de Auden se repetían en su cabeza mientras el tren avanzaba:

El tiempo y las fiebres destruyen
la belleza individual de los niños pensativos,

3. Abreviatura de Pensilvania. *(N. del T.)*

y la tumba demostrará
lo efímero de la infancia.

Había transcurrido más de un año desde que fingiera ser un americano aspirante a poeta en París, pero no había perdido su afición a los poemas.

Puesto que se hallaba en una misión secreta, comprobó que no le seguían. Bajó del tren en Flushing y esperó en el andén al próximo. Nadie esperó con él.

A causa de sus extremas precauciones, llegó a Douglaston a las cinco de la tarde. Desde la estación caminó a buen paso durante media hora, revisando mentalmente el contacto que debía entablar, las palabras que usaría, las reacciones posibles que se producirían.

Llegó a una calle de las afueras desde donde se veía Long Island Sound y se detuvo junto a una casa pequeña y pulcra, con aleros imitación estilo Tudor y una ventana de cristal de colores en una pared. Había un pequeño vehículo de fabricación japonesa en la entrada. Mientras subía por la avenida, una adolescente rubia abrió la puerta principal.

—Hola, Petal —dijo Ellis.

—Hola, papá —saludó ella.

Ellis se inclinó para besarla. Como siempre, sintió una mezcla de orgullo y culpa.

La observó detenidamente. Debajo de su camiseta Michael Jackson llevaba sujetador. Ellis estaba seguro de que era nuevo. Se está convirtiendo en una mujer, pensó. Es sorprendente.

—¿Te gustaría entrar un momento? —preguntó ella con cortesía.

—Claro.

La siguió al interior de la casa. Por detrás, la niña aún parecía más mujer. Ellis recordó su primera novia. Tenía quince años y no era mucho mayor que Petal… No, espera, era más joven, tenía doce años. Y yo solía

meter la mano por debajo de su suéter. Que Dios pro-
teja a mi hija de los muchachos de quince años.

Se dirigieron a una sala de estar, pequeña pero aco-
gedora.

–¿Quieres sentarte? –preguntó Petal.

Ellis se acomodó.

–¿Puedo traerte alguna cosa? –le ofreció ella.

–Descansa –dijo Ellis–. No tienes que ser tan edu-
cada. Soy tu padre.

Ella pareció perpleja e insegura, como si la hubieran
reñido por algo que no supiera que estaba mal hecho.

–Tengo que cepillarme el cabello –comentó al cabo
de un rato–. Luego podremos irnos. Perdóname.

–Claro.

Ellis encontraba dolorosa tanta cortesía. Indicaba
que todavía era un extraño para ella. Había fracasado en
su intento de convertirse en un miembro de su familia.

Había estado viéndola por lo menos una vez al mes
durante el año anterior, desde que regresó de París.
A veces pasaban el día juntos, pero con mayor frecuencia él la llevaba a cenar, como haría esa noche. Para pasar con ella sesenta minutos, Ellis había tenido que hacer un viaje de cinco horas con la máxima seguridad,
pero, por supuesto, ella lo ignoraba. El objetivo de Ellis
era modesto: sin ceremonias ni dramatismos quería tener un lugar pequeño pero permanente en la vida de su
hija.

Eso significaba cambiar las características de su trabajo. Había renunciado a la labor de campo. Sus superiores se habían mostrado muy contrariados, ya que los
buenos agentes secretos escaseaban (había cientos de
malos). Él tomó la decisión muy a su pesar, pues sentía
que tenía el deber de utilizar su talento. Pero no podía
ganarse el afecto de su hija si tenía que viajar cada año
hasta algún rincón remoto del mundo, sin poder decirle adónde iba ni por cuánto tiempo. Por otro lado, no

podía arriesgarse a que lo mataran justo cuando ella estaba aprendiendo a quererle.

Ellis echaba de menos la excitación, el peligro, la emoción de la caza y la certeza de que estaba realizando un trabajo importante que nadie era capaz de hacer con tanta perfección. Sin embargo, durante demasiado tiempo sus relaciones emocionales habían sido fugaces, y después de perder a Jane, necesitaba sentirse querido por alguien.

Mientras esperaba, Gill entró en la habitación. Ellis se levantó. Su ex esposa parecía fresca y tranquila, ataviada con un vestido blanco de verano. Ellis la besó en la mejilla.

–¿Cómo estás? –preguntó ella.

–Como siempre. ¿Y tú?

–Yo estoy increíblemente ocupada.

Y comenzó a contarle, con todo lujo de detalles, lo que tenía que hacer. Como siempre, Ellis se ausentó mentalmente. Simpatizaba con ella, aunque le aburría sobremanera. Era extraño pensar que había estado casado con ella en otro tiempo. No obstante, Gill había sido la chica más bonita del departamento de inglés y Ellis el joven más inteligente. Además, en 1967 podía suceder cualquier cosa, sobre todo en California. Se casaron de blanco, al final de su primer año de noviazgo, y alguien interpretó la *Marcha nupcial* con una cítara. Ellis fracasó en sus exámenes y lo expulsaron de la universidad y, por consiguiente, lo llamaron a filas. En vez de marcharse a Canadá o a Suecia, se dirigió a la oficina de reclutamiento, como una oveja al matadero, sorprendiendo a todo el mundo excepto a Gill, que por aquel entonces ya sabía que su matrimonio no funcionaría y sólo esperaba el momento en que Ellis decidiría alejarse de ella.

Cuando se pronunció el divorcio, él se encontraba en el hospital de Saigón con una bala en la pantorrilla, la herida más corriente del piloto de helicóptero, porque debajo del asiento no había blindaje. Alguien dejó la notificación en su cama mientras él se hallaba en el retrete. La encontró al volver, junto con una medalla con hojas de roble, la número veinticinco. Por aquel entonces las medallas se concedían con bastante facilidad. «Acabo de divorciarme», comentó, y el soldado de la cama contigua había replicado: «No jodas. ¿Quieres jugar a las cartas?»

Ella no le había hablado del bebé. Ellis se enteró años más tarde, cuando se convirtió en espía y descubrió la pista de Gill, como ejercicio, y supo que ésta tenía una hija con el inevitable nombre de últimos de los años sesenta, Petal, y un marido llamado Bernard, que estaba visitando a un especialista en fertilidad. No hablarle de Petal había sido la única mezquindad que Gill había cometido en su contra, pensó Ellis, aunque ella seguía insistiendo en que lo había hecho por el bien de él.

Ellis insistía en ver a Petal de vez en cuando, e incluso había conseguido que ella dejara de llamar «papá» a Bernard. Sin embargo, no había intentado convertirse en parte de su vida familiar, no hasta el año anterior.

–¿Quieres llevarte mi coche? –preguntó Gill.

–Si no te importa.

–Claro que no.

–Gracias.

Le resultaba molesto tener que pedir prestado el coche a Gill, pero el viaje desde Washington era demasiado largo y Ellis prefería no alquilar coches en esa zona, ya que sus enemigos lo descubrirían algún día, a través de los registros de las agencias de alquiler o las compañías de tarjetas de crédito, y entonces estarían en disposición de descubrir la existencia de Petal. La alternativa era utilizar una identidad distinta cada vez que alquilase un coche, pero las identidades eran caras y la agencia no las proporcionaría para un hombre de la oficina. De modo que utilizaba el Honda de Gill, o tomaba un taxi local.

Petal volvió, con su rubia cabellera cubriéndole los hombros. Ellis se levantó.

—Las llaves están en el coche –le informó Gill.

Ellis se volvió hacia Petal y le dijo:

—Ve al coche. Enseguida voy.

En silencio, Petal salió de la casa.

—Me gustaría invitarla a pasar un fin de semana en Washington.

Gill se mostró amable, pero firme.

—Si ella desea ir, puede hacerlo, pero si no lo desea, yo no la obligaré.

—Es justo –dijo Ellis, asintiendo con la cabeza–. Ya nos veremos después.

Llevó a Petal a un restaurante chino en Little Neck. A ella le gustaba la comida china. Parecía relajarse cuando se alejaba de su casa. Le dio las gracias a Ellis por haberle enviado un poema el día de su cumpleaños.

—Nadie que conozca ha recibido algo así en su aniversario –comentó Petal.

Ellis no estaba seguro de si se trataba de un reproche.

—Creí que sería preferible a una postal de felicitación con un gatito estampado delante.

—Sí –asintió Petal, echándose a reír–. Todas mis amigas creen que eres tan romántico... Mi profesor de inglés me preguntó si alguna vez habías publicado algo.

—Nunca he escrito nada que fuese lo bastante bueno –repuso Ellis–. ¿Todavía te gusta el inglés?

—Me gusta mucho más que las «mates». Soy terrible en «mates».

—¿Qué estudias? ¿Comedias?

—No, pero a veces estudiamos poemas.

—¿Hay alguno que te guste en especial?

Ella lo pensó un momento.

–Uno sobre las margaritas.

Ellis asintió.

–A mí también.

–He olvidado quién lo escribió.

–William Wordsworth.

–Sí, es verdad.

–¿Algún otro?

–No. En realidad estoy más metida en la música. ¿Te gusta Michael Jackson?

–No lo sé. No estoy seguro de haber escuchado sus discos.

–Es bueno de verdad. –Se echó a reír maliciosamente y agregó–: Todas mis amigas están locas por él.

Era la segunda vez que pronunciaba la frase «todas mis amigas». Sin duda su grupo generacional era lo más importante de su vida.

–Me gustaría conocer a alguna de ellas –comentó Ellis.

–Oh, papaíto –repuso ella, sonriendo–. No te gustarían… sólo son chicas.

Sintiéndose ligeramente rechazado, Ellis se concentró en su comida durante un rato. Bebió un vaso de vino blanco (las costumbres francesas seguían vivas en él). Al terminar, dijo:

–Escucha, he estado pensando… ¿Por qué no vienes a Washington conmigo este fin de semana? Sólo hay una hora de avión. Podríamos divertirnos.

Petal estaba sorprendida.

–¿Qué hay en Washington?

–Bueno, podríamos hacer una visita a la Casa Blanca, donde vive el presidente. Y Washington tiene algunos de los mejores museos del mundo. Además, nunca has visto mi apartamento. Tengo una habitación de sobras…

Ellis se interrumpió al ver que ella no parecía interesada.

–Oh, papá, no sé. Tengo tantas cosas que hacer durante los fines de semana... Ya sabes, deberes, fiestas, compras, lecciones de baile...

Ellis disimuló su desencanto.

—No te preocupes —dijo—. Quizá algún día, cuando no tengas tanto trabajo, puedas venir.

—De acuerdo —asintió Petal, visiblemente aliviada.

—Podría arreglar esa habitación, de modo que cuando quieras puedas ir.

—Vale.

—¿De qué color quieres que la pinte?

—No lo sé.

—¿Cuál es tu color favorito?

—Supongo que el rosa.

Ellis forzó una sonrisa y dijo:

—Vámonos.

De regreso a casa, ella le preguntó si le importaba que se hiciera agujeros en las orejas.

—No lo sé —respondió él con precaución—. ¿Qué opina mamá?

—Ella dice que está de acuerdo si tú también lo estás.

¿Estaría Gill incluyéndolo en la decisión o sencillamente le pasaba la responsabilidad?

—Creo que la idea no me gusta mucho —repuso Ellis—. Eres algo joven para esas cosas.

—¿Crees que soy demasiado joven para tener un amigo?

Ellis deseaba decir que sí. Parecía demasiado joven, pero no podía detener su crecimiento.

—Eres lo bastante mayor para tener citas, pero no para comprometerte —respondió.

Ellis observó su reacción. Ella parecía divertirse. Quizá ya no hablan de compromisos, pensó Ellis.

Cuando llegaron a la casa, el Ford de Bernard estaba estacionado en la avenida. Ellis aparcó el Honda detrás del otro coche y entró con Petal. Bernard se encontraba en la sala de estar. Era un hombre de baja estatura y cabello corto, tenía buen talante pero carecía de imaginación. Petal lo saludó con entusiasmo, abrazándole y besándole. Él parecía algo avergonzado. Estrechó con firmeza la mano de Ellis.

–¿El gobierno sigue funcionando, allí en Washington?

–Como siempre –respondió Ellis.

Todos creían que trabajaba para el Departamento de Estado, que su trabajo consistía en leer periódicos y revistas franceses y en preparar un resumen diario para la embajada francesa.

–¿Quieres una cerveza?

Ellis aceptó por cortesía. Bernard se dirigió a la cocina. Era gerente de créditos de unos almacenes de Nueva York. Petal parecía quererle y respetarle, y él era afectuoso con ella. Él y Gill no habían tenido hijos: el especialista en fertilidad había fracasado.

Bernard trajo dos vasos de cerveza y ofreció uno a Ellis.

–Ve a hacer tus deberes –le dijo a Petal–. Papá se despedirá antes de marcharse.

Ella lo besó y salió corriendo. Cuando estuvo seguro de que no le oiría, Bernard comentó:

–Por lo general no es tan afectuosa. Parece excederse cuando tú estás cerca. No lo comprendo.

Ellis lo comprendía muy bien, pero no quería pensar en ello todavía.

–No te preocupes –dijo–. ¿Cómo van los negocios?

–No van mal. Los altos promedios de interés no nos han hecho tanto daño como creíamos. Parece que la gente todavía quiere dinero prestado para comprar cosas, por lo menos en Nueva York.

Se sentó y comenzó a beber la cerveza.

Ellis tenía la sensación de que Bernard le temía físicamente. Lo demostraba en la manera de caminar alrededor de él, como un perro que no tiene permiso para estar dentro de la casa y procura permanecer a una prudencial distancia del puntapié.

Hablaron de economía durante unos minutos. Ellis se bebió la cerveza todo lo deprisa que pudo, levantándose después para marcharse. Se acercó al pie de la escalera y vociferó:

—Adiós, Petal.

Ella asomó la cabeza desde arriba e inquirió:

—¿Qué hay sobre lo de agujerearme las orejas?

—¿Puedes pensarlo de nuevo? —dijo él.

—Claro. Adiós.

Gill bajó por la escalera.

—Te llevaré al aeropuerto —se ofreció.

—Bien. Gracias —aceptó Ellis, sorprendido.

Una vez en el coche, Gill comentó:

—Me ha dicho que no quiere pasar el fin de semana contigo.

—Es cierto.

—Estás contrariado, ¿verdad?

—¿Se nota mucho?

—Yo sí lo noto. Estuve casada contigo. —Hizo una pausa y añadió—: Lo siento, John.

—Es por mi culpa, no lo pensé bastante. Antes de venir, ella tenía una madre, un padre y un hogar... lo que cualquier niña necesita. Sin embargo, mi presencia no es precisamente superflua. Al entrometerme, amenazo su felicidad. Soy un intruso, un factor desestabilizante. Por eso ella abraza a Bernard delante de mí. No lo hace para molestarme, sino porque teme perderle. Y soy yo quien le provoca ese miedo.

—Lo superará —dijo Gill—. América está llena de niños con dos padres.

—Eso no es excusa. Yo lo he enredado todo y debo afrontarlo.

Ella le sorprendió nuevamente al darle unos golpecitos en la rodilla.

–No seas demasiado duro contigo mismo –susurró Gill–. No estabas hecho para esto. Lo supe al mes de estar casada contigo. Tú no quieres una casa, un trabajo, los niños… Tú eres algo extraño. Por eso me enamoré de ti y te dejé marchar con tanta facilidad. Te amaba porque eras diferente, loco, original, excitante. Harías cualquier cosa, pero no eres hombre de familia.

Ellis guardó silencio, pensando en lo que ella le había dicho mientras conducía. Tenía buena intención, por lo que él se sentía cálidamente agradecido. Pero ¿era cierto? Él no lo creía. No quiero una casa bonita, pensó, pero me gustaría tener un hogar, quizá una villa en Marruecos, un desván en Greenwich Village o un sobreático en Roma. No quiero una esposa que sea mi ama de llaves, que cocine, limpie y compre, pero me gustaría contar con una compañera, alguien con quien compartir libros, películas y poesías, una persona con quien hablar por las noches. Incluso me gustaría tener hijos y criarlos para saber algo más sobre Michael Jackson.

No dijo nada de eso a Gill.

Ella detuvo el coche y Ellis vio que habían llegado a la terminal del aeropuerto. Miró su reloj: las ocho y media. Si se apresuraba, llegaría a tiempo para el enlace de las nueve de la noche.

–Gracias por el paseo –dijo.

–Lo que necesitas es una mujer que sea como tú, de tu misma especie.

–Encontré una, una vez.

–¿Qué sucedió?

–Se casó con un guapo doctor.

–¿Ese doctor está tan loco como tú?

–No lo creo.

–Entonces no durará. ¿Cuándo se casó?

–Hará un año.

–Ya.

Gill se dijo que probablemente fue entonces cuando Ellis volvió para entrar en la vida de Petal, pero tuvo la amabilidad de no comentarlo.

–Créeme –añadió–. Comprueba cómo está.

Ellis salió del coche.

–Te llamaré pronto.

–Adiós.

Ellis cerró la portezuela y ella se alejó.

Se apresuró a entrar en el edificio y todavía le sobraron un par de minutos antes de tomar el vuelo. Cuando el avión se elevó, encontró una revista en la bolsa del asiento delantero y leyó un artículo sobre Afganistán.

Había estado siguiendo la guerra de cerca desde que supo por Bill, en París, que Jane había llevado a término su intención de ir allá con Jean-Pierre. La guerra ya no era noticia de primera página. Con frecuencia transcurrían varias semanas sin recibir informe alguno sobre ella. Pero tras el descanso invernal, aparecían noticias en la prensa al menos una vez por semana.

Aquella revista ofrecía un análisis de la situación rusa en Afganistán. Ellis comenzó a leerlo con cierta desconfianza, ya que muchos de los artículos de las revistas procedían de la CIA: un periodista conseguía una evaluación resumen, en exclusiva, del servicio de inteligencia de la CIA, pero de hecho, éste era el canal para transmitir una información falsa destinada al servicio de espionaje de otro país, y el artículo escrito no tendría más relación con la verdad que cualquier artículo de *Pravda*.

Sin embargo, aquél parecía correcto. Presentaba una perspectiva de las tropas y las armas rusas, que estaban preparándose, según decía, para una ofensiva el verano siguiente. Moscú lo consideraba un verano definitivo: tenían que aplastar la Resistencia ese año o se verían obligados a buscar algún tipo de acuerdo con los rebeldes. Eso tenía sentido para Ellis: comprobaría qué opinaba la gente de la CIA en Moscú, pero se dijo que probablemente el artículo estaba en lo cierto.

Entre las zonas de mayor peligro, el artículo citaba el valle Panisher.

Recordó que Jean-Pierre había hablado del valle de los Cinco Tigres. Ellis había aprendido algo de *farsi* en Irán, y creyó que «panisher» significaba «cinco leones», pero Jean-Pierre siempre se refería al valle de los Cinco Tigres, quizá porque en Afganistán no había leones. El artículo mencionaba a Masud, el líder rebelde. De pronto recordó que también Jean-Pierre le había hablado de él.

Miró por la ventana, para contemplar la puesta de sol. Sin duda, pensó con una punzada de temor, Jane iba a encontrarse en grave peligro ese verano.

Pero aquello no le concernía. Estaba casada con otro hombre y él no podía hacer nada para evitarlo.

Ojeó el artículo, volvió la página y comenzó a leer sobre El Salvador. El avión rugía en dirección a Washington. El sol se ocultó al oeste y cayó la oscuridad.

Allen Wilderman invitó a Ellis a almorzar en un restaurante especializado en pescado que daba al río Potomac. Wilderman llegó con media hora de retraso. Era el típico operativo de Washington: traje gris oscuro, camisa blanca, corbata a rayas, y tan sigiloso como un tiburón. Puesto que pagaba la Casa Blanca, Ellis encargó langosta y un vaso de vino blanco. Wilderman pidió Perrier y una ensalada. Todo en aquel hombre era demasiado rígido: su corbata, sus zapatos, su programa y su autocontrol.

Ellis permanecía alerta. No podía rehusar una invitación semejante por parte de un ayudante presidencial, pero no le gustaban los almuerzos oficiales discretos, y tampoco le gustaba Allen Wilderman.

Éste entró de lleno al asunto.

—Quiero tu consejo —comenzó.

–En primer lugar, necesito saber si has hablado a la agencia de nuestro encuentro –comentó Ellis.

Si la Casa Blanca deseaba planear alguna acción encubierta sin comunicarlo a la CIA, Ellis no quería tener nada que ver con el asunto.

–Por supuesto –le aseguró Wilderman–. ¿Qué sabes de Afganistán?

Ellis se estremeció. Antes o después, esto tendrá algo que ver con Jane, pensó. Ellos lo saben todo sobre ella, como es natural. Yo no la mantuve en secreto. Le dije a Bill en París que iba a pedirle que se casara conmigo. Después llamé a Bill para saber si realmente Jane había ido a Afganistán. Todo eso quedó anotado en mi carpeta. Ahora este bastardo sabe lo de Jane, y va a utilizar su información.

–Bueno, sé algo –dijo con precaución, y recordó un poema de Kipling y lo recitó:

Cuando estás herido, y en los llanos de Afganistán aban-
[donado
y las mujeres se acercan a mutilar tus restos,
coge el rifle y vuélate los sesos,
y vuelve a tu Dios como un soldado.

Wilderman pareció inquietarse por primera vez.

–Después de dos años de fingir ser poeta, debes de conocer mucho sobre eso.

–También los afganos –dijo Ellis–. Todos son poetas, del mismo modo que los franceses son sibaritas y los galeses son cantantes.

–¿De verdad?

–Sí, porque no saben leer ni escribir. El poema es una forma de arte oral.

Wilderman estaba impacientándose: en su programa no cabía la poesía.

–Los afganos –prosiguió Ellis– son hombres tribales de las montañas, salvajes, feroces y ásperos, que apenas han abandonado la Edad Media. Se dice que son muy corteses, valientes como leones e implacablemente crueles. Su país es duro, árido y estéril. ¿Qué sabes acerca de ellos?

–No hay nada como un afgano –respondió Wilderman–. Hay seis millones de *pushtuns* en el sur; tres millones de *tajiks* en el oeste; un millón de *usbaks* en el norte y otra docena más o menos de nacionalidades que no llegan al millón. Las fronteras modernas significan poco para ellos: hay *tajiks* en la Unión Soviética y *pushtuns* en Pakistán. Algunos de ellos están divididos en tribus. Son como los pieles rojas, que nunca se consideran americanos, sino *apaches, crows* o *sioux*. Y pelean entre ellos como pelearían contra los rusos. Nuestro problema está en que los *apaches* y los *sioux* se unan contra los rostros pálidos.

–Entiendo –asintió Ellis, preguntándose cuándo entraría Jane en el asunto–. Así pues, la cuestión principal es: ¿quién será el gran jefe?

–Eso es fácil. El más prometedor de los líderes guerrilleros es Ahmed Shah Masud, en el valle Panisher.

El valle de los Cinco Leones. ¿Qué te propones, astuto bastardo? Ellis escudriñó el rostro perfectamente afeitado de Wilderman, que permanecía imperturbable.

–¿Por qué es tan especial ese Masud? –preguntó Ellis.

–La mayoría de los líderes rebeldes se conforman con controlar a sus tribus, recoger los impuestos y negarle al gobierno el acceso a su territorio. Masud hace mucho más que eso. Sale de su fortaleza en la montaña y ataca. Se halla a una distancia estratégica de tres blancos: la capital, Kabul; el túnel Salang, la única carretera desde Kabul a la Unión Soviética; y Bagram, la principal base aérea militar. Está en posición de infligir el mayor perjuicio, y lo hace. Ha estudiado el arte de la guerrilla. Ha leído a Mao. Es el mejor cerebro militar de todo el país. Y, además, tiene dinero. En su valle hay minas de esmeraldas que se venden en Pakistán. Masud recibe un diez por ciento de impuesto sobre todas las ventas y utiliza el dinero para avituallar su ejército. Tiene veintiocho años de edad y es carismático... La gente lo adora. Tampoco podemos olvidar que es un *tajik*. El grupo mayoritario son los *pushtuns*, a los que todos odian, de modo que el líder no puede ser un *pushtun*. Los *tajiks* son los siguientes en importancia. Existe la posibilidad de que se unan bajo el mandato de un *tajik*.

—¿Y nosotros queremos facilitarles las cosas?

—Así es. Cuanto más fuertes sean los rebeldes, más daño causarán a los rusos. Además, un éxito de la CIA sería muy útil este año.

Para Wilderman y los hombres como él, no tiene importancia que los afganos estén luchando por su libertad contra un invasor brutal, pensó Ellis. La moralidad había pasado de moda en Washington, el juego del poder era lo único que importaba. Si Wilderman hubiera nacido en Leningrado, en vez de hacerlo en Los Ángeles, hubiera sido igualmente feliz, igualmente triunfador e igualmente poderoso, y hubiera utilizado las mismas tácticas luchando en el otro lado.

—¿Qué queréis de mí? —le preguntó Ellis.

—Aprovechar tu inteligencia. ¿Hay algún medio por el que un agente secreto pudiera promover una alianza entre las diferentes tribus afganas?

—Supongo que sí —respondió Ellis.

Trajeron la comida, proporcionando a Ellis unos segundos para reflexionar. Cuando el camarero se alejó, él siguió hablando.

—Sería posible siempre que haya algo que *ellos* deseen de nosotros... y supongo que podrían ser las armas.

—Cierto.

Vacilante, Wilderman comenzó a comer, como un hombre aquejado de úlcera.

–De momento, ellos compran sus armas al otro lado de la frontera, en Pakistán –comentó entre bocado y bocado–. Todo lo que pueden obtener son copias de los rifles victorianos británicos... o el maldito original con cien años de antigüedad y en funcionamiento todavía. También roban Kalashnikov de los soldados rusos muertos. Pero necesitan desesperadamente artillería ligera, armas antiaéreas y misiles tierra-aire controlados manualmente para poder derribar aviones y helicópteros.

–¿Estamos dispuestos a proporcionarles esas armas?

–Sí, aunque no directamente. Deberíamos ocultar nuestra intervención enviándolas a través de intermediarios. Pero esto no supone ningún problema. Podríamos utilizar a los saudíes.

–De acuerdo.

Ellis se llevó un pedazo de langosta a la boca.

–Permíteme decirte qué pienso del primer paso. En cada grupo de guerrilla se necesita un núcleo de hombres que conozcan, comprendan y confíen en Masud. Este núcleo se convertirá entonces en el grupo de enlace para las comunicaciones con Masud. Asumirán su papel gradualmente: al principio, intercambio de información; después colaboración mutua y finalmente planes de batalla coordinados.

–Parece interesante –dijo Wilderman–. ¿Cómo podría establecerse?

–Yo haría que Masud dirigiera un programa de entrenamiento en el valle de los Cinco Leones. Cada grupo rebelde enviaría algunos jóvenes para luchar al lado de Masud durante algún tiempo y así aprender los métodos que a él le hacen triunfar. También aprenderían a respetarle y a confiar en él, si es tan buen líder como tú dices.

Wilderman asintió con aire pensativo.

–Ésa es la clase de propuesta que podría ser aceptada por los jefes de las tribus, los cuales rechazarían cualquier otro plan que les comprometiera a aceptar las órdenes de Masud.

–¿Existe algún líder rival en particular cuya colaboración sea esencial en cualquier alianza?

–Sí. De hecho hay dos: Jahan Kamil y Amal Azizi, ambos *pushtuns.*

–En ese caso, yo enviaría un agente secreto con el objetivo de conseguir que ambos se sentaran a una mesa de negociaciones con Masud. Tras el regreso de ese agente con las tres firmas en un pedazo de papel, enviaríamos el primer cargamento de misiles. Otros envíos dependerían del éxito de los programas de entrenamiento.

Wilderman dejó el tenedor y encendió un cigarrillo. Definitivamente tiene una úlcera, pensó Ellis.

–Estaba pensando en algo parecido –comentó Wilderman.

Ellis era consciente de cómo intentaba apropiarse de la idea y pensó: Mañana dirá: «Pensamos un programa mientras almorzábamos...», y en su informe escrito se leerá: «Los especialistas en acciones secretas consideran viable mi proyecto.»

–¿Cuál es el riesgo?

–Si los rusos atrapan al agente –respondió Ellis–, podrían obtener un considerable valor propagandístico con el asunto. De momento, tienen lo que la Casa Blanca llamaría «un problema de imagen» en Afganistán. Sus aliados en el Tercer Mundo no disfrutan viéndoles dominar un pequeño país primitivo. Sus amigos musulmanes tienden a simpatizar con los rebeldes. Ahora bien, el argumento de los rusos es que los llamados rebeldes sólo son bandidos, financiados y armados por la CIA. Les encantaría poder demostrarlo atrapando en el país un auténtico espía de la CIA y sometiéndolo a juicio.

En términos de política global, supongo que eso podría hacernos mucho daño.

–¿Cuáles son las posibilidades de que los rusos atraparan a nuestro hombre?

–Pocas. Si no pueden atrapar a Masud, ¿por qué iban a descubrir a un agente secreto enviado para entrevistarse con él?

–Bien.

Wilderman apagó su cigarrillo.

–Quiero que tú seas ese agente.

Aquella propuesta sorprendió a Ellis. Se dio cuenta de que hubiera debido preverlo, pero había estado concentrado en el problema.

–He dejado de ocuparme de esas cosas –dijo con su voz queda, sin dejar de pensar que volvería a ver a Jane.

–He hablado con tu jefe por teléfono –dijo Wilderman–. Opina que una misión en Afganistán podría tentarte a regresar al trabajo de campo.

De modo que era una trampa. En la Casa Blanca deseaban conseguir algo dramático en Afganistán, por lo que habían pedido a la CIA que enviaran un agente. La CIA quería que Ellis estuviese de nuevo en activo, así que indicaron a la Casa Blanca que le ofrecieran esa misión, sospechando que la perspectiva de encontrarse con Jane resultaría irresistible para él.

Ellis odiaba ser manipulado. Sin embargo, deseaba ir al valle de los Cinco Leones.

Hubo un prolongado silencio.

–¿Aceptarás? –preguntó Wilderman con tono impaciente.

–Lo pensaré –replicó Ellis.

El padre de Ellis eructó con disimulo.

–Estaba muy bueno –se excusó.

Ellis apartó su plato de tarta de cereza y nata. Por primera vez en su vida, tenía que controlar su peso.

–Realmente bueno, mamá, pero no puedo comer más.

–Nadie come ya como antes –repuso ella–, y eso es porque van en coche a todas partes.

Se levantó y empezó a quitar la mesa.

Su padre apartó la silla hacia atrás y dijo:

–Tengo que revisar algunas cuentas.

–¿No tienes un contable todavía?

–Nadie cuida del dinero de uno tan bien como uno mismo –repuso su padre–. Lo descubrirás si ahorras un poco algún día.

Salió de la habitación y se encaminó hacia su estudio.

Ellis ayudó a su madre a quitar la mesa. La familia se había trasladado a aquella casa de cuatro habitaciones en Teaneck, Nueva Jersey, cuando Ellis tenía trece años, pero él recordaba la mudanza como si hubiera sido el día anterior. Se había preparado durante años. Su padre había construido la casa, al principio él solo, y con ayuda de empleados de su negocio de construcción más tarde, pero siempre haciendo el trabajo en épocas de poco movimiento y abandonándolo cuando el negocio era próspero. Cuando se instalaron no estaba acabada del todo: la calefacción no funcionaba, no había armarios en la cocina y no habían pintado las paredes. Consiguieron agua caliente al día siguiente sólo porque su madre amenazó con divorciarse si no la tenía. Pero una vez terminada, Ellis, sus hermanos y hermanas tuvieron una habitación individual donde crecer. Resultaba demasiado grande para sus padres solos, pero él confiaba en que la conservarían. Aquella casa le causaba una buena sensación.

Cargaron el lavaplatos.

–Mamá, ¿te acuerdas de aquella maleta que dejé aquí cuando regresé de Asia? –preguntó Ellis.

–Claro. Está en el armario del cuarto pequeño.

–Gracias. Quiero buscar algo dentro.

–Muy bien. Yo terminaré con esto.

Ellis subió por la escalera y se dirigió a la pequeña habitación situada en lo alto de la casa. Se utilizaba muy raramente, y alrededor de la cama se amontonaban un par de sillas rotas, un viejo sofá y cuatro o cinco cajas de cartón que contenían los libros y juguetes de los niños. Ellis abrió el armario y sacó una pequeña maleta de plástico negro. La dejó encima de la cama, hizo girar las cerraduras y alzó la tapa. Todo estaba allí: las medallas, las dos balas que le habían sacado; el manual de campo del ejército FM 5-31, titulado *Trampas Explosivas*; una fotografía de Ellis de pie junto a un helicóptero, su primer Huey, sonriendo, con aspecto jovial y delgado; una nota de Frankie Amalfi que rezaba: «Al bastardo que me robó la pierna» –un chiste valiente, pues Ellis había desatado suavemente el cordón de Frankie, después había tirado de su bota y sacado el pie y media pierna, cortada a la altura de la rodilla por un aspa salvajemente torcida del rotor–; el reloj de Jimmy Jones, que se detuvo para siempre a las cinco y media: «Guárdalo tú, hijo –le pidió el padre de Jimmy en su torpor alcohólico–, porque tú eras su amigo y eso es más de lo que yo he sido nunca», y el diario.

Hojeó las páginas. Sólo tenía que leer algunas palabras para recordar un día entero, una semana, una batalla. El diario comenzaba con un tono alegre y lleno de confianza, elogiando el sentido de la aventura, para poco a poco convertirse en desilusión, pesimismo desesperado y muerte. Las frases tristes llevaron escenas vívidas a su mente: «Los malditos Arvins no salían del helicóptero; si deseaban tanto ser rescatados del comunismo, ¿cómo es que no luchaban?», y después: «El capitán Johnson siempre ha sido un imbécil, pero vaya una manera de morir, por una granada de sus propios hombres.» «Las mujeres tienen rifles debajo de sus faldas y los críos esconden granadas debajo de sus camisas, de modo que, ¿qué coño se supone que hemos de hacer nosotros, rendirnos?» La última anotación rezaba: «Lo que está equivocado en esta guerra es que nosotros nos encontramos en el lado malo. Nosotros somos los malos. Por eso mis chicos rehúyen ser movilizados; por eso los vietnamitas no luchan; por eso matamos mujeres y niños; por eso los generales mienten a los políticos, y los políticos mienten a los periodistas y éstos mienten al público.» Después de aquello, sus pensamientos resultaban demasiado sediciosos para ser confiados al papel, su sentimiento de culpa demasiado agudo para que lo expiasen unas simples palabras. Tenía la sensación de que debería pasar el resto de su vida corrigiendo los errores que había cometido en aquella guerra. Después de todos esos años, aún seguía pareciéndole lo mismo. Cuando pensaba en los asesinos que había encerrado desde entonces, los antiguos ladrones, los secuestradores de avión y los terroristas que había detenido, todos ellos no eran nada si los comparaba con las toneladas de explosivos que había dejado caer y los miles de cargadores de ametralladora que había vaciado en Vietnam, Laos y Camboya.

Era algo irracional, lo sabía. Se había dado cuenta de ello cuando regresó de París y reflexionó durante algún tiempo sobre cómo su trabajo le había arruinado la vida. Entonces decidió dejar de tratar de redimir los pecados de América. Pero eso... era diferente. Tenía la oportunidad de combatir por el individuo; de luchar contra los generales mentirosos, los quebrantadores del poder y los periodistas ciegos; una oportunidad no sólo de luchar, no sólo de pagar una pequeña contribución, sino de provocar una auténtica diferencia, de cambiar el destino de un país, y de dar un buen golpe en favor de la libertad a gran escala.

Y, además, estaba Jane.

La simple posibilidad de verla otra vez había avivado su pasión. Hacía tan sólo unos días había pensado en ella y en el peligro en que se encontraba. Sin embargo, aunque lo había intentado, ahora era incapaz de alejar de su mente la imagen de Jane. Se preguntó si llevaría el cabello largo o corto, si estaría más gorda o delgada, si se sentiría satisfecha de su vida, si los afganos simpatizarían con ella y, por encima de todo, si amaría todavía a Jean-Pierre. «Sigue mi consejo –le había dicho Gill–: olvídala.» Inteligente Gill.

Finalmente pensó en Petal. Lo he intentado, se dijo. Realmente lo he intentado y no creo que lo haya hecho tan mal, pero creo que era un proyecto condenado de antemano. Gill y Bernard le proporcionan todo lo que ella necesita. En su vida no hay espacio para mí. Petal es feliz sin mí.

Cerró el diario y volvió a meterlo en la maleta. Después sacó un pequeño joyero. Dentro había un par de pendientes de oro, cada uno con una perla en el centro. La mujer para la que estaban destinados, una chica de ojos rasgados y pequeños pero delicados pechos que le había enseñado que nada era tabú, había muerto asesinada por un soldado borracho en un bar de Saigón, antes de que Ellis le entregara los pendientes. Ellis no la había amado, sólo sentía simpatía por ella y agradecimiento. Los pendientes habrían sido su regalo de despedida.

Cogió una tarjeta y una pluma del bolsillo de su camisa. Meditó un instante y después escribió:

«Para Petal.

Sí, puedes agujerearlas.

Con amor, de tu papaíto.»

6

Las aguas del Cinco Leones parecían menos frías bajo el cálido aire de la tarde, al final de un día seco. Las mujeres se dirigieron a la orilla para bañarse. Jane apretó los dientes contra el frío y se metió en el agua con las demás, recogiéndose lentamente el vestido a medida que iba sumergiéndose, hasta que el agua le llegó a la cintura. Luego comenzó a lavarse: tras una práctica prolongada, dominaba la singular destreza afgana de lavarse por completo sin desnudarse.

Cuando hubo terminado, salió del río, tiritando, y se quedó de pie cerca de Zahara, que estaba lavándose el cabello en un hoyo, manteniendo una bulliciosa conversación al mismo tiempo. Zahara metió la cabeza en el agua una vez más y después alargó la mano para coger la toalla. Buscó tanteando en la arena, pero la toalla no se encontraba allí.

—¿Dónde está mi toalla? —voceó—. La he dejado en este agujero. ¿Quién me la ha robado?

Jane cogió la toalla, que estaba justo detrás de Zahara.

—Aquí está. La has metido en el agujero equivocado.

—¡Eso fue lo que la mujer del *mullah* dijo! —gritó Zahara, y las otras soltaron sonoras carcajadas.

Jane había sido aceptada por las mujeres del pueblo

como una más. Los últimos vestigios de reserva y rechazo habían desaparecido después del nacimiento de Chantal, que parecía haber confirmado el hecho de que Jane era una mujer como cualquier otra. Las charlas junto al río eran sorprendentemente francas, quizá porque los hijos quedaban atrás, al cuidado de las hermanas mayores y las abuelas, pero sobre todo gracias a Zahara. Su potente voz, sus ojos centelleantes y su risa, profunda y rica, dominaban la escena. Sin duda allí se mostraba más extravertida que durante el resto del día, en que se veía obligada a reprimir su personalidad. Tenía un sentido del humor que Jane no había encontrado en ninguna otra mujer ni hombre afganos, y las observaciones escabrosas de Zahara y sus chistes de doble sentido a menudo daban pie a serias discusiones. Por consiguiente, a veces Jane podía convertir la sesión de baño de la tarde en una clase improvisada de educación sanitaria. El control de natalidad era el tópico más popular, aunque las mujeres de Banda estaban más interesadas en asegurarse el embarazo que en impedirlo. Sin embargo, existía cierta simpatía hacia la idea que Jane intentaba imbuirles de que una mujer podía alimentar y cuidar de sus hijos mucho mejor si nacían con dos años de diferencia que si lo hacían cada doce o quince meses. El día anterior habían hablado sobre el ciclo menstrual, y se había evidenciado que las mujeres afganas creían que el tiempo de fertilidad era justo antes y después del período. Jane les había dicho que se mantenía desde el duodécimo día al decimosexto y ellas parecían aceptarlo, pero tuvo la desconcertante sospecha de que pensaban que estaba equivocada, aunque fueron demasiado corteses para decírselo.

Había cierto aire de excitación. El último convoy de Pakistán no tardaría en volver. Los hombres traerían pequeños lujos: un chal, algunas naranjas, ajorcas de plástico, así como las armas, las municiones y los explosivos.

El marido de Zahara, Ahmed Gul, uno de los hijos de la comadrona Rabia, era el jefe del convoy, y Zahara se encontraba visiblemente excitada ante la perspectiva de volver a verle. Cuando estaban juntos, eran como todas las parejas afganas: ella silenciosa y servil; él casualmente autoritario. Pero Jane podía adivinar, por la forma en que se miraban uno al otro, que estaban enamorados (y resultaba evidente por la manera en que Zahara hablaba de que su amor era, ante todo, físico). En esos momentos, Zahara estaba dominada por el deseo, frotándose el pelo con nerviosismo. Jane simpatizó con la muchacha: ella misma se había sentido de aquella forma algunas veces. Sin duda se habían hecho amigas porque cada una reconocía un espíritu hermano en la otra.

La piel de Jane se secó casi de inmediato bajo el aire seco y cálido. Estaban en la cúspide del verano y todos los días eran largos, secos y ardientes. El buen tiempo duraría un par de meses más, después, durante el resto del año, sería terriblemente frío.

Zahara seguía interesada en el tema de conversación del día anterior. Dejó de frotarse el cabello un momento.

—Se diga lo que se diga, para quedar embarazada hay que hacerlo todos los días.

Halima, la esposa triste, de ojos oscuros, de Mohamed Khan, estuvo de acuerdo con ella.

—Y la única manera de no quedar embarazada, es no hacerlo.

Tenía cuatro hijos, pero sólo uno de ellos, Mousa, era varón, y se había llevado una gran desilusión al saber que Jane no conocía ningún medio para mejorar las posibilidades de tener un hijo varón.

—Pero entonces, ¿qué le dices a tu marido cuando regresa a casa después de seis semanas en un convoy? —preguntó Zahara.

–Haz como la mujer del *mullah*, y ponlo en el agujero equivocado –contestó Jane.

Zahara se echó a reír y Jane sonrió. Había una técnica de control de natalidad, que no había sido mencionada en sus cursos de preparación en París, pero era evidente que los métodos modernos tardarían muchos años en llegar al valle de los Cinco Leones, de modo que tendrían que utilizar los medios tradicionales, ayudados, quizá, por una pequeña educación.

La conversación derivó hacia la cosecha. El valle era un mar de trigo dorado y cebada, pero buena parte de la cosecha estaba pudriéndose en los campos, porque los jóvenes se encontraban fuera, luchando, y los viejos hacían el trabajo lentamente, al segar bajo la luz de la luna. Hacia el final del verano, todas las familias juntarían sus sacos de harina y cestas de frutos secos, revisarían las gallinas y las cabras y contarían el dinero; luego contemplarían la escasez próxima de huevos y carne, y prevendrían los precios del invierno para el arroz y el yogur; finalmente algunos de ellos empaquetarían sus preciosas posesiones y recorrerían el largo camino a través de las montañas para establecer nuevos hogares en los campos de refugiados de Pakistán, como había hecho el tendero, junto con millones de otros afganos.

Jane temía que los rusos hicieran de esa evacuación su política a seguir, es decir, incapaces de derrotar a las guerrillas, intentarían destruir las comunidades en que vivían los guerrilleros, como los americanos habían hecho en Vietnam, bombardeando zonas enteras de la campiña, de modo que el valle de los Cinco Leones se convertiría en un estéril terreno deshabitado. En tal caso, Mohammed, Zahara y Rabia se unirían a los sin hogar, los apátridas, los ocupantes a la ventura de los campos. Los rebeldes no podrían resistir un bombardeo generalizado, ya que carecían de armas antiaéreas.

Pero las mujeres afganas no sabían nada de esto.

Nunca hablaban de la guerra, sino sólo de sus consecuencias. Parecían no tener sentimientos hacia los extranjeros que traían la muerte rápida y el hambre lenta a su valle. Consideraban a los rusos un accidente de la naturaleza, semejante al tiempo: un bombardeo era como una helada dura, desastrosa, de la que nadie tenía la culpa.

Estaba oscureciendo. Las mujeres comenzaron a encaminarse al pueblo. Jane caminaba junto a Zahara, medio escuchando su charla y pensando en Chantal. Sus sentimientos hacia el bebé habían pasado por diversas fases. Inmediatamente después del parto, se había sentido entusiasmada por el alivio, el triunfo y la alegría de haber engendrado una criatura perfecta, sana. Pero luego se sintió muy desgraciada. No sabía cómo cuidar de un bebé y, contrariamente a lo que decía la gente, no poseía ningún conocimiento instintivo. Había sentido miedo de la niña. Carecía del impulso del amor maternal. Además, empezó a tener unas pesadillas terribles, fantasías en que el bebé moría, caía al río, lo mataba una bomba, o el león de las nieves se lo robaba durante la noche. Aún no había hablado con Jean-Pierre acerca de ello, para que no creyese que se había vuelto loca.

Surgieron conflictos con la comadrona, Rabia Gul. Ésta decía que las mujeres no debían dar el pecho durante los tres primeros días, porque lo que entonces salía no era leche. Jane opinaba que era ridículo pensar que la naturaleza hiciera que los pechos de las mujeres produjesen algo perjudicial para los recién nacidos, e hizo caso omiso del consejo de la anciana. Rabia le aconsejó que no lavara al bebé durante cuarenta días, pero ella bañaba a Chantal todos los días, como cualquier bebé occidental. En cierta ocasión, Jane sorprendió a Rabia dando una mezcla de mantequilla con azúcar a Chantal con la punta de su viejo dedo arrugado, y Jane se había enfadado. Al día siguiente Rabia fue a atender otro nacimiento y envió una de sus numerosas nietas, una adolescente de trece años llamada Fara, a ayudar a Jane. Fue una gran mejora. La muchacha no tenía ideas preconcebidas sobre el cuidado de los bebés y hacía sencillamente lo que le decían. No aceptó dinero: trabajaba por su comida, que era mejor en casa de Jane que en la de sus padres, y por el privilegio de aprender sobre el cuidado de los bebés preparándose para su propio matrimonio, que quizá tuviera lugar al cabo de un par de años. Jane pensó que tal vez Rabia preparaba a Fara como futura comadrona, en cuyo caso la chica ganaría méritos por haber ayudado a una enfermera occidental a cuidar de su bebé.

Con Rabia fuera del camino, Jean-Pierre había entrado en el suyo propio. Se comportaba de manera gentil, pero confiada, con Chantal, y de forma amable y amorosa con Jane. Era él quien había sugerido, con cierta firmeza, que se diera leche hervida de cabra a Chantal cuando se despertara durante la noche, y había improvisado un biberón con su instrumental médico, para levantarse por la noche en lugar de Jane. Naturalmente Jane siempre se despertaba cuando Chantal lloraba, y permanecía alerta mientras Jean-Pierre le daba el biberón a la niña. Ello había contribuido a liberarla de aquel agotamiento desesperante, que incluso resultaba depresivo.

Poco a poco, aunque todavía se sentía ansiosa e insegura, Jane encontró en sí misma un nivel de paciencia que nunca hubiese creído poseer, lo cual (aunque no fuese el conocimiento profundo e instintivo y la seguridad que había estado esperando) le permitió afrontar las crisis diarias con ecuanimidad. Incluso en el baño del río, Jane observó que había estado alejada de Chantal durante casi una hora sin preocuparse.

Las mujeres llegaron al grupo de casas que formaba el núcleo del pueblo y, una tras otra, cruzaron las

puertas de sus patios. Jane asustó a unas gallinas albo-
rotadoras y empujó a una vaca flaca hacia un lado para
poder entrar en su propia casa. Dentro encontró a Fara,
que estaba cantando una canción a Chantal bajo la luz
de la lámpara. La pequeña estaba alerta y con los ojos
muy abiertos, al parecer fascinada por el sonido de la
canción de la muchacha. Era una nana de palabras sencillas y tono complicado, de tendencia oriental. Es un
bebé tan lindo, pensó Jane, con sus mejillas redondas, su
naricilla y sus ojos tan, tan azules.

Ordenó a Fara que preparase té. La chica era muy
tímida y había llegado a trabajar para los extranjeros
llena de miedo y temblorosa, pero su nerviosismo iba
desvaneciéndose y su temor inicial a Jane estaba convirtiéndose poco a poco en algo parecido a una lealtad llena de adoración.

Pocos minutos después entró Jean-Pierre. Sus abul-
tados pantalones de algodón y su camisa estaban sucios
y manchados de sangre, y en su largo cabello castaño y
su barba oscura había polvo. Parecía cansado. Había
estado en Khenj, un pueblo a unos quince kilómetros de
distancia bajando al valle, para cuidar de los supervivientes de un bombardeo.

Jane se alzó de puntillas para besarle.

—¿Cómo ha ido? —preguntó ella en francés.

—Mal.

Hizo una mueca y se inclinó hacia Chantal.

—Hola, pequeñina.

Sonrió y Chantal pareció sonreír.

—¿Qué ha sucedido? —preguntó Jane.

—Era una familia cuya casa estaba en las afueras del
pueblo, de modo que creyeron que estarían a salvo.

Jean-Pierre se encogió de hombros.

—Después trajeron a varios guerrilleros heridos en
alguna escaramuza del sur. Por eso he llegado tan tarde.

Se sentó encima de un montón de almohadones.

–¿Hay té preparado?

–Ahora mismo estará listo –dijo Jane–. ¿Qué clase de escaramuza?

Jean-Pierre cerró los ojos.

–Lo habitual. El ejército llegó en helicópteros y ocupó el pueblo por motivos que sólo ellos conocen. Sus habitantes huyeron. Los hombres se reagruparon, consiguieron refuerzos y comenzaron a combatir a los rusos desde las laderas. Hubo bajas en ambos bandos. Cuando los guerrilleros acabaron las municiones, se retiraron.

Jane asintió. Sintió lástima por Jean-Pierre: era deprimente atender a las víctimas de una batalla sin sentido. Banda nunca había sido atacada, pero todos vivían en un temor constante. En sus pesadillas ella solía correr con Chantal agarrada a su pecho, mientras los helicópteros batían el aire y las balas de las ametralladoras golpeaban el polvoriento suelo a sus pies.

Fara trajo té verde caliente, un poco de torta, que ellos llamaban *nan*, y una jarra de piedra con mantequilla fresca. Jane y Jean-Pierre comenzaron a comer. La mantequilla era un raro manjar. Por lo general su *nan* de la noche solía estar mojada en yogur, cuajada o aceite. Al mediodía comían arroz mezclado con una salsa con sabor a carne que podía llevar, o no, carne. Comían pollo o cabra una vez por semana. Jane, comiendo todavía para dos, se permitía el lujo de un huevo todos los días. En esa época del año había mucha fruta fresca: albaricoques, ciruelas, manzanas y moras, como postre. Jane se sentía muy sana con esa dieta, aunque la mayoría de los ingleses la hubieran considerado escasa, y algunos franceses hubiesen pensado que tenían motivos para suicidarse. Jane sonrió a su marido.

–¿Un poco más de salsa *Béarnaise* con tu filete?

–No, gracias.

Jean-Pierre tendió la taza.

–Quizá otro trago de Château Cheval Blanc.

Jane le sirvió más té y él fingió probarlo como si fuese vino, saboreándolo.

–La de mil novecientos sesenta y dos es una cosecha menospreciada, siguiendo, como siguió, a la inolvidable del sesenta y uno, pero siempre he creído que su relativa amabilidad y sus impecables buenas maneras proporcionan casi tanto placer como la perfección de la elegancia, que es la marca austera de su altivo predecesor.

Jane rió. Jean-Pierre comenzaba a sentirse mejor.

Chantal lloró y Jane sintió un tirón de inmediata respuesta en sus pechos. Cogió al bebé y comenzó a amamantarlo. Jean-Pierre siguió comiendo.

–Deja un poco de mantequilla para Fara –dijo Jane.

–De acuerdo.

Sacó los restos de su cena fuera y volvió con un cuenco de moras. Jane comió mientras Chantal mamaba. La niña no tardó en quedarse dormida, pero Jane sabía que se despertaría a los pocos minutos y querría más.

Jean-Pierre apartó el cuenco y comentó:

–Hoy he tenido otra queja sobre ti.

–¿De quién? –preguntó Jane, contrariada.

Jean-Pierre parecía a la defensiva, pero testarudo.

–Mohammed Khan.

–Pero no hablaba por él mismo.

–Quizá no.

–¿Qué ha dicho?

–Que has estado diciendo a las mujeres del pueblo que sean estériles.

Jane suspiró. No sólo era la estupidez de los hombres del pueblo lo que la contrariaba, sino también la actitud acomodaticia de Jean-Pierre ante sus quejas. Ella quería que él la defendiera, no que cediera ante sus acusadores.

–Abdullah Karim está detrás de esto, como es lógico –dijo ella.

La mujer del *mullah* solía acudir al río, y sin duda informaba a su marido de todo lo que oía.

—Tienes que parar —dijo Jean-Pierre.

—¿Parar el qué? —preguntó Jane con acritud.

—Deja de decirles cómo pueden evitar el embarazo.

Aquélla no era una versión justa de lo que Jane había enseñado a las mujeres, pero no estaba dispuesta a defenderse ni a disculparse.

—¿Por qué he de hacerlo?

—Estás creando dificultades —repuso Jean-Pierre con un aire paciente que irritaba a Jane—. Si ofendemos al *mullah* gravemente, tendremos que abandonar Afganistán. Y, aún más importante, eso daría a la organización de Médécins pour la Liberté mala fama, y los rebeldes podrían rechazar a otros médicos. Ésta es una guerra santa, ya lo sabes. La salud espiritual es más importante que la física. Podrían decidir seguir sin nosotros.

Existían otras organizaciones francesas que enviaban jóvenes médicos idealistas a Afganistán, pero Jane no habló de ellos, sino que dijo llanamente:

—Tendremos que correr ese riesgo.

—¿De verdad? —preguntó él, enojado—. ¿Y se puede saber por qué?

—Porque sólo existe algo realmente valioso y permanente que podemos dar a esta gente, y es información. Está muy bien curar sus heridas y darles drogas para matar los gérmenes, pero ellos nunca tendrán suficientes cirujanos ni bastantes medicamentos. Nosotros podemos mejorar su salud permanentemente, enseñándoles lo básico de la nutrición, la higiene y el cuidado de la salud. Es mejor ofender a Abdullah que dejar de hacerlo.

—Sin embargo, me gustaría que no hicieras un enemigo de ese hombre.

—¡Me golpeó con un bastón! —exclamó Jane.

Chantal comenzó a llorar y Jane se esforzó por tranquilizarse. Meció un momento a la niña y después comenzó a darle el pecho. ¿Por qué no podía ver Jean-Pierre lo cobarde de su actitud? ¿Cómo podía sentirse intimidado por la amenaza de expulsión de aquel país olvidado de Dios? Jane suspiró. Chantal apartó la cara del pecho de su madre entre gemidos de desaprobación. Antes de continuar la discusión, oyeron un griterío distante.

Jean-Pierre frunció el entrecejo, escuchando con atención. Después se levantó. Del patio les llegó una voz masculina. Jean-Pierre cogió un chal y cubrió con él los hombros de Jane, pero ésta se apresuró a destaparlos, lo cual iba contra las normas de Afganistán. En cualquier caso, Jane rehusaba salir de la habitación como una ciudadana de segunda clase si un hombre entraba en su casa mientras ella estaba dando el pecho a su bebé, e incluso había anunciado que cualquiera que se opusiera sería mejor que no volviera a ver al médico.

Jean-Pierre ordenó en dari:

–Entra.

Era Mohammed Khan. Jane ardía en deseos de decirle lo que opinaba sobre él y los hombres del pueblo, pero vaciló al ver la tensión reflejada en su atractivo rostro. Por una vez, él ni siquiera la miró.

–Han tendido una emboscada al convoy –informó sin preámbulos–. Hemos perdido veintisiete hombres, y todos los suministros.

Jane cerró los ojos, apenada. Había viajado en un convoy parecido cuando llegó al valle de los Cinco Leones e imaginaba perfectamente la emboscada: la luna iluminando una fila de hombres de piel atezada y caballos flacos que avanzaba a lo largo de un camino pedregoso, cruzando un estrecho valle en sombras; el creciente batir del rotor de las hélices; los destellos, las granadas, el fuego de ametralladora; el pánico mientras los hombres intentaban protegerse en la desnuda ladera; los inútiles disparos contra los helicópteros invulnerables; y después los gritos de los heridos y los jadeos de los moribundos.

De pronto, pensó en Zahara: su marido estaba con el convoy.

–¿Qué hay… de Ahmed Gul?

–Ha regresado.

–Oh, gracias, Dios mío –suspiró Jane.

–Pero está herido.

–¿Quién ha muerto de este pueblo?

–Nadie. Banda ha tenido suerte. Mi hermano Matullah está bien, y también Alishan Karim, el hermano del *mullah*. Hay otros tres supervivientes, dos de ellos heridos.

–Iré enseguida –dijo Jean-Pierre.

Salió a la habitación delantera de la casa, la que en otro tiempo había sido tienda, después clínica y que ahora era la despensa de los medicamentos.

Jane colocó a Chantal en la cuna, en un rincón, y se levantó presurosamente. Quizá Jean-Pierre la necesitase, y si no la necesitaba él, a Zahara podía irle muy bien un poco de compañía.

–Casi no tenemos municiones –comentó Mohammed.

Aquel comentario apenas importó a Jane. La guerra la sublevaba, y no vertería ninguna lágrima si los rebeldes se veían obligados, durante algún tiempo, a dejar de matar a los desdichados soldados rusos, aquellos nostálgicos muchachos de dieciséis años de edad.

Mohammed prosiguió:

–Hemos perdido cuatro convoyes en un año. Sólo han pasado tres.

–¿Cómo los descubren los rusos? –inquirió Jane.

–Deben de haber intensificado su vigilancia con los helicópteros en vuelos bajos sobre los pasos o incluso por las fotografías de los satélites –dijo Jean-Pierre desde la otra habitación.

Mohammed negó con la cabeza.

–Los *pushtuns* nos traicionan.

Jane pensó que eso era posible. En los pueblos por los que pasaban, los convoyes eran considerados imanes para los ataques rusos, y resultaba concebible que algunos habitantes compraran su seguridad informando a los rusos de la posición de los convoyes, aunque Jane no entendía muy bien cómo podían pasarles esa información.

Pensó en los artículos que estaba esperando del convoy atacado: antibióticos, algunas agujas hipodérmicas y un montón de vendas esterilizadas. Jean-Pierre había elaborado una larga lista de medicamentos. La organización Médécins pour la Liberté tenía un hombre de enlace en Peshawar, la ciudad al noroeste de Pakistán, donde las guerrillas compraban sus armas. Hubiera podido conseguir los suministros básicos a través del mercado local, pero los medicamentos habrían tenido que llegar de Europa Occidental en avión. ¡Menudo desperdicio! Podrían pasar meses antes de que llegasen más suministros. Según su opinión, era una pérdida mucho mayor que la de las municiones.

Jean-Pierre volvió con su bolsa. Los tres salieron al patio. Estaba oscuro. Jane se detuvo para dar instrucciones a Fara sobre el cambio de pañales de Chantal y después siguió a los dos hombres.

Los alcanzó cuando se acercaban a la mezquita. No era un edificio impresionante. Carecía de los llamativos colores o exquisitos adornos propios de los libros sobre arte islámico. Era un edificio abierto por un lado, con la azotea de esparto sostenida por columnas de piedra. Jane pensó que tenía el aspecto de una parada de autobús glorificada, o quizá el anexo de una antigua y ruinosa mansión colonial. Un arco que cruzaba el centro del edificio conducía a un patio tapiado. Los habitantes del pueblo lo trataban con escasa reverencia. Rezaban allí, pero también lo usaban como lugar de reunión, mercado, escuela y casa de invitados. Y esa noche serviría como hospital.

Unas lámparas de aceite colgadas de unos ganchos en las columnas de mármol iluminaban el edificio de la mezquita con aspecto de terraza. La gente se hacinaba a la izquierda del arco. Permanecían en silencio, algunas mujeres sollozaban suavemente, y las voces de dos hombres sobresalían sobre las demás (uno haciendo preguntas, el otro respondiéndolas). La multitud se separó para dar paso a Jean-Pierre, Mohammed y Jane.

Los seis supervivientes de la emboscada formaban un grupo, tendidos en el suelo. Los tres que no estaban heridos se encontraban acurrucados, llevando todavía sus gorritos redondos *Chitrali*, con aspecto sucio, desanimado y exhausto. Jane reconoció a Matullah Khan, una versión juvenil de su hermano Mohammed; y Alishan Karim, más delgado que su hermano el *mullah*, pero con el mismo aspecto mezquino. Dos de los heridos estaban sentados en el suelo, apoyando la espalda contra la pared, uno de ellos con un vendaje sucio y manchado de sangre alrededor de la cabeza y el otro con el brazo inmovilizado en un cabestrillo. Jane no conocía a ninguno de los dos. Instintivamente se fijó en sus heridas, que a primera vista parecían leves.

El tercer herido, Ahmed Gul, estaba tendido en una camilla improvisada con dos palos y una manta. Tenía los ojos cerrados y estaba pálido. Su esposa, Zahara, agachada junto a él, le acunaba la cabeza en el regazo, le acariciaba el cabello y lloraba en silencio. Jane no podía verle las heridas, pero adivinaba que eran graves.

Jean-Pierre pidió una mesa, agua caliente y toallas, y después se arrodilló junto a Ahmed. Al cabo de unos segundos, alzó la mirada hacia los otros guerrilleros.

—¿Cómo ocurrió? —preguntó en dari.

—Los helicópteros tenían misiles —respondió uno de

los que no estaban heridos–. Uno de ellos estalló al lado de Ahmed.

Jean-Pierre susurró a Jane en francés:

–Está muy mal. Es un milagro que haya sobrevivido al viaje.

Zahara miró a Jane con aire suplicante e inquirió:

–¿Cómo está?

–Lo siento, amiga mía –respondió Jane, con tanta suavidad como pudo–, pero está muy grave.

Zahara asintió con resignación. Creía haberlo adivinado, pero la confirmación volvió a llenar sus ojos de lágrimas.

Jean-Pierre le dijo a Jane:

–Examina a los otros por mí. No quiero perder ni un minuto aquí.

Jane examinó a los otros dos hombres.

–La herida en la cabeza es sólo un rasguño –dijo al cabo de un momento.

–Cúralo –ordenó Jean-Pierre, mientras ayudaba a colocar a Ahmed en la mesa.

Jane examinó al hombre con el brazo en cabestrillo. Su herida era más grave que la del anterior: parecía que una bala le había partido el hueso.

–Debe de haberte dolido –le dijo al guerrillero en dari.

Él hizo una mueca y asintió. Aquellos hombres parecían hechos en hierro forjado.

–La bala le ha roto el hueso –informó Jane a Jean-Pierre.

Jean-Pierre no alzó la mirada de Ahmed.

–Dale anestesia local, limpia la herida, saca los fragmentos y ponle un cabestrillo limpio. Más tarde le arreglaremos el hueso.

Jane comenzó a preparar la inyección. Cuando Jean-Pierre necesitara su ayuda, ya la llamaría. Sería una larga noche.

Ahmed murió pocos minutos después de medianoche, y Jean-Pierre sintió deseos de llorar, no de pena, pues apenas conocía a Ahmed, sino de frustración, ya que sabía que hubiera podido salvar la vida de aquel hombre de haber tenido un anestesista, luz eléctrica y un quirófano.

Cubrió el rostro del cadáver y después miró a la joven viuda, que había permanecido allí de pie, sin moverse, vigilando durante horas.

—Lo siento —susurró.

Ella asintió con la cabeza. Jean-Pierre se sintió aliviado al ver que conservaba la calma. A veces le acusaban de no hacer todo lo posible, como si creyesen que no había nada que no pudiera curar. En tales ocasiones él deseaba gritarles que no era Dios, pero aquella mujer parecía comprender.

Se alejó del cuerpo. Se hallaba exhausto. Había estado trabajando con cuerpos destrozados todo el día, pero éste era el primer paciente que perdía. Los que permanecían a su lado, parientes del difunto en su mayoría, se adelantaron para encargarse del cadáver. La viuda comenzó a gemir y Jane prefirió dejarla sola.

Jean-Pierre notó una mano en su hombro. Se volvió y vio a Mohammed, el guerrillero que organizaba los convoyes. Sintió una punzada de remordimiento.

—Es la voluntad de Alá —dijo Mohammed.

Jean-Pierre asintió con la cabeza. El afgano sacó un paquete de cigarrillos paquistaníes y encendió uno. Jean-Pierre comenzó a recoger sus instrumentos para guardarlos en la bolsa.

—¿Qué haréis ahora? —preguntó sin mirarle.

—Enviar otro convoy inmediatamente —repuso Mohammed—. Necesitamos municiones.

Jean-Pierre se puso alerta enseguida, a pesar del cansancio.

—¿Quieres echar un vistazo a los mapas?

–Sí.

El médico cerró la bolsa y los dos hombres abandonaron la mezquita. Las estrellas iluminaron su camino a través del pueblo hasta la casa del tendero. Fara se hallaba dormida en la sala de estar sobre una alfombra, junto a la cuna de Chantal. Se despertó al oírles y se levantó.

–Ya puedes irte a casa –le dijo Jean-Pierre.

Jean-Pierre dejó su bolsa en el suelo, cogió la cuna con suavidad y la llevó al dormitorio. Chantal permaneció dormida hasta que él dejó la cuna en el suelo. Luego se echó a llorar.

–Ahora, ¿qué pasa? –murmuró Jean-Pierre.

Miró su reloj de pulsera y se dio cuenta de que querría mamar.

–Mamá vendrá pronto –dijo.

Pero eso no causó ningún efecto. La sacó de la cuna y comenzó a mecerla. La pequeña se tranquilizó. La llevó con él a la sala de estar.

Mohammed se encontraba de pie, esperándole.

–Ya sabes dónde están –indicó Jean-Pierre.

Mohammed asintió y abrió una cómoda de madera pintada. Sacó un grueso paquete de mapas plegados, escogió algunos y los desplegó en el suelo. Jean-Pierre mecía a Chantal y miraba por encima del hombro de Mohammed.

–¿Dónde ha sido la emboscada? –preguntó.

Mohammed señaló un lugar cerca de la ciudad de Jalalabad.

Las rutas que seguían los convoyes de Mohammed no aparecían en aquellos mapas ni en ningún otro. Sin embargo, los mapas de Jean-Pierre señalaban algunos de los valles, altiplanos y arroyos estacionales que podían usarse como rutas. A veces, Mohammed conocía de memoria lo que había allí, pero otras tenía que adivinarlo y discutía con Jean-Pierre la interpretación exacta de las líneas de contorno o las características más complicadas del terreno, como las morrenas.

–Podrías dar la vuelta más hacia el norte –sugirió Jean-Pierre–, rodeando Jalalabad.

Por encima de la llanura en que la ciudad se alzaba, había un laberinto de valles entre los ríos Konar y Nuristan.

Mohammed encendió otro cigarrillo. Era un gran fumador, como la mayoría de los guerrilleros, y meneó la cabeza, dubitativo, mientras exhalaba el humo.

–Ha habido demasiadas emboscadas en esa zona –comentó–. Si no están traicionándonos ahora, pronto lo harán. No, el próximo convoy rodeará Jalalabad por el sur.

Jean-Pierre frunció el entrecejo.

–No sé cómo será posible. Al sur no hay más que terreno abierto durante todo el camino desde el paso de Khyber. Os descubrirán.

–No utilizaremos el paso de Khyber –dijo Mohammed.

Puso un dedo en el mapa y después trazó la frontera Afganistán-Pakistán hacia el sur.

–Cruzaremos la frontera por Teremengal.

Su dedo llegó a la ciudad mencionada, y después trazó una ruta desde allí hasta el valle de los Cinco Leones.

Jean-Pierre asintió con la cabeza, ocultando su júbilo.

–Tiene mucho sentido. ¿Cuándo saldrá el nuevo convoy de aquí?

Mohammed comenzó a plegar los mapas y respondió:

–Pasado mañana. No hay tiempo que perder.

Volvió a guardar los mapas en la cómoda, y se dirigió a la puerta.

Jane entraba justo cuando él salía. Mohammed se despidió con frialdad. Jean-Pierre estaba satisfecho porque el apuesto guerrillero había dejado de interesarse por Jane desde el embarazo. En su opinión, ella era una mujer muy sensual y capaz de dejarse seducir, y si tenía una aventura amorosa con un afgano, los problemas nunca acabarían.

La bolsa con el instrumental médico de Jean-Pierre estaba en el suelo, donde él la había dejado, y Jane se inclinó para recogerla. El corazón de Jean-Pierre latió con fuerza. Le arrebató la bolsa y ella le lanzó una mirada de perplejidad.

—Yo la guardaré —dijo él—. Tú cuida de Chantal. Necesita mamar.

Le entregó el bebé. Luego se llevó la bolsa y una lámpara a la habitación contigua, mientras Jane se acomodaba para amamantar a Chantal. Cajas de suministros médicos se amontonaban en el suelo (algunas, ya abiertas, estaban ordenadas en los estantes de madera sin pulir de la tienda). Jean-Pierre colocó su bolsa en el mostrador de azulejos azules y sacó un objeto de plástico negro del tamaño y la forma de un teléfono portátil. Se lo metió en el bolsillo.

Vació la bolsa, separando los instrumentos para esterilizarlos y colocando los objetos no utilizados en los estantes. Cuando acabó, volvió con su esposa y dijo:

—Voy a bañarme al río. Estoy demasiado sucio para meterme en la cama.

Ella le lanzó aquella soñadora mirada de satisfacción que solía tener cuando amamantaba al bebé.

—No tardes —susurró.

Jean-Pierre salió a la calle.

El pueblo iba a dormir por fin. Algunas lámparas permanecían encendidas en las casas y Jean-Pierre oyó el llanto amargo de una mujer a través de una ventana, pero casi todo el pueblo estaba en silencio y a oscuras. Al pasar junto a la última casa, oyó la voz de una mujer llorando la muerte en una triste canción y, por un momento, sintió el peso aplastante de las muertes que él había causado. De inmediato, alejó ese pensamiento de su mente.

Siguió un sendero pedregoso entre dos campos de cebada, mirando constantemente alrededor y escuchando con suma atención. Los hombres del pueblo estarían trabajando en esos momentos. En uno de los campos percibió el silbido de las guadañas, y en un estrecho terraplén vio a dos hombres sembrar bajo la luz de una lámpara. No les dijo nada.

Llegó al río, cruzó el vado y trepó por el tortuoso camino de la pendiente opuesta. Sabía que estaba a salvo, aunque sentía crecer la tensión a medida que subía por el áspero camino bajo la débil luz.

Al cabo de diez minutos, llegó al privilegiado y alto lugar que buscaba. Sacó la radio del bolsillo y extendió la antena telescópica. Era el último y más sofisticado transmisor del KGB, pero a pesar de ello, el terreno era tan difícil para las radiotransmisiones, que los rusos habían construido una estación de recepción en la cima de una colina, en el interior del territorio que controlaban, para recoger las señales de Jean-Pierre y hacerlas llegar a destino.

Apretó el botón de emitir señal y comenzó a hablar en inglés, usando una clave.

–Aquí Simplex. Adelante, por favor.

Esperó y llamó de nuevo.

Después del tercer intento, recibió una respuesta crepitante, con mucho acento.

–Aquí Butler. Adelante, Simplex.

–Tu fiesta ha tenido mucho éxito.

–Repito: la fiesta ha tenido mucho éxito –le confirmaron.

–Vinieron veintisiete personas y una llegó más tarde.

–Repito: vinieron veintisiete personas y una llegó más tarde.

–En preparación de la próxima, necesito tres camellos.

El significado en clave era: «Nos encontraremos dentro de tres días a partir de hoy.»

–Repito: necesitas tres camellos.

–Te veré en la mezquita. –La mezquita era un lugar situado a unos kilómetros de distancia de donde se encontraban los tres valles.

–Repito: en la mezquita.

–Hoy es domingo.

Esto no estaba en clave, era una simple precaución contra la posibilidad de que el zoquete que estaba anotando la transmisión no se hubiera dado cuenta de que había pasado la medianoche y, por tanto, el contacto con Jean-Pierre llegara con un día de anticipación a la cita.

–Repito: hoy es domingo.

–Corto y cierro.

Jean-Pierre recogió la antena y metió la radio en su bolsillo. Luego bajó hacia la orilla del río.

Se desnudó rápidamente. Del bolsillo de la camisa sacó un cepillo de uñas y un pequeño trozo de jabón. Éste era un lujo escaso, pero como médico, tenía prioridad.

Se metió en el río de los Cinco Leones, se arrodilló y se echó el agua helada por encima. Se enjabonó de arriba abajo, después cogió el cepillo y comenzó a frotarse: las piernas, el vientre, el pecho, la cara, los brazos y las manos. Se afanó sobre todo con las manos, enjabonándolas una y otra vez. Arrodillado en el vado, desnudo y tembloroso bajo las estrellas, frotó como si nunca hubiera de terminar.

–El niño tiene sarampión, gastroenteritis y tiña –dijo
Jean-Pierre–. Además, está sucio y desnutrido.

–Todos lo están –contestó Jane.

Hablaban en francés, como solían hacer cuando estaban juntos. La madre del niño los miraba alternativa-
mente mientras ellos hablaban, preguntándose qué estarían diciendo. Jean-Pierre observó su ansiedad y le
habló en dari.

–Tu hijo se pondrá bien –le aseguró.

Se dirigió al otro lado de la cueva y abrió su estuche
de medicamentos. Todos los niños que eran llevados a
la precaria clínica recibían la vacuna contra la tuberculosis. Mientras preparaba la inyección BCG, observaba
a Jane de reojo. Estaba dando al niño pequeños sorbos
de una bebida de rehidratación, una mezcla de glucosa,
sal, bicarbonato sódico y cloruro de potasio disuelto en
agua purificada. Mientras bebía, le lavaba la cara tan
sucia con suavidad. Sus movimientos eran rápidos y
graciosos, como los de un artesano, un ceramista mol-
deando arcilla, o un albañil manejando la paleta. Observó sus manos alargadas mientras tocaba al niño con
suaves caricias, tranquilizadoras. Le gustaban las manos
de Jane.

Se volvió mientras sacaba la aguja, para que el niño

no la viese, y después la ocultó en su manga a la espera de que Jane terminase. Contempló su rostro mientras ella limpiaba la piel del hombro derecho del muchacho y la desinfectaba con alcohol.

Tenía un rostro gracioso, de grandes ojos, nariz respingona y una boca ancha que sonreía a menudo. Su expresión se había vuelto grave, y movía la mandíbula como si apretase los dientes, señal de que estaba concentrándose. Jean-Pierre conocía todas sus expresiones, pero ninguno de sus pensamientos.

Solía especular, casi de continuo, sobre lo que ella estaría pensando, pero temía preguntárselo, pues conversaciones semejantes habían derivado con excesiva facilidad hacia un terreno prohibido. Él tenía que estar siempre alerta, como un marido infiel, por temor a que pudiera decir algo, a que la expresión de su cara incluso le traicionase. Cualquier conversación sobre verdad y deshonestidad, confianza y traición, libertad y tiranía, era tabú; como también lo eran muchos temas que pudieran conducir a los primeros, tales como amor, guerra y política. Se mostraba cauteloso, incluso cuando hablaban de cosas totalmente inocentes. Así pues, había una falta evidente de intimidad en su matrimonio. Sus relaciones sexuales también habían alcanzado un punto crítico. Jean-Pierre descubrió que no podía alcanzar el orgasmo a menos que cerrase los ojos e imaginara hallarse en otro lugar. Por eso había sido un alivio para él no tener que hacerlo durante las últimas semanas a causa del nacimiento de Chantal.

–Cuando quieras –dijo Jane, y él se dio cuenta de que estaba sonriéndole.

Jean-Pierre cogió el brazo del chico e inquirió:

–¿Cuántos años tienes?

–Siete.

Mientras el pequeño hablaba, Jean-Pierre clavó la aguja. El niño sollozó al instante y de pronto Jean-Pierre recordó su propia infancia, cuando a la edad de siete años montó en su primera bicicleta y, tras caer, se echó a llorar como el niño afgano, con un fuerte gemido de protesta ante un dolor inesperado. Miró el rostro contorsionado de aquel paciente de siete años, recordando cuánto le había dolido y cuánto se había enfadado. ¿Cómo he podido llegar aquí desde allí?, acabó preguntándose.

Dejó al niño y se dirigió a la madre. Contó treinta cápsulas de 250 miligramos de griseofulvin y se las entregó.

–Que se tome una cada día hasta que se acaben –le dijo en dari–. No se las des a nadie más... él las necesita todas.

Eso acabaría con la tiña; el sarampión y la gastroenteritis seguirían su propio curso.

–Mantenlo en la cama hasta que desaparezcan los granos y asegúrate de que beba mucho líquido.

La mujer asintió con la cabeza.

–¿Tiene hermanos y hermanas?

–Cinco hermanos y dos hermanas –respondió la mujer, con orgullo.

–Debería dormir solo, o ellos enfermarán también.

La mujer pareció dudar, quizá sólo dispusiese de una cama para todos sus hijos. Jean-Pierre no podía hacer nada al respecto.

–Si no está mejor cuando termines las cápsulas, tráemelo otra vez.

Lo que el chico necesitaba en realidad era aquello que ni Jean-Pierre ni su madre podían proporcionarle: abundancia de un buen alimento que fuese nutritivo.

Ambos salieron de la cueva, el niño enfermo y delgado, y la madre frágil y cansada. Quizá habían recorrido varios kilómetros, ella llevando en brazos al pequeño la mayor parte del camino, y tendrían que volver así. De todos modos, el chico podía morir, pero no de tuberculosis.

Había otro paciente: el *malang*. Era el hombre sagrado de Banda. Medio loco, y a menudo medio desnudo, vagaba por el valle de los Cinco Leones desde Comar, a cuarenta kilómetros río arriba, o desde Banda hasta Charikar, en la llanura controlada por los rusos, cien kilómetros al sudoeste. Balbuceaba al hablar y tenía visiones. Los afganos creían que los *malangs* daban suerte y no sólo toleraban su comportamiento, sino que les entregaban comida, bebida y ropas.

El hombre entró, con sus partes íntimas cubiertas con harapos y tocado con un gorro de oficial ruso en la cabeza. Se apretó el vientre, fingiendo dolor. Jean-Pierre sacó un puñado de píldoras de diamorfina y se las dio. El loco salió corriendo, agarrando sus tabletas de heroína sintética con fuerza.

—Se habrá habituado a eso —dijo Jane, con evidente tono de desaprobación.

—Sin duda —convino Jean-Pierre.

—¿Y por qué se las das?

—Ese hombre tiene una úlcera. ¿Qué otra cosa puedo hacer…? ¿Operarle?

—Tú eres el médico.

Jean-Pierre comenzó a empaquetar su maletín. Por la mañana debía abrir un dispensario en Cobak, a diez o doce kilómetros cruzando las montañas, y tenía una cita a la que acudir en el camino.

El llanto del muchacho afgano había llevado un aire del pasado a la cueva, como el olor de viejos juguetes o una luz extraña que nos hace frotar los ojos. Jean-Pierre se sentía ligeramente confuso. Seguía viendo imágenes de su infancia, de gente con rostros superpuestos a las cosas que lo rodeaban, como escenas de una película filmada por un proyector mal colocado a las espaldas del público en vez de proyectarlo en la pantalla. Vio a su primera maestra, mademoiselle Médecin, con gafas metálicas; Jacques Lafontaine, quien le había ensangrentado la nariz por haberle llamado estafador; a su madre, delgada, mal vestida y siempre preocupada; y, por encima de todo, a su padre, un hombre corpulento, grueso y severo, al otro lado de una división de barrotes.

Se esforzó por concentrarse en el equipo y los medicamentos que necesitaría en Cobak. Llenó una botella con agua hervida para beber de ella mientras estuviera fuera. La comida se la darían los habitantes del pueblo.

Sacó su equipaje y lo cargó en la vieja y malhumorada yegua que utilizaba en semejantes viajes. Aquel animal podía caminar todo el día en línea recta, pero se resistía a girar hacia cualquier lado (por este motivo, Jane la llamaba *Maggie*, en honor de la primera ministra británica, Margaret Thatcher).

Jean-Pierre estaba preparado. Entró de nuevo en la cueva y besó los suaves labios de Jane. Mientras se volvía para alejarse, Fara llegó con Chantal, que estaba llorando. Jane se desabrochó la blusa y ofreció el pecho a Chantal. Jean-Pierre acarició la rosada mejilla de su hija.

–*Bon appetit* –dijo y luego salió de la cueva.

Hizo bajar a *Maggie* por la montaña hasta el pueblo abandonado y se dirigió hacia el sudoeste, siguiendo la orilla del río. Incansable, caminaba deprisa bajo el ardiente sol, al que estaba acostumbrado.

Al pensar en la cita, su nerviosismo fue en aumento. ¿Estaría Anatoly allí? Podía haberse demorado, incluso podían haberle capturado. Y en tal caso, ¿hablaría? ¿Sucumbiría a la tortura? ¿Se encontraría Jean-Pierre en el lugar de la cita con un grupo de guerrilleros que lo esperasen, implacables, sádicos y dispuestos a la venganza?

A pesar de su poesía y compasión, aquellos afganos eran unos bárbaros. Su deporte nacional era el *buzkashi*, un juego peligroso y sangriento que consistía en colocar el cuerpo decapitado de un ternero en medio de un campo, y dos equipos de oponentes se situaban a caballo en dos filas. Al disparo de un rifle, todos cargaban en dirección al animal. El objetivo era cogerlo, llevarlo hasta un lugar convenido a unos dos kilómetros de distancia y traerlo al círculo sin permitir que ninguno de los jugadores adversarios se lo arrebataran. Cuando el macabro animal era destrozado (lo que ocurría con frecuencia), un árbitro decidía qué equipo tenía el control de los restos más grandes. Jean-Pierre había presenciado uno de tales partidos durante el invierno anterior, celebrado en las afueras de la ciudad de Rokha, más abajo del valle, y estuvo observando unos minutos antes de darse cuenta de que no utilizaban un ternero, sino un hombre, y de que éste todavía estaba vivo. Sintiendo náuseas, intentó detener el juego, pero alguien le dijo que aquel hombre era un oficial ruso, como si aquélla fuese toda la explicación necesaria. Los jugadores hicieron caso omiso de Jean-Pierre, que no pudo hacer nada para llamar la atención de los cincuenta jinetes, concentrados en su juego salvaje. No esperó para ver morir al hombre, pero quizá debería haberlo hecho, pues la imagen que se fijó en su mente, y que volvía a acecharle cada vez que temía ser descubierto, era la de la horrible muerte de aquel ruso, despedazado vivo.

El pasado seguía torturándole mientras miraba las paredes rocosas del barranco, trayéndole escenas de su infancia mezcladas con las pesadillas de su posible captura. Su recuerdo más antiguo era el del juicio y la abrumadora sensación de ultraje e injusticia que había experimentado cuando su padre fue encarcelado. Apenas sabía leer, pero podía distinguir el nombre de su padre en los titulares de los periódicos. A esa edad, debía de tener unos cuatro años, era incapaz de entender lo que significaba ser un héroe de la Resistencia. Sabía que su padre era comunista, al igual que sus amigos, el cura, el herrero y el hombre que había detrás del mostrador de la oficina de correos del pueblo, pero él creía que lo llamaban Roland el Rojo a causa del color de su cabello.

Cuando su padre fue condenado por traición y sentenciado a cinco años de cárcel, le dijeron a Jean-Pierre que tenía que ver con Uncle Abdul, un hombre asustadizo de piel morena que había estado alojado en su casa durante varias semanas, y que era miembro del FLN, pero Jean-Pierre no sabía qué era el FLN y creía que se referían al elefante del parque. Lo único que entendió con claridad, y que siempre creyó, fue que la policía era cruel, los jueces deshonestos y que los periódicos engañaban a la gente.

A medida que transcurrieron los años, la comprensión y el sufrimiento aumentaron con la sensación del ultraje. Cuando fue a la escuela, los otros muchachos le decían que su padre era un traidor. Él les respondía que su padre había luchado con valentía y que había arriesgado la vida en esa guerra, pero ellos no lo creían. Él y su madre se mudaron a otro pueblo por un tiempo, pero de alguna manera los vecinos descubrieron quiénes eran y ordenaron a sus hijos que no jugasen con Jean-Pierre. La peor parte, no obstante, fueron las visitas a la cárcel. Su padre había cambiado visiblemente, había adelgazado, estaba pálido y tenía un aspecto enfermizo. Sin embargo, lo más doloroso era verle confinado allí, acobardado y asustado, vestido con un uniforme triste, diciendo «señor» a los matones armados con porras. Después de algún tiempo, Jean-Pierre se mareaba con el olor de la cárcel, y vomitaba tan pronto como cruzaba las puertas. Su madre dejó de llevarle.

Hasta que su padre salió de la cárcel y Jean-Pierre habló con él largamente, no comprendió lo ocurrido y vio que la injusticia había sido mucho mayor de lo que había imaginado. Después de que los alemanes invadieran Francia, los comunistas franceses, que estaban organizados en células, desempeñaron el principal papel en la Resistencia. Cuando la guerra terminó, su padre prosiguió la lucha contra la tiranía de las fuerzas reaccionarias. En aquel tiempo, Argelia era colonia francesa. Su gente estaba oprimida y explotada, pero luchaban con valentía por su liberación. Los jóvenes franceses eran llevados a filas y se les obligaba a luchar contra los argelinos en una guerra cruel, en la que las atrocidades cometidas por el ejército francés recordaban a mucha gente el estilo de los nazis. El FLN, que Jean-Pierre asociaría siempre con la imagen de un viejo elefante roñoso en un zoológico provinciano, era el *Front de Libération Nationale*, el Frente de Liberación Nacional del pueblo argelino.

Su padre fue una de las 121 personas bien conocidas que firmó una petición en favor de la libertad para Argelia. Francia estaba en guerra y la petición fue tildada de sediciosa, pues podía considerarse como una invitación a los soldados franceses para que desertasen. Pero su padre había empeorado las cosas: se había llevado una maleta llena de dinero recogido por algunos franceses en favor del FLN y había cruzado la frontera con Suiza, donde lo había ingresado en un banco. Además, había acogido a Oncle[4] Abdul, que por supuesto no era su tío, sino un argelino al que la policía secreta, la DST, estaba buscando.

Éstas eran cosas que había hecho en la guerra contra los nazis, le había explicado a Jean-Pierre, y todavía seguía luchando. El enemigo nunca habían sido los alemanes, del mismo modo que el enemigo posterior no eran los franceses, sino los capitalistas, los que poseían la propiedad, los ricos y privilegiados, la clase dirigente que utilizaría cualquier medio, sin reparar en atrocidades, para proteger su posición. Eran tan poderosos que controlaban la mitad del mundo, pero a pesar de ello todavía quedaba esperanza para los pobres, los que carecían de poder y los oprimidos, pues en Moscú el

4.   En francés: tío. *(N. de la T.)*

pueblo era el que gobernaba y en todo el resto del mundo la clase obrera se dirigía a la Unión Soviética en busca de ayuda, guía e inspiración en su lucha por la libertad.

A medida que Jean-Pierre crecía, el cuadro se empañó y descubrió que la Unión Soviética no era el paraíso del trabajador. Sin embargo, esto no alteró su convicción básica de que el movimiento comunista, guiado desde Moscú, era la única esperanza que les quedaba a las gentes oprimidas del mundo, y el único medio para destruir a jueces, policía y periódicos, que habían traicionado a su padre tan brutalmente.

El padre había conseguido pasar la antorcha al hijo y, como si fuera consciente de ello, había iniciado su declive. Nunca recuperó su rostro enrojecido. Ya no iba a manifestaciones, ni organizaba bailes para recoger fondos, ni escribía cartas a los periódicos locales. Realizó una serie de sencillos trabajos de oficina. Seguía perteneciendo al Partido, por supuesto, y a un sindicato, pero no reanudó la presidencia de los comités, la anotación de las sesiones o la preparación de agendas. Seguía jugando al ajedrez y bebiendo anís con el cura, el herrero y el hombre encargado de la oficina de correos, pero sus discusiones políticas, que en otro tiempo habían sido apasionadas, carecían de brillo, como si la Revolución, por la que habían trabajado con tanto afán, se hubiera pospuesto indefinidamente. Al cabo de pocos años, murió. Fue entonces cuando Jean-Pierre descubrió que había contraído tuberculosis durante su estancia en la cárcel, y que nunca se había recuperado. Le privaron de su libertad, le destruyeron el espíritu y arruinaron su salud. Pero lo peor que le hicieron fue marcarle como traidor. Él había sido un héroe que arriesgó la vida por sus compatriotas, pero había muerto convicto de traición.

Ahora te matarían, papá, si supieran la venganza que

me estoy tomando, pensó Jean-Pierre mientras conducía su huesuda yegua cuesta arriba por la ladera de una montaña de Afganistán. Porque a causa de la información que les he proporcionado, los comunistas han destrozado las líneas de suministro de Masud. El invierno pasado, no ha podido almacenar armas ni municiones. Este verano, en vez de lanzar ataques contra la base aérea, las instalaciones eléctricas y los convoyes de suministro, lucha por defenderse contra las incursiones del gobierno en su territorio.

Yo solo, papá, casi he destruido la eficiencia de este bárbaro que quiere llevar su país de vuelta a las oscuras épocas del salvajismo, el subdesarrollo y la superstición islámica.

Por supuesto, destrozar las líneas de suministro de Masud no bastaba. Se trataba de una figura de prestigio nacional, que había tenido la inteligencia y la fortaleza de carácter para pasar de líder rebelde a presidente legítimo. Era un Tito, un De Gaulle, un Mugabe. No sólo había que neutralizarlo, era necesario destruirlo, que lo cogieran los rusos, vivo o muerto.

La dificultad estribaba en que Masud se movía con rapidez y en silencio, como un gamo en el bosque, emergiendo de súbito de debajo de la tierra y desapareciendo de nuevo con la misma presteza. Pero Jean-Pierre era paciente, y también los rusos: tarde o temprano llegaría un momento en que Jean-Pierre sabría con exactitud dónde se hallaría Masud durante las siguientes veinticuatro horas, si estaba herido, o planeaba asistir a un funeral, y entonces Jean-Pierre utilizaría la radio para transmitir en clave. Luego el halcón atacaría.

Hubiera deseado poder contar a Jane en qué consistía su verdadera misión allí. Incluso podría convencerla de que lo que hacía estaba bien. Le diría que el trabajo médico que realizaba era inútil, pues ayudar a los rebeldes sólo servía para perpetuar la miseria, la pobreza y la ignorancia en que vivía el pueblo, demorando el momento en que la Unión Soviética pudiera arrastrar al país hasta el siglo XX. Jane lo comprendería. Sin embargo, instintivamente sabía que no le perdonaría el haberla engañado. De hecho, se enfadaría. Jean-Pierre podía imaginar su reacción implacable, inflexible y orgullosa. Lo abandonaría de inmediato, del mismo modo que había abandonado a Ellis Thaler. Se sentiría doblemente furiosa por haber sido engañada de la misma manera por dos hombres, uno tras otro.

De modo que, temiendo perderla, él continuó engañándola, como un hombre asomado a un precipicio, paralizado por el miedo.

Ella sabía que algo iba mal, naturalmente. Jean-Pierre lo adivinaba por la manera en que ella le miraba a veces. Pero Jane creía que se trataba de algún problema en su relación personal. Jean-Pierre estaba seguro de que jamás se le ocurriría pensar que toda su vida era un montaje.

La seguridad completa no era posible, pero él tomaba todas las precauciones para no ser descubierto por ella ni por nadie. Cuando utilizaba la radio, siempre hablaba en clave, no porque los rebeldes pudieran estar escuchándole, ya que no disponían de aparatos receptores, sino porque el ejército afgano podría oírle, y estaba tan plagado de traidores que no había secretos para Masud. El radiotransmisor de Jean-Pierre era lo bastante pequeño para ser escondido en el fondo falso de su maletín médico, o en el bolsillo de su camisa o su cazadora cuando no llevaba el maletín. Tenía la desventaja de que su potencia sólo permitía breves conversaciones. Habría necesitado una emisión de larga duración para dictar todos los detalles de las rutas y el horario de los convoyes, sobre todo en clave, y una emisora con unas baterías mucho más potentes. Por consiguiente, Jean-Pierre tenía que encontrarse con su enlace para proporcionarle esta información.

Subió una cuesta y miró hacia abajo. Se hallaba frente a un pequeño valle. El sendero que Jean-Pierre seguía conducía a otro valle, que se extendía en ángulo recto y quedaba dividido por un impetuoso arroyo que atravesaba la montaña y brillaba bajo el sol de la tarde. En el punto más alejado del arroyo, otro valle conducía hacia las montañas en dirección a Cobak, su último destino. En la confluencia de los tres valles, junto a la orilla del río, había una pequeña cabaña de piedra. la región estaba salpicada con aquellas construcciones primitivas. Jean-Pierre suponía que habían sido levantadas por los nómadas y los mercaderes viajeros, que solían utilizarlas de noche.

Emprendió el descenso de la colina. Probablemente Anatoly ya estaría allí. Jean-Pierre no conocía su verdadero nombre ni su rango, pero suponía que estaba en el KGB y adivinaba, por algo que había dicho una vez sobre los generales, que él era coronel. Cualquiera que fuese su grado, no era hombre de oficina. Entre allí y Bagram había unos ochenta kilómetros de terreno montañoso, y Anatoly los recorría, solo, en un día y medio. Era un ruso oriental de pómulos altos y piel amarillenta, y vestido con ropas afganas pasaba por un *uzbak*, un miembro del grupo étnico mongoloide del norte de Afganistán. Eso justificaba su dari vacilante, ya que los *uzbaks* tenían su propio lenguaje. Anatoly era valiente: no hablaba la lengua *uzbak*, por supuesto, de modo que existía la posibilidad de que fuese desenmascarado, y él sabía también que los guerrilleros jugaban al *buzkashi* con los oficiales rusos capturados.

El riesgo para Jean-Pierre en esos encuentros era algo menor. Sus constantes viajes a los pueblos distantes para atender pacientes no resultaban sospechosos. Sin embargo, podía serlo si alguien observaba que tomaba el mismo camino que el errante *uzbak* una y otra vez. Y naturalmente, si algún afgano que hablase francés (como ocurría con los más instruidos) espiase la conversación del médico con el *uzbak* errante, la única esperanza que le quedaría a Jean-Pierre sería la de una muerte rápida.

Sus sandalias apenas hacían ruido al caminar, y los cascos de *Maggie* se hundían silenciosos en la tierra polvorienta, por lo que al acercarse a la cabaña silbaba una tonadilla, por si alguna otra persona que no fuese Anatoly se encontrase dentro. Tenía mucho cuidado en no sobresaltar a los afganos, porque todos iban armados y eran asustadizos. Bajó la cabeza y entró. Para su sorpresa, vio que el interior frío de la cabaña estaba vacío. Se sentó, apoyó la espalda contra la pared de piedra y se acomodó, dispuesto a esperar. Al cabo de unos minutos, cerró los ojos. Estaba cansado, pero demasiado excitado para dormir. La combinación de miedo y aburrimiento que le abrumaba durante aquellas largas esperas le resultaba mortificante. Había aprendido a aceptar las demoras en aquel país sin relojes de pulsera, pero nunca había adquirido la imperturbable paciencia de los afganos. No se atrevía a imaginar los diversos desastres que le habrían podido ocurrir a Anatoly. Sería irónico que éste hubiera pisado una mina rusa y hubiera perdido un pie. En realidad, esas minas herían más animales que seres humanos, pero seguían siendo efectivas, ya que la pérdida de una vaca podía matar a una familia afgana con tanta seguridad como si su casa hubiera sido bombardeada con todos ellos dentro. Jean-Pierre ya no se reía cuando veía una vaca o una cabra con una rústica pata de madera.

En su duermevela presintió la presencia de alguien más y abrió los ojos, para ver el rostro oriental de Anatoly a pocos centímetros del suyo.

–Hubiera podido robarte –dijo Anatoly en un francés fluido.

–No dormía.

Anatoly se sentó en el suelo, con las piernas cruzadas. Era un hombre robusto y musculoso, vestido con una holgada camisa de algodón y anchos pantalones, un turbante, un pañuelo a cuadros y una manta de algodón color barro, llamada *pattu*, alrededor de los hombros. Se quitó el pañuelo de la cara y sonrió, mostrando unos dientes manchados de tabaco.

—¿Cómo estás, amigo mío?

—Bien.

—¿Y tu esposa?

Había algo siniestro en la manera como Anatoly preguntaba por Jane. Los rusos se habían opuesto a su idea de llevar a Jane a Afganistán, arguyendo que interferiría en su trabajo. Jean-Pierre había señalado que tenía que llevar una enfermera con él de todos modos, ya que era la norma de los Médécins pour la Liberté enviar siempre una pareja, y quizá acabara acostándose con la mujer que le acompañara, a menos que tuviera el aspecto de King Kong. Finalmente los rusos habían accedido, pero de mala gana.

—Jane está bien —dijo—. Hace seis semanas tuvo un bebé. Una niña.

—¡Felicidades! —Anatoly parecía auténticamente complacido—. Pero ¿no se ha adelantado un poco?

—Sí. Por fortuna no hubo complicaciones. De hecho, la comadrona del pueblo atendió el parto.

—¿No fuiste tú?

—Yo no me encontraba allí. Estaba contigo.

—¡Dios mío! —exclamó Anatoly, horrorizado—. ¡Pensar que te he tenido alejado de ella en un día tan importante…!

Jean-Pierre se sintió complacido por la preocupación de Anatoly, pero no lo demostró.

—Era algo imprevisible —dijo—. Además, valió la pena, acabasteis con ese convoy.

—Sí. Tu información fue muy buena. Te felicito de nuevo.

Jean-Pierre se sintió orgulloso, pero fingió indiferencia.

–Nuestro sistema parece que funciona muy bien –dijo con modestia.

Anatoly asintió y preguntó:

–¿Cuál fue la reacción de los rebeldes ante la emboscada?

–Una creciente desesperación.

Mientras hablaba, Jean-Pierre pensó que otra de las ventajas de encontrarse personalmente con su enlace era que podía dar esa clase de información ambiental, sentimientos e impresiones, cosas que no serían lo bastante concretas para ser transmitidas en clave.

–Andan escasos de municiones.

–Y el siguiente convoy... ¿cuándo partirá?

–Salió ayer.

–Están desesperados. Bien...

Anatoly metió la mano dentro de su camisa y sacó un mapa. Lo desplegó en el suelo. Mostraba la zona entre el valle de los Cinco Leones y la frontera con Pakistán.

Jean-Pierre se concentró, tratando de recordar los detalles que había memorizado durante su conversación con Mohammed, y comenzó a trazar para Anatoly la ruta que el convoy seguiría en su camino de regreso desde Pakistán. No sabía con exactitud cuándo regresarían, pues Mohammed desconocía el tiempo que pasarían en Peshawar comprando lo que necesitaban. Sin embargo, Anatoly tenía agentes que le informarían de la partida del convoy de los Cinco Leones, y a partir de ese dato podría calcular su avance.

Anatoly no tomaba notas, pero memorizaba cada una de las palabras de Jean-Pierre. Cuando hubieron terminado, revisaron el asunto de nuevo, y Anatoly se lo repitió a Jean-Pierre a modo de comprobación.

El ruso plegó el mapa y lo guardó dentro de su camisa.

–¿Y qué hay de Masud? –preguntó.

–No le he visto desde la última vez que hablé contigo –respondió Jean-Pierre–. En cuanto a Mohammed, nunca está seguro de dónde se encuentra Masud o de cuándo aparecerá.

–Masud es un zorro –comentó Anatoly con un extraño destello de emoción.

–Lo atraparemos –aseguró Jean-Pierre.

–Claro que lo atraparemos. Él sabe que la cacería se ha iniciado, de modo que cubre sus huellas. Pero los perros cazadores tienen buen olfato, y él no podrá eludirnos para siempre. Somos muchos, muy fuertes, y nuestra sangre arde.

De pronto se dio cuenta de que estaba revelando sus sentimientos. Sonrió y volvió a su habitual frialdad.

–Baterías –dijo, y sacó un paquete de pilas de un bolsillo de su camisa.

Jean-Pierre cogió el pequeño transmisor del compartimiento oculto en el fondo de su maletín médico, sacó las baterías viejas y colocó las nuevas. Hacían esto cada vez que se encontraban, para asegurarse de que Jean-Pierre nunca perdería el contacto por falta de energía. Anatoly se llevaría las viejas hasta Bagram, pues no quería correr el riesgo de deshacerse de unas baterías de fabricación rusa allí, en el valle de los Cinco Leones, donde no había aparatos eléctricos.

Mientras Jean-Pierre colocaba la radio en el maletín, Anatoly inquirió:

–¿Tienes por ahí algún remedio para las ampollas? Mis pies…

Se interrumpió de pronto, frunció el entrecejo e inclinó la cabeza, escuchando.

Jean-Pierre se tensó. Hasta el momento, nadie los había visto juntos. Sin embargo, ambos sabían que tenía que suceder algún día, y habían planeado cómo reaccionar: se comportarían como extraños que compartían un lugar de descanso y continuarían su conversación cuando el intruso se hubiera marchado o, si éste amenazaba con quedarse mucho tiempo, se marcharían juntos como si fuesen en la misma dirección por casualidad. Todo estaba previsto, aunque Jean-Pierre tenía la sensación de que la culpa se reflejaba en su rostro.

Oyeron pasos en el exterior, y el jadeo de una respiración entrecortada. Luego una sombra se reflejó en la entrada iluminada por el sol... y Jane entró en la cabaña.

—¡Jane! —exclamó Jean-Pierre.

Ambos se pusieron en pie.

—¿Qué sucede? —preguntó Jean-Pierre—. ¿Por qué estás aquí?

—Gracias a Dios que he podido alcanzarte —farfulló ella sin aliento.

Jean-Pierre advirtió que Anatoly se cubría la cara con el pañuelo y se volvía de espaldas, tal y como un afgano haría ante una mujer insolente. El gesto ayudó a Jean-Pierre a recuperarse de su asombro al ver a Jane. Miró alrededor. Por fortuna, Anatoly había guardado los mapas unos minutos antes, pero el radiotransmisor... sobresalía dos o tres centímetros del maletín médico. Sin embargo, Jane no lo había visto... todavía.

—Siéntate —dijo Jean-Pierre—. Recobra el aliento.

Él también se sentó y, al hacerlo, alzó disimuladamente su maletín para evitar que Jane viese la radio.

—¿Qué ha pasado? —preguntó.

—Ha surgido un problema médico que yo no puedo resolver.

Jean-Pierre se relajó: había temido que ella le hubiera seguido porque sospechase algo.

—Bebe un poco de agua —dijo.

Metió una mano en el maletín y con la otra introdujo del todo la radio. Luego sacó su botella de agua depurada y se la entregó a Jane. Su corazón volvió a latir con normalidad. Iba recuperando su presencia de ánimo. La prueba estaba oculta. ¿Qué otra cosa podía levantar las sospechas de Jane? Quizá había oído a Anatoly hablar en francés, pero eso no era extraño: si un afgano tenía una segunda lengua, con frecuencia era el francés, y un *uzbak* podía hablar en francés mejor de lo que él hablaba el dari. ¿Qué estaba diciendo Anatoly cuando ella entró? Estaba pidiéndole un ungüento para las ampollas. Perfecto. Los afganos pedían medicinas siempre que encontraban un médico, aunque gozaran de una perfecta salud.

Jane bebió un poco de agua y comentó:

—Pocos minutos después de que te marchases, trajeron a un muchacho de dieciocho años con una herida grave en la cadera.

Bebió otro sorbo. Ignoraba a Anatoly, y Jean-Pierre advirtió que estaba tan preocupada por la emergencia médica, que apenas había reparado en la presencia del otro hombre.

—Lo hirieron en una escaramuza cerca de Rokha, y su padre le ha traído en brazos todo el camino hasta el valle. Ha tardado dos días en llegar. La herida se gangrenaba cuando llegaron. Le he dado seiscientos miligramos de penicilina cristalizada, inyectada en la nalga, y después le he limpiado la herida.

—Es lo correcto —dijo Jean-Pierre.

—Pocos minutos después ha comenzado a sudar y delirar. Le he tomado el pulso: era rápido pero débil.

—¿Se ha puesto pálido o tenía dificultades para respirar?

—Sí.

—¿Qué has hecho?

—Tratar de aliviar la reacción alérgica: he alzado sus pies, le he cubierto con una manta y le he dado té… Después he venido en tu busca. —Estaba a punto de echarse a llorar–. Su padre ha cargado con él dos días enteros... y yo no podía permitir que muriese.

–No tenía por qué –dijo Jean-Pierre–. La reacción alérgica resulta rara, pero es una reacción bien conocida a las inyecciones de penicilina. El tratamiento consiste en administrar medio mililitro de adrenalina, inyectada en un músculo, seguido de un antihistamínico, por ejemplo, seis mililitros de difenhidramina. ¿Quieres que regrese contigo?

Jean-Pierre miró de reojo al ruso, que se mostró impasible.

Jane suspiró y respondió:

–No. Al otro lado de la colina habrá algún moribundo esperándote. Ve a Cobak.

–¿Estás segura...?

–Sí.

Anatoly encendió un cigarrillo y Jane le miró instintivamente. Luego se volvió hacia Jean-Pierre de nuevo y repitió, levantándose:

–Medio mililitro de adrenalina y seis mililitros de difenhidramina...

–Así es.

Jean-Pierre se levantó al mismo tiempo y la besó.

–¿Estás segura de que podrás arreglártelas sola?

–Por supuesto que sí.

–Debes apresurarte.

–De acuerdo.

–¿Quieres llevarte a *Maggie*?

–Creo que no –repuso Jane–. En este sendero es más rápido caminar.

–Como prefieras.

–Adiós.

–Adiós, Jane.

Jean-Pierre la observó mientras se alejaba. Los dos hombres permanecieron en silencio largo rato. Al cabo de un par de minutos, el médico se acercó a la puerta y miró hacia fuera. A unos doscientos metros de distancia distinguió una figura pequeña y ligera, ataviada con un fino vestido de algodón, que caminaba con decisión hacia el valle, sola en el oscuro paisaje polvoriento. Estuvo mirándola hasta que desapareció en un pliegue de las montañas.

Volvió a entrar y se sentó, apoyándose en la pared. Anatoly y Jean-Pierre se miraron.

–Dios Todopoderoso –susurró Jean-Pierre–. Qué cerca ha estado.

8

Hacía casi una hora que el muchacho había muerto cuando Jane llegó, exhausta y polvorienta, a punto de desmayarse. El padre estaba esperándola en la entrada de la cueva, aturdido y lleno de reproches. Adivinó que todo había terminado por su postura de resignación y su mirada triste. Él no dijo nada. Jane entró en la cueva y observó al muchacho. Demasiado cansada para sentir enfado, se vio abrumada por la frustración. Jean-Pierre estaba lejos y Zahara se hallaba sumida en un profundo dolor, de modo que no tenía a nadie con quien compartir su pena.

Lloró hasta muy tarde, mientras yacía en su cama, en la azotea de la tienda, con Chantal en un pequeño colchón junto a ella, murmurando de vez en cuando en un sueño de satisfecha ignorancia. Lloró tanto por el padre como por el chico muerto. Al igual que ella, aquel hombre había ido más allá del agotamiento para salvar la vida de su hijo. Cuánto mayor sería su tristeza… Sus lágrimas le impidieron ver las estrellas antes de que pudiera conciliar el sueño.

Soñó que Mohammed le hacía el amor en su cama mientras todo el pueblo los contemplaba; entonces él le dijo que Jean-Pierre mantenía relaciones con Simone, la mujer del obeso periodista Raoul Clermont, y que los dos amantes se reunían en Cobak, donde se suponía que Jean-Pierre atendía a sus pacientes.

Al día siguiente le dolía todo el cuerpo, ya que había ido corriendo la mayor parte del camino hasta la pequeña cabaña de piedra. Tuvo suerte, se dijo, mientras cuidaba de su trabajo rutinario, de que Jean-Pierre se hubiera detenido para descansar en la pequeña cabaña de piedra, dándole la oportunidad de alcanzarle. Se había sentido tan aliviada al ver a *Maggie* atada fuera y al encontrar a Jean-Pierre en la cabaña, con aquel raro hombrecillo *uzbak*... Los dos se habían sobresaltado cuando ella entró. Había sido algo cómico. Era la primera vez que veía a un afgano levantarse al entrar una mujer en una habitación.

Subió por la ladera de la montaña con su propio maletín médico, en dirección a la enfermería de la cueva. Mientras trataba los casos usuales de desnutrición, malaria, heridas infectadas y parásitos intestinales, pensó en la crisis del día anterior. Nunca hasta entonces había oído hablar de la reacción alérgica. Las personas que tenían que poner inyecciones de penicilina recibían un aprendizaje adecuado, pero el suyo había sido tan precipitado que ignoraba un montón de cosas. De hecho, los detalles médicos se habían omitido casi en su totalidad, pretextando que Jean-Pierre era un médico totalmente cualificado que estaría cerca de ella para decirle lo que tenía que hacer.

Qué días tan intensos aquéllos, sentada en las aulas, a veces con enfermeras haciendo sus prácticas; otras, ella sola, intentando absorber las normas y los procedimientos de la medicina y la educación sanitaria, preguntándose qué le esperaría en Afganistán. Algunas de sus lecciones no habían sido nada gratificantes. Su primera misión había consistido en construir un retrete para ella, porque la manera más rápida de mejorar la salud de la gente de los países subdesarrollados era no dejarles utilizar los ríos y arroyos como retretes, y quizá se les podría convencer de no hacerlo si se les daba buen ejemplo. Su maestra, Stephanie, una cuarentona de aspecto maternal, que solía vestir con unos sencillos pantalones y calzar sandalias, también había subrayado los peligros de prescribir medicinas con demasiada frecuencia. La mayoría de las enfermedades y las heridas menores podrían mejorar sin ayuda médica, pero las personas primitivas (y no tan primitivas) deseaban siempre píldoras y pomadas. Jane recordó que el hombrecillo *uzbak* estaba pidiéndole a Jean-Pierre un ungüento para las ampollas. Debe de haber estado corriendo largas distancias durante toda su vida y, sin embargo, cuando encuentra a un médico le dice que le duelen los pies, pensó. La dificultad en el exceso de prescripciones, aparte del desperdicio de las medicinas que representaba, estaba en que un medicamento administrado para una enfermedad trivial podía causar tolerancia en el paciente, de modo que, cuando estuviera enfermo de gravedad, el tratamiento no le haría efecto. Stephanie le había aconsejado que intentara trabajar con y no contra los curanderos tradicionales de la comunidad. Había tenido éxito con Rabia, la comadrona, pero no con Abdullah, el *mullah*.

Aprender el lenguaje había sido la parte más fácil. En París, incluso antes de ir a Afganistán, había estudiado el farsi, el lenguaje persa, con el objeto de mejorar su eficacia como intérprete. El farsi y el dari eran dialectos de la misma lengua. El otro dialecto principal de Afganistán era el pashto, el lenguaje de los *pushtuns*, pero el dari era el lenguaje de los *tajiks*, y el valle de los Cinco Leones estaba en territorio tajik. Los pocos afganos viajeros, como los nómadas, solían hablar el pashto y el dari. Si hablaban un idioma europeo, era el inglés o el francés. El hombre *uzbak* de la cabaña de piedra hablaba en francés con Jean-Pierre. Era la primera vez que

Jane había oído hablar francés con acento *uzbak*. Sonaba lo mismo que el acento ruso.

Durante todo el día estuvo pensando en el *uzbak*. Su recuerdo la importunaba. Siempre le ocurría lo mismo cada vez que sabía que debía hacer algo importante, pero no recordaba de qué se trataba. Quizá había algo extraño en ese hombre.

Al mediodía cerró la enfermería, alimentó y cambió a Chantal y después preparó un almuerzo de arroz y salsa de carne, que compartió con Fara. La joven era sumamente fiel, ansiosa por hacer todo lo que pudiera complacerla, poco dispuesta a marcharse de noche a su casa. Jane intentaba tratarla como a una igual, pero eso parecía servir sólo para aumentar su adoración.

En pleno día, Jane dejó a Chantal con Fara y bajó a su escondrijo secreto, la repisa soleada oculta bajo el saliente en la ladera de la montaña. Allí realizó sus ejercicios posnatales, decidida a recuperar su antigua figura. Mientras contraía los músculos de la pelvis, seguía visualizando al hombre *uzbak*, poniéndose en pie en la pequeña cabaña de piedra y la expresión de asombro en su rostro oriental. Por algún motivo, Jane experimentaba una sensación de inevitable tragedia.

De pronto la verdad se abrió paso en su interior, creciendo como una avalancha.

Ningún afgano se quejaría de ampollas en los pies, pues no tenían conocimiento de heridas semejantes (era tan improbable como oír a un granjero de Gloucestershire diciendo que tenía el beri-beri). Y ningún afgano, por sorprendido que estuviera, reaccionaría levantándose cuando una mujer entraba. Pero si no era afgano, ¿qué era ese hombre? Su acento se lo confirmó, aunque poca gente lo hubiera reconocido. Sin embargo, ella era lingüista, por lo que reconoció que hablaba francés con acento ruso.

Así pues, Jean-Pierre se había encontrado con un

ruso disfrazado de *uzbak* en una cabaña de piedra situada en un lugar desierto.

¿Habría sido casualidad? Quizá sí, pero recordó la expresión de su marido cuando ella había entrado, y advirtió algo en ella que en aquel momento no había notado: una mirada de culpa.

No había sido un encuentro accidental, se trataba de una cita. Quizá no fuese la primera. Jean-Pierre estaba viajando constantemente a pueblos lejanos para tratar a sus pacientes, y aunque era muy escrupuloso con su agenda de visitas, lo cual resultaba extraño en un país donde no había calendarios ni diarios, dejaba de serlo si detrás existía otro programa, una serie clandestina de citas secretas.

¿Por qué se habría citado con el ruso? La respuesta era obvia y los ojos de Jane se llenaron de lágrimas al pensar que no podía ser otra que la traición. Jean-Pierre les proporcionaba información acerca de los convoyes. Conocía las rutas porque Mohammed usaba sus mapas. Sabía el momento adecuado porque veía a los hombres cuando se marchaban, desde Banda y desde otros pueblos del valle de los Cinco Leones. Daba esa información a los rusos, por lo que sus emboscadas habían sido tan afortunadas durante el año anterior. Así pues, por culpa de Jean-Pierre había tantas viudas afligidas y huérfanos en el valle.

¿Qué me pasa?, se preguntó en un impulso súbito de autocompasión, y volvió a echarse a llorar. Primero Ellis, ahora Jean-Pierre. ¿Por qué escojo a estos bastardos? ¿Hay algo reservado en un hombre que me atraiga? ¿Es el desafío de romper sus defensas? ¿Estoy tan loca?

Recordó a Jean-Pierre arguyendo que la invasión soviética en Afganistán estaba justificada. En algún momento, él pareció cambiar de opinión y ella creyó que le había convencido de su error. Resultaba obvio que el cambio había sido fingido. Cuando Jean-Pierre decidió ir a Afganistán a espiar para los rusos, había adoptado un punto de vista antisoviético como parte de su disfraz.

¿Su amor formaría parte de la farsa?

Aquella pregunta le rompía el corazón. Jane hundió la cara entre las manos. Era demasiado doloroso. Ella se había enamorado de Jean-Pierre, se había casado con él, había besado el rostro agriado de su madre, se había acostumbrado a su manera de hacer el amor, había luchado para que su matrimonio funcionara y había engendrado a su hija con temor y dolor. ¿Habría hecho todo aquello por una ilusión, por un marido inexistente, un hombre al que ella no le importaba absolutamente nada? Era como caminar y recorrer tantos kilómetros para preguntar cómo curar al muchacho de dieciocho años y luego regresar para encontrarlo muerto. No, era peor que eso, se dijo Jane. Debía de ser algo parecido a lo que había sentido el padre del muchacho, tras transportar a su hijo durante dos días sólo para verle morir.

Había una sensación de plenitud en sus pechos y se dio cuenta de que debía de ser la hora de dar de mamar a Chantal. Se vistió, se secó la cara con la manga y subió por la montaña. A medida que su disgusto inicial remitía y comenzaba a pensar con claridad, le pareció que había sentido una vaga insatisfacción durante su año de matrimonio y en ese momento comprendió por qué. En cierto modo, había presentido el engaño de Jean-Pierre. A causa de aquella barrera existente entre ambos, habían fracasado en su intento de alcanzar la intimidad.

Cuando llegó a la cueva, Chantal protestaba ruidosamente y Fara estaba meciéndola. Jane cogió a la niña y la acercó a su pecho. Chantal comenzó a mamar. Jane sintió la molestia inicial, como un temblor en el estómago, y después experimentó una sensación agradable y más bien erótica en el pecho.

Deseaba estar sola. Le dijo a Fara que fuese a echar la siesta en la cueva de su madre.

Amamantar a Chantal era relajante. La traición de Jean-Pierre ya no parecía un cataclismo. Jane estaba segura de que no fingía el amor hacia ella. ¿De qué iba a servirle? ¿Por qué tendría que haberla llevado allí? Ella no le resultaba útil en su trabajo de espía. Así pues, debía de amarla.

Y si él la amaba, cualquier otro problema podía solucionarse. Jean-Pierre, como era lógico, debería dejar de trabajar para los rusos. De momento, Jane no se imaginaba enfrentándose con él. «¡Te he descubierto!», le diría. No. Las palabras acudirían a su boca cuando las necesitara. Y entonces Jean-Pierre tendría que llevarlas a ella y a Chantal de regreso a Europa...

Volver a Europa... Cuando Jane se dio cuenta de que deberían regresar a casa, se sintió aliviada. La cogió por sorpresa. Si alguien le hubiera preguntado si le gustaba Afganistán, hubiera respondido que todo lo que hacía era fascinante y valioso y que estaba llevándolo muy bien (y que incluso disfrutaba con ello). Pero cuando la perspectiva de volver a la civilización se encontraba delante de ella, su resistencia se derrumbaba y debía admitir ante sí misma que el paisaje duro, el amargo tiempo invernal, la gente extraña, el bombardeo y la corriente interminable de hombres y muchachos mutilados y maltrechos habían tensado sus nervios hasta un punto extremo.

La verdad es, pensó, que la situación aquí es terrible.

Chantal dejó de mamar y se durmió. Jane la puso a su lado, la cambió y la llevó a su colchón, sin despertarla. La firme ecuanimidad del bebé era una gran bendición. Dormía en cualquier situación, por mucho ruido o movimiento que hubiera, ella seguía durmiendo si estaba satisfecha y cómoda. Sin embargo, se mostraba sensible al estado de ánimo de Jane, y a menudo se despertaba cuando su madre estaba preocupada, aunque no hubiera mucho ruido.

Jane se sentó con las piernas cruzadas en el colchón, contemplando a su bebé dormido, mientras pensaba en Jean-Pierre. Deseó que estuviera allí para hablar con él. Se preguntó por qué no se sentía ultrajada, ya que él había entregado con su traición las guerrillas a los rusos. ¿Sería porque ella había acabado aceptando que todos los hombres eran unos embusteros? ¿Había llegado a creer que las únicas personas inocentes en esa guerra eran las madres, las esposas y las hijas de ambos lados? ¿Acaso su condición de esposa y madre había alterado su personalidad, de modo que la traición ya no la ofendía? ¿O sería porque amaba a Jean-Pierre? No lo sabía.

De todos modos, había llegado el momento de pensar en el futuro, no en el pasado. Volverían a París, donde había carteros, tiendas y agua corriente. Chantal tendría vestidos bonitos, un cochecito y pañales desechables. Los tres vivirían en un pequeño apartamento de un barrio decente, donde el único peligro real para la vida serían los taxistas. Jane y Jean-Pierre comenzarían de nuevo, y esta vez llegarían a conocerse mutuamente. Los dos trabajarían para hacer del mundo un lugar mejor por medios legítimos, sin intrigas ni traiciones. Su experiencia en Afganistán les ayudaría a obtener trabajo en el desarrollo del Tercer Mundo, quizá en la Organización Mundial de la Salud. La vida matrimonial sería tal como ella había imaginado: los tres haciendo el bien, siendo felices y sintiéndose seguros.

Fara entró en aquel momento. Había terminado la hora de la siesta. Saludó a Jane con respeto, miró a Chantal y después, al ver que dormía, se sentó en el suelo, esperando instrucciones. Era la hija del primogénito de Rabia, Ismael Gul, que en este momento estaba viajando con el convoy...

Jane dio un respingo. Fara la miró de forma inquisitiva. Jane hizo un gesto con la mano y Fara desvió la mirada.

Su padre está en el convoy.

Jean-Pierre había denunciado aquel convoy a los rusos. El padre de Fara moriría en la emboscada, a menos que Jane pudiera hacer algo para impedirlo. Pero ¿qué? Podía enviar un mensajero para que se encontrara con el convoy en el paso Khyber y lo desviara hacia otra ruta. Mohammed lo arreglaría. No obstante, Jane tendría que contarle cómo sabía que el convoy sufriría una emboscada, y en ese caso Mohammed sin duda mataría a Jean-Pierre, quizá con sus propias manos.

Si uno de ellos ha de morir, que sea Ismael y no Jean-Pierre pensó Jane.

Después recordó a la treintena de hombres del valle que iban en el convoy, y aquel pensamiento la conmovió: ¿Han de salvar todos a mi marido: Kahmir Khan con su barba afilada; el viejo Shahazai Gul, lleno de cicatrices; Yussuf Gul, que canta tan bellamente; Sher Kador, el cabrero; Abdur Mohammed, que carece de dientes; y Alí Ghanim, que tiene catorce hijos?

Tenía que haber algún otro medio.

Se acercó a la entrada de la cueva y miró al exterior. Puesto que la siesta había terminado, los niños salían de las cuevas y reanudaban sus juegos entre las rocas y los arbustos espinosos. Vio a Mousa, de nueve años de edad y único hijo de Mohammed, incluso más mimado después de perder una mano, que jugaba con el nuevo cuchillo que su estimado padre le había dado. Vio a la madre de Fara, que subía con dificultad la colina portando un haz de leña sobre la cabeza. También estaba la esposa del *mullah*, lavando la camisa de Abdullah. No vio a Mohammed ni a su esposa Halima. Sabía que él se encontraba en Banda, pues le había visto por la mañana. Debía de haber comido con su mujer y su hijo en la cueva familiar (la mayoría de las familias tenían una cueva para ellos solos). Estaría allí, pero Jane no podía buscarle abiertamente, pues eso escandalizaría a la comunidad. Así pues, debía ser discreta.

Se preguntó qué le diría.

Pensó en rogarle: «Haz esto por mí, porque yo te lo pido.» Hubiera dado resultado con cualquier hombre occidental que no se hubiera enamorado de ella, pero los musulmanes no parecían tener una idea muy romántica del amor, y lo que Mohammed sentía por ella era una especie de deseo que trataba de ocultar. Además, Jane no estaba segura de que él siguiera sintiéndolo. Aquel hombre no le debía nada. Ella nunca los había tratado, ni a él ni a su esposa, aunque había salvado la vida del pequeño Mousa. Por tanto, Mohammed tenía una deuda de honor con ella.

«Haz esto por mí porque yo he salvado a tu hijo.» Podía dar resultado.

Sin embargo, Mohammed preguntaría por qué.

Aparecían más mujeres, que iban a buscar agua o barrían sus cuevas, atendían a los animales y preparaban la comida. Jane sabía que pronto vería a Mohammed.

¿Qué le diría?, volvió a preguntarse.

«—Los rusos conocen la ruta del convoy.

»—¿Cómo lo han sabido?

»—No lo sé, Mohammed.

»—¿Qué te hace estar tan segura?

»—No puedo decírtelo. Oí una conversación… Recibí un mensaje del Servicio Secreto británico. Tengo un presentimiento. Lo he visto en las cartas. He tenido un sueño…»

¡Eso era: un sueño!

Por fin lo vio. Salió de su cueva, altanero y atractivo, vestido con traje de viaje: el redondo gorro *Chitrali*, como el de Masud y el usado por la mayoría de los guerrilleros; el *pattu* de color fango que servía de capa, toalla, manta y camuflaje; y las botas de media caña que había robado a un soldado ruso muerto. Cruzó el claro con el paso largo y seguro de alguien que ha de recorrer un largo camino antes de la puesta de sol. Tomó el sendero que bajaba por la ladera hacia el pueblo desierto.

Jane lo siguió con la mirada hasta que desapareció. Ahora o nunca pensó, y echó a andar. Al principio caminaba con lentitud y gesto cansino, de modo que no fuese evidente que iba detrás de él. Después, cuando estuvo fuera del alcance de la vista de las cuevas, echó a correr. Resbaló y tropezó por el sendero polvoriento, preguntándose si sería capaz de alcanzarlo. Cuando vio a Mohammed delante de ella, lo llamó. Él se detuvo, se volvió y la esperó.

–Que Dios esté contigo, Mohammed Khan –lo saludó cuando llegó junto a él.

–Y contigo, Jane Debout –respondió él cortésmente.

Ella hizo una pausa, recobrando el aliento. Él la contemplaba con expresión de divertida tolerancia.

–¿Cómo está Mousa? –preguntó Jane.

–Está bien y es feliz, aprendiendo a utilizar su mano izquierda. Matará rusos con la mano izquierda algún día.

Era una pequeña broma: la mano izquierda se utilizaba tradicionalmente para realizar ciertas tareas desagradables; la derecha para comer. Jane sonrió en reconocimiento de su ingenio.

–Estoy muy contenta de que pudiéramos salvarle la vida.

Si el afgano pensó que era grosera, no lo demostró.

–Siempre estaré en deuda contigo –dijo.

–Hay algo que puedes hacer por mí –comentó Jane, aprovechando la ocasión.

La expresión de Mohammed era inescrutable.

–Si está en mis manos...

Ella miró alrededor, buscando un lugar donde sentarse. Se hallaban de pie cerca de una casa bombardeada. Los restos de la pared frontal se habían esparcido por el camino, y se distinguía el interior del edificio, donde lo único que quedaba era un cacharro roto y sorprendentemente, la fotografía en color de un Cadillac pegada a la pared. Jane se sentó sobre los escombros y, tras un momento de vacilación, Mohammed se sentó junto a ella.

–Claro que está en tus manos –dijo ella–. Pero te causará una pequeña molestia.

–¿De qué se trata?

–Puedes creer que es el capricho de una mujer estúpida.

–Quizá.

–Tal vez quieras engañarme, accediendo a mi petición para después no llevarla a cabo.

–No.

–Te pido que seas sincero conmigo, rehúses o no.

–Lo seré.

Ya basta, pensó Jane.

–Quiero que envíes un mensajero al convoy y les ordenes que cambien su ruta de regreso.

Mohammed se quedó perplejo, quizá esperaba una petición trivial, doméstica.

–Pero ¿por qué? –preguntó.

–¿Crees en los sueños, Mohammed Khan?

Él se encogió de hombros.

–Los sueños son sueños –contestó con aire evasivo.

Quizá deba hablarle de una visión, se dijo Jane.

–Mientras estaba sola tendida en mi cueva, durante las horas más calurosas del día, creí ver una paloma blanca.

De pronto, Mohammed pareció escuchar con atención y Jane supo que había acertado: los afganos creían que las palomas blancas estaban habitadas por los espíritus.

–Debió de ser un sueño –prosiguió Jane–, pues el pájaro intentó hablarme.

–¡Ah!

Lo ha interpretado como una visión y no un sueño, pensó Jane.

–No entendía lo que me decía, aunque escuchaba con la mayor atención posible. Creo que hablaba pashto.

Mohammed la miraba con los ojos muy abiertos.

–Un mensajero del territorio Pushtun... –susurró.

–Entonces vi a Ismael Gul, hijo de Rabia y padre de Fara, de pie detrás de la paloma.

Jane puso su mano sobre el brazo de Mohammed y le miró directamente a los ojos, pensando: Podría encenderte como una bombilla eléctrica, hombre vano y estúpido.

–En su corazón había un cuchillo clavado, y estaba llorando lágrimas de sangre. Señaló el mango del cuchillo, como si quisiera que yo se lo arrancara del pecho. La empuñadura tenía incrustaciones de piedras preciosas –añadió Jane, preguntándose de dónde había sacado todo esto–. Me he levantado de la cama y me he acercado a él. Yo tenía miedo, pero debía salvar su vida. Entonces, cuando he alargado la mano para sacarle el cuchillo...

–¿Qué?

–Se ha desvanecido. Creo que me he despertado.

Mohammed cerró la boca, recuperó la postura habitual y frunció el entrecejo, como si considerase la interpretación del sueño con sumo cuidado.

Es el momento de empujarle un poco, se dijo Jane.

–Quizá todo esto sea una tontería –comentó, tratando de asumir una expresión de niña pequeña, dispuesta a ceder ante el superior juicio masculino–. Por ello te pido que hagas esto por mí, por la persona que salvó la vida de tu hijo, para que haya paz en mi mente.

De inmediato Mohammed adoptó un aire altanero.

–No hay necesidad de invocar una deuda de honor.

–¿Significa eso que estás dispuesto a hacerlo?

Mohammed respondió con una pregunta:

—¿Qué clase de piedras había en el mango del cuchillo?

¿Cuál sería la respuesta correcta? Pensó en las esmeraldas, pero estaban asociadas con el valle de los Cinco Leones, de modo que podía significar que Ismael había sido muerto por un traidor del propio valle.

—Rubíes —contestó al fin.

Él asintió lentamente.

—¿Ismael no te dijo nada?

—Parecía que intentaba hablarme, pero no podía.

Él asintió de nuevo, y Jane pensó: Vamos, decídete de una vez, condenado. Finalmente Mohammed dijo:

—El presagio es claro. Hay que desviar el convoy.

—Me siento tan aliviada —dijo Jane sinceramente—. No sabía qué hacer. Ahora puedo estar segura de que Ahmed se salvará.

Pensó qué podía hacer para asegurarse de que Mohammed no cambiaría de opinión. No podía hacerle jurar. Pensó en estrecharle la mano. Finalmente decidió sellar su promesa con un gesto todavía más antiguo: se inclinó y le besó en los labios, rápida pero suavemente, sin darle oportunidad de rehusar ni responder.

—¡Gracias! —dijo—. Sé que eres un hombre de palabra.

Luego se levantó. Él permaneció sentado, con aspecto algo aturdido, Jane se volvió y echó a correr por el sendero hacia las cuevas.

Se detuvo en la cima de la colina y miró hacia atrás. Mohammed estaba bajando a grandes zancadas y ya se encontraba cerca de la casa en ruinas.

Parece que el beso le ha dado impulso, pensó Jane. Debería avergonzarme. He jugado con su superstición, su vanidad y su sexualidad. Como feminista, no debería explotar sus prejuicios para manipularle, pero el hecho de que piense que toda mujer es sumisa y coqueta ha dado resultado. ¡Ha funcionado!

Siguió caminando. Más tarde tendría que luchar con Jean-Pierre. Él llegaría a casa al atardecer, ya que esperaría hasta media tarde, cuando el sol quemaba mucho menos, antes de emprender el viaje, como había hecho Mohammed. Jane presentía que le sería más fácil manejar a Jean-Pierre que a Mohammed, en parte porque con su marido podía decir la verdad, pero también porque éste se encontraba en una situación difícil.

Llegó a las cuevas. El pequeño campamento estaba alerta. Un grupo de reactores rusos rugían cruzando el aire. Todos se detenían para mirarlos, aunque volaban demasiado altos y lejos para bombardear. Cuando hubieron desaparecido, los niños extendieron sus bracitos, como alas, y corrieron, dando vueltas e imitando los ruidos del motor del avión. ¿A quién bombardearán en sus vuelos imaginarios?, se preguntó Jane.

Entró en la cueva, comprobó que Chantal estuviera bien, sonrió a Fara y sacó el diario. Tanto ella como Jean-Pierre escribían en el diario casi todos los días, sobre todo porque se trataba de un registro médico y se lo llevarían a Europa en beneficio de otros que los siguieran a Afganistán. Se les había animado a registrar los sentimientos y los problemas personales, para que otros supieran qué podían esperar. Jane había escrito muchas notas sobre su embarazo y el nacimiento de Chantal, pero había omitido los detalles de su vida emocional.

Se sentó, apoyando la espalda contra la pared de la cueva, con la libreta sobre sus rodillas, y escribió la historia del muchacho de dieciocho años que había muerto de una reacción alérgica. El recuerdo hizo que se sintiese triste, pero no deprimida. Una reacción sana, se dijo.

Añadió breves detalles de los casos menores del día y después, perezosamente, hojeó el volumen al revés. Las entradas en la letra manuscrita de Jean-Pierre, descuidada y fina, aparecían muy abreviadas, y consistían casi enteramente en síntomas, diagnósticos, tratamientos y resultados. «Gusanos», escribía, o «malaria», y después «curado, estable», o a veces «defunción». Jane tendía a escribir frases como: «Esta mañana ella se sentía mejor» o «la madre tiene tuberculosis.» Releyó sobre los primeros días de su embarazo, los pezones doloridos, las caderas más gruesas y náuseas por las mañanas. Estaba interesada en comprobar que casi un año antes había escrito: «Abdullah me da miedo.» Ya lo había olvidado.

Dejó el diario. Ella y Fara pasaron las dos horas siguientes limpiando y ordenando la cueva que utilizaban como enfermería. Cuando terminaron, ya era la hora de volver al pueblo y prepararse para pasar la noche. Mientras bajaba la ladera y después se afanaba en la casa del tendero, Jane estuvo pensando en cómo manejar su enfrentamiento con Jean-Pierre. Sabía lo que tenía que hacer: llevarle a dar un paseo, pero no estaba segura de qué debía decirle.

Todavía no se había decidido cuando él llegó. Jane le limpió el polvo de la cara con una toalla húmeda y le dio una taza de té verde. Jean-Pierre estaba cansado, pero ella sabía que era capaz de caminar distancias mucho más largas. Jane se sentó junto a él mientras se bebía el té, intentando no mirarle a la cara, pensando: Me has mentido. Al cabo de un rato, ella propuso:

–Salgamos como solíamos hacer antes.

Jean-Pierre parecía sorprendido.

–¿Adónde quieres ir?

–A cualquier parte. ¿No te acuerdas del verano pasado, cuando solíamos salir sólo para disfrutar del atardecer?

Jean-Pierre sonrió y respondió:

–Sí, me acuerdo.

Era adorable cuando sonreía de aquella manera, se dijo Jane.

–¿Nos llevaremos a Chantal? –preguntó él.

–No.

Jane no quería que nada la distrajese.

–Estará bien con Fara.

–De acuerdo –dijo él, algo confuso.

Jane ordenó a Fara que preparase la cena, algo de té, pan y yogur, y después ella y Jean-Pierre salieron de la casa. El sol estaba poniéndose y el aire del crepúsculo era suave y fragante. Sin duda era la mejor hora del día en verano. Mientras paseaban por los campos, en dirección al río, Jane recordó que el verano anterior, en ese mismo sendero, se había sentido ansiosa, confusa y excitada, pero decidida a triunfar. Se sentía orgullosa de haberse desenvuelto tan bien, y al mismo tiempo feliz porque la aventura acabaría pronto.

Su nerviosismo aumentó a medida que se acercaba el momento de la discusión, aunque se repetía que no tenía nada que ocultar, nada de lo que sentirse culpable y nada que temer. Vadearon el río, cruzándolo por un lugar en que se ensanchaba y era poco profundo, sobre un lecho rocoso, y después treparon por un camino tortuoso e inclinado en la ladera de la escarpada montaña. Al llegar a la cima, se sentaron en el suelo, con los pies suspendidos sobre el precipicio. A unos treinta metros más abajo, el río de los Cinco Leones corría con fuerza, rodeando rocas y espumeando a través de los rápidos. Jane contempló el valle. Las tierras cultivadas se entrecruzaban con los canales de riego y los muros de piedra de las terrazas. Los brillantes tonos verdes y dorados de los cultivos maduros conferían a los campos el aspecto de fragmentos de cristal de colores. La escena quedaba interrumpida por los destrozos de una bomba: paredes caídas, zanjas bloqueadas, cráteres de lodo entre el ondeante grano. Un lejano gorro redondo o un turbante oscuro indicaban que algunos de los hombres ya estaban trabajando, recogiendo sus cosechas mientras los rusos aterrizaban sus reactores y dejaban sus bombas en reposo durante la noche. Las cabezas cubiertas con pañuelos o las figuras más pequeñas eran de las mujeres o sus hijos, que ayudaban mientras había luz. En el lado más lejano del valle, la tierra de cultivo luchaba por ascender las pendientes más bajas de la montaña, pero pronto se rendía ante la roca polvorienta. Del grupo de casas de la izquierda se alzaba el humo de algunos fuegos de cocina en líneas rectas, hasta que la brisa las agitaba. La misma brisa traía hasta ellos fragmentos ininteligibles de las conversaciones de las mujeres que se bañaban más allá del recodo del río, aguas arriba. Sus voces eran controladas, y la risa vibrante de Zahara ya no se oía, pues estaba de luto. Y todo por culpa de Jean-Pierre...

Este pensamiento dio valor a Jane.

—Quiero que me lleves a casa —dijo de pronto.

Al principio, Jean-Pierre no entendió a qué se refería.

—Acabamos de llegar aquí —repuso irritado. Entonces la miró y lo comprendió.

En su voz había un atisbo de frialdad que a Jane le resultó preocupante y pensó que quizá no obtendría lo que quería sin luchar.

—Sí... —dijo con firmeza—. A casa.

Jean-Pierre la rodeó con el brazo y comentó:

—Este país a veces es deprimente.

Hablaba sin mirarla, contemplando el río en la distancia, bajo sus pies.

—Eres especialmente vulnerable a la depresión, justo después del parto. Dentro de algunas semanas, te encontrarás...

—¡No seas paternalista! —gritó Jane.

No permitiría que se saliera con la suya diciendo sólo tonterías.

—Ahorra tus modales de persuasión para tus pacientes.

–De acuerdo –dijo Jean-Pierre, retirando el brazo–. Antes de venir aquí, decidimos que nos quedaríamos dos años. Los viajes cortos son ineficaces, a causa del tiempo y el dinero invertidos en el entrenamiento, el viaje y el tiempo de adaptación. Estábamos decididos a conseguir un auténtico impacto, de modo que nos comprometimos a un período de dos años...

–Y entonces tuvimos el bebé.

–¡No fue idea mía!

–En cualquier caso, he cambiado de opinión.

–No se te permite cambiar de opinión.

–¡Tú no eres mi dueño! –repuso ella, enojada.

–Está fuera de toda discusión. No es preciso que sigamos.

–Sólo acabamos de empezar –insistió Jane.

La actitud de Jean-Pierre la enfurecía. La conversación se había convertido en una discusión sobre los derechos de ella como mujer, y no estaba dispuesta a obtener la victoria revelando a su marido que sabía que era un espía (aún no). Deseaba que Jean-Pierre admitiese que ella tenía libertad para tomar sus propias decisiones.

–No tienes ningún derecho a ignorarme o a prescindir de mis deseos –dijo ella–. Quiero marcharme este verano.

–La respuesta es no.

Jane trató de razonar con él.

–Hemos pasado aquí un año entero. Ya hemos causado un impacto. También hemos hecho considerables sacrificios, más de los que preveíamos. ¿No es acaso suficiente?

–Acordamos pasar dos años aquí –insistió él con testarudez.

–Eso fue hace mucho tiempo, antes de que tuviéramos a Chantal.

–En ese caso, os marcháis vosotras dos y me dejáis aquí.

Jane pensó en esa posibilidad por un momento. Viajar en un convoy hacia Pakistán llevando un bebé era difícil y peligroso. Sin un marido sería una pesadilla, pero no imposible. Sin embargo, significaría dejar a Jean-Pierre, que podría seguir traicionando a los convoyes de los guerrilleros y cada vez morirían más maridos e hijos del valle. Además, existía otra razón por la que no podía abandonarle: destruiría su matrimonio.

–No –dijo Jane–. No puedo marcharme sola. Tú también debes venir.

–No lo haré –se opuso él, cada vez más enfadado–. ¡No iré!

Había llegado el momento de usar la información que tenía. Respiró hondo y dijo:

–Tendrás que hacerlo.

–Te equivocas –respondió él.

Jean-Pierre la señaló con el dedo índice y ella le miró fijamente a los ojos, y vio algo que la asustó.

–No puedes obligarme. No lo intentes.

–Sí puedo...

–Te aconsejo que no lo hagas –dijo él, con voz gélida.

De súbito, Jean-Pierre le pareció un extraño, un hombre al que ella no conocía. Permaneció en silencio un momento, pensando. Observó una paloma que se alzaba desde el pueblo y volaba hacia ella. Se introdujo en algún lugar del escarpado, cerca de donde ellos se encontraban. ¡Después de todo un año y todavía no sé quién es!

–¿Me amas? –preguntó.

–Amarte no significa que tenga que hacer todo lo que tú quieras.

–¿Significa eso que sí?

Jean-Pierre se quedó mirándola. Ella afrontó su mirada sin parpadear. Lentamente la frialdad se desvaneció de los ojos de Jean-Pierre y se relajó. Después sonrió y contestó:

–Claro que sí.

Jane se inclinó hacia él, y se sintió rodeada de nuevo por su brazo.

–Sí, te amo –susurró él y la besó en la cabeza.

Jane apoyó su mejilla en el pecho de él y miró hacia abajo. La paloma se alejó volando nuevamente. Era una paloma blanca, como la que ella había inventado para su visión. Voló, alejándose, planeando sin esfuerzo, hacia la ribera opuesta del río. ¡Oh, Dios mío!, ¿qué voy a hacer ahora?, se preguntó Jane.

El hijo de Mohammed, Mousa, conocido ya como Mano Izquierda, fue el primero en descubrir el convoy cuando éste regresó. El chico fue corriendo a la pequeña planicie que se extendía delante de las cuevas, gritando con todas sus fuerzas:

–¡Han regresado! ¡Han regresado!

Nadie necesitó preguntar de quién se trataba.

Era media mañana y Jane y Jean-Pierre se hallaban en la enfermería. Jane observó que por el rostro de su marido cruzó una leve expresión de asombro. Sin duda se preguntaba por qué los rusos no habían actuado de acuerdo con la información que él les había proporcionado. Jane volvió la cabeza para que él no advirtiera su gesto triunfal. ¡Había salvado sus vidas! Yussuf cantaría esta noche, Sher Kador contaría sus cabras y Alí Ghanim besaría a cada uno de sus catorce hijos. Yussuf era uno de los hijos de Rabia: salvar su vida era como devolver a la anciana el favor de haberla ayudado a traer a Chantal al mundo. Todas las madres e hijas que habrían estado de luto se regocijarían.

Se preguntó cómo se sentiría Jean-Pierre, ¿enfadado, frustrado, quizá desilusionado? Era difícil imaginar que alguien se sintiera así porque no habían matado a nadie. Volvió a mirarle, pero el rostro de su marido permanecía impasible. Me gustaría saber qué está pasando por su cabeza, pensó Jane.

Sus pacientes se marcharon al cabo de unos minutos: todo el mundo bajaba al pueblo para dar la bienvenida a los viajeros que regresaban a casa.

—¿Iremos nosotros también? —preguntó Jane.

—Ve tú —dijo Jean-Pierre—. Debo acabar algo aquí arriba, y después te seguiré.

—De acuerdo.

Jean-Pierre necesitaba tiempo para recuperarse, se dijo Jane, de modo que pudiera fingir que estaba encantado con el regreso cuando los viese.

Jane cogió a Chantal y comenzó a bajar por el sendero hacia el pueblo. Notaba el calor de la roca a través de las finas suelas de sus sandalias.

Todavía no se había enfrentado con Jean-Pierre. Sin embargo, eso no podría seguir indefinidamente. Antes o después tendría que saber que Mohammed había enviado un mensajero para desviar el convoy de la ruta prevista. Naturalmente le preguntaría a Mohammed por qué lo habían hecho, y el afgano le hablaría de la «visión» de Jane. Pero Jean-Pierre sabía que ella no creía en visiones…

¿Por qué tengo miedo?, se preguntó. Yo no soy la culpable, sino él. Sin embargo, me siento como si su secreto fuese algo de lo que tuviera que avergonzarme. Debería haberle hablado del asunto aquella tarde que fuimos a la cima del escarpado. Al ocultarlo tanto tiempo, yo también me he convertido en una embustera. Quizá sea por eso, o por la extraña mirada que a veces hay en sus ojos…

No había renunciado a su decisión de regresar a casa, pero hasta ese momento no había encontrado el modo de convencer a Jean-Pierre. Había pensado en una docena de proyectos extraños, desde falsear un mensaje diciendo que la madre de él estaba muriéndose, hasta envenenar su yogur con algo que le produjera los síntomas de una enfermedad que le obligase a regresar a Europa para el tratamiento. La más sencilla (y la menos atractiva de sus ideas) consistía en amenazarle con contar a Mohammed que era un espía. Nunca lo haría, por supuesto, pues desenmascararle sería el equivalente a darle muerte. Pero ¿creería Jean-Pierre que ella estaba dispuesta a llevar a cabo la amenaza? Tal vez no. Sólo un hombre de corazón duro e implacable podía pensar que sería capaz de matar a su marido. No obstante, si Jean-Pierre resultaba ser tan duro e implacable, él mismo podría matarla.

Se estremeció a pesar del calor. Aquellos pensamientos eran grotescos. Cuando dos personas se deleitaban tanto con el cuerpo del otro como ellos dos, ¿cómo era posible que llegaran a tal extremo de violencia?

Cuando Jane llegó al pueblo, oyó los múltiples disparos al aire de las armas de fuego, señal inequívoca de una celebración afgana. Se dirigió hacia la mezquita, ya que todo lo importante ocurría en aquel lugar. El convoy se hallaba en el patio, hombres y caballos rodeados de mujeres sonrientes y niños que gritaban. Jane permaneció al borde de la multitud, contemplándolos. Valía la pena. Valía la pena la preocupación, el miedo, la manipulación de Mohammed de aquella manera indigna, para poder ver esto, los hombres a salvo reunidos con sus esposas y madres e hijos e hijas.

Lo que sucedió a continuación fue, quizá, el mayor impacto de su vida.

Allí, entre la multitud, entre los gorros y turbantes, surgió una cabeza de cabello rubio rizado. Al principio no la reconoció, aunque de inmediato su corazón latió con fuerza. Entonces emergió de entre la multitud y ella vio, ocultándose tras una abundante barba rubia, el rostro de Ellis Thaler.

Las rodillas de Jane temblaron de pronto. ¿Ellis… allí? Imposible.

Ellis se dirigió hacia ella. Llevaba el traje de algodón, parecido a un pijama holgado, propio de los afganos y una manta sucia alrededor de sus anchos hombros. Lo poco que se veía de su cara por encima de la barba aparecía profundamente bronceado de modo que sus ojos azules resultaban aún más llamativos que de costumbre, como azulinas en un campo de trigo maduro.

Jane quedó atónita.

Ellis estaba ante ella, con rostro solemne.

—Hola, Jane.

De pronto ella se dio cuenta de que ya no lo odiaba. Poco tiempo antes le hubiera maldecido por haberla engañado y espiado a sus amigos, pero su ira había desaparecido. Ellis nunca le gustaría, pero podría tolerarlo. Y era agradable oír hablar inglés por primera vez desde hacía más de un año.

—Ellis —susurró ella—. ¿Qué estás haciendo aquí?

—Lo mismo que tú —respondió él.

¿A qué se refería? ¿Quizá había venido a espiar? No. Ellis no conocía las actividades de Jean-Pierre.

Él vio la expresión confusa de Jane y dijo:

—Estoy aquí para ayudar a los rebeldes.

¿Descubriría lo de Jean-Pierre? De pronto, Jane sintió miedo por su marido. Ellis podía matarle.

—¿De quién es este bebé? —preguntó él.

—Mío… y de Jean-Pierre. Se llama Chantal.

Jane advirtió que Ellis parecía muy triste. Se dio cuenta de que él confiaba en encontrarla infeliz con su marido. Oh, Dios mío, creo que todavía me ama, pensó. Intentó cambiar de tema.

—Pero ¿cómo vas a ayudar a los rebeldes?

Ellis alzó una bolsa de viaje alargada, como el equipaje de un soldado antiguo.

—Voy a enseñarles a volar camiones y puentes —contestó—. Así pues, ya ves que en esta guerra estoy en tu mismo lado.

Pero no en el mismo que el de Jean-Pierre, se dijo ella. ¿Qué sucederá ahora? Los afganos jamás sospecharían de Jean-Pierre, pero Ellis había sido entrenado en los ardides del engaño. Tarde o temprano descubriría qué estaba ocurriendo.

—¿Cuánto tiempo vas a permanecer aquí? —le preguntó.

Si no se quedaba, no podría desvelar sospechas.

—Todo el verano —respondió.

Quizá no pasara mucho tiempo cerca de Jean-Pierre.

—¿Dónde vivirás? —le preguntó.

—En este pueblo.

Ellis notó la desilusión en la voz de Jane y esbozó una sonrisa triste.

—Supongo que no debería haber esperado que te alegraras de verme...

Desesperada, la mente de Jane trataba de hallar una solución. Si pudiera conseguir que Jean-Pierre se marchase, lo alejaría del peligro. De pronto, se sintió capaz de enfrentarse a él. ¿Por qué? Quizá porque ya no le tengo miedo. Pero ¿por qué no le tengo miedo? Porque Ellis está aquí. Dios mío, no era consciente de que tenía miedo de mi propio marido.

—Al contrario —dijo Jane por fin, sorprendida de su frialdad—. Me alegro de que estés aquí.

Ambos guardaron silencio. Sin duda Ellis no sabía qué conclusión sacar de la reacción de Jane. Al cabo de un momento, él comentó:

—Tengo un montón de explosivos y material en alguna parte de este zoo. Será mejor que cuide de ello.

Jane asintió.

—Claro.

Ellis se alejó y se internó entre el gentío. Jane abandonó lentamente el patio de la mezquita, sintiéndose algo aturdida. Ellis estaba allí, en el valle de los Cinco Leones y, al parecer, todavía la amaba.

Cuando llegó a casa, Jean-Pierre salía en aquel momento. Se había detenido allí, camino de la mezquita, tal vez para guardar su maletín médico. Jane no supo qué decirle.

–En el convoy ha venido alguien que conoces –comentó.

–¿Un europeo?

–Sí.

–Bien, ¿quién es?

–Ve a verlo. Te sorprenderá.

De inmediato, Jean-Pierre echó a andar. Jane entró en la casa. ¿Qué haría su marido con respecto a Ellis? Tendría que informar a los rusos, y éstos querrían matar a Ellis. Aquel pensamiento la enfureció.

–¡No debe haber más muertes! –exclamó–. ¡No lo permitiré!

Su grito despertó a Chantal, que se echó a llorar. Jane la meció un poco y la niña se calmó.

¿Qué voy a hacer?, se preguntó. Tengo que detenerle para que no se ponga más en contacto con los rusos. Pero ¿cómo? Su contacto no puede encontrarse con él en el pueblo. De modo que lo que tengo que hacer es retener a Jean-Pierre aquí. Le obligaré a prometer que no saldrá del pueblo. Le diré que si no accede, le contaré a Ellis que es un espía y él se encargará de que no salga del pueblo.

Ahora bien, ¿y si Jean-Pierre no cumplía su promesa? En ese caso, ella sabría que él había salido del pueblo para reunirse con su contacto y podría decírselo a Ellis.

¿Tendrá Jean-Pierre algún otro medio de comunicarse con los rusos?, se preguntó. Sí, debe de haber previsto cómo contactar con ellos en caso de emergencia. Pero aquí no hay teléfonos, ni correo, ni servicio de mensajeros, no·hay palomas mensajeras… ¡Debe de tener una radio! Si es así, no hay forma de detenerle.

Cuanto más pensaba en ello, más convencida estaba de que Jean-Pierre poseía un radiotransmisor. Necesitaba concertar esas citas en las cabañas de piedra. En teoría, podían haber sido programadas antes de salir de París, pero en la práctica, era casi imposible. ¿Qué sucedía cuando tenía que romper una cita, cuando llegaba con retraso o cuando necesitaba encontrarse con su enlace urgentemente?

¿Qué puedo hacer si tiene una radio? ¡Quitársela!

Dejó a Chantal en su cama y echó un vistazo alrededor. Se dirigió a la habitación delantera. Allí, en el mostrador de azulejos, en medio de lo que había sido la antigua tienda, vio el maletín médico de Jean-Pierre.

Era el lugar perfecto. A nadie se le permitía abrir el maletín, excepto a Jane, y ella nunca tenía ningún motivo para hacerlo.

Abrió el cierre y examinó su contenido, sacando las cosas una por una. No encontró lo que buscaba. No sería fácil.

Tengo que encontrarla, pensó. Si no, o bien Ellis le mata, o Jean-Pierre matará a Ellis.

Decidió buscar en la casa.

Hurgó entre los suministros médicos en los estantes del tendero, mirando dentro de las cajas y los paquetes cuyos sellos estaban rotos, apresurándose por miedo a que Jean-Pierre regresara antes de que ella hubiera terminado. No encontró nada.

Fue al dormitorio. Rebuscó entre las ropas de él, y después entre las ropas de invierno, que estaban guardadas en un rincón. Nada. A toda prisa, fue a la salita y miró frenéticamente alrededor, buscando posibles escondrijos. ¡La caja de los mapas! La abrió, pero sólo contenía mapas. Cerró la tapa de un golpe. Chantal se agitó pero no lloró, aunque casi era la hora de comer. Eres un buen bebé, pensó Jane. ¡Gracias a Dios! Miró detrás de la alacena de la comida, y alzó la alfombra por si estaba oculta en un agujero en el suelo.

Nada.

Tenía que estar en alguna parte. No podía imaginar que Jean-Pierre corriera el riesgo de esconderla fuera de la casa, porque alguien podía encontrarla por accidente.

Volvió a entrar. Si lograba encontrar esa radio, todo iría bien y él no tendría más opción que la de renunciar.

Su maletín era el lugar más probable, ya que lo llevaba a todas partes. Lo cogió. Pesaba bastante. Metió la mano y comprobó que tenía una base gruesa.

De pronto, se dijo que el maletín podía tener un doble fondo.

Apretó la base con los dedos. Debe de estar aquí. Tiene que estar aquí.

Apretó con los dedos hacia abajo, en un lado de la base, y luego tiró con fuerza. El doble fondo subió con facilidad.

Con el corazón desbocado, Jane miró dentro. Allí, en el compartimiento oculto, había una cajita de plástico. La sacó.

¿Por qué se reunirá con ellos si tiene una radio?

Quizá no puede contarles secretos por temor a ser escuchado. O puede que la radio sólo le sirva para fijar las citas y para emergencias… Como cuando no puede salir del pueblo.

Oyó que la puerta trasera se abría. Aterrorizada, dejó caer la radio al suelo y se volvió con rapidez, mirando hacia la sala de estar. Vio que Fara entraba con una escoba.

—Oh, cielos —susurró.

Se volvió otra vez, consciente de que tenía que librarse del aparato antes de que Jean-Pierre regresara. Pero ¿cómo? No podía tirarla, ya que la encontrarían. La aplastaría.

Buscó con la mirada un martillo, pero fue inútil. Usaría una piedra.

Cruzó la sala corriendo y se dirigió al patio. La pared estaba construida con piedras bastas unidas con argamasa arenosa. Alargó el brazo y tiró de una piedra de la hilera superior. Parecía firme. Lo intentó con la de al lado, y luego con la siguiente. La cuarta parecía algo floja. Tiró de ella con fuerza. Se movió un poco.

–Vamos, vamos –gritaba.

Tiraba con todas sus fuerzas. La piedra le hizo cortes en las manos. Dio un último tirón y se aflojó. Jane retrocedió de un salto mientras la piedra caía al suelo. Tenía el tamaño de un bote de judías: la medida justa. La cogió con ambas manos y entró corriendo en la casa.

Se dirigió a la habitación delantera. Cogió la radio de plástico negro del suelo y la colocó sobre el mostrador de azulejos. Luego alzó la piedra por encima de su cabeza y la dejó caer con todas sus fuerzas sobre el aparato.

La cubierta de plástico se agrietó.

Tendría que golpearla con más fuerza.

Alzó la piedra y la dejó caer de nuevo. Esta vez rompió la caja, mostrando su interior. Jane vio un circuito impreso, un cono de altavoz y un par de baterías con letras rusas impresas. Sacó las baterías, las arrojó al suelo y comenzó a aplastar el mecanismo.

De pronto alguien la agarró por detrás.

–¿Qué estás haciendo? –preguntó Jean-Pierre, fuera de sí.

Ella se esforzó por liberarse de la presa, se soltó de un tirón y dio otro golpe a la pequeña radio.

Jean-Pierre la asió por los hombros y la arrojó a un lado. Ella se tambaleó y cayó al suelo, torciéndose la muñeca.

–¡Está destrozada! –voceó Jean-Pierre, observando la radio–. ¡Es irreparable!

La cogió por la camisa y la puso en pie.

–¡No sabes lo que has hecho!

En sus ojos había desesperación y una ardiente rabia.

–¡Suéltame! –gritó ella.

Jean-Pierre no tenía ningún derecho a comportarse de aquella forma cuando era él quien le había mentido.

–¿Cómo te atreves a maltratarme?

–¿Que cómo me atrevo?

Le soltó la camisa, alzó el brazo y le dio un fuerte puñetazo en medio del abdomen. Por un momento Jane permaneció inmóvil, después llegó el dolor en las entrañas, que aún sentía doloridas por el parto, y soltó un grito mientras se inclinaba apretándose el vientre con las manos.

Jane cerró los ojos con fuerza, de modo que no vio venir el segundo golpe. Jean-Pierre le golpeó en la boca.

Ella gritó de nuevo. No podía creer que estuviera ocurriendo de verdad. Abrió los ojos y, horrorizada, miró a su marido.

–¿Que cómo me atrevo? –repitió Jean-Pierre–. ¿Que cómo me atrevo?

Jane cayó de rodillas en el suelo, y comenzó a sollozar a causa del dolor y la desdicha. La boca le dolía tanto que apenas podía hablar.

–Por favor, no me pegues –masculló–. No me pegues otra vez.

Colocó una mano delante de su rostro para protegerse.

Jean-Pierre se arrodilló, le apartó la mano y le agarró el cuello.

–¿Cuánto tiempo hace que lo sabes? –siseó.

Jane se humedeció los labios, que ya estaban hinchándose. Se los frotó suavemente con la manga, que se manchó de sangre.

–Desde que te vi en la cabaña de piedra... camino de Cobak –respondió.

–¡Pero si no viste nada!

–Él hablaba con acento ruso, y dijo que tenía ampollas. El resto lo imaginé en base a eso...

Hizo una pausa, tratando de aceptar la evidencia.

–¿Y por qué ahora? –inquirió él–. ¿Por qué no rompiste la radio antes?

–No me atreví.

–¿Y ahora?

–Ellis está aquí.

–¿Y qué?

Jane reunió el poco valor que le quedaba y respondió:

–Si no dejas de pasar información al enemigo... se lo diré a Ellis y él te detendrá.

Jean-Pierre la agarró por la garganta.

–¿Y si te estrangulo, zorra?

–Si me pasase algo... Ellis querría saber el porqué. Todavía está enamorado de mí. –Jane le miró fijamente. El odio ardía en sus ojos.

–¡Ahora no podré ponerme en contacto con él! –exclamó.

Jane se preguntó a quién se refería. ¿Ellis?, no, por supuesto. ¿Masud? ¿Quizá el propósito último de Jean-Pierre fuese matar a Masud? Notó que sus manos se cerraban con más fuerza en su garganta. Horrorizada, observó su rostro. En aquel momento Chantal se echó a llorar.

La expresión de Jean-Pierre cambió dramáticamente. La hostilidad desapareció de sus ojos y se desmoronó aquella expresión fija, tensa, llena de ira. Después, ante el asombro de Jane, él se cubrió la cara con las manos y se echó a llorar.

Jane lo miró con incredulidad. Descubrió que sentía lástima de él. No seas loca, este bastardo acaba de pegarte. Pero a pesar suyo, sus lágrimas la conmovieron.

–No llores –susurró.

–Lo siento –se disculpó él–. Siento lo que he hecho. El trabajo de mi vida... todo para nada.

Perpleja, Jane se dio cuenta, contra su voluntad, que ya no estaba enfadada con él, a pesar de los labios hinchados y el persistente dolor que sentía en el vientre. Cedió a su sentimiento y lo rodeó con los brazos, dándole golpecitos en la espalda como si estuviera consolando a un niño.

—Sólo a causa del acento de Anatoly —murmuró Jean-Pierre—. Sólo por eso...

—Olvídate de Anatoly —le rogó ella—. Nos marcharemos de Afganistán y volveremos a Europa. Partiremos en el próximo convoy.

Él se quitó las manos de la cara y la miró.

—Cuando regresemos a París...

—¿Sí?

—Cuando estemos en casa... quiero que sigamos juntos. ¿Podrás perdonarme? Yo te amo... con todo el alma, siempre te he amado. Y estamos casados. Además, tenemos a Chantal. Por favor, Jane... por favor, no me abandones. ¡Por favor!

Para su propia sorpresa, ella no vaciló. El hombre al que amaba, su marido, el padre de su hija, tenía problemas y estaba pidiéndole ayuda.

—No voy a ninguna parte —replicó ella.

—Prométemelo —pidió él—. Prométeme que no me abandonarás.

Ella sonrió con su boca ensangrentada y dijo:

—Te amo. Te prometo que no te abandonaré.

9

Ellis se sentía frustrado, impaciente y enojado. Frustrado, porque llevaba siete días en el valle de los Cinco Leones y todavía no había visto a Masud. Impaciente, porque no soportaba ver a Jane y a su marido viviendo juntos, trabajando y compartiendo el placer de su alegre hija. Y estaba enojado porque él, y nadie más que él, se había metido en aquella desdichada situación.

Le habían asegurado que aquel mismo día se encontraría con Masud, pero hasta ese momento el gran hombre no había aparecido. Ellis había caminado todo el día anterior para llegar hasta allí. Se hallaba en el extremo sudoeste del valle de los Cinco Leones, en territorio ruso. Había salido de Banda en compañía de tres guerrilleros: Alí Ghanim, Matullah Khan y Yussuf Gul, pero en cada pueblo se habían ido agregando dos o tres más, y ya eran casi treinta personas. Se sentaron en círculo bajo una higuera, casi en la cima de una colina, comiendo higos y esperando.

Al pie de la colina, se extendía un llano descolorido que se alargaba hacia el sur, hasta Kabul, situado a ochenta kilómetros de distancia. En la misma dirección pero mucho más cerca, se encontraba la base aérea de Bagram, a pocos kilómetros de distancia. Sus edificios no eran visibles, pero distinguieron el reactor que se alzaba por el aire en aquel momento. La llanura era un mosaico fértil de campos y huertos, entrecruzada por arroyos que desembocaban en el río de los Cinco Leones a medida que se ensanchaba y se hacía más profundo, aunque corría con la misma fluidez hacia la capital. Al pie de la colina, había un camino escabroso que subía por el valle hasta llegar a la ciudad de Rokha, el límite más al norte del territorio ruso. No había mucho tránsito por allí: varios carros de campesinos y algún coche blindado. Allá donde la carretera cruzaba el río, los rusos habían construido un nuevo puente.

Ellis iba a volar ese puente.

Las lecciones que impartía sobre explosivos –para disimular tanto tiempo como fuese posible su verdadera misión– eran muy populares, y se había visto obligado a limitar el número de asistentes. Eso a pesar de su titubeante dari. Recordaba un poco de farsi de Teherán, y había mejorado su dari mientras viajaba con el convoy, de modo que podía hablar sobre el paisaje, la comida, los caballos y las armas, pero todavía no podía decir cosas como: «La muesca en el material explosivo tiene el efecto de concentrar la fuerza de la explosión.» Sin embargo, la idea de hacer estallar algo era tan atractiva para el machismo afgano, que siempre disponía de una atenta audiencia. No podía enseñarles las fórmulas para calcular la cantidad de TNT que un trabajo requería, ni tampoco enseñarles a utilizar su pequeña calculadora del ejército norteamericano a prueba de idiotas, pues ninguno había estudiado aritmética elemental en la escuela y muchos de ellos ni siquiera sabían leer. No obstante, podía enseñarles a volar puentes usando el menor material posible, lo que tenía mucha importancia para ellos, pues todo escaseaba. También había intentado conseguir que adoptasen las precauciones básicas de seguridad, pero había fracasado en esto, ya que para ellos, la precaución era cobardía.

Entretanto, la presencia de Jane lo torturaba.

Los celos le atormentaban cuando la veía tocar a Jean-Pierre; la envidia le corroía al verles juntos en la cueva-enfermería, trabajando con eficiencia y armonía; y se sentía consumido de deseo si vislumbraba el exuberante pecho de Jane al amamantar a su hija. Por las noches, se mantenía en vela, dentro de su saco de dormir, en la casa de Ismael Gul donde se alojaba, agitándose constantemente, a veces empapado de sudor y otras temblando, incapaz de sentirse cómodo en el duro suelo de tierra, mientras intentaba no oír los jadeos ahogados de Ismael y su mujer al hacer el amor en la habitación contigua. En tales ocasiones la palma de las manos parecía quemarle por el deseo de tocar a Jane.

No podía culpar a nadie, salvo a sí mismo, de lo que ocurría. Se había ofrecido voluntario para aquella misión, con la vana esperanza de recuperar a Jane. Se trataba de una falta de profesionalidad y una prueba de inmadurez. Todo lo que podía hacer era marcharse de allí cuanto antes. Y debía permanecer inactivo hasta que encontrase a Masud.

Se levantó y caminó inquieto de un lado a otro, teniendo cuidado de permanecer a la sombra del árbol para no ser visto desde la carretera. A pocos metros de distancia había un amasijo de metal retorcido, los restos de un helicóptero caído. Vio una pequeña pieza de acero, del tamaño y la forma aproximados de un plato, y eso le dio una idea. Había estado pensando sobre cómo demostrar el efecto de las cargas marcadas y acababa de hallar la posibilidad de conseguirlo.

Sacó de su macuto una pieza pequeña y plana de TNT y un cortaplumas. Los guerrilleros se agruparon alrededor de él, acercándose más. Entre ellos estaba Alí Ghanim, un hombre menudo y deforme, con la nariz torcida, dientes deformados y espalda ligeramente curvada, del que se decía tenía catorce hijos. Ellis grabó el nombre de Alí en el TNT con letras persas. Se lo mostró a todos. Alí reconoció su nombre.

–Alí –dijo el afgano, sonriendo y mostrando sus horribles dientes.

Ellis colocó el explosivo, con la parte escrita debajo, sobre la pieza de acero.

–Espero que funcione –comentó sonriendo y todos le devolvieron la sonrisa, aunque ninguno de ellos hablaba inglés. Sacó una bobina de cable detonador de la bolsa y cortó un pedazo de unos doce centímetros de longitud. También cogió la caja de fusibles y un detonador, e insertó el extremo de un fusible en la cápsula cilíndrica. Luego colocó la carga de TNT.

Miró hacia la falda de la colina, a la carretera. No se veía ningún vehículo. Llevó el pequeño artefacto a través de la ladera y lo colocó más abajo, a unos cincuenta metros de distancia. Encendió el fusible con una cerilla y regresó debajo de la higuera.

El fusible era de encendido lento. Mientras esperaba, pensó que quizá Masud le tenía bajo la vigilancia y el control de los otros guerrilleros. ¿Trataba de asegurarse de que Ellis era una persona seria a quien sus hombres respetarían? El protocolo siempre tenía gran importancia en un ejército, aunque fuese revolucionario. Pero Ellis no podía seguir de incógnito mucho más tiempo. Si Masud no se mostraba, Ellis tendría que abandonar su farsa de los explosivos, confesar que era un enviado de la Casa Blanca y exigir una entrevista con el líder rebelde inmediatamente.

Se produjo un leve estallido que levantó una pequeña nube de humo. Los guerrilleros parecían desilusionados ante aquella explosión tan débil. Ellis recogió la pieza de metal, utilizando un pañuelo para no quemarse. El nombre de Alí había quedado impreso con las letras puntiagudas de la escritura persa. Lo mostró a los guerrilleros, y éstos se enzarzaron en animada charla. Ellis estaba complacido: había sido una demostración viva de que el explosivo era más poderoso en la parte dentada, contrariamente a lo que sugería el sentido común.

Los guerrilleros enmudecieron de pronto. Ellis miró alrededor y vio otro grupo de siete u ocho hombres que se acercaban por la colina. Sus rifles y sus gorros *Chitrali* los señalaban como guerrilleros. Al acercarse, Alí se irguió, como si estuviese a punto de saludar.

–¿Quién es? –preguntó Ellis.

–Masud –replicó Alí.

–¿Cuál de ellos es Masud?

–El que va en el centro.

Ellis observó con atención la figura central del grupo. Masud tenía idéntico aspecto que los demás: era delgado, de peso medio, e iba vestido con ropas caqui y botas rusas. Escudriñó su rostro de piel clara. Lucía un bigote poco espeso y la barba rala de un adolescente. Tenía la nariz alargada. Sus ojos oscuros, siempre alerta, estaban circundados por profundas arrugas que le hacían parecer algo mayor de sus veintiocho años. No resultaba un rostro atractivo, pero tenía aspecto de viva inteligencia y autoridad firme, lo que sí le diferenciaba de los hombres que lo rodeaban.

Se dirigió hacia Ellis con la mano tendida.

–Soy Masud.

–Ellis Thaler.

Ellis le estrechó la mano.

–Vamos a volar este puente –dijo Masud en francés.

–¿Quieres comenzar ahora?

–Sí.

Ellis recogió su equipo y lo metió dentro del macuto, mientras Masud se mezclaba con el grupo de guerrilleros, estrechando la mano de uno, saludando a otros, abrazándolos e intercambiando unas palabras con todos ellos.

Cuando todos estuvieron preparados, bajaron en

desorden la colina, confiando –supuso Ellis– en que si alguien los veía pensase que se trataba de un grupo de campesinos y no de una unidad del ejército rebelde. Cuando llegaron abajo, ya no eran visibles desde la carretera, aunque corrían el peligro de que un helicóptero los descubriera. Ellis supuso que, si oían alguno, se resguardarían. Se encaminaron hacia el río, siguiendo un sendero entre los terrenos cultivados. Pasaron junto a varias casas pequeñas y fueron vistos por las personas que trabajaban los campos, algunas de las cuales los evitaron adrede, mientras que otras los saludaban con la mano y a voces. Al llegar al río, caminaron a lo largo de la orilla, ocultándose –cuando podían– entre las rocas y la escasa vegetación que crecía al borde del agua. Se hallaban a unos trescientos metros del puente, cuando un pequeño convoy formado por camiones del ejército comenzó a cruzarlo. De inmediato todos se escondieron mientras los vehículos rugían al pasar en dirección a Rokha. Ellis se tumbó debajo de un sauce y se encontró con Masud al lado.

–Si destruimos el puente –susurró Masud–, cortaremos su línea de suministro a Rokha.

Cuando los camiones hubieron pasado, esperaron unos minutos y anduvieron el resto del camino hasta el puente, agrupándose debajo, invisibles desde la carretera.

En el medio, el puente tenía unos seis metros de altura por encima del río, que parecía tener una profundidad de unos tres metros. Ellis vio que se trataba de un puente sencillo: dos grandes vigas de acero que soportaban un bloque plano de carretera de hormigón, extendiéndose de una orilla a otra sin ningún apoyo intermedio. El hormigón era un peso muerto: las vigas soportaban la tensión. Si se rompían, el puente quedaba destrozado.

Ellis dispuso los preparativos. Transportaba el TNT en bloques amarillos de medio kilo. Puso diez bloques juntos y los unió. Después hizo tres paquetes más, idénticos, utilizando todo el explosivo. Usaba TNT porque era la sustancia que más a menudo se encontraba en las bombas, los obuses, las minas y granadas de mano, y los guerrilleros conseguían la mayor parte de sus suministros de los proyectiles rusos sin estallar. Los explosivos plásticos hubieran sido más convenientes para sus necesidades, pues podían meterse en agujeros, envolver las vigas y ser moldeados con la forma necesaria, pero debían trabajar con los materiales que encontraban y robaban. A veces, conseguían un poco de *plastique* de los ingenieros rusos, cambiándolo por marihuana cultivada en el valle, pero aquella transacción, que involucraba intermediarios del ejército regular de Afganistán, era arriesgada y los suministros muy limitados. El hombre de la CIA en Peshawar le había contado todo eso a Ellis, y había resultado ser cierto.

Las vigas estaban espaciadas unos tres metros. Ellis dijo en dari:

–Que alguien busque un palo de esta longitud.

Uno de los guerrilleros caminó por la orilla del río y arrancó un arbolito de cuajo.

–Necesito otro del mismo tamaño –comentó Ellis.

Colocó un paquete de TNT en el labio inferior de una de las vigas y pidió a un guerrillero que lo sujetase. Puso otro paquete en la otra viga, en posición similar. Presionó el arbolito entre los paquetes para que los mantuviera fijos donde los había colocado.

Luego vadeó el río hacia la otra orilla e hizo lo mismo en el otro extremo del puente.

Describió lo que estaba haciendo en una mezcla de dari, francés e inglés, para que aprendieran todo lo posible –lo más importante era que viesen lo que estaba haciendo y sus resultados–. Unió las cargas con cable Primacord, detonador altamente explosivo que ardía a razón de seis metros y medio por segundo, y conectó los cuatro paquetes para que explotaran al unísono. A continuación hizo un conducto en anillo enlazando los dos extremos del cable. El efecto, explicó en francés a Masud, sería que el cable ardería hasta la carga de TNT desde ambos extremos, de modo que si el cable se rompía en algún lugar la bomba explotaría de todos modos. Recomendó hacer eso como una medida rutinaria de precaución.

Se sentía extrañamente feliz mientras trabajaba. Había algo relajante en las tareas mecánicas y el cálculo de la cantidad de explosivos a utilizar. Y ya que Masud había aparecido por fin, podía proseguir con su misión.

Arrastró el Primacord a través del agua para que fuese menos visible, ya que ardería perfectamente aun sumergido, y lo sacó a la orilla. Sujetó un detonador al extremo del Primacord y después le añadió cable detonador ordinario para cuatro minutos de combustión lenta.

–¿Preparado? –preguntó a Masud.

Masud asintió con la cabeza.

Ellis encendió el fusible.

Todos se alejaron a paso rápido por la orilla, río arriba. Ellis sentía cierto regocijo a causa del enorme estallido que iba a provocar. También los otros parecían excitados, y se preguntó si él ocultaba tan mal su entusiasmo como ellos. Y entonces, mientras los observaba bajo aquel aspecto, sus expresiones se alteraron dramáticamente, y todos se pusieron alerta de súbito, como pajarillos atentos al ruido de los gusanos en la tierra. Ellis oyó el rumor distante de las ruedas de los tanques.

No podían ver la carretera desde donde estaban, pero uno de los guerrilleros trepó a un árbol rápidamente.

–Dos –informó.

Masud cogió a Ellis por el brazo.

–¿Puedes destruir el puente mientras los tanques están cruzando? –preguntó.

Oh, mierda, pensó Ellis, ésta es la prueba.

–Sí –dijo con voz queda.

Masud asintió, sonriendo con simpatía.

–Bien.

Ellis subió al árbol, junto al guerrillero, y miró hacia la carretera a través de los campos. Había dos tanques negros avanzando con pesadez por el estrecho camino pedregoso que llegaba de Kabul. Se puso nervioso, era la primera ocasión que tenía de ver al enemigo. Con sus corazas blindadas, los enormes cañones parecían invulnerables, sobre todo por el contraste que ofrecían con los desharrapados guerrilleros y sus rifles. Sin embargo, todo estaba plagado de los restos de tanques que las guerrillas habían destruido con minas caseras, granadas bien colocadas y misiles robados.

Ningún vehículo acompañaba a los tanques. Por consiguiente, no era una patrulla ni una incursión. Quizá aquellos tanques se dirigían a Rokha después de haber sido reparados en Bagram o tal vez acababan de llegar de la Unión Soviética.

Ellis comenzó a calcular.

Los tanques iban a unos quince kilómetros por hora, de modo que llegarían al puente al cabo de un minuto y medio. El fusible había estado ardiendo casi un minuto, por lo que como mínimo necesitaba tres minutos más para explotar. Los tanques habrían cruzado el puente y se hallarían a salvo cuando la explosión ocurriera.

Se dejó caer del árbol y echó a correr, preguntándose: ¿Cuántos malditos años han transcurrido desde la última vez que estuve en una zona de combate?

Oyó pasos tras él y volvió la cabeza. Alí corría tras él, sonriendo horriblemente, y dos hombres más le seguían los talones. Los demás estaban refugiándose en la orilla del río.

Poco después llegó al puente y se apoyó sobre una

rodilla junto al cable de combustión lenta, deslizando el macuto de su hombro. Seguía calculando mientras abría la bolsa y hurgaba dentro en busca de la navaja. Los tanques se hallaban a un minuto del puente. El maldito fusible ardía a razón de tres centímetros cada treinta a cuarenta y cinco segundos. ¿Ese cable sería lento, medio o rápido? Creyó recordar que era rápido. Supongamos tres centímetros por cada demora de treinta segundos. En treinta segundos podría correr unos ciento cincuenta metros, suficientes para estar seguro, pero muy justo, pensó.

Abrió la navaja y se la entregó a Alí, que se había arrodillado junto a él. Cogió el cable del fusible a tres centímetros de donde se unía a la cápsula detonadora, y lo sostuvo con ambas manos para que Alí cortase por allí. Mantuvo el extremo cortado en la mano izquierda y el fusible ardiente en la derecha. No estaba seguro de si ya era el momento de volver a prender el extremo cortado. Tenía que comprobar la distancia a que los tanques estaban.

Trepó por el terraplén, sosteniendo las dos piezas de cable del fusible. Detrás de él, el Primacord se arrastraba por el río. Asomó la cabeza por encima del parapeto del puente. Los enormes tanques avanzaban con seguridad, acercándose. ¿Cuánto tardarían? Estaba haciendo cálculos adivinatorios. Colocó el extremo encendido en el fusible detonador del cable cortado que todavía estaba conectado con las bombas.

Dejó el fusible encendido en el suelo y echó a correr, seguido de Alí y los otros guerrilleros.

Al principio, la orilla del río les ocultaba a la vista de los tanques, pero cuando éstos se acercaron más, los cuatro hombres eran claramente visibles. Ellis estaba contando los segundos cuando el rumor de los tanques se convirtió en un rugido.

Los artilleros de los tanques dudaron sólo un momento: afganos corriendo podían ser guerrilleros y, por tanto, idóneos para una práctica de tiro. Se oyó un doble disparo y dos cascos volaron por encima de la cabeza de Ellis. Cambió de dirección, corriendo hacia un lado para alejarse del río. El artillero está enfocando su alcance... se dijo. Dirige el cañón... apunta y... ahora. Se desvió de nuevo, dirigiéndose hacia el río, y un segundo después oyó otro disparo. El próximo acertará, pensó, a menos que la maldita bomba estalle primero. Mierda. ¿Por qué tenía que demostrar a Masud lo jodido macho que soy? Entonces oyó el ruido de ametralladora. Es difícil apuntar correctamente desde un tanque en movimiento, pero quizá se detengan. Imaginó el despliegue de las balas de ametralladora ondeando en su dirección, y comenzó a zigzaguear. De pronto, se dio cuenta de que podía adivinar el siguiente movimiento de los rusos: detendrían los tanques en el lugar desde el que tuvieran una mejor visión de los guerrilleros que huían, y ese lugar sería el puente. Pero ¿estallaría una bomba antes que los artilleros acertaran en sus blancos? Corrió más deprisa, con el corazón palpitante y la respiración entrecortada. No quiero morir, aunque ella le ame a él. Vio que las balas astillaban una roca casi en su camino. Giró de súbito, pero la ráfaga de fuego lo siguió. Parecía inútil: era un blanco demasiado fácil. Oyó gritar a uno de los guerrilleros que lo seguían, y entonces le alcanzaron a él. Sintió un ardiente dolor en la cadera y después como un golpe pesado en su nalga derecha. La segunda bala le inmovilizó la pierna momentáneamente, se tambaleó y cayó, golpeándose el pecho. Luego rodó y se quedó tendido de espaldas. Trató de incorporarse sin hacer caso del dolor, e intentó moverse. Los dos tanques se habían detenido en el puente. Alí, que seguía detrás de él, puso las manos bajo sus axilas e intentó levantarle. Ambos eran blancos perfectos. Esta vez los artilleros no podían fallar.

La bomba estalló en ese momento. Fue algo hermoso.

Las cuatro explosiones simultáneas partieron el puente por ambos extremos, dejando la parte central, con los dos tanques encima, desprovista de soporte. Al principio cayó lentamente, crujiendo los dos extremos, pero luego el puente se precipitó en el impetuoso río. Las aguas se abrieron, majestuosas, mostrando por un momento el lecho del río, para cerrarse de nuevo con un ruido atronador.

Cuando el ruido se desvaneció, Ellis oyó que los guerrilleros vitoreaban.

Algunos de ellos salieron de sus escondrijos y corrieron hacia los tanques medio sumergidos. Alí ayudó a Ellis a ponerse en pie. La sensibilidad volvió a sus piernas para recordarle que estaba herido.

—No estoy seguro de poder caminar —le dijo a Alí en dari.

Dio un paso, y hubiera caído si Alí no le hubiera sostenido.

—Oh, mierda —farfulló Ellis en inglés—. Creo que tengo una bala en el culo.

Oyó gritos. Alzó la mirada y vio cómo los rusos supervivientes intentaban escapar de los tanques mientras los guerrilleros les apresaban a medida que salían. Aquellos afganos eran bastardos de sangre fría. Bajó la mirada y advirtió que la pernera izquierda de sus pantalones estaba empapada en sangre. Supuso que era una herida superficial, pero sentía que la bala todavía presionaba en la otra herida.

Masud se le acercó con una amplia sonrisa.

—Eso ha estado muy bien. El puente… —dijo con su pesado acento francés—. ¡Magnífico!

—Gracias —dijo Ellis—. Pero yo no he venido para volar puentes.

Se sentía débil y algo mareado, pero era el momento de mostrar las cartas.

—He venido para hacer un trato.

Masud lo miró con curiosidad.

—¿De dónde vienes?

—Washington, la Casa Blanca. Represento al presidente de Estados Unidos.

Masud asintió, sin mostrar sorpresa.

—Bien. Me alegro.

En ese momento Ellis se desmayó.

Aquella misma noche, expuso su misión a Masud.

Los guerrilleros construyeron una camilla y lo transportaron por el valle hasta Astana, donde se detuvieron al atardecer. Masud ya había enviado un mensajero a Banda para que trajera a Jean-Pierre, que llegaría al día siguiente para extirpar la bala del trasero de Ellis. Entretanto, todos se habían instalado en el patio de una granja. El dolor de Ellis se había amortiguado, pero el viaje lo había debilitado. Los guerrilleros le habían vendado las heridas de forma rudimentaria.

Una hora después de haber llegado, le dieron té verde, dulce y caliente, que le hizo volver en sí, y un poco más tarde cenó yogur y moras. Eso solía ocurrir con los guerrilleros, había observado Ellis mientras viajaban con el convoy de Pakistán al valle: un par de horas después de haber llegado a alguna parte, la comida aparecía. Ignoraba dónde la compraban, si la encargaban o la recibían como un regalo, pero suponía que les era ofrecida de forma gratuita, a veces de buena gana y otras a la fuerza.

Cuando hubieron comido, Masud se sentó junto a Ellis y, durante los minutos siguientes, la mayoría de los guerrilleros se alejaron como por casualidad, dejando a Masud y dos de sus lugartenientes a solas con Ellis. Éste sabía que debía hablar con Masud en ese momento, pues podría no presentarse otra oportunidad durante la semana. Sin embargo, se sentía demasiado débil y agotado para una tarea sutil y difícil.

–Hace muchos años –dijo Masud–, un país extranjero pidió al rey de Afganistán quinientos guerreros para ayudarle en una guerra. El rey afgano envió cinco hombres de nuestro valle con un mensaje que rezaba que es mejor tener cinco leones que quinientos zorros. Así es como nuestro valle fue conocido como el valle de los Cinco Leones. –Sonrió y añadió–: Tú, hoy, has sido un león.

–Alguien me contó una leyenda –comentó Ellis– que aseguraba que solía haber cinco grandes guerreros, conocidos como los Cinco Leones, cada uno de los cuales guardaba uno de los cinco caminos que conducen al valle. Y también oí que por eso tú eres conocido como el Sexto León.

–Basta de leyendas –repuso Masud con una sonrisa–. ¿Qué tienes que decirme?

Ellis había ensayado esa conversación, pero en su guión no comenzaba con tanta rapidez. Resultaba evidente que el circunloquio oriental no era el estilo de Masud.

–En primer lugar, debo pedirte que me hagas una evaluación de la guerra –le respondió.

Masud asintió, guardó silencio un instante y luego dijo:

–Los rusos disponen de doce mil soldados en la ciudad de Rokha, la puerta de entrada al valle. Sus órdenes son las habituales: primero, minar los campos; después dedicarse a las tropas afganas; y finalmente detener a los afganos fugitivos. Están esperando otros doce mil hombres como refuerzos. Planean una gran ofensiva contra el valle dentro de dos semanas. Su objetivo es destruir nuestras fuerzas.

Ellis se preguntó cómo podía Masud conseguir una información tan precisa, pero no cometió el error táctico de preguntárselo.

–¿Y tendrá éxito la ofensiva?

–No –respondió Masud con serena confianza–. Cuando ataquen, nosotros nos ocultaremos en las montañas, de modo que no encontrarán a nadie contra quien luchar. Cuando se detengan, les hostigaremos desde las tierras altas y cortaremos sus líneas de comunicación. Les venceremos poco a poco. Se encontrarán utilizando grandes recursos para mantener unas posiciones en un territorio que no les proporcionará ninguna ventaja militar. Finalmente retrocederán. Siempre ocurre así.

Era un resumen del libro de texto de la lucha de guerrillas, se dijo Ellis. Sin duda Masud podía enseñar muchas cosas a los otros líderes de las tribus.

–¿Cuánto tiempo crees que los rusos pueden seguir con sus ataques?

Masud se encogió de hombros.

–Está en las manos de Dios.

–¿Conseguiréis alguna vez expulsarlos de vuestro país?

–Los vietnamitas echaron a los americanos –ironizó Masud.

–Lo sé… Yo estaba allí –susurró Ellis–. ¿Sabes cómo lo lograron?

–En mi opinión, un factor importante fue que los vietnamitas recibían las armas más modernas de los rusos como ayuda, sobre todo misiles portátiles tierra-aire. Ése es el único medio que tienen las fuerzas guerrilleras para luchar contra la aviación y los helicópteros.

–Estoy de acuerdo contigo –convino Ellis–. Y aún más importante: el gobierno de Estados Unidos también lo está. Nos gustaría ayudaros a que dispusieseis de mejores armas, pero necesitaríamos comprobar que hacéis progresos auténticos contra vuestro enemigo con esas armas. Al pueblo americano le gusta ver lo que consigue con su dinero. ¿Cuánto tiempo crees que la resistencia afgana podrá lanzar ataques unificados por todo el país contra los rusos, de la misma manera que los vietnamitas lo hicieron hasta el final de la guerra?

Masud negó con la cabeza.

—La unificación de la resistencia se encuentra en una fase muy temprana.

—¿Cuáles son los principales obstáculos?

Ellis contuvo la respiración, rogando para que Masud le diera la respuesta esperada.

—La desconfianza entre los diferentes grupos rebeldes es el obstáculo principal.

Ellis soltó un disimulado suspiro de alivio.

—Somos tribus diferentes —prosiguió Masud—; naciones diferentes, y tenemos comandantes diferentes. Otros grupos de guerrilleros tienden emboscadas a mis convoyes y me roban los suministros.

—Desconfianza... —dijo Ellis—. ¿Qué más?

—Las comunicaciones. Necesitamos una red regular de mensajeros. De vez en cuando hemos de tener contactos por radio, pero eso pertenece a un futuro muy lejano.

—Desconfianza y comunicaciones inadecuadas.

Eso era lo que Ellis esperaba escuchar.

—Hablemos de otra cosa.

Se sentía terriblemente cansado. Había perdido mucha sangre y tenía que luchar contra un poderoso deseo de cerrar los ojos.

—En el valle habéis desarrollado el arte de la lucha de guerrillas con más éxito que en ninguna otra parte de Afganistán. Otros líderes desperdician sus recursos defendiendo territorios bajos y atacando posiciones fuertes. Nos gustaría que entrenases a los hombres de otras partes del país en las tácticas modernas de la guerrilla. ¿Quieres considerarlo?

—Sí... y creo que sé adónde quieres llegar —dijo Masud—. Al cabo de un año, habría un pequeño grupo de hombres en cada zona de la Resistencia que se habría entrenado en el valle de los Cinco Leones. Formarían una red de comunicaciones. Se compenetrarían, confiarían en mí…

Masud se interrumpió, pero Ellis advirtió en su expresión que seguía desarrollando sus razonamientos mentalmente.

—De acuerdo —dijo Ellis.

Ya no tenía energías, pero casi había terminado.

—Éste es el trato. Si puedes conseguir la conformidad de otros comandantes y establecer este programa de entrenamiento, Estados Unidos te suministrará lanzacohetes RPG-7, misiles tierra-aire y equipos de radio. Pero hay otros dos comandantes en particular que han de formar parte del acuerdo. Son Jahan Kamil, en el valle Pich, y Amal Azizi, el comandante de Faizabad.

Masud esbozó una sonrisa maliciosa.

—Has escogido los más duros.

—Lo sé —dijo Ellis—. ¿Podrás conseguirlo?

—Déjame que lo piense un poco —pidió Masud.

—De acuerdo.

Exhausto, Ellis se tumbó en el frío suelo y cerró los ojos. Un momento más tarde, estaba dormido.

10

Jean-Pierre caminaba sin rumbo por los campos iluminados por la luz de la luna, hundido en una negra depresión. Una semana antes se había sentido rebosante y feliz, dueño de la situación, haciendo un trabajo útil mientras esperaba su gran oportunidad. Pero todo había terminado, y se sentía inútil, un fracasado.

No había salida alguna. Revisó todas las posibilidades de nuevo, pero siempre llegaba a la misma conclusión: tenía que marcharse de Afganistán.

Su utilidad como espía había terminado. No disponía de medios para ponerse en contacto con Anatoly, y aunque Jane no hubiera destrozado la radio, no podía salir del pueblo para encontrarse con él, pues Jane sabría lo que se proponía y se lo contaría a Ellis. Habría podido silenciar a Jane de alguna manera. No pienses en eso, ni siquiera un momento. Además, si le sucedía algo a ella, Ellis querría saber el porqué. Todo finalizaba en Ellis. Me gustaría matar a Ellis, pensó, si tuviera valor. Pero ¿cómo? No tengo pistola. ¿Qué puedo hacer? ¿Cortarle la garganta con un bisturí? Ellis es mucho más fuerte que yo; nunca podría dominarle.

Pensó en el desgraciado desarrollo de los acontecimientos. Él y Anatoly se habían vuelto descuidados. Hubieran debido encontrarse en algún lugar desde el que tuvieran una buena panorámica de todos los caminos de alrededor, para descubrir cualquier acercamiento de antemano. Pero ¿quién podía prever que Jane lo seguiría? Era víctima de la suerte más adversa: que el chico herido fuese alérgico a la penicilina; que Jane hubiera oído hablar a Anatoly; que ella estuviera preparada para reconocer un acento ruso, y que Ellis hubiera aparecido por allí para infundir coraje a Jane. Muy mala suerte. Pero los libros de historia no mencionan a los hombres que *casi* habían conseguido la grandeza. Hice las cosas lo mejor que pude, papá, pensó, y casi podía oír la respuesta de su padre: «No me interesa saber si hiciste las cosas lo mejor que pudiste. Sólo quiero saber si lograste el triunfo o el fracaso.»

Estaba acercándose al pueblo. Decidió entrar. Dormía mal, pero no podía hacer otra cosa sino meterse en la cama. Se encaminó hacia su casa.

El hecho de que aún tuviera a Jane junto a él no le servía de mucho consuelo. El descubrimiento de su secreto parecía haber acabado con su escasa intimidad. Una nueva distancia se había establecido entre ellos, aunque planearan su regreso a casa e incluso hablasen de su nueva vida una vez que se encontrasen en Europa.

Por lo menos todavía se abrazaban en la cama por las noches.

Entró en casa. Esperaba que Jane estuviera ya en la cama, pero ante su sorpresa, aún estaba levantada. Le habló tan pronto como él entró.

–Masud ha enviado un mensajero –le dijo Jane–. Debes ir a Asana. Ellis está herido.

¡Ellis herido! El corazón de Jean-Pierre latió con fuerza.

–¿Qué?

–Nada grave. Según he entendido, le han herido en el trasero.

–Saldré mañana a primera hora.

Jane asintió.

–El mensajero irá contigo. Podrás estar de regreso al atardecer.

–Entiendo.

Jane quería asegurarse de que no tuviera oportunidad de encontrarse con Anatoly. Su precaución era innecesaria, Jean-Pierre no tenía medio alguno de concertar ese encuentro. Además, Jane se protegía de un peligro menor y olvidaba uno mayor. Ellis estaba herido, lo cual le hacía vulnerable. Aquello cambiaba las cosas por completo.

Jean-Pierre podría matarle.

Permaneció despierto toda la noche, analizando la situación. Imaginó a Ellis, tendido en un colchón bajo una higuera, apretando los dientes contra el dolor de un hueso roto, o quizá pálido y débil por la pérdida de sangre. Se vio a sí mismo preparando una inyección. «Esto es un antibiótico para impedir la infección de la herida», diría, y después le inyectaría una sobredosis de digital que le provocaría un ataque de corazón, que aunque era muy improbable que resultase natural, de ninguna manera resultaba imposible en un hombre de treinta y cuatro años sometido a un esfuerzo brutal después de un largo período de trabajo sedentario. De todos modos, no habría investigación, ningún *post mortem* y ninguna sospecha: en Occidente no dudarían que Ellis había caído en acción y había muerto a causa de sus heridas. Allí en el valle todos aceptarían el diagnóstico de Jean-Pierre. Confiaban en él tanto como en los lugartenientes más fieles de Masud, pues creían que había sacrificado tanto como cualquiera de ellos por la causa. No, el único peligro era Jane. ¿Y qué podría hacer ella?

Jean-Pierre no estaba seguro. Jane era un adversario formidable si estaba respaldada por Ellis, pero ella sola no era lo mismo. Sin duda podría convencerla de que se quedara en el valle durante otro año. Le prometería que no traicionaría a los convoyes, después buscaría algún medio para restablecer el contacto con Anatoly, y esperaría su oportunidad para indicar a los rusos dónde podrían atrapar a Masud.

Dio el biberón de las dos de la madrugada a Chantal y después volvió a la cama. Ni siquiera intentó dormir. Se encontraba demasiado ansioso y excitado, demasiado asustado. Mientras estaba allí tendido, esperando a que amaneciera, pensó en todas las cosas que podían salir mal: quizá Ellis rehusase el tratamiento; él podía equivocarse en la dosis; tal vez Ellis hubiera recibido un simple rasguño y caminase con toda normalidad; Ellis y Masud podían haber salido ya de Astana.

El sueño de Jane se veía turbado por alguna pesadilla. Daba vueltas y se agitaba a su lado, murmurando frases incomprensibles de vez en cuando. Sólo Chantal dormía bien.

Justo antes de la aurora, Jean-Pierre se levantó, encendió el fuego y se encaminó al río para bañarse. Cuando regresó, el mensajero estaba en su patio, bebiendo un té preparado por Fara y comiendo el pan que había sobrado el día anterior. Jean-Pierre bebió un poco de té, pero fue incapaz de comer nada.

Jane estaba amamantando a Chantal en la azotea. Jean-Pierre subió y se despidió de ellas con un beso. Cada vez que tocaba a Jane, se acordaba de la paliza que le había propinado y se estremecía de vergüenza. Ella parecía haberle perdonado, pero él no podía perdonarse a sí mismo.

Condujo su vieja yegua a través del pueblo, en dirección de la orilla del río, y después, con el mensajero al lado, se encaminó río abajo. Entre Banda y Astana había una carretera, o lo que pasaba por serlo en un lugar como Cinco Leones: una franja de tierra rocosa, de dos o tres metros de anchura y más o menos llana, apta para carros de madera o jeeps del ejército, aunque destruiría un automóvil corriente en pocos minutos. El valle consistía en una serie de gargantas estrechas y rocosas que se ensanchaban en algunos trechos para formar pequeños llanos cultivados, de unos dos o tres kilómetros de longitud y menos de uno y medio de anchura, donde los habitantes de los pueblos se sustentaban con lo que daba la tierra difícil a costa de mucho trabajo y una irrigación ingeniosa. El camino era lo bastante bueno para que Jean-Pierre cabalgara en los trechos cuesta abajo, aunque el caballo no podía llevarle montado cuesta arriba.

El valle debió de haber sido un lugar idílico en otros tiempos, pensó Jean-Pierre, mientras iba hacia el sur bajo el brillante sol de la mañana. Regado por el río de los Cinco Leones, seguro por los muros altos del valle, organizado de acuerdo con las antiguas tradiciones y tranquilo, excepto por unos pocos recaderos que llevaban mantequilla de Nuristán y el vendedor ocasional de mercería procedente de Kabul, debió de ser como una estampa de la Edad Media. Pero el siglo XX lo había sorprendido con una venganza. Casi todos los pueblos habían sufrido daños a causa de los bombardeos: un molino de agua destrozado, un prado lleno de cráteres, un antiguo acueducto de madera hecho astillas, un puente de argamasa y escombros reducido a unas piedras de paso en el río siempre caudaloso. El efecto de todo eso en la vida económica del valle resultaba evidente al cuidadoso escrutinio de Jean-Pierre. Aquella casa había sido la tienda de un carnicero. El terreno lleno de matojos había sido un huerto en otro tiempo, pero su dueño había huido a Pakistán. Había una huerta, con fruta pudriéndose en el suelo cuando debía haber estado secándose en alguna azotea, dispuesta a ser almacenada para el largo y frío invierno (sin duda la mujer y los niños que solían atenderla habían perdido la vida, y el marido era un guerrillero con todo su tiempo ocupado). Aquel montón de lodo y maderas había sido una mezquita, y los habitantes del pueblo decidieron no reconstruirla porque quizá fuese bombardeada de nuevo. Todo aquel desperdicio y destrucción sucedían porque hombres como Masud intentaban resistirse a la marea de la historia, y seducían a los campesinos ignorantes para que los apoyasen. Si eliminaban a Masud, todo acabaría.

Y con Ellis fuera de circulación, Jean-Pierre podría cuidarse de Masud.

Cuando hacia mediodía se acercaban a Astana, se preguntaba si encontraría difícil clavar la aguja. La idea de matar a un paciente le resultaba tan grotesca, que no sabía cómo reaccionaría. Por supuesto que había visto morir algunos pacientes, pero incluso entonces se había consumido lamentando no haber podido salvarlos. Cuando tuviera a Ellis indefenso ante él, y con la jeringuilla en la mano, ¿se sentiría atormentado por la duda, como Macbeth, o vacilaría, como Raskolnikov en *Crimen y castigo*?

Cruzaron Sangana, con su cementerio y su playa arenosa, y después siguieron el camino que rodeaba la curva del río. Había un trecho de tierra cultivada delante de ellos y un grupo de casas en la ladera. Un par de minutos después, un muchacho de once o doce años se acercó a ellos a través de los campos y les condujo, no al pueblo situado en la ladera de la colina, sino a una gran casa junto a los campos.

Jean-Pierre no albergaba dudas ni vacilaciones, sólo una especie de ansiedad, de aprensión, como la hora anterior a un examen importante.

Cogió su maletín médico, que llevaba sujeto al caballo, entregó las riendas al chico y se dirigió hacia el patio de la granja.

Allí había unos veinte guerrilleros, sentados sobre sus nalgas, con la mirada perdida, esperando con su paciencia tradicional. Masud no se hallaba entre ellos, observó Jean-Pierre, pero sí estaban dos de sus ayudantes más próximos. Ellis se encontraba en un rincón sombreado, tumbado sobre una manta.

Jean-Pierre se arrodilló junto a él. Ellis estaba sufriendo a causa de la herida. Yacía de bruces. Su rostro se veía tenso y apretaba los dientes. La piel aparecía pálida y tenía la frente sudorosa. Respiraba roncamente.

–Duele, ¿verdad? –preguntó Jean-Pierre en inglés.

–Jodidamente. Bien por el diagnóstico –repuso Ellis entre dientes.

Jean-Pierre apartó la sábana que lo cubría. Los guerrilleros le habían cortado las ropas y colocado una improvisada venda sobre la herida. Jean-Pierre comprobó de inmediato que la herida no era grave. Ellis había sangrado abundantemente. La bala, alojada todavía en el músculo, debía de dolerle mucho, pero estaba alejada de cualquier hueso o conducto sanguíneo importante. No tardaría en curarse.

No, no se curaría, recordó Jean-Pierre. Por supuesto que no.

–Primero he de darte algo que te alivie el dolor –dijo.

–Te lo agradecería –masculló Ellis.

Jean-Pierre alzó la manta. Ellis tenía una gran cicatriz, con forma de cruz, en la espalda. Jean-Pierre se preguntó cómo se la habría hecho.

Jamás lo sabré, se dijo y abrió su maletín médico. Voy a matar a Ellis. Nunca he matado a nadie, ni por accidente. ¿Cómo se sentirá un asesino? La gente lo hace todos los días, en todo el mundo; los hombres matan a sus mujeres, a sus hijos; los asesinos matan políticos; los ladrones matan a los propietarios de las casas; los verdugos matan a los criminales... Cogió una jeringuilla larga y comenzó a llenarla de digitoxina: la droga venía en pequeñas ampollas y tuvo que vaciar cuatro de ellas para conseguir una dosis letal.

¿Cómo resultaría contemplar a Ellis mientras moría? El primer efecto de la droga incrementaría los latidos del corazón de Ellis. Éste se daría cuenta y se sentiría ansioso y molesto. Después, cuando el veneno afectase al mecanismo regular de su corazón, el ritmo de sus latidos cambiaría: un pequeño latido después de cada latido normal. Ellis se sentiría terriblemente enfermo. Finalmente los latidos serían irregulares, las cámaras alta y baja del corazón latirían independientes, y Ellis moriría entre la agonía y el terror. ¿Qué haré cuando grite de dolor, pidiéndome, a mí, el médico, que le ayude? ¿Le haré saber que quiero que muera? ¿Adivinará acaso que lo he envenenado? ¿Le susurraré palabras tranquilizadoras con mis mejores modales de médico de cabecera e intentaré aliviar su muerte? «Tranquilo, éste es un efecto marginal normal del analgésico, todo saldrá bien...»

La inyección estaba a punto.

Puedo hacerlo, se dijo Jean-Pierre, convencido. Puedo matarle. Lo que no sé es qué me ocurrirá después.

Destapó la parte superior del brazo de Ellis, y por la fuerza de la costumbre, lo limpió con un trozo de algodón empapado en alcohol.

En ese momento llegó Masud.

Jean-Pierre no le había oído acercarse, de modo que se sobresaltó cuando Masud le puso una mano en el brazo.

—Le he asustado, *monsieur le docteur* —dijo.

Se arrodilló a la cabecera de Ellis.

—He estado pensando en la proposición del gobierno americano —susurró a Ellis en francés.

Jean-Pierre se inclinó con la jeringuilla en su mano derecha. ¿Qué proposición? ¿Qué demonios estaban comentando? Masud hablaba con franqueza, como si

Jean-Pierre fuese otro de sus camaradas –lo era, en cierto modo–, pero Ellis… ¿Podría sugerir que ya habían hablado en privado?, se preguntó el médico.

Ellis se incorporó sobre un codo, haciendo un gran esfuerzo.

–Adelante –fue todo lo que dijo.

Está exhausto, pensó Jean-Pierre, y sufre demasiado para tomar precauciones. Además, no hay razón alguna para que sospeche de mí, como tampoco Masud tiene nada contra mí.

–Es una buena proposición –añadió el guerrillero–. Sin embargo, he estado pensando en cómo cumplir mi parte del trato.

¡Por supuesto!, pensó Jean-Pierre. Los americanos no han enviado aquí un agente especial de la CIA sólo para enseñar a unos cuantos guerrilleros a volar puentes y túneles. ¡Ellis ha venido para hacer un trato!

Masud prosiguió:

–Este plan para entrenar grupos de otras zonas ha de explicarse a los demás comandantes. Eso resultará difícil. Sospecharán, sobre todo si soy yo quien les hace la propuesta. Por eso creo que debes proponerlo tú, y decirles lo que tu gobierno les ofrece.

Jean-Pierre permanecía inmóvil. ¡Un proyecto para entrenar grupos de otras zonas! ¿En qué demonios consistía la idea?

Ellis habló con cierta dificultad.

–Me gustaría hacerlo… Tendrías que reunirlos a todos.

–Sí. –Masud sonrió–. Convocaré una reunión de todos los líderes de la Resistencia aquí, en el valle de los Cinco Leones, en el pueblo de Darg, dentro de ocho días. Hoy mismo enviaré a algunos hombres con el mensaje de que un representante del gobierno de Estados Unidos está aquí para discutir el suministro de armas.

¡Una conferencia! ¡Suministro de armas! La forma

del tratado iba apareciendo con claridad en la mente de Jean-Pierre. Pero ¿qué podía hacer al respecto?

—¿Vendrán? —preguntó Ellis.

—Muchos sí —respondió Masud—. Nuestros camaradas de los desiertos occidentales no acudirán porque se encuentran demasiado lejos y no nos conocen.

—¿Y qué hay de esos dos que nos interesan tanto, Kamil y Azizi?

Masud alzó los hombros y musitó:

—Está en manos de Dios.

Jean-Pierre temblaba de excitación. Éste sería el acontecimiento más importante en la historia de la Resistencia afgana.

Ellis estaba hurgando en su macuto, que se hallaba en el suelo, cerca de su cabeza.

—Puedo ayudarte a convencer a Kamil y Azizi —dijo Ellis.

Sacó de la bolsa dos paquetes pequeños y abrió uno de ellos. Contenía una pieza plana, rectangular, de un metal amarillo.

—Oro —susurró Ellis—. Cada uno de estos lingotes tiene el valor de unos cinco mil dólares.

Representaba una fortuna: cinco mil dólares era más de dos años de salario para el afgano medio.

Masud cogió la pieza de oro y la sopesó en su mano.

—¿Qué es esto? —inquirió, señalando una figura grabada en el centro del lingote.

—El sello del presidente de Estados Unidos —contestó Ellis.

Inteligente, se dijo Jean-Pierre. Perfecto para impresionar a los líderes de las tribus y, al mismo tiempo, provocar en ellos una irresistible curiosidad por conocerle.

—¿Ayudará eso a persuadir a Kamil y Azizi? —preguntó Ellis.

Masud asintió.

–Creo que vendrán.

Puedes apostar tu vida a que lo harán, pensó Jean-Pierre.

Y de pronto supo con exactitud qué debía hacer. Masud, Kamil y Azizi, los tres grandes líderes de la Resistencia, se reunirían en el pueblo de Darg dentro de ocho días.

Tenía que informar al ruso. Anatoly podría matarlos a todos.

Éste es el momento. Es lo que he estado esperando desde que llegué al valle. Ahora tengo a Masud allí donde quiero, y también a los otros dos líderes rebeldes. Pero ¿cómo se lo comunicaré a Anatoly? Ha de haber algún medio.

–Una reunión en la cumbre –agregó Masud, sonriendo con un atisbo de orgullo–. Será un buen principio para la nueva unidad de la Resistencia, ¿no es cierto?

Quizá sea el principio del fin, pensó Jean-Pierre, que bajó la mano, apuntó la aguja hacia el suelo y presionó el émbolo, vaciando la jeringuilla. Observó cómo el veneno empapaba la polvorienta tierra. Un nuevo principio o el principio del fin...

Jean-Pierre le administró un anestésico a Ellis, sacó la bala, limpió la herida, puso un vendaje nuevo y le inyectó un antibiótico para impedir la infección. Después curó a dos guerrilleros que también habían recibido heridas menores en la escaramuza. Para entonces, había corrido el rumor por el pueblo de que el médico se encontraba allí, y un pequeño grupo de pacientes se había reunido en el patio de la granja. Jean-Pierre trató a un bebé afectado de bronquitis, tres infecciones menores y un *mullah* con gusanos. Después almorzó. Hacia media tarde, guardó sus cosas en el maletín y se subió a *Maggie* para realizar el viaje de regreso a casa.

Dejó a Ellis allí. Se encontraría mejor quedándose en

aquel lugar durante algunos días, ya que la herida se curaría mucho más deprisa si permanecía inmóvil y tranquilo. Paradójicamente Jean-Pierre ahora deseaba que Ellis se recuperara, pues si moría, la reunión sería cancelada.

Mientras se dirigía hacia el valle en su vieja yegua, se devanaba los sesos buscando la manera de ponerse en contacto con Anatoly. Por supuesto, podía dar la vuelta y bajar por el valle hasta Rokha, donde se daría a conocer a los rusos. A menos que éstos le dispararan al verle, sin preguntar, podría encontrarse en presencia de Anatoly en poco tiempo. Pero entonces Jane sabría dónde había ido y qué había hecho, se lo contaría a Ellis y éste cambiaría la hora y el lugar de la conferencia.

Tenía que enviar una carta a Anatoly. Pero ¿quién la entregaría?

Había un tránsito continuo de gente que cruzaba por el valle camino de Charikar, la ciudad ocupada por los rusos a unos cien kilómetros de distancia en el llano, o a Kabul, la capital, a ciento cincuenta kilómetros. Estaban los granjeros de Nuristán, con su mantequilla y su queso; comerciantes viajeros que vendían cacharros de cocina; pastores que conducían pequeños rebaños de ovejas hacia el mercado; y familias nómadas que se desplazaban cuidando de sus misteriosos negocios. Cualquiera de ellos podía ser sobornado para que llevase una carta a la oficina de correos o la depositara en las manos de un soldado ruso. Kabul se encontraba a tres días de viaje; Charikar a dos; Rokha, en la que no había oficina de correos pero sí soldados, sólo se hallaba a un día de distancia. Jean-Pierre estaba bastante seguro de encontrar a alguien que aceptase el encargo. No obstante, existía el peligro de que la carta fuese abierta y leída. En ese caso, Jean-Pierre quedaría en evidencia y sería torturado y muerto. Estaba dispuesto a correr ese riesgo, pero había otro inconveniente. Cuando el mensajero tuviera el dinero, ¿entregaría la carta? No había nada que le impidiera *perderla* por el camino y Jean-Pierre nunca sabría qué había sucedido. Así pues, ese proyecto resultaba demasiado incierto.

Todavía no había resuelto el problema cuando llegó a Banda al atardecer. Jane estaba en la azotea de la casa del tendero, disfrutando de la brisa del atardecer, con Chantal sobre sus rodillas. Jean-Pierre las saludó con la mano, después entró en la casa y dejó su maletín médico en un mostrador del almacén. Al vaciar el maletín y ver las píldoras de diamorfina, recordó que había una persona a quien podía confiar la carta para Anatoly.

Buscó un lápiz en el maletín. Sacó el envoltorio de papel de unos paquetes de algodón y cortó un rectángulo con sumo cuidado, porque en el valle no había papel de escribir.

«Al coronel Anatoly, del KGB –comenzó a escribir en francés. Resultaba un tanto melodramático, pero no sabía cómo empezar. No conocía el nombre entero de Anatoly ni tenía dirección alguna donde enviársela.

»Masud ha convocado una reunión de líderes rebeldes –escribió–. Se encontrarán dentro de ocho días, a partir de hoy, jueves 27 de agosto, en Darg, el pueblo situado al sur de Banda. Puede que todos duerman esa noche en la mezquita y permanezcan juntos el viernes, que es un día sagrado. La reunión tiene por objeto conferenciar con un agente de la CIA al que yo conozco como Ellis Thaler, y que llegó al valle hace una semana.

»¡Ésta es nuestra oportunidad!»

Añadió la fecha y firmó Simplex.

No disponía de sobre (no había visto ninguno desde que dejó Europa). Pensó cuál sería la mejor manera de envolver la carta. Miró alrededor y vio uno de los cartones cilíndricos donde le enviaban los tubos de plástico de las pastillas. Llegaban con etiquetas autoadhesivas que Jean-Pierre nunca utilizaba, porque no podía escribir en persa. Enrolló su nota y la colocó en uno de los tubos.

Se preguntó cómo podía marcarla. En algún momento del viaje, el paquete hallaría su camino hacia las manos de un soldado ruso. Jean-Pierre imaginó un ansioso empleado con gafas en una fría oficina, o quizá un hombre estúpido como un buey haciendo de centinela junto a una alambrada. No dudaba de que el arte de sacarse el muerto de encima estaba tan bien desarrollado en el ejército ruso como lo había estado en el francés cuando Jean-Pierre hizo su servicio militar. Trató de hallar una forma de conseguir que el paquete pareciese lo bastante importante para que llegase a manos de un oficial superior. No serviría de nada escribir «importante», «KGB» o cualquier otra palabra parecida en francés o en inglés, ni en dari, porque el soldado no sabría leer las letras europeas o persas. Jean-Pierre no conocía el alfabeto cirílico. Resultaba irónico que la mujer que estaba en la azotea, cuya voz oía cantar una nana, hablase el ruso con fluidez y hubiera podido indicarle cómo escribir lo que fuera, si ella hubiese querido. Finalmente escribió «Anatoly-KGB» en caracteres europeos, y pegó la etiqueta al tubo. Después metió el tubo dentro de una caja vacía de drogas que indicaba «¡Veneno!» en quince lenguas y tres símbolos internacionales. Ató la caja con un bramante.

Moviéndose con rapidez, la introdujo en su maletín médico y sustituyó los productos que había utilizado en Astana. Tomó un puñado de tabletas de diamorfina y las metió en el bolsillo de su camisa. Luego envolvió la caja marcada con «¡Veneno!» en un trozo de toalla vieja.

Salió de la casa y gritó a Jane:

—¡Voy al río a lavarme!

—De acuerdo.

Cruzó el pueblo con rapidez, saludó a un par de

personas y se encaminó hacia los campos. Se sentía lleno de optimismo. Sus planes estaban amenazados por toda clase de riesgos, pero aspiraba al gran triunfo una vez más. Evitó un campo de tréboles propiedad del *mullah* y bajó por una serie de terraplenes. A unos dos kilómetros del pueblo, en un saliente rocoso de la montaña, parte de una casa de campo que había sido bombardeada permanecía en pie. Estaba oscureciendo cuando Jean-Pierre la vio. Caminó hacia ella lentamente, tratando de no tropezar por el irregular terreno y lamentando no llevar una linterna.

Se detuvo ante el montón de escombros que en otro tiempo habían formado la parte delantera de la casa. Pensó en entrar, pero el mal olor y la oscuridad lo disuadieron.

—¡Eh! —gritó.

Una sombra amorfa se alzó ante él y le asustó. Dio un salto hacia atrás, profiriendo un juramento.

El *malang* estaba delante de él.

Jean-Pierre escudriñó el rostro esquelético y la barba ensortijada de aquel chiflado, que recuperó su perdida compostura.

—Que Dios sea contigo, hombre sagrado —lo saludó en dari.

—Y contigo, doctor.

Jean-Pierre lo había sorprendido en una fase de lucidez.

—¿Cómo está tu vientre? —le preguntó.

El hombre indicó dolor de estómago con gestos de mimo, señalando, como siempre, que quería drogas. Jean-Pierre le dio una píldora de diamorfina, le mostró las otras y volvió a colocarlas en su bolsillo. El *malang* se tomó su heroína.

—Quiero más —pidió.

—Podrás tener más —le indicó Jean-Pierre—. Muchísimas más.

El hombre tendió la mano.

–Pero debes hacer algo por mí –añadió Jean-Pierre.

El *malang* asintió de inmediato, con gesto ansioso.

–Debes ir a Charikar y entregar esto a un soldado ruso.

Jean-Pierre se había decidido por Charikar, a pesar del día extra de viaje que ello suponía, porque temía que Rokha (una ciudad rebelde ocupada de manera temporal por los rusos) se hallase sumida en el caos y el paquete se perdiera. Sin embargo, Charikar se hallaba permanentemente en territorio ruso. Por otro lado, escogió la opción del soldado y descartó la oficina de correos, porque el *malang* quizá era incapaz de comprar un sello y enviar una carta por correo.

Observó la cara sucia del hombre. Había estado pensando si el individuo comprendería esas instrucciones tan sencillas, pero la expresión de miedo que había en su cara ante la mención de un soldado ruso indicaba que lo había comprendido a la perfección.

Ahora bien, ¿habría algún medio por el que pudiera asegurarse de que el *malang* seguiría sus órdenes? Podía tirar el paquete y regresar jurando que el encargo había sido cumplido, pues si era lo bastante inteligente para saber lo que tenía que hacer, también sería capaz de mentir al respecto.

Jean-Pierre tuvo una idea.

–Y compra un paquete de cigarrillos rusos –dijo.

El *malang* le tendió sus manos vacías y farfulló:

–No dinero.

Jean-Pierre sabía que no mentía. Le dio cien afganis. Eso aseguraría que el hombre fuese a Charikar. ¿Había algún medio de obligarle a entregar el paquete?

–Si lo haces bien –dijo Jean-Pierre–, te daré todas las píldoras que quieras. Pero no me engañes… porque lo sabré, y nunca más te daré ninguna píldora, y tu dolor de barriga irá aumentando cada vez más, te hincharás y tus tripas reventarán como una granada. Morirás con gran agonía. ¿Lo has entendido?

—Sí.

Jean-Pierre lo miró con fijeza a la débil luz. El blanco de los ojos de aquel loco brilló, devolviéndole la mirada. Parecía aterrorizado. Jean-Pierre le dio el resto de las píldoras de diamorfina.

—Tómate una cada mañana hasta que regreses a Banda.

El hombre asintió vigorosamente.

—Ahora vete, y no intentes engañarme.

El hombre se volvió y echó a correr por el áspero camino con su extraño y animalesco paso. Mientras contemplaba cómo desaparecía en la creciente oscuridad, Jean-Pierre pensó: El futuro de este país está en tus asquerosas manos, pobre ruina demente. Puede que Dios vaya contigo.

Una semana más tarde, el *malang* no había regresado.

El miércoles, el día anterior al de la conferencia, Jean-Pierre estaba inquieto. A cada hora que pasaba se decía que el hombre podía estar allí a la hora siguiente. Al final de cada día se repetía que llegaría al día siguiente.

La actividad de la aviación en el valle se había incrementado, como si quisiera añadir inquietud a las preocupaciones de Jean-Pierre. Los reactores habían estado rugiendo en el aire y bombardeando los pueblos durante toda la semana. Banda había tenido suerte: sólo había caído una bomba, formando un enorme boquete en el campo de tréboles de Abdullah. No obstante, el ruido y el peligro constantes irritaban a todo el mundo. La tensión provocó en la enfermería de Jean-Pierre una cosecha previsible de pacientes con síntomas de estrés: abortos, accidentes domésticos, vómitos y jaquecas inexplicables, que aquejaban principalmente a los niños.

En Europa Jean-Pierre hubiera recomendado psiquiatría, allí los enviaba al *mullah*. Ni la psiquiatría ni el Islam les servirían de nada, pues el problema fundamental de aquellos niños era la guerra.

Trató a los pacientes de la mañana de forma mecánica, haciendo las preguntas rutinarias en dari, anunciando su diagnóstico a Jane en francés, vendando heridas y dando inyecciones y entregando cajitas de plástico con tabletas y frascos de vidrio con medicinas de colores. El *malang* debía de haber tardado dos días en su camino hasta Charikar. Pudo perder un día para animarse y adquirir el valor necesario para acercarse a un soldado ruso, y una noche para superarlo. Emprendiendo el regreso a la mañana siguiente, tenía dos días más de viaje. Debería haber llegado hacía dos días. ¿Qué había sucedido? ¿Habría perdido el paquete, por lo que preferiría alejarse del pueblo, tembloroso y asustado? ¿Se habría tomado todas las píldoras de una vez, cayendo enfermo por ello? ¿Se habría caído al maldito río y se habría ahogado? ¿Le habrían utilizado los rusos como blanco en un ejercicio de tiro?

Jean-Pierre miró su reloj de pulsera. Eran las diez y media. En cualquier momento el *malang* podía llegar, portando un paquete de cigarrillos rusos como prueba de su estancia en Charikar. Jean-Pierre pensó cómo justificaría los cigarrillos ante Jane, ya que él no fumaba. Decidió que no necesitaba explicación alguna para justificar los actos de un lunático.

Estaba vendando a un muchacho del valle contiguo que se había quemado la mano en el fogón, cuando oyó el ruido de pasos y saludos que indicaban que alguien había llegado. Jean-Pierre controló su ansiedad y siguió vendando la mano del chico. Al oír la voz de Jane, miró hacia atrás y vio, con gran desilusión, que no se trataba del *malang*, sino de dos extranjeros.

–Que Dios esté contigo, doctor –lo saludó el primero de ellos.

–Y contigo –dijo Jean-Pierre, y para impedir un intercambio interminable de cortesías, preguntó–: ¿Qué sucede?

–Ha habido un bombardeo terrible en Skabun. Muchos han muerto y otros muchos están heridos.

Jean-Pierre miró a Jane. Todavía no podía salir de Banda sin su permiso, ya que ella temía que se pusiera en contacto con los rusos por algún medio. Sin embargo, resultaba evidente que él no había podido planear esa llamada.

–¿Debo ir? –le preguntó en francés–. ¿O irás tú?

En realidad no deseaba ir, pues ello significaba permanecer allí durante toda la noche, y ansiaba tener noticias del *malang*.

Jane vaciló. Jean-Pierre estaba seguro de que ella pensaba que si se iba con él tendría que llevarse a Chantal. Además, Jane sabía que no podía tratar heridas importantes y no serviría de ayuda.

–Tú decides –se impacientó Jean-Pierre.

–Ve –dijo ella.

–De acuerdo.

Skabun estaba a un par de horas de camino. Si trabajaba deprisa y no había muchos heridos, podría acabar al atardecer, pensó Jean-Pierre.

–Intentaré regresar esta noche.

Ella se le acercó y lo besó en la mejilla.

–Gracias –dijo.

Jean-Pierre revisó su maletín rápidamente: morfina para el dolor, penicilina para prevenir infecciones en las heridas, agujas e hilo quirúrgico, y muchas vendas. Se puso un gorro en la cabeza y una manta encima de los hombros.

La besó de nuevo y después se volvió hacia los dos mensajeros.

–Vamos –dijo.

Atravesaron el pueblo y después vadearon el río

para ascender por las inclinadas cuestas del otro lado. Jean-Pierre pensaba en su beso a Jane. Si su plan daba resultado y los rusos mataban a Masud, ¿cómo reaccionaría ella? Sabría que él estaba detrás de aquello, pero no lo traicionaría. Ahora bien, ¿seguiría amándolo? Él la necesitaba. Desde que estaban juntos, él había sufrido mucho menos de las negras depresiones que solían aquejarle en el pasado. Sólo con su amor, ella le hacía sentir que se encontraba bien. Sí, la necesitaba, pero también quería tener éxito en su misión. Quizá deseo más el triunfo que la felicidad, y por eso estoy dispuesto a correr el riesgo de perderla por mi empeño en matar a Masud.

Los tres caminaban hacia el sudeste, siguiendo el sendero de la cima del escarpado, sin dejar de oír el rugido de la corriente del río.

–¿Cuántos han muerto? –preguntó Jean-Pierre.

–Muchos –respondió uno de los mensajeros.

Jean-Pierre estaba acostumbrado a esa clase de respuestas.

–¿Cinco? –insistió con paciencia–. ¿Diez? ¿Veinte? ¿Cuarenta?

–Cien.

Jean-Pierre no le creyó: en Skabun no había cien habitantes.

–¿Cuántos heridos?

–Doscientos.

Era ridículo. ¿Acaso no lo sabía aquel hombre? Jean-Pierre guardó silencio con aire pensativo. ¿O estaría exagerando por temor a que si le informaba de cifras pequeñas el médico no quisiera ir?

Quizá no sabía contar más de diez.

–¿Qué clase de heridas? –preguntó.

–Agujeros, cortes y sangre.

Eran heridas propias de una batalla, mientras que los bombardeos producían contusiones, quemaduras y aplastamientos a causa de los edificios derrumbados. Ese hombre sin duda era un mal testigo. Hacerle más preguntas no serviría de nada.

A un par de kilómetros de distancia de Banda, abandonaron el sendero y se dirigieron hacia el norte por un camino que no le era familiar a Jean-Pierre.

–¿Es éste el camino hacia Skabun? –preguntó.

–Sí.

Obviamente era un atajo que él no había descubierto, ya que sin duda iban hacia esa dirección.

Al cabo de unos minutos, encontraron una de las pequeñas cabañas de piedra en las que los viajeros podían pasar la noche. Ante la sorpresa de Jean-Pierre, los mensajeros se dirigieron hacia la entrada.

–No tenemos tiempo de descansar –dijo con irritación–. Hay personas enfermas que están esperándome.

En aquel momento, Anatoly salió de la cabaña.

Jean-Pierre quedó atónito. No sabía si sentir entusiasmo por la oportunidad de prevenir a Anatoly sobre la conferencia, o terror ante la posibilidad de que los afganos mataran a Anatoly.

–No te preocupes –le dijo Anatoly, adivinando su expresión–. Son soldados del ejército regular afgano. Yo les he enviado en tu busca.

–¡Dios mío!

Era brillante. No había habido ningún bombardeo en Skabun. Se trataba de una treta concebida por Anatoly para que Jean-Pierre pudiera reunirse con él.

–Mañana –dijo Jean-Pierre con nerviosismo–, mañana va a suceder algo muy importante…

–Lo sé, lo sé… recibí tu mensaje. Por eso estoy aquí.

–¿De modo que atraparemos a Masud…?

Anatoly esbozó una amplia sonrisa, mostrando sus dientes manchados de tabaco.

–Atraparemos a Masud. Cálmate.

Jean-Pierre se dio cuenta de que estaba comportándose como un niño excitado por la Navidad. Se esforzó por calmarse.

–Cuando el *malang* no regresó, creí que...

–Llegó ayer a Charikar –lo interrumpió Anatoly–. Dios sabe qué le habrá sucedido por el camino. ¿Por qué no utilizaste tu radio?

–Se rompió –respondió Jean-Pierre.

No quería contar lo sucedido con Jane.

–El *malang* hará cualquier cosa por mí porque le suministro heroína, a la cual es adicto.

Anatoly miró fija y duramente a Jean-Pierre un momento, y en sus ojos hubo algo parecido a la admiración.

–Me alegro de que estés a mi lado –comentó.

Jean-Pierre sonrió.

–Quiero saber más –añadió Anatoly.

Rodeó los hombros de Jean-Pierre con su brazo y le condujo al interior de la casa. Se sentaron en el suelo de tierra y Anatoly encendió un cigarrillo.

–¿Cómo te has enterado de lo de esa conferencia? –le preguntó.

Jean-Pierre le habló de Ellis y su herida de bala, de la conversación que éste había mantenido con Masud cuando él se disponía a matarle, del oro, el plan de entrenamiento y las armas prometidas.

–Magnífico –dijo Anatoly–. ¿Dónde está Masud ahora?

–Lo ignoro, pero hoy llegará a Darg casi con toda seguridad. Mañana, a lo más tardar.

–¿Cómo lo sabes?

–Él ha convocado la reunión. ¿Cómo podría faltar a ella?

Anatoly asintió.

–Descríbeme al hombre de la CIA.

–Metro ochenta y cinco, setenta kilos, cabello rubio y ojos azules, treinta y cuatro años, pero parece algo mayor. Posee educación universitaria.

—Pondré todo esto en el ordenador.

Anatoly se levantó, salió y Jean-Pierre lo siguió. El ruso sacó del bolsillo un pequeño radiotransmisor. Sacó la antena, presionó un botón y habló en ruso. Se volvió hacia Jean-Pierre y dijo:

—Amigo mío, has triunfado en tu misión.

Es cierto, pensó Jean-Pierre, he triunfado.

—¿Cuándo atacaréis? —preguntó.

—Mañana, por supuesto.

Mañana… Jean-Pierre sintió una oleada de júbilo.

Los demás hombres estaban mirando hacia el cielo. Jean-Pierre siguió su mirada y vio un helicóptero que descendía. Quizá Anatoly lo había llamado a través de su transmisor. El ruso ya no tomaba precauciones: la suerte estaba echada, ése era su último movimiento, y el sigilo y el disfraz iban a ser sustituidos por la audacia y la rapidez. El aparato descendió y aterrizó, no sin dificultades, en un pequeño llano situado a un centenar de metros de distancia.

Jean-Pierre anduvo hacia el helicóptero con los otros tres hombres. Pensó adónde iría cuando ellos se hubieran marchado. No tenía nada que hacer en Skabun, pero no podía regresar tan pronto a Banda sin descubrir que no había habido heridos a quienes cuidar después de un bombardeo. Decidió que permanecería sentado en la cabaña de piedra durante algunas horas antes de regresar a casa.

Tendió la mano a Anatoly y dijo:

—*Au revoir.*

Anatoly no le estrechó la mano.

—Sube.

—¿Qué?

—Sube al helicóptero.

Jean-Pierre quedó atónito.

—¿Por qué?

—Vienes con nosotros.

–¿Adónde? ¿A Bagram? ¿Al territorio ruso?

–Sí.

–Pero no puedo...

–Deja de balbucear y escucha –dijo Anatoly con tono paciente–. En primer lugar, tu trabajo ya está hecho. Tu misión en Afganistán ha terminado. Has conseguido tu objetivo. Mañana capturaremos a Masud. Puedes volver a casa. En segundo lugar, ahora eres un riesgo de seguridad. Conoces nuestros planes para mañana. De modo que por el bien de la operación no puedes regresar a territorio rebelde.

–¡Pero yo no se lo contaría a nadie!

–¿Y si te torturaran? Supón que torturasen a tu mujer delante de ti... Supón que arrancaran una extremidad después de otra a tu hija delante de tu mujer...

–Pero ¿qué les sucederá si me marcho con vosotros?

–Mañana, durante la incursión, las capturaremos y las llevaremos a tu lado.

–No puedo creerlo.

Jean-Pierre sabía que Anatoly tenía razón, pero la idea de no volver a Banda era tan inesperada que lo confundía. ¿Estarían Chantal y Jane a salvo? ¿Las recogerían los rusos realmente? ¿Anatoly les permitiría regresar a París a los tres? ¿Cuándo podrían marcharse?

–Sube –repitió Anatoly.

Los dos mensajeros afganos estaban de pie, a ambos lados de Jean-Pierre, y éste se dio cuenta de que no tenía otra opción: si se negaba, lo agarrarían y lo meterían en el helicóptero por la fuerza.

Finalmente subió al aparato.

Anatoly y los afganos se encaramaron detrás de él y el helicóptero se elevó. Nadie cerró la puerta.

Mientras se elevaban, Jean-Pierre obtuvo su primera vista aérea del valle de los Cinco Leones. El blanco río que zigzagueaba a través de la tierra parda le recordó la cicatriz de una vieja herida de cuchillo sobre la frente oscura de Shahazai Gul, el hermano de la comadrona. Distinguió el pueblo de Banda con sus campos amarillos y verdes. Miró con atención la cima de la colina donde estaban las cuevas, pero no vio señales de ocupación: los habitantes de Banda habían elegido su escondrijo muy bien. El helicóptero tomó altura y giró, y Jean-Pierre perdió a Banda de vista. Buscó otros hitos. He pasado aquí un año de mi vida, pensó, y nunca volveré a verlo. Reconoció el pueblo de Dagh, con su mezquita en ruinas. Este valle ha sido el fuerte de la Resistencia. Mañana sólo quedará de él un monumento a una rebelión fracasada. Y todo gracias a mi labor.

De pronto, el helicóptero giró hacia el sur, cruzó la montaña y, al cabo de unos segundos, el valle se había perdido de vista.

11

Cuando Fara supo que Jane y Jean-Pierre se marcharían en el siguiente convoy, se pasó todo el día llorando. Sentía gran afecto por Jane y Chantal. Jean-Pierre la complacía, pero también la avergonzaba. A veces daba la impresión de que Fara prefería a Jane antes que a su propia madre. Sin embargo, la joven parecía aceptar la idea de que Jane tenía que marcharse, y al día siguiente se mostró como de costumbre, leal como siempre pero ya no desconsolada.

La propia Jane se sentía ansiosa ante la perspectiva del viaje de regreso a casa. Para ir desde el valle hasta el paso de Khyber tenían que recorrer algo más de doscientos kilómetros. Para llegar al valle había necesitado catorce días. Había tenido ampollas y sufrido diarrea, así como los inevitables dolores, pero tendría que hacer el camino de regreso con un bebé de dos meses. Habría caballos, aunque durante buena parte del camino no podrían cabalgar, pues los convoyes recorrían los senderos más estrechos y empinados de las montañas, con frecuencia durante la noche.

Preparó una especie de hamaca de algodón, que colgaría de su cuello, para transportar a Chantal. Jean-Pierre tendría que cargar con los suministros que necesitasen durante el día, pues Jane había comprobado durante el viaje de llegada que los hombres y los caballos viajaban a velocidades diferentes –los caballos iban más aprisa que los hombres cuesta arriba y más despacio cuesta abajo–, de modo que la gente se separaba de su equipaje durante largos períodos de tiempo.

Decidir qué había de llevarse fue un problema que la ocupó toda la tarde, mientras Jean-Pierre estaba en Skabun. Debía haber un botiquín médico básico –antibióticos, vendas, morfina– que Jean-Pierre prepararía. Tendrían que llevar un poco de comida. Al llegar al valle había dispuesto de un montón de raciones occidentales de alta energía: chocolate, paquetes de sopa y el eternamente favorito de los exploradores, Kendal Mint Cake. Al marchar, sólo dispondrían de lo que pudieran encontrar en el valle: arroz, frutas secas, queso, pan duro y cualquier cosa que pudieran comprar por el camino. Era una suerte que no tuvieran que preocuparse de la comida de Chantal.

Sin embargo, el bebé presentaba otras dificultades. Allí las madres no usaban pañales, sino que dejaban la parte inferior del bebé al descubierto y lavaban la toalla sobre la que iba echado. Jane pensaba que era un sistema mucho más sano que el occidental, pero no servía para viajar. Jane había preparado tres pañales con toallas y había improvisado un par de braguitas impermeables para Chantal, utilizando envoltorios de polietileno de los suministros médicos de Jean-Pierre. Tendría que lavar un pañal cada tarde, con agua fría, por supuesto, e intentar que se secara durante la noche. Si no se secaba, le quedaba uno de recambio, pero si ambos estaban húmedos, Chantal se escocería. Ningún bebé muere por escoceduras de pañales, se dijo Jane. El convoy no se detendría para que un bebé fuese alimentado o porque tuviera que dormir o ser cambiado, de modo que Chantal tendría que mamar y dormir en movimiento y ser cambiada cuando se presentara la oportunidad.

En algunos aspectos, Jane era más fuerte de lo que

había sido un año atrás. La piel de sus pies se endureció y su estómago se hizo más resistente a las bacterias corrientes de la localidad. Sus piernas, que tanto le habían dolido en el viaje de llegada, se habían acostumbrado a caminar durante muchos kilómetros. Pero el embarazo parecía haberla hecho propensa al dolor de espalda y le preocupaba tener que cargar con el bebé durante todo el día. Su cuerpo parecía recuperarse del trauma del parto. Sentía que podría hacer el amor, aunque no se lo había dicho a Jean-Pierre, no estaba segura del porqué.

Había tomado un montón de fotografías con su cámara Polaroid cuando llegó. Abandonaría la cámara, ya que apenas tenía valor, pero naturalmente quería llevarse la mayor parte de las fotografías de los habitantes de Banda. Allí estaban los guerrilleros, Mohammed, Alishan, Kahmir y Matullah, adoptando posturas heroicas y con aspecto feroz. En otras se veía a las mujeres, la voluptuosa Zahara, la arrugada anciana Rabia, y Halima, de ojos oscuros, todas riendo como niñas. Luego estaban las tres hijas de Mohammed, su hijo, Mousa; los pequeños de Zahara, de dos, tres, cuatro y cinco años; y los cuatro hijos del *mullah*. No podía tirar ninguna fotografía: tendría que llevárselas todas.

Estaba guardando ropa en una bolsa mientras Fara barría el suelo y Chantal dormía en la habitación contigua. Habían bajado temprano de las cuevas para poder avanzar la tarea. Sin embargo, no es que hubiese mucho para empaquetar: aparte de los pañales de Chantal, un par de bragas limpias para ella, unos calzoncillos para Jean-Pierre y sendos pares de calcetines de recambio para los dos. Ninguno de ellos dispondría de ropa para cambiarse. Chantal no tenía vestidos, tan sólo un chal. Para Jane y Jean-Pierre un par de pantalones, una camisa, un pañuelo y una manta del tipo *pattu* bastarían para todo el camino, y quizá todo acabase quemado en un hotel de Peshawar en celebración de su retorno a la civilización.

Este pensamiento le daría fuerzas para el viaje. Recordaba vagamente que había encontrado primitivo el hotel Dean de Peshawar, pero ahora le resultaba difícil recordar por qué. ¿Quizá se había quejado de que el aire acondicionado era demasiado ruidoso? ¡Pero si incluso había duchas!

–Civilización –dijo en voz alta y Fara la miró, sorprendida.

Jane sonrió.

–Me siento feliz porque voy a regresar a la gran ciudad –susurró en dari.

–Me gustaría la gran ciudad –comentó Fara–. Una vez estuve en Rokha. –Fara siguió barriendo y añadió con cierta envidia–: Mi hermano se ha ido a Jalalabad.

–¿Cuándo regresará? –preguntó Jane.

Avergonzada, Fara guardó silencio y, al cabo de un momento, Jane comprendió el motivo: desde el patio se oyó un silbido y los pasos de un hombre, que llamó a la puerta y dijo:

–¿Hay alguien en casa?

–Pasa, Ellis –respondió Jane.

Ellis entró, cojeando. Aunque Jane ya no estaba interesada por él, se había inquietado por su herida. Ellis había permanecido todo el tiempo en Astana para recuperarse. Sin duda acababa de llegar en ese momento.

–¿Cómo estás? –preguntó ella.

–Me siento como un tonto –dijo él, haciendo una mueca–. Es un lugar muy embarazoso donde recibir una bala.

–Si sólo te sientes avergonzado, es que debes de estar mejor.

Él asintió.

–¿Está el médico en casa?

–Ha ido a Skabun –respondió Jane–. Ha habido un

fuerte bombardeo y han enviado en su busca. ¿Puedo hacer algo?

–Sólo quería decirle que mi convalecencia ha terminado.

–Volverá esta noche o mañana por la mañana.

Jane observó el aspecto de Ellis que, con su cabellera de pelo rubio y su dorada barba rizada, tenía la apariencia de un león.

–¿Por qué no te cortas el pelo?

–Los guerrilleros me dijeron que lo dejara crecer y no me afeitase.

–Siempre dicen eso. Lo hacen para que los occidentales llamen menos la atención. En tu caso, se obtiene el efecto contrario.

–En este país llamaría la atención aunque me afeitase la barba.

–Eso es cierto.

A Jane se le ocurrió pensar que era la primera vez que ella y Ellis estaban a solas desde hacía mucho tiempo. Habían derivado con facilidad a su viejo estilo de conversación. Era difícil recordar la decepción tan terrible que él le había causado.

Ellis la observaba con curiosidad mientras ella hacía el equipaje.

–¿Por qué haces eso?

–Para el viaje de vuelta a casa.

–¿Cómo lo haréis?

–Nos marcharemos en un convoy, de la misma forma que vinimos.

–Los rusos han tomado mucho territorio durante los últimos días –comentó Ellis–. ¿Lo sabíais?

–¿Qué estás insinuando? –preguntó Jane, estremeciéndose.

–Han lanzado una ofensiva. Han avanzado grandes trechos de terreno, apoderándose de lugares por los que suelen pasar los convoyes.

–¿Significa eso que la ruta hacia Pakistán está cerrada?

–La ruta regular lo está. No puedes ir desde aquí al paso de Khyber. Hay otras rutas...

Jane vio desvanecerse su sueño de volver a casa.

–¡Nadie me lo había dicho! –repuso enfadada.

–Supongo que Jean-Pierre no lo sabía. Yo he permanecido junto a Masud muchos días, de modo que estoy al corriente.

–Sí –dijo Jane, sin mirarle.

Quizá Jean-Pierre lo ignorase realmente. O quizá lo sabía pero no había querido decírselo, porque de todos modos no deseaba regresar a Europa. En cualquier caso, ella no estaba dispuesta a aceptar la situación. En primer lugar, se aseguraría de que Ellis tenía razón. Después buscaría la manera de solucionar el problema.

Así pues, se dirigió a la cómoda de Jean-Pierre y sacó sus mapas americanos de Afganistán. Estaban enrollados y sujetos con una goma elástica. Rompió la goma con impaciencia y dejó caer los mapas al suelo. En algún rincón de su cerebro una lejana voz le dijo que aquélla debía de ser la única goma elástica en un radio de doscientos kilómetros. Cálmate, Jane.

Se arrodilló en el suelo y comenzó a hojear los mapas. Eran a gran escala, de modo que tuvo que unir algunos para mostrar todo el territorio entre el valle y el paso de Khyber. Ellis miraba por encima del hombro de Jane.

–¡Son unos mapas excelentes! –exclamó–. ¿De dónde los habéis sacado?

–Jean-Pierre los compró en París.

–Son mejores que los que Masud tiene.

–Lo sé. Mohammed siempre utiliza éstos para planear los convoyes. Aquí, a la derecha... Enséñame hasta dónde han avanzado los rusos.

Ellis se arrodilló en la alfombra, junto a ella, y trazó una línea a través del mapa con el dedo.

De pronto, Jane sintió una oleada de esperanza.

–A mí no me parece que el paso de Khyber haya quedado cortado –comentó–. ¿Por qué no podemos ir por este camino?

Trazó una línea imaginaria, cruzando el mapa un poco al norte del frente ruso.

–No sé si eso es una ruta –objetó Ellis–. Tal vez sea infranqueable, tendrías que preguntárselo a los guerrilleros. Pero hay otra cosa, Jane, y es que la información de Masud le llega con un par de días de retraso y los rusos siguen avanzando. Un valle o un paso podrían estar abiertos un día y cerrados al siguiente.

–¡Maldita sea!

No iban a derrotarla. Se inclinó sobre el mapa y estudió detenidamente la zona de la frontera. Luego dijo:

–Mira, el paso de Khyber no es el único camino.

–Un valle atravesado por un río se extiende a lo largo de la frontera, con montañas por el lado de Afganistán. Podría ser que esos otros pasos sólo fueran accesibles desde el sur, lo que significa territorio ocupado por los rusos.

–No sirve de nada especular –dijo Jane. Juntó los mapas y los enrolló–. Alguien debe de saberlo.

–Supongo que sí –convino Ellis.

–Debe de haber más de un camino para salir de este maldito país –insistió ella, levantándose.

Se llevó los mapas debajo del brazo y salió, dejando a Ellis arrodillado en la alfombra.

Las mujeres y los niños habían regresado de las cuevas y el pueblo había despertado. El humo de los fogones ascendía por encima de las paredes de los patios. Delante de la mezquita, cinco niños estaban sentados en círculo jugando a un juego llamado –sin motivo aparente– Melón. Se trataba de contar historias, en las que el narrador se detenía antes de finalizar y el otro chico tenía que proseguir. Jane vio a Mousa, el hijo de Mohammed, sentado en el círculo. Llevaba en el cinturón el cuchillo que su padre le había dado después del accidente con la mina. Mousa estaba contando la historia. Jane oyó que decía:

—... y el oso intentó cortar la mano del chico de un mordisco, pero él sacó su cuchillo...

Jane se dirigió a la casa de Mohammed. Quizá no estuviera allí (hacía mucho tiempo que no le había visto), pero vivía con sus hermanos al estilo acostumbrado de la familia numerosa afgana, y también ellos eran guerrilleros —como todos los jóvenes en condiciones de luchar—, de modo que podrían darle alguna información.

Vaciló al llegar frente a la casa. Por costumbre, debía detenerse en el patio y hablar con las mujeres, que estarían preparando la cena. Tras un intercambio de cortesías, la mujer más vieja entraría en la casa para preguntar a los hombres de la familia si condescenderían a hablar con Jane. A ésta le pareció oír la voz de su madre que le decía: «¡No te pongas en evidencia!»

—Vete al infierno, madre —replicó Jane en voz alta y entró sin hacer caso de las mujeres del patio, dirigiéndose directamente a la habitación delantera de la casa, la sala de los hombres.

Encontró a tres de ellos: el hermano de Mohammed, de dieciocho años, Kahmir Khan, con su rostro atractivo y escasa barba; su cuñado, Matullah; y el propio Mohammed. No era corriente que tantos guerrilleros estuvieran en la casa. Todos alzaron la mirada hacia Jane, sorprendidos.

—Que Dios esté contigo, Mohammed Khan —saludó Jane y sin darles tiempo de responder, prosiguió—: ¿Cuándo has vuelto?

—Hoy —replicó él instintivamente.

Jane se sentó en el suelo, como ellos. Todos estaban

demasiado atónitos para pronunciar palabra. Ella desplegó los mapas en el suelo. Los tres hombres se inclinaron para observarlos, olvidando la falta de cortesía de Jane.

—Mira —dijo ella—. Los rusos han avanzado hasta aquí, ¿tengo razón? —Rehizo la línea que Ellis le había mostrado.

Mohammed asintió con la cabeza sin decir nada.

—De modo que la ruta regular del convoy está bloqueada.

Mohammed asintió de nuevo.

—¿Cuál es el mejor camino para salir ahora?

Todos parecían dudar y movieron la cabeza. Eso era normal: cuando se hablaba de dificultades, les gustaba sacar todo el jugo. Jane creía que se debía a que su conocimiento local era el único poder que tenían sobre los forasteros como ella misma. Mohammed solía ser tolerante, pero estaba impaciente.

—¿Por qué no por este camino? —preguntó Jane autoritariamente, trazando una línea paralela al frente ruso.

—Demasiado cerca de los rusos —respondió Mohammed.

—¿Y por aquí?

Trazó una ruta, siguiendo los contornos del terreno.

—No —repuso el afgano de nuevo.

—¿Por qué no?

—Aquí… —dijo, señalando un lugar en el mapa entre las cabezas de dos valles, por donde Jane había pasado el dedo alegremente sobre una cordillera—, aquí no hay collado.

Jane señaló una ruta más al norte.

—¿Y este camino?

—Peor todavía.

—¡Ha de haber otro camino de salida! —exclamó Jane.

Tenía la sensación de que ellos disfrutaban con su frustración. Decidió tratar de provocarles.

—¿Acaso es este país una casa con una sola puerta, separada del resto del mundo sólo porque no se puede atravesar el paso de Khyber?

La frase «una casa con una puerta» era un eufemismo lamentable.

—Por supuesto que no —respondió Mohammed, con aire altanero—. Durante el verano está el Butter Trail.

—Muéstramelo.

Mohammed trazó con el dedo una complicada ruta que comenzaba al este del valle, siguiendo a través de una serie de pasos altos y ríos secos, y después se dirigía hacia el norte, internándose en la cordillera del Himalaya, para cruzar la frontera cerca de la entrada del paso de Wakhan antes de volver hacia el sudeste, hacia la ciudad paquistaní de Chitral.

—Así es como la gente de Nuristán lleva su mantequilla, su yogur y su queso al mercado de Pakistán.

Sonrió y se llevó la mano a su gorro *Chitrali*.

—Allí conseguimos nuestros gorros.

—Bien —dijo Jane—. Volveremos a casa por ese camino.

Mohammed meneó la cabeza.

—No podéis.

—¿Por qué?

Khamir y Matullah intercambiaron sonrisas de complicidad. Jane hizo caso omiso.

—El primer problema es la altitud —comentó Mohammed al cabo de un momento—. Esta ruta va por encima de los glaciares, lo que significa que la nieve nunca se derrite y no hay agua potable, ni siquiera en verano. En segundo lugar, está el terreno, plagado de colinas escarpadas y caminos estrechos y traidores. Es difícil encontrar la dirección exacta, incluso los guías locales se pierden. Pero el peor problema de todos es la gente. Esa región se llama Nuristán, pero era conocida como Kafiristán, porque la gente no era creyente y bebía vino. Ahora son creyentes sinceros, pero siguen estafando, robando y matando, a veces a los viajeros. Esta ruta no es buena para los europeos, y resulta imposible para las mujeres. Sólo los hombres más jóvenes y fuertes pueden utilizarla, pero muchos de esos viajeros encuentran la muerte.

–¿Enviarás convoyes por esa ruta?

–No. Esperaremos hasta que se abra la ruta del sur otra vez.

Jane observó su atractivo rostro y supo que no estaba exagerando: se limitaba a exponer la realidad de los hechos. Jane se levantó y comenzó a plegar los mapas. Se sentía amargamente desilusionada. Su retorno a casa se veía interrumpido por tiempo indefinido. De pronto, la tensión de la vida en el valle le pareció insoportable y sintió ganas de llorar.

Enrolló los mapas, formando un cilindro, y se esforzó por ser cortés.

–Has estado fuera largo tiempo –dijo a Mohammed.

–He ido a Faizabad.

–Un largo viaje.

Faizabad, una gran ciudad, se hallaba en el lejano norte. La Resistencia era muy tenaz allí, el ejército se había amotinado y los rusos no habían podido recuperar el control.

–¿No te sientes cansado?

Era una pregunta formal, como de presentación, y Mohammed repuso:

–¡Sigo con vida!

Jane se puso el rollo de mapas debajo del brazo y salió.

Las mujeres del patio la miraron temerosamente cuando pasó por su lado. Ella saludó con la cabeza a Halima, la esposa de ojos oscuros de Mohammed, y obtuvo una sonrisa nerviosa a cambio.

Los guerrilleros estaban viajando mucho últimamente. Mohammed había estado en Faizabad, el hermano de Fara había ido a Jalalabad... Jane recordó que una de sus pacientes, una mujer de Dasht-i-Rewat, comentó que su marido había sido enviado a Pagman, cerca de Kabul. Y el cuñado de Zahara, Yussuf Gul, hermano de su querido esposo, había sido enviado al valle de Logar, más allá de Kabul. Los cuatro puntos eran fortalezas rebeldes.

Estaba ocurriendo algo importante.

Jane olvidó su desilusión durante un rato mientras intentaba imaginar qué estaría sucediendo. Masud había enviado mensajeros a muchos otros comandantes de la Resistencia, quizá a todos. ¿Era una coincidencia que eso hubiera ocurrido poco después de la llegada de Ellis al valle? Y si no era así, ¿qué propósito tendría Ellis? Quizá Estados Unidos estaba colaborando con Masud en la organización de una ofensiva rebelde. Si actuaban unidos, podrían conseguir algo importante, tal vez incluso apoderarse de Kabul por algún tiempo.

Jane entró en su casa y dejó los mapas en la cómoda. Chantal todavía dormía. Fara estaba preparando la cena: un poco de pan, yogur y manzanas.

—¿Por qué ha ido tu hermano a Jalalabad? —le preguntó Jane.

—Fue enviado —respondió Fara como si se tratara de algo obvio.

—¿Quién lo envió?

—Masud.

—¿Para qué?

—No lo sé.

Fara parecía sorprendida de que Jane hiciera semejante pregunta. ¿Quién podía ser tan tonta para pensar que un hombre contaría a su hermana el motivo de su viaje?

—¿Tenía algo que hacer allí, quizá llevó algún mensaje?

–No lo sé –repitió Fara.

–No importa –dijo Jane con una sonrisa.

Entre todas las mujeres del pueblo, Fara quizá sería la que menos sabría qué estaba ocurriendo. ¿Quién podía saberlo? Zahara, por supuesto.

Jane cogió una toalla y se encaminó al río.

Zahara ya no estaba de luto por su marido, aunque era mucho más reservada de lo que solía ser antes. Jane se preguntó cuánto tardaría en casarse otra vez. Zahara y Ahmed habían formado la única pareja afgana que Jane había conocido que parecían estar enamorados. Sin embargo, ella era una mujer poderosamente sensual, que causaría problemas si no se unía pronto con un hombre. El hermano más joven de Ahmed, Yussuf, el cantante, vivía en la misma casa que Zahara y todavía no se había casado, a pesar de haber cumplido dieciocho años. Entre las mujeres del pueblo se especulaba con la posibilidad de que Yussuf se casara con Zahara.

Allí los hermanos vivían juntos; las hermanas siempre separadas. Una recién casada solía ir a vivir con su marido a la casa de los padres de él. Era una manera más que tenían los hombres del país de oprimir a sus mujeres.

Jane caminó rápidamente por el sendero, entre los campos. Algunos hombres estaban trabajando bajo la luz del crepúsculo. La cosecha estaba llegando a su fin. Pronto sería demasiado tarde para partir hacia el Butter Trail. Mohammed ha dicho que era una ruta de verano, recordó Jane.

Llegó al lugar de reunión de las mujeres. Unas cuantas de ellas estaban bañándose en el río o en grandes charcos en la orilla. Zahara se había metido en el agua, en el centro de la corriente, chapoteando, como de costumbre, pero sin reír ni bromear.

Jane dejó caer la toalla y se metió en el agua. Decidió ser algo menos directa con Zahara de lo que había sido con Fara. Sabía que no engañaría a su amiga, pero intentaría dar la impresión de que estaba chismorreando y no interrogando. No se acercó a Zahara de inmediato. Cuando las otras mujeres salieron del agua, Jane las siguió al cabo de un rato y se secó con su toalla, en silencio. Hasta que Zahara y algunas mujeres comenzaron a dirigirse hacia el pueblo, Jane no habló.

–¿Cuándo regresará Yussuf? –le preguntó a Zahara en dari.

–Hoy o mañana. Se fue al valle de Logar.

–Lo sé. ¿Fue solo?

–Sí… pero dijo que quizá traería a alguien con él a casa.

–¿Quién?

Zahara se encogió de hombros.

–Quizá una esposa.

Jane se distrajo un momento. Zahara se mostraba demasiado fría e indiferente, lo que significaba que se encontraba inquieta: no quería que Yussuf llevase una esposa a casa. Por lo visto, los rumores que corrían por el pueblo eran ciertos. Jane confiaba que así fuera. Zahara necesitaba un hombre.

–No creo que haya ido a buscar una esposa –comentó Jane.

–¿Por qué?

–Está sucediendo algo importante. Masud ha enviado muchos mensajeros. Todos no pueden haber ido en busca de esposa.

Zahara continuó aparentando indiferencia, pero Jane advirtió que se hallaba complacida. ¿Tiene algún significado importante la posibilidad de que Yussuf haya ido al valle de Logar en busca de alguien?, se preguntó.

La noche estaba cayendo cuando se aproximaron al pueblo. Desde la mezquita les llegó el canto fantasmagórico de los hombres más sedientos de sangre en el mundo, rezando. Siempre le recordaba a Josef, un soldado ruso que había sobrevivido a un accidente de helicóptero justo en la montaña que había encima de Banda. Ocurrió en invierno, antes de que hubieran trasladado la enfermería a la cueva. Algunas mujeres le habían llevado a la casa del tendero. Ella y Jean-Pierre cuidaron de sus heridas hasta que se envió un mensaje a Masud para preguntar qué debían hacer con él. Jane supo cuál había sido la respuesta de Masud cuando Alishan Karim entró en la habitación delantera de la tienda, en la que Josef yacía vendado, colocó el cañón de su rifle en la oreja del muchacho y le voló la cabeza. Sucedió aproximadamente a esa hora del día, y el sonido de los rezos de los hombres flotaba en el aire mientras Jane limpiaba la sangre de la pared y recogía los restos del cerebro del muchacho en el suelo.

Las mujeres subieron el último trecho del sendero del río y se detuvieron delante de la mezquita, terminando sus conversaciones antes de entrar en sus respectivas casas. Jane echó un vistazo a la mezquita. Los hombres estaban rezando de rodillas, y Abdullah, el *mullah*, les dirigía. Sus armas, la mezcla habitual de rifles antiguos y ametralladoras modernas, se hallaban apiladas en un rincón. Los rezos estaban terminando. Cuando los hombres se pusieron en pie, Jane vio que entre ellos había algunos forasteros.

–¿Quiénes son? –preguntó a Zahara.

–Por sus turbantes, deben de ser del valle de Pich y de Jalalabad –replicó Zahara–. Son *pushtuns*... normalmente enemigos nuestros. ¿Por qué estarán aquí?

Mientras hablaba, un hombre muy alto, con un parche en el ojo, salió de entre la multitud.

–Ése tiene que ser Jahan Kamil, ¡el gran enemigo de Masud!

–Pero Masud está ahí, hablando con él –dijo Jane, y añadió en inglés–: *Just fancy that!*[5]

5.   En inglés: ¡Imagínatelo! (*N. de la T.*)

Zahara trató de imitarla:

–*Jass fencey hat!*

Era la primera broma que Zahara gastaba desde que su marido había muerto. Parecía un buen signo: Zahara estaba recuperándose.

Los hombres comenzaron a salir, y las mujeres se deslizaron rápidamente hacia sus casas, todas excepto Jane. Creía comenzar a comprender qué estaba sucediendo, y quería confirmarlo. Cuando Mohammed salió, ella se le acercó y le habló en francés.

–Olvidé preguntarte si tu viaje a Faizabad tuvo éxito.

–Lo tuvo –dijo él, sin detenerse.

No quería que sus camaradas o los *pushtuns* le viesen respondiendo las preguntas de una mujer.

Jane siguió a su lado, caminando deprisa mientras él se dirigía a su propia casa.

–¿De modo que el comandante de Faizabad está aquí?

–Sí.

Jane estaba en lo cierto. Masud tenía como invitados a todos los comandantes rebeldes.

–¿Qué opinas de todo esto? –preguntó a Mohammed, sedienta de detalles.

Mohammed adoptó un aire pensativo y pareció perder su altanería, como siempre ocurría cuando la conversación le interesaba.

–Todo depende de lo que Ellis haga mañana –contestó–. Si les causa la impresión de ser un hombre de honor y obtiene su respeto, creo que accederán a su plan.

–¿Y crees que este plan es bueno?

–Es obvio que resultará bueno el hecho de que la Resistencia se una y así consiga armas de Estados Unidos.

¡De modo que era eso! Armas americanas para los rebeldes, con la condición de que lucharan unidos contra los rusos en vez de hacerlo entre ellos la mitad del tiempo.

Llegaron junto a la casa de Mohammed y Jane se alejó, saludando con la mano. Sentía una fuerte presión en los pechos: era la hora de amamantar a Chantal. Notaba el derecho algo más pesado que el otro, porque en la última ocasión había comenzado con el izquierdo y Chantal siempre mamaba más del primero que del segundo.

Jane entró en la casa y se dirigió al dormitorio. Chantal yacía desnuda sobre una toalla doblada, dentro de su cuna, en realidad, una caja de cartón cortada por la mitad. No necesitaba ropas en el aire cálido del verano afgano. Por la noche debía cubrirla con una sábana, eso era todo. Los rebeldes y la guerra, Ellis, Mohammed y Masud, todo quedaba relegado a un segundo término cuando Jane miraba a su pequeña.

Siempre había pensado que los bebés eran feos, pero Chantal le parecía muy bonita. Mientras Jane la contemplaba, la niña se desperezó, abrió la boca y lloró. El pecho derecho de Jane rezumó leche inmediatamente, respondiendo a la demanda, y una mancha húmeda se extendió por su camisa. Desabrochó los botones y cogió a Chantal.

Jean-Pierre decía que tenía que lavarse los pechos con alcohol antes de alimentarla, pero ella nunca lo hacía porque sabía que a Chantal no le gustaría aquel sabor. Se sentó en la alfombra, apoyando la espalda contra la pared, y acunó a Chantal con su brazo derecho. El bebé agitó sus bracitos rollizos y movió la cabeza de un lado a otro, buscando frenéticamente con la boca abierta. Jane la guió hasta el pezón. Las encías sin dientes se agarraron con fuerza y el bebé chupó ferozmente. Jane frunció el entrecejo al sentir el primer tirón, y después al segundo. El tercero fue más suave. Una diminuta mano se alzó y se posó sobre el redondeado e hinchado pecho de Jane, apretando con una caricia torpe, ciega. Jane se relajó.

Amamantar a su bebé le hacía sentirse enormemente tierna y protectora. También le resultaba erótico. Al principio se sentía culpable, pero pronto decidió que era algo natural y no podía ser malo, y se acostumbró a disfrutar de ello.

Estaba deseando exhibir a Chantal si alguna vez llegaban a Europa. Sin duda la madre de Jean-Pierre le diría que todo lo hacía mal, y su propia madre querría que bautizaran al bebé, pero su padre adoraría a Chantal en medio de una vaguedad alcohólica, mientras que su hermana se sentiría orgullosa y entusiasta. ¿Quién quedaba? El padre de Jean-Pierre había muerto...

—¿Hay alguien en casa? —preguntó alguien desde el patio.

Era Ellis.

—¡Entra! —gritó Jane.

No sintió necesidad de cubrirse. Ellis no era afgano y, de todos modos, en otro tiempo había sido su amante.

Ellis entró, la vio amamantar al bebé e hizo ademán de marcharse.

—¿Me voy?

Ella negó con la cabeza.

—No es la primera vez que ves mis pechos.

—Creo que no —convino él—. A no ser que los hayas cambiado.

Ella se echó a reír.

—Bueno, el embarazo te aumenta el tamaño.

Ella sabía que Ellis había estado casado una vez y tenía un hijo, aunque daba la impresión de que nunca veía al hijo ni a la madre. Era una de las cosas sobre las que Ellis nunca hablaba.

—¿No te acuerdas de cuando tu esposa estaba embarazada?

–Me lo perdí –repuso con el tono seco que utilizaba cuando quería hacer callar a alguien–. Yo estaba lejos.

Jane se hallaba demasiado relajada para responderle con el mismo tono. En realidad, sentía lástima de él. Había hecho un caos de su vida, pero no tenía toda la culpa, aunque había sido castigado por sus pecados, y ella también había participado en aquel castigo.

–¿Jean-Pierre no ha vuelto? –preguntó Ellis.

–No.

Chantal mamaba con mayor suavidad a medida que el pecho de Jane se vaciaba. Con gran dulzura, sacó el pezón de la boca de Chantal y alzó el bebé hasta su hombro, golpeándole con suavidad en la espalda para hacerle eructar.

–Masud quería pedirle prestados los mapas –comentó Ellis.

–No hay ningún problema –dijo Jane–. Ya sabes dónde están.

Chantal lanzó un fuerte eructo.

–Buena chica –susurró Jane, y puso el bebé junto a su pecho izquierdo.

Todavía hambrienta, Chantal comenzó a mamar de nuevo. Cediendo a un súbito impulso, Jane preguntó a Ellis:

–¿Por qué no ves a tu hijo?

Él sacó los mapas de la cómoda, la cerró y se incorporó.

–Lo hago –corrigió–, pero no a menudo.

Jane quedó sorprendida. He vivido con él durante seis meses y nunca he llegado a conocerle en realidad.

–¿Un chico o una chica?

–Chica.

–Debe de tener…

–Trece años.

–Dios mío.

De pronto, sintió curiosidad. ¿Por qué nunca le

había preguntado sobre todo eso? Quizá a ella no le había interesado antes de tener un hijo propio.

—¿Dónde vive?

Ellis vaciló.

—No me lo digas —añadió Jane—. Puedo leerlo en tu cara, estabas a punto de mentirme.

—Tienes razón —admitió él—. Pero ¿comprendes por qué he de mentir sobre esto?

Jane pensó durante un momento e inquirió:

—¿Temes que tus enemigos te ataquen a través de tu hija?

—Sí.

—Es una buena razón.

—Gracias. Y gracias por esto.

Le mostró los mapas y salió de la casa.

Chantal se había quedado dormida con el pezón de Jane en la boca. Jane la soltó con suavidad y la alzó al nivel de su hombro. Eructó sin despertarse. El bebé dormía en cualquier situación.

Jane deseó que Jean-Pierre hubiera regresado. Estaba segura de que no causaría ningún daño, pero de todos modos prefería tenerlo bajo control. No podía ponerse en contacto con los rusos porque ella le había destrozado la radio. No existía otro medio de comunicación entre Banda y el territorio soviético. Masud podría enviar mensajes a través de alguien, pero Jean-Pierre no disponía de mensajeros, y si decidía enviar a alguien, todo el pueblo lo sabría. Lo único que podía hacer era recorrer el camino hasta Rokha, pero no disponía de tiempo suficiente.

Además de sentirse nerviosa, le molestaba dormir sola. En Europa no le habría importado, pero allí temía a los hombre tribales, brutales e imprevisibles, que pensaban que era tan normal apalear a su mujer como para una madre dar una paliza a su hijo. Y ella no resultaba una mujer corriente a sus ojos, con sus opiniones liberales, su mirada directa y su actitud desafiante, convirtiéndose en un símbolo de prohibidos deleites sexuales. Ella no había seguido las convenciones del comportamiento sexual, y las únicas mujeres que ellos conocían, aparte de las propias, eran las prostitutas.

Cuando Jean-Pierre estaba allí, ella siempre alargaba la mano para tocarle antes de dormirse. Jean-Pierre solía dormir de cara a Jane, y aunque se movía mucho durante el sueño, nunca se agarraba a ella. El único hombre con quien había compartido una cama durante un largo período, además de su marido, había sido Ellis, que se comportaba de forma distinta: la tocaba, la abrazaba y la besaba durante toda la noche (a veces medio dormido y otras totalmente dormido). Dos o tres veces había intentado hacerle el amor durante su sueño. Ella se reía e intentaba acoplarse a él, pero al cabo de unos segundos, él daba media vuelta y comenzaba a roncar. Por la mañana no recordaba nada de lo que había hecho. ¡Qué diferentes eran los dos! Ellis la tocaba con afecto torpe, como un niño jugando con su animal favorito; Jean-Pierre con la suavidad con que un violinista manejaría un Stradivarius. Los dos la habían amado de manera distinta, pero la habían traicionado de la misma forma.

Chantal forcejeó. Estaba despierta. Jane la colocó en su regazo, sosteniéndole la cabeza para que pudieran mirarse, y comenzó a hablarle. A Chantal le gustaba. Al cabo de un rato, Jane comenzó a cantar. De pronto una voz la interrumpió desde fuera.

–¡Entre! –gritó, y susurró a Chantal–: Siempre tenemos visitas, ¿no? Es como vivir en la Galería Nacional, ¿verdad, pequeña?

Abrochó los botones de su blusa para ocultar su pecho.

Mohammed entró e inquirió en dari:

–¿Dónde está Jean-Pierre?

–Ha ido a Skabun. ¿Puedo hacer algo?

–¿Cuándo regresará?

–Supongo que por la mañana. ¿Vas a decirme cuál es el problema, o piensas seguir hablando como un policía de Kabul?

Mohammed le sonrió. Cuando ella le hablaba de manera irrespetuosa, él la encontraba sensual, efecto que Jane no deseaba despertar.

–Alishan ha llegado con Masud –anunció Mohammed–. Quiere más píldoras.

–Ah, sí.

Alishan Karim era el hermano del *mullah*, y sufría de angina de pecho. Como no quería renunciar a sus actividades guerrilleras, Jean-Pierre le daba trinitin para que lo tomase inmediatamente antes de la batalla o de cualquier otro esfuerzo.

–Te daré algunas píldoras –dijo Jane.

Se levantó y entregó Chantal a Mohammed.

Éste cogió el bebé de manera instintiva y después pareció avergonzado. Jane le sonrió maliciosamente y se dirigió a la habitación contigua. Encontró las pastillas en un estante, bajo el mostrador de la tienda. Vertió un centenar en un frasco y volvió a la salita. Fascinada, Chantal tenía la mirada clavada en Mohammed. Jane cogió a la niña y entregó las tabletas al guerrillero.

–Dile a Alishan que descanse un poco más.

Mohammed negó con la cabeza.

–Yo no, le doy miedo –contestó–. Díselo tú.

Jane se echó a reír. Viniendo de un afgano, esa broma resultaba casi feminista.

–¿Por qué ha ido Jean-Pierre a Skabun? –preguntó Mohammed.

–La han bombardeado esta mañana.

–No, no es cierto.

–Claro que hubo un bom… –Jane se interrumpió de repente.

Mohammed se encogió de hombros.

—He pasado allí todo el día con Masud. Debes de estar equivocada.

Ella intentó mantener la compostura de su rostro.

—Sí. Seguramente me he equivocado.

—Gracias por las píldoras —dijo Mohammed y abandonó la casa.

Jane se dejó caer pesadamente en un taburete. Skabun no había sido bombardeada. Jean-Pierre había ido a reunirse con Anatoly. Ella no sabía cómo se las habría arreglado, pero no tenía ninguna duda al respecto.

¿Qué debía hacer? Si Jean-Pierre sabía algo de la reunión del día siguiente y podía comunicárselo a los rusos, éstos atacarían… Podrían barrer el liderazgo de la Resistencia afgana en un solo día.

Tenía que ver a Ellis.

Envolvió a su hija en un chal, por si el aire era algo más fresco, y salió de la casa, encaminándose hacia la mezquita. Ellis se encontraba en el patio con el resto de los hombres, inclinado sobre los mapas de Jean-Pierre junto a Masud, Mohammed y el hombre con un parche en el ojo. Algunos guerrilleros se pasaban alrededor un *hookah*, otros estaban comiendo. Alzaron la mirada, sorprendidos, al ver a Jane que entraba con su bebé apoyado en la cadera.

—Ellis —dijo.

Él alzó la mirada.

—Necesito hablar contigo. ¿Podrías venir un momento?

Ellis se levantó y los dos salieron a través del arco, deteniéndose delante de la mezquita.

—¿De qué se trata?

—¿Sabe Jean-Pierre algo de esta reunión que habéis concertado con los líderes de la Resistencia?

—Sí… Cuando Masud y yo hablamos de ello, él estaba allí, sacándome la bala del trasero. ¿Por qué?

Jane se sintió desfallecer. Su última esperanza era que Jean-Pierre lo ignorase. Ya no tenía alternativa. Miró alrededor. No había nadie más que pudiera oírles y, de todos modos, estaban hablando en inglés.

–He de decirte algo –susurró–, pero quiero que prometas que no le haréis nada.

Ellis la miró un momento y exclamó:

–¡Mierda! ¡Oh, mierda! ¡Maldito imbécil! Trabaja para ellos. ¡Claro! ¿Por qué no lo adiviné antes? ¡En París él debió de llevar aquellos bastardos a mi apartamento! Ha estado informándoles de los convoyes... ¡por eso se han perdido tantos! Ese bastardo... –Se interrumpió y añadió–: Debe de haber sido terrible para ti.

–Sí –admitió ella.

En aquel momento su rostro se descompuso, las lágrimas acudieron a sus ojos y comenzó a sollozar. Se sentía débil, tonta y avergonzada por llorar, pero también sentía como si le hubiesen quitado un gran peso de encima.

Ellis rodeó a Jane y a Chantal con sus brazos.

–Pobrecilla –musitó.

–Sí –dijo Jane entre sollozos–. Ha sido horrible.

–¿Cuánto hace que lo sabes?

–Algunas semanas.

–¿Lo ignorabas cuando te casaste con él?

–Así es.

–Los dos te hemos traicionado.

–Sí.

–No eliges bien a tus amigos.

–Es cierto.

Ella enterró su cara en la camisa de Ellis y se echó a llorar, por todas las mentiras y traiciones, por el tiempo malgastado y el amor desperdiciado. Chantal también lloraba. Ellis abrazó a Jane con fuerza y le mesó el cabello, hasta que al fin ella dejó de temblar. Poco a poco fue tranquilizándose y se limpió la nariz con la manga.

–Le destrocé la radio, ¿sabes? –dijo ella–. Creí que no podría ponerse en contacto con ellos. Hoy han venido a buscarle para ir a Skabun a visitar a los heridos por el bombardeo, pero no ha habido ningún bombardeo en Skabun...

Mohammed salió de la mezquita. Ellis soltó a Jane y pareció avergonzarse de algo.

–¿Qué sucede? –le preguntó a Mohammed en francés.

–Están discutiendo. Algunos dicen que es un buen plan y que nos ayudará a derrotar a los rusos. Otros preguntan por qué Masud es considerado el único buen comandante, y quién es ese Ellis Thaler que se permite juzgar a los líderes afganos. Debes volver ahí dentro y hablarles un poco más.

–Espera –le interrumpió Ellis–. Ha surgido algo nuevo.

Oh, Dios mío, Mohammed matará a alguien cuando se entere de esto..., pensó Jane.

–Ha habido una filtración.

–¿Qué quieres decir? –preguntó Mohammed con acritud.

Ellis vaciló un instante.

–Los rusos pueden saber algo sobre la conferencia...

–¿Quién? –exigió Mohammed–. ¿Quién es el traidor?

–Posiblemente el médico, pero...

Mohammed se volvió hacia Jane.

–¿Cuánto tiempo hace que lo sabes?

–Háblame correctamente o no me dirijas la palabra –repuso ella con brusquedad.

–Cálmate –dijo Ellis.

Jane no permitiría que Mohammed continuase con aquel tono acusatorio de voz.

–Te lo advertí, ¿no es cierto? –dijo ella–. Te avisé

para que cambiases la ruta del convoy. Salvé tu maldita vida, de modo que no me señales a mí con el dedo.

La ira de Mohammed se esfumó, y la miró con una expresión de timidez.

Ellis comentó:

—Así que por eso cambiasteis la ruta.

Miró a Jane con algo parecido a la admiración.

—¿Dónde se encuentra él ahora? —preguntó Mohammed.

—No estamos seguros —respondió Ellis.

—Si regresa, tenemos que matarle.

—¡No! —exclamó Jane.

Ellis puso una mano en su hombro para tranquilizarla.

—¿Matarías a un hombre que ha salvado la vida de tantos de tus camaradas? —preguntó a Mohammed.

—Ha de enfrentarse con la justicia —insistió el afgano.

De pronto Jane se dio cuenta de que había supuesto en todo momento que Jean-Pierre volvería. ¿No las abandonaría a ella y a la niña?

—Si es un traidor —añadió Ellis—, y si ha logrado ponerse en contacto con los rusos, les habrá contado lo de la reunión de mañana. Lo más probable es que ataquen y maten a Masud.

—Esto no me gusta —dijo Mohammed—. Masud debe partir de inmediato. Tendremos que anular la conferencia...

—No necesariamente —puntualizó Ellis—. Piensa... Podríamos sacar provecho de este asunto.

—¿Cómo?

—De hecho —dijo Ellis—, cuanto más pienso en ello, más me gusta la idea. Esto podría resultar ser lo mejor que podía sucedernos...

12

Evacuaron el pueblo de Darg de madrugada. Los hombres de Masud fueron de casa en casa, despertando a los ocupantes con suavidad y diciéndoles que su pueblo iba a ser atacado ese mismo día por los rusos, y que debían subir del valle hacia Banda, llevándose con ellos sus posesiones más preciadas. A la salida del sol, una fila desordenada de mujeres, niños, viejos y ganado recorría el tortuoso camino que salía del pueblo, junto a la sucia carretera, y transcurría paralelo al río.

Darg tenía un aspecto diferente de Banda. En Banda las casas se hallaban agrupadas en el extremo oriental de la llanura, en el lugar donde el valle se estrechaba y el suelo era rocoso. En Darg las casas se amontonaban en un terraplén estrecho, entre el pie de la colina y la orilla del río. Había un puente justo delante de la mezquita, y los campos se hallaban al otro lado del río.

Era un buen lugar para una emboscada.

Masud había trazado el plan durante la noche, y Mohammed y Alishan hacían los preparativos. Se movían con silenciosa eficiencia: Mohammed alto, guapo y grácil; Alishan bajo y de aspecto siniestro, ambos dando instrucciones en voz baja, imitando a su líder, que hablaba con voz moderada.

Mientras depositaba sus cargas, Ellis se preguntó si

los rusos irían. Jean-Pierre no había aparecido, de modo que quizá habría conseguido ponerse en contacto con sus amos (en ese caso, resultaba casi inconcebible que resistieran la tentación de matar o capturar a Masud). Pero todo era circunstancial. Si no aparecían, Ellis quedaría en mal lugar, como un idiota que sería el causante de que Masud elaborase una complicada trampa para una víctima inexistente. Los guerrilleros no pactarían con un estúpido. Pero si los rusos atacan y la emboscada da resultado, pensó Ellis, el aumento de mi prestigio y el de Masud sería suficiente para que el trato llegase a buen fin.

Intentaba no pensar en Jane. Cuando las había abrazado a las dos y ella le había humedecido la camisa con sus lágrimas, su pasión se había encendido de nuevo. Era como arrojar gasolina a un fuego. Ellis había deseado permanecer allí para siempre, sintiendo los estrechos hombros de Jane estremeciéndose bajo su brazo y su cabeza apoyada en el pecho. Pobre Jane. Era tan honesta, y sus hombres tan traicioneros…

Arrastró el cable detonador por el río y lo sacó a la otra orilla, colocándolo en posición correcta en una pequeña casucha de madera situada a unos doscientos metros de distancia de la mezquita, río arriba. Utilizó los alicates para sujetar una cápsula detonadora al cable, y después acabó la instalación con un mecanismo simple de anillo tirador para disparar, procedente del ejército.

Aprobaba el plan de Masud. Ellis había dado lecciones de emboscada y contraemboscada en Fort Bragg durante un año, entre sus dos viajes a Asia, y hubiera concedido a Masud una nota de 9 sobre 10. El punto que faltaba para la calificación más alta se debía a la ausencia de una ruta de escape para sus tropas en caso de que la lucha les fuese adversa. Masud, por supuesto, no consideraba que eso fuese un error.

A las nueve de la mañana todo estaba dispuesto, y los guerrilleros prepararon el desayuno. Incluso aquello formaba parte de la emboscada: todos podían ocupar su posición en pocos minutos, quizá en segundos, para que, visto desde el aire, el pueblo pareciera abandonado, como si sus habitantes hubieran huido para ocultarse de los helicópteros, dejando tras ellos sus cazuelas, alfombras y cocinas. De esta forma el comandante de las fuerzas rusas no tendría motivo alguno para sospechar de una trampa.

Ellis comió un poco de pan y bebió algunas tazas de té verde. Después se acomodó, mientras el sol se alzaba por encima del valle. Siempre había esperas largas. Recordó las de Asia. En aquellos días, él solía consumir droga –marihuana, *speed* o cocaína–, y la espera casi no parecía importar, porque él la disfrutaba. Era extraño cómo había perdido el interés en las drogas después de la guerra, se dijo.

Ellis esperaba el ataque por la tarde, o al alba del día siguiente. Si él fuese el comandante ruso, pensaría que los líderes rebeldes se habían reunido el día anterior y que partirían esa misma mañana. Así pues, atacaría con la demora suficiente para atrapar a cualquier rezagado, pero sin retrasarse demasiado para no correr el riesgo de que algunos ya se hubieran marchado.

Casi a media mañana llegaron las armas pesadas, un par de ametralladoras antiaéreas Dashokas de 12,7 mm, cada una transportada sobre su armazón de dos ruedas por el camino y empujada por un guerrillero. Les seguía un asno, cargado con cajas de balas perforadoras chinas 5-0.

Masud anunció que una de las ametralladoras sería para Yussuf, el cantante, quien, según los rumores que corrían por el pueblo, se casaría con la amiga de Jane, Zahara; la otra sería para un guerrillero del valle de Pich, un tal Abdur, a quien Ellis no conocía. Según los rumores, Yussuf había derribado tres helicópteros con su

Kalashnikov. Ellis era algo escéptico al respecto: él había volado en helicópteros en Asia y sabía que resultaba casi imposible derribar uno de aquellos aparatos con un rifle. Sin embargo, Yussuf explicaba con una mueca que el truco consistía en colocarse por encima del blanco y disparar hacia abajo desde la falda de una montaña, táctica que no se podía utilizar en Vietnam, porque el terreno era diferente.

Aunque Yussuf disponía de un arma mucho mayor, iba a usar la misma técnica. Desmontaron las armas y después dos hombres las transportaron, una a una, por los inclinados peldaños de la ladera escarpada que dominaba el pueblo. Siguieron los armazones de apoyo y la munición.

Ellis miraba desde abajo, mientras armaban las ametralladoras. En la cima del escarpado había un rellano de tres o cuatro metros de anchura, más allá del cual la cuesta se suavizaba. Los guerrilleros instalaron las ametralladoras a unos diez metros de distancia sobre el rellano y las camuflaron.

Los pilotos de los helicópteros pronto descubrirían dónde estaban las ametralladoras, pero les resultaría muy difícil arrojarlas de allí.

Cuando todo estuvo preparado, Ellis volvió a su posición en la pequeña casucha que había junto al río. Su mente retrocedía constantemente a la década de los años sesenta. La había iniciado como escolar y terminado como soldado. Asistió a Berkeley en 1967, confiando que sabía lo que el futuro le deparaba: quería ser productor de documentales para la televisión, y puesto que se consideraba un hombre brillante y creativo, y se encontraba en California, donde cualquiera podía llegar a ser lo que quisiera si trabajaba con empeño, no había visto razón alguna para que él no pudiera lograr su ambición. Entonces se vio dominado por el poder de la flor y la paz, las marchas antiguerra y los *love-in*, los

Doors, los pantalones de campana y el LSD. De nuevo creyó que sabía lo que le deparaba el futuro: iba a cambiar el mundo. Ese sueño también fue efímero y pronto se esfumó, en esta ocasión por la impasible brutalidad del ejército y el horror drogado de Vietnam. Sumido en la nostalgia del pasado, recordó que por aquel entonces se sentía confiado y tranquilo, con la seguridad de que la vida le proporcionaría realmente los grandes cambios.

Pasó el mediodía y no hubo almuerzo, seguramente sería porque los guerrilleros no tenían comida. A Ellis le costaba acostumbrarse a la idea tan simple de que cuando no había comida nadie podía almorzar. Pensó que quizá por esa razón casi todos los guerrilleros eran fumadores empedernidos: el tabaco adormecía el apetito.

Hacía calor, incluso en la sombra. Se sentó en el umbral de la pequeña casa de madera, tratando de aprovechar la poca brisa que soplaba. Divisaba los campos, el río con su arqueado puente de argamasa y escombros, el pueblo con su mezquita y el escarpado. Muchos de los guerrilleros se encontraban en su puesto, lo que les proporcionaba protección del sol y un buen escondrijo al mismo tiempo. Casi todos se hallaban en casas cercanas al escarpado, donde a los helicópteros les resultaría difícil atacarles, aunque inevitablemente algunos ocupaban las posiciones de avanzada más vulnerables y próximas al río. La fachada de piedra tosca de la mezquita tenía tres puertas arqueadas de entrada, y debajo de cada arco había un guerrillero sentado con las piernas cruzadas. Al verlos, le recordaron centinelas dentro de sus garitas. Ellis los conocía a los tres: el que estaba en el arco más alejado era Mohammed; su hermano Kahmir estaba en medio; y en el arco más próximo, Alí Ghanim, el hombre feo con la columna vertebral torcida, que tenía catorce hijos, y al que habían herido en la llanura junto a Ellis. Los tres tenían un

Kalashnikov cruzado sobre las rodillas y un cigarrillo entre los labios. Ellis se preguntó cuál de ellos seguiría con vida al día siguiente.

El primer ensayo que había escrito en la universidad trataba de la espera antes de la batalla según Shakespeare la había presentado. Había subrayado el contraste entre dos discursos previos al combate: aquel de inspiración, en *Enrique IV*, en el cual el rey decía: «Una vez más en la brecha, queridos amigos, una vez más.» Y el soliloquio cínico de Falstaff al honor de Enrique IV. «¿Puede acaso el honor arreglar una pierna? No. ¿O un brazo? No... ¿No es el honor hábil, entonces, en cirugía? No... ¿Quién tiene habilidad? Aquel que murió el miércoles.» Ellis, de diecinueve años por aquel entonces, obtuvo la nota máxima por su trabajo (fue la primera y la última, ya que después estuvo demasiado ocupado discutiendo que Shakespeare y el curso de inglés eran «irrelevantes»).

Su reflexión fue interrumpida por una serie de voces. No entendía las palabras en dari, pero no lo necesitaba para saber que los centinelas de las colinas circundantes habían avistado los primeros helicópteros y los habían señalado a Yussuf, que se hallaba en la cima para dar la alarma. En el pueblo hubo una nerviosa agitación cuando los guerrilleros se dirigieron a sus puestos, comprobaron las armas y encendieron nuevos cigarrillos. Los tres hombres apostados bajo los arcos de la mezquita se fundieron en el oscuro interior. El pueblo, visto desde el aire, parecería abandonado, como era de esperar durante la parte más calurosa del día, cuando la mayoría de la gente descansaba.

Ellis escuchó con atención y oyó el amenazador bramido de las hélices de los helicópteros que se acercaban. Sintió que el estómago le temblaba y se dijo: Así se sentían los nativos ocultándose en la húmeda selva, cuando oían mi helicóptero que se acercaba a ellos entre las nubes. Recoges lo que sembraste, muchacho.

Quitó el seguro del mecanismo de disparo.

Los helicópteros rugían cada vez más cerca, pero aún no podía verles. Se preguntaba cuántos serían. Percibió algo de reojo y se volvió instintivamente. Observó que un guerrillero se había arrojado al río desde la otra orilla y se le acercaba, cruzando el río a nado. Cuando la figura emergió, Ellis comprobó que era el viejo Shahazai Gul, con sus numerosas cicatrices, el hermano de la comadrona. La especialidad de Shahazai eran las minas. Pasó corriendo junto a Ellis y se refugió en una casa.

Por unos minutos, el pueblo quedó en silencio y sólo se oía la vibración estremecedora de las aspas de las hélices. ¿Cuántos demonios de helicópteros nos han enviado?, se preguntó Ellis, y en aquel momento el primero se alzó por encima de la montaña, para de inmediato descender hacia el pueblo. Vaciló encima del puente como un gigantesco colibrí.

Era un Mi-24, conocido en Occidente como un Hind (los rusos llamaban Jorobados a los helicópteros, porque los voluminosos motores gemelos turbo iban instalados encima de la cabina de los pasajeros). El artillero estaba sentado delante del piloto, pero a mayor altura, como niños que jugasen a saltar el potro. Las ventanas alrededor de la cabina de vuelo parecían el ojo multifacético de un monstruoso insecto. El helicóptero disponía de tren de aterrizaje y alas cortas, achaparradas, de las que colgaban unos soportes de cohete.

¿Cómo diablos unos pocos hombres desharrapados podían luchar contra maquinaria como aquélla?

Aparecieron otros cinco Hind en rápida sucesión. Sobrevolaron el pueblo y el terreno que lo rodeaba, explorando, supuso Ellis, las posiciones del enemigo. Ésta era una precaución rutinaria: los rusos no tenían motivo alguno para esperar una fuerte resistencia, ya que creían que su ataque sería por sorpresa.

Un segundo tipo de helicóptero comenzó a aparecer, y Ellis reconoció el Mi-8, conocido como Hip. Mayor que el Hind pero menos temible, podía transportar veinte o treinta hombres, y su misión era el transporte de tropas más que el ataque. El primero vaciló por encima del pueblo, después se escoró hacia un lado y aterrizó en el campo de cebada. Le siguieron cinco más. Ciento cincuenta hombres, pensó Ellis. En cuanto los Hip se posaron, los soldados saltaron fuera y se quedaron tendidos en el suelo, apuntando con sus armas hacia el pueblo, pero sin disparar.

Para apoderarse del lugar, tenían que cruzar el río, y para cruzar el río tenían que pasar por el puente. Pero ellos lo ignoraban. Sencillamente eran precavidos, esperaban que el elemento sorpresa les permitiese dominar la situación.

Ellis temió que el pueblo pudiera parecer demasiado desierto. Un par de minutos después de que el primer helicóptero apareciera, lo normal hubiera sido ver algunas personas huyendo. Aguzó el oído, esperando el primer disparo. Ya no estaba asustado, sino concentrado en muchas cosas a la vez como para sentir miedo. Del fondo de su mente surgió un pensamiento: Siempre ocurre así cuando empieza.

Shahazai había colocado minas en el campo de cebada, recordó Ellis. ¿Por qué no había explotado ninguna todavía? Un momento después obtuvo la respuesta. Uno de los soldados se levantó, probablemente un oficial, y dio una orden. Veinte o treinta hombres se pusieron en pie y se dirigieron corriendo hacia el puente. De pronto, se produjo un estallido ensordecedor, a pesar del ruido de la hélice del helicóptero, y después otro, y otro más. El suelo parecía estallar bajo los pies de los soldados que corrían. Shahazai ha reforzado sus minas con TNT. Las nubes de polvo y cebada dorada ocultaron a los aterrorizados rusos, a todos menos a uno, que saltó por el aire y cayó con aparente lentitud, girando como si fuese un acróbata, hasta que impactó contra el suelo y permaneció allí, muerto. A medida que los ecos cesaban, se alzó otro ruido: el traqueteo profundo y estremecedor que llegaba de la cima del escarpado cuando Yussuf y Abdul abrieron fuego. Los rusos se retiraron en desbandada en el momento que los guerrilleros del pueblo comenzaron a disparar sus Kalashnikov a través del río.

La sorpresa había dado una formidable ventaja inicial a los rebeldes, pero ésta no duraría para siempre. El comandante ruso reagruparía sus tropas, pero antes tenía que intentar el acercamiento al puente.

Uno de los Hip explotó en el campo de cebada, y Ellis creyó que Yussuf y Abdul lo habían acertado. Quedó impresionado: aunque el Dashoka tenía un alcance de un kilómetro y medio, y los helicópteros se hallaban a una distancia aproximada de un kilómetro, era preciso una excelente puntería para acertar a esa distancia.

Los Hind, los helicópteros de ataque jorobados, todavía estaban en el aire, volando en círculos por encima del pueblo. El comandante ruso los puso en acción. Uno de ellos descendió, volando bajo por encima del río y bombardeando el campo minado por Shahazai. Yussuf y Abdul le dispararon, pero fallaron. Las minas de Shahazai explotaron sin causar daño una después de otra. Nervioso, Ellis deseó que las minas hubieran causado más víctimas enemigas (veinte hombres más o menos entre ciento cincuenta no era mucho). El Hind se alzó de nuevo, ahuyentado por Yussuf, pero otro descendió y atacó el campo de minas. Yussuf y Abdul le dispararon sin cesar. De pronto, el aparato se inclinó, se le desprendió parte de un ala y cayó al río. ¡Buen disparo, Yussuf!, pensó Ellis. Sin embargo, el acceso al puente estaba despejado, y los rusos todavía disponían de más de un centenar de hombres y diez helicópteros. Ellis se dio cuenta, con un estremecimiento de temor, que los guerrilleros podían perder la batalla.

Con nuevos bríos, la mayoría de los rusos, unos ochenta o más, calculó Ellis, comenzaron a avanzar hacia el puente, arrastrándose por el suelo sin dejar de disparar. No pueden ser tan indisciplinados ni estar tan desanimados como aseguran los periódicos americanos, se dijo Ellis, a menos que éste sea un grupo de elite. Entonces vio que todos los soldados parecían de piel blanca. En aquellas fuerzas no había afganos. Era como en Vietnam, donde los arvinos siempre quedaban al margen de algo realmente importante.

De pronto, hubo un descanso. Los rusos desde el campo de cebada y los guerrilleros desde el pueblo intercambiaron fuego a través del río, aquéllos disparando al azar y éstos utilizando escasa munición. Ellis alzó la mirada. Los Hind que todavía estaban en el aire se dirigían hacia Yussuf y Abdul en lo alto del escarpado. El comandante ruso había identificado correctamente las pesadas ametralladoras como su blanco principal.

Mientras el Hind arremetía contra los guerrilleros que se hallaban en la cima de la colina, Ellis sintió admiración por el piloto, al verle volar en línea recta hacia su objetivo. Ellis sabía bien cuánto coraje se necesitaba para hacer eso. La nave dio la vuelta: ambos contendientes habían fallado.

Tienen las mismas posibilidades, pensó Ellis. Es fácil para Yussuf apuntar con cuidado porque está parado, mientras que la nave se encuentra en movimiento. Pero por la misma razón, él es un blanco fácil. Ellis recordó que los cohetes instalados en el ala del Hind eran disparados por el piloto, mientras que el artillero manipulaba la ametralladora instalada en el morro. Al piloto le sería difícil apuntar cuidadosamente en circunstancias tan terribles, y puesto que los Dashoka tienen un alcance superior al de los cuatro cañones Gatling del helicóptero, quizá Yussuf y Abdul tengan una ligera ventaja. Así lo espero, por el bien de todos nosotros.

Otro Hind descendió hacia el escarpado como un halcón cayendo sobre un conejo, pero las armas de los guerrilleros escupieron fuego y el helicóptero estalló en el aire. Ellis sintió deseos de vitorear, lo cual resultaba irónico, pues conocía muy bien el terror y el pánico, tan difíciles de controlar, de la tripulación del helicóptero bajo el fuego.

Otro Hind descendió. Esta vez los artilleros apostados en tierra dudaron unas décimas de segundo, pero acertaron en la cola del aparato, que perdió el control y chocó con la cara del escarpado. ¡Dios mío, quizá lo consigamos!, pensó Ellis. Pero el tono de las armas había cambiado y, al cabo de un momento, Ellis se dio cuenta de que una sola disparaba. La otra había sido eliminada. Ellis escudriñó entre el polvo y vio un gorro *Chitrali* que se movía allá arriba. Yussuf todavía vivía. Abdul había sido alcanzado.

Los tres Hind restantes dieron la vuelta y se prepararon de nuevo. Uno se elevó por encima de la batalla. El comandante ruso debe de ir en ese helicóptero, pensó Ellis. Los otros dos descendieron sobre Yussuf en un movimiento de pinza. Es una táctica inteligente, ya que Yussuf no puede disparar contra los dos al mismo tiempo. Ellis los observó mientras bajaban. Yussuf apuntó a uno y el otro descendió aún más. Ellis advirtió que los rusos volaban con las puertas abiertas, tal como hacían los americanos en Vietnam.

Los Hind atacaron de pronto. Uno se dirigió hacia Yussuf y se desvió, alejándose, pero recibió un impacto directo y estalló, envuelto en llamas. El segundo volvió a atacar, lanzando los cohetes y disparando las ametralladoras. Ellis pensó que Yussuf no tendría ninguna oportunidad, pero de pronto el segundo Hind pareció vacilar en el aire. ¿Le habría acertado? El aparato cayó en picado unos seis o siete metros («Cuando el motor se corta –les había dicho el instructor de vuelo– vuestro helicóptero se deslizará como un gran piano»), y se aplastó en el reborde, a pocos metros de Yussuf. Sin embargo, el motor pareció resucitar y, ante la sorpresa de Ellis, comenzó a alzarse. Es más duro que un maldito buey, pensó. Los helicópteros han mejorado en los últimos diez años. El guerrillero no había dejado de disparar, pero de pronto se interrumpió. Ellis vio el motivo y su corazón desfalleció. Un Dashoka cayó dando tumbos por encima del rellano del escarpado, envuelto en un camuflaje de arbustos y ramas. De inmediato le siguió un bulto fláccido. Era Yussuf. Al caer por el escarpado rebotó en un saliente áspero a medio camino, y su gorro *Chitrali* se desprendió de su cabeza. Un momento después, desapareció de la vista de Ellis. Casi había ganado la batalla él solo. No había medalla para Yussuf, pero su historia se contaría alrededor del fuego de los campamentos en las frías montañas de Afganistán durante un centenar de años.

Los rusos habían perdido cuatro de sus seis Hind, un Hip y alrededor de veinticinco hombres, pero los guerrilleros habían perdido sus dos armas pesadas y se hallaban indefensos cuando los dos Hind restantes comenzaron a arremeter contra el pueblo. Ellis entró en la destartalada casa. El ataque de los helicópteros era una maniobra de distracción. Al cabo de un par de minutos, como obedeciendo a una señal, los rusos que estaban en el campo de cebada se alzaron del suelo y corrieron hacia el puente.

Ahora se decide, pensó Ellis. Éste es el final, de una u otra manera.

Los guerrilleros del pueblo abrieron fuego contra las tropas atacantes, pero estaban ocultos por el abundante polvo y cayeron pocos soldados. En aquel momento casi todos los rusos se hallaban en pie, ochenta o noventa hombres disparando a ciegas desde el otro lado del río mientras corrían. Gritaban con entusiasmo, animados por la débil defensa. El griterío de los guerrilleros se suavizó cuando los rusos llegaron al puente y cayeron algunos más, pero no los suficientes como para detener el ataque. Segundos después, los primeros soldados habían cruzado el río y estaban buscando protección entre las casas del pueblo.

Unos sesenta hombres se encontraban sobre el puente, o cerca de él, cuando Ellis tiró de la palanca del mecanismo disparador.

Las viejas piedras del puente volaron por los aires como un volcán en erupción.

Ellis había instalado sus cargas para matar, no para una demolición, y la explosión esparció fragmentos mortales de escombros, como el estallido de una gigantesca ametralladora, matando a todos los hombres del puente y a muchos otros que estaban todavía en el campo de cebada. Ellis entró en la casa cuando los escombros comenzaron a caer sobre el pueblo. Al cesar, volvió a salir.

Allí donde había estado el puente, sólo quedaban un montón de piedras y cuerpos inertes, en una mezcla siniestra. Parte de la mezquita y dos casas del pueblo también habían sido derrumbadas. Y los rusos estaban en plena huida.

Mientras Ellis miraba, una veintena de hombres todavía vivos se arrastró hacia las puertas abiertas de los Hip. Ellis no les culpó. Si permanecían en el campo de cebada, sin protección alguna, serían barridos poco a poco por los guerrilleros, que se encontraban bien situados en el pueblo, y si intentaban cruzar el río, quizá fueran cazados en el agua como peces en un barril.

Pocos segundos después, los tres Hip supervivientes se elevaron del campo para reunirse con los dos

Hind que permanecían en el aire, y a continuación, sin un disparo de despedida, los helicópteros se alejaron sobrevolando la cumbre del escarpado.

Cuando la vibración de sus rotores se desvaneció, Ellis escuchó otro ruido. Al cabo de un momento, se dio cuenta de que era el griterío triunfal de los hombres. Hemos ganado. ¡Demonios, hemos ganado! Y también comenzó a gritar.

13

−¿Y adónde han ido los guerrilleros ahora? −preguntó Jane.

−Se han esparcido −replicó Ellis−. Ésa es la táctica de Masud. Se desvanece en las montañas antes de que los rusos puedan recuperarse. Quizá los rusos vuelvan con refuerzos, incluso ahora podrían estar en Darg, pero no encontrarán a nadie contra quien luchar. Los guerrilleros se han marchado, todos menos estos pocos.

Siete hombres heridos se encontraban en la enfermería de Jane. Ninguno de ellos moriría. Doce más habían sido tratados de heridas menores y se les había enviado a proseguir su camino. Sólo habían muerto dos hombres en la batalla, y, por un triste golpe de infortunio, uno de ellos era Yussuf. Zahara estaría otra vez de luto y, de nuevo, por culpa de Jean-Pierre.

Jane se sentía abatida a pesar de la euforia de Ellis. Debo dejar de obsesionarme. Jean-Pierre se ha marchado y no volverá. Lamentarse no sirve de nada. Tengo que pensar positivamente y prestar interés a las vidas de las otras personas.

−¿Y qué hay de tu conferencia? −le preguntó a Ellis−. Si los guerrilleros se han marchado…

−Todos estuvieron de acuerdo −la interrumpió−. Se sentían tan eufóricos después del éxito de la emboscada, que con sumo gusto aceptaron cualquier cosa. En cierto modo, la emboscada demostró lo que algunos de ellos dudaban: que Masud es un líder brillante y que uniéndose bajo su guía pueden alcanzar grandes victorias. También estableció mis credenciales de *macho*,[6] lo que ayudó.

–De modo que has tenido éxito.

–Sí, incluso poseo un tratado firmado por todos los líderes rebeldes y con el testimonio del *mullah*.

–Debes de sentirte orgulloso.

Jane alargó la mano y le apretó el brazo, para retirarla de inmediato. Estaba tan contenta de que él se encontrase allí acompañándola, que sentía remordimientos por haber estado furiosa con él durante tanto tiempo. No obstante, temía que pudiera darle la impresión equivocada de que aún lo amaba como antes, lo que resultaría muy embarazoso.

Se volvió, separándose de él, y echó un vistazo por la cueva. Las vendas y jeringuillas estaban en sus cajas y las drogas en su bolsa. Los guerrilleros heridos se hallaban cómodamente instalados sobre esteras o mantas. Permanecerían toda la noche allí, ya que resultaba difícil trasladarlos bajando la colina. Tenían agua y un poco de pan, y dos o tres de ellos estaban lo bastante bien para levantarse y preparar té. Mousa, el hijo de Mohammed, estaba en cuclillas en la entrada de la cueva, jugando con el cuchillo que su padre le había dado. Se quedaría con los heridos, y en el caso improbable de que uno de ellos necesitara cuidados médicos durante la noche, el chico bajaría corriendo la colina y avisaría a Jane.

Todo estaba en orden. Ella les deseó buenas noches, dio unos golpecitos a Mousa en la cabeza y salió. Jane sintió un poco de frío al contacto con la brisa de la tar-

6. En español en el original. (*N. de la T.*)

de. Era el primer signo de que el verano terminaba. Alzó la mirada hacia la lejana cumbre del Hindu Kush, desde donde se acercaría el invierno. Los picos nevados se veían rosados con el reflejo del sol poniente. Era un hermoso país, aunque fácil de olvidar, sobre todo en aquellos días. Me alegro de haber podido verlo, pensó Jane, aunque esté impaciente por regresar a casa.

Bajó por la ladera con Ellis a su lado. De vez en cuando, lo miraba. El sol confería un tono bronceado y nudoso a su rostro. Jane se dio cuenta de que lo más probable sería que Ellis no hubiese dormido mucho aquella noche.

—Pareces cansado —comentó.

—Hacía mucho tiempo que no participaba en una batalla —replicó él—. La paz te hace blando.

Lo dijo con tono casual. Por lo menos no se complacía en la matanza, como hacían los afganos. Ellis le había contado el simple hecho de que había volado el puente en Darg, pero uno de los guerrilleros heridos le había relatado todos los detalles, explicándole cómo el acierto en el momento de la explosión había hecho decantar la suerte de la batalla y le describió la matanza gráficamente.

Abajo, en el pueblo de Banda, se respiraba un aire de celebración. Los hombres y las mujeres hablaban animadamente en grupos, en vez de retirarse a sus casas. Los niños practicaban ruidosos juegos de guerra, tendiendo emboscadas a rusos imaginarios en imitación de sus hermanos mayores. En alguna parte, un hombre cantaba acompañándose de un timbal. De pronto, la perspectiva de pasar la noche sola se le hizo insoportable y Jane dijo:

—Pasa y toma té conmigo, si no te importa que amamante a Chantal.

—Encantado —aceptó él.

El bebé estaba llorando cuando entraron en la casa,

y el cuerpo de Jane respondió como siempre: uno de sus pechos comenzó a derramarse.

–Siéntate y Fara te traerá un poco de té –se apresuró a decir.

Entró corriendo en la otra habitación antes de que Ellis viera la embarazosa mancha en su camisa.

Desabrochó los botones con rapidez y cogió a la niña. Tras la inquietud inicial de la niña mientras buscaba el pezón, comenzó a chupar, dolorosamente fuerte al principio y después con mayor suavidad. Jane se sentía violenta ante la idea de volver a la otra habitación. No seas tonta, se dijo. Tú se lo has pedido y él ha aceptado. Además, en otro tiempo pasaste casi todas las noches en su cama... En cualquier caso, un ligero rubor asomó a su rostro cuando cruzó la puerta.

Ellis estaba mirando los mapas de Jean-Pierre.

–Fue muy inteligente –dijo–. Conocía todas las rutas porque Mohammed siempre utilizaba sus mapas.

Alzó los ojos para mirar a Jane y advirtió su expresión.

–Pero no hablemos de eso –repuso enseguida–. ¿Qué piensas hacer ahora?

Jane se sentó en un cojín, apoyando la espalda contra la pared, su posición favorita para amamantar a Chantal. Ellis no pareció violento por la exhibición de su pecho desnudo, y ella comenzó a relajarse.

–Tengo que esperar –respondió–. Tan pronto como la ruta al Pakistán esté abierta y los convoyes comiencen de nuevo, volveré a casa. ¿Y tú qué harás?

–Lo mismo. Mi trabajo ha terminado aquí. El acuerdo tendrá que ser supervisado, por supuesto, pero la agencia tiene gente en Pakistán que puede hacerlo.

Fara les llevó el té. Jane se preguntó cuál sería el próximo trabajo de Ellis: tramar un golpe en Nicaragua, extorsionar a un diplomático soviético en Washington, o quizá asesinar a un comunista africano. Cuando eran amantes, le había preguntado sobre su estancia en Vietnam y Ellis había respondido que todo el mundo esperaba que él evitara la incorporación a filas, pero como era un hijo de perra contradictorio, hizo lo contrario. Aunque no estaba segura de creerle, eso no explicaba por qué había permanecido en esa violenta línea de trabajo incluso después de dejar el ejército.

–¿Qué harás cuando regreses a casa? –preguntó–. ¿Volver a investigar alguna forma de asesinar a Castro?

–Se supone que la agencia no comete asesinatos –repuso.

–Pero lo hace.

–Hay un elemento lunático que ensucia nuestro nombre. Por desgracia, los presidentes no pueden resistir la tentación de jugar a espías, lo cual anima a la facción violenta.

–¿Por qué no les das la espalda y te unes a la especie humana?

–Verás, Estados Unidos está lleno de gente que cree que otros países como el suyo tienen derecho a ser libres, pero son de la clase de personas que dan la espalda y se unen a la especie humana. En consecuencia, la agencia emplea demasiados psicópatas, pero pocos ciudadanos decentes y compasivos. Cuando la agencia derroca un gobierno extranjero por deseo de un presidente, toda es agente se pregunta cómo es posible que ocurra una cosa semejante. La respuesta es obvia: porque ellos lo permiten. Mi país es una democracia, de modo que nadie tiene la culpa, salvo yo, cuando las cosas van mal; y si las cosas han de arreglarse, yo tengo que hacerlo, porque es mi responsabilidad.

Jane no estaba convencida.

–¿Dirías que la manera de reformar el KGB sería uniéndote a él?

–No, porque en última instancia el KGB no está controlado por el pueblo. Pero la agencia sí.

—El control no es tan sencillo —objetó Jane—. La CIA miente al pueblo. Tú no puedes controlarlos si no sabes lo que están haciendo.

—Pero al final, es nuestra agencia y nuestra responsabilidad.

—Podrías trabajar para abolirla en vez de unirte a ella.

—Necesitamos una agencia central de inteligencia. Vivimos en un mundo hostil y nos es imprescindible poseer información sobre nuestros enemigos.

Jane suspiró y dijo:

—Mira de qué nos sirve. Estás planeando enviar más armas a Masud para que él pueda matar más gente con mayor rapidez. Y eso es lo que vosotros acabáis haciendo siempre.

—No es sólo para que él pueda matar más gente —protestó Ellis—. Los afganos están luchando por su libertad... y lo están haciendo contra un puñado de asesinos...

—Todos luchan por su libertad —le interrumpió Jane—. La OLP, los exiliados cubanos, la Weathermen, el IRA, los blancos de Sudáfrica, y el Ejército Libre de Gales.

—Algunos tienen razón y otros no.

—¿Y la CIA es capaz de distinguir la diferencia?

—Debería...

—Pero no es así. ¿Por qué libertad está luchando Masud?

—Por la libertad de todos los afganos.

—Y un cuerno —repuso Jane—. Masud es un musulmán fundamentalista, y si alguna vez llega al poder, lo primero que hará será oprimir a las mujeres. Nunca les concederá el voto. Él desearía arrebatarles los pocos derechos que tienen. ¿Y cómo crees que tratará a sus oponentes, dado que su héroe político es el Ayatollah Jomeini? ¿Tendrán los científicos y los maestros libertad de cátedra? ¿Permitirá que los homosexuales puedan expresarse libremente? ¿Qué les sucederá a hindúes, budistas, ateos y Hermanos en Jesucristo de Plymouth?

—¿Crees de verdad que el régimen de Masud sería peor que el soviético? —preguntó Ellis.

Jane guardó silencio un momento y luego respondió:

—No lo sé. Lo único que parece cierto es que el régimen de Masud será una tiranía afgana en vez de una tiranía rusa; y que no merece la pena matar a la gente para cambiar a un dictador local por un dictador extranjero.

—Los afganos creen que sí la merece.

—A la mayoría de ellos no se les ha preguntado.

—Yo creo que resulta obvio. Sin embargo, no suelo hacer esta clase de trabajo. Por lo general, me dedico a algo parecido a una labor de detective.

Eso era algo por lo que Jane había sentido curiosidad durante un año.

—¿Cuál era tu misión en París?

—¿Cuando espié a tus amigos? —Ellis sonrió con timidez e inquirió—: ¿No te lo dijo Jean-Pierre?

—Me dijo que no lo sabía.

—Puede ser. Yo perseguía terroristas.

—¿Entre nuestros amigos?

—Es donde suelen encontrarse, entre los disidentes, los que han abandonado la lucha y los criminales.

—¿Era Rahmi Coskum un terrorista? —Según Jean-Pierre, Rahmi había sido arrestado por culpa de Ellis.

—Sí. Era responsable del bombardeo de las Líneas Aéreas turcas en la avenida Félix Faure.

—¿Rahmi? ¿Cómo lo sabes?

—Él me lo dijo. Cuando le hice arrestar, estaba planeando otro bombardeo.

—¿También te lo contó él?

—Me pidió que le ayudara a construir la bomba.

—¡Dios mío!

El atractivo Rahmi, de ojos ardientes y odio apasionado hacia el gobierno de su arruinado país...

–¿Te acuerdas de Pepe Gozzi?

Jane frunció el entrecejo.

–¿Te refieres a aquel tipo corso y simpático que tenía un Rolls-Royce?

–Sí. Suministraba armas y explosivos a cualquier chiflado de París. Habría vendido a cualquiera que pudiera pagarle el precio que él pedía, pero se especializaba en clientes *políticos*.

Jane estaba asombrada. Conocía la mala fama de Pepe, pero suponía que se debía al hecho de ser rico y corso, y que como mucho estaría envuelto en algún delito común de contrabando o tráfico de drogas. ¡Pensar que vendía armas a los asesinos! Jane tenía la sensación de que había estado viviendo en un sueño, mientras la intriga y la violencia proseguían en el mundo real que la rodeaba. ¿Soy tan ingenua?, se preguntó.

Ellis prosiguió:

–También atrapé a un ruso que había financiado un montón de asesinatos y secuestros. Pepe fue interrogado y denunció a la mitad de los terroristas que había en Europa.

–Eso fue lo que estuviste haciendo todo el tiempo en que fuimos amantes –dijo Jane con aire pensativo.

Recordaba las fiestas, los conciertos de rock, las manifestaciones, las discusiones políticas en los cafés, las interminables botellas de vino *rouge ordinaire* en los estudios de los áticos... Desde su ruptura, ella suponía que Ellis había estado escribiendo informes breves sobre los radicales, señalando al más influyente, al fanático, al que poseía dinero, al que atraía especialmente a los estudiantes, al que tenía conexiones con el Partido Comunista y así sucesivamente.

Le resultaba difícil aceptar la idea de que Ellis había perseguido criminales auténticos y que, además, había encontrado algunos entre sus amigos comunes.

–No puedo creerlo –repuso con asombro.

—Fue un gran triunfo, si quieres saber la verdad.

—Quizá no debieras contármelo.

—Así es. Pero cuando te he mentido en el pasado, lo he lamentado tanto... que trato desesperadamente de olvidarlo, pero...

Jane se sintió incómoda y no supo qué responder. Ofreció a Chantal su pecho izquierdo y después, al ver que Ellis la miraba, se cubrió el derecho con la camisa. La conversación iba tomando un molesto cariz personal pero sentía una viva curiosidad por saber más. Ellis intentaba justificarse consigo mismo, aunque ella no estaba de acuerdo con su razonamiento, pero a pesar de ello, se preguntaba sobre sus motivos. Si no lo descubro ahora, nunca tendré otra oportunidad.

—No comprendo qué razones hacen que un hombre dedique su vida a esta clase de trabajo.

Ellis desvió la mirada.

—Soy muy bueno en esto, vale la pena hacerlo y la paga es interesante.

—Y además supongo que te gustó el plan de jubilación y el menú de la cantina. Está bien, no tienes que explicármelo si no lo deseas.

Ellis la miró con acritud, como si intentase leer sus pensamientos.

—Deseo hacerlo —dijo—. ¿Estás segura de querer oírlo?

—Sí, por favor.

—Tiene que ver con la guerra —comenzó Ellis.

De pronto, Jane supo que él se disponía a hablar de algo que nunca había contado a nadie.

—Una de las cosas más terribles de volar sobre Vietnam era la dificultad que había de distinguir a los del Vietcong de los civiles. Cada vez que prestábamos ayuda a las tropas de tierra, minábamos un camino de la jungla o declarábamos una zona libre de fuego, sabíamos que íbamos a matar más mujeres, niños y ancianos que guerrilleros. Solíamos argumentar que habían estado ayudando al enemigo, pero, ¿quién lo sabía? ¿Y a quién le importaba? Simplemente los matábamos. Nosotros éramos los terroristas entonces. Y no estoy hablando de casos aislados, aunque también vi atrocidades, sino de nuestras tácticas regulares de todos los días. No había justificación, ¿sabes? Eso era lo espantoso. Actuamos de aquella forma tan terrible por una causa que resultó ser un cúmulo de mentiras, corrupción y autoengaño. Estábamos en el lado equivocado.

Tenía el rostro tenso, como si le doliera alguna herida interna. A la luz de la inquieta llama de la lámpara, su piel era sombría y amarillenta.

–No hay excusa, ya lo ves, ni perdón...

Con dulzura, Jane le animó a seguir hablando.

–Entonces, ¿por qué te quedaste? –preguntó–. ¿Por qué te prestaste voluntario para una segunda vuelta?

–Porque no veía las cosas tan claras como ahora. Además, luchaba por mi país y uno no puede abandonar una guerra. Yo era un buen oficial y, si me hubiera ido a casa, podría haberme sustituido un imbécil y mis hombres habrían muerto. Por supuesto, ninguna de estas razones era lo bastante buena, de modo que en alguna ocasión me pregunté: ¿Qué vas a hacer al respecto? Yo quería... aunque entonces no me di cuenta, pero lo que en realidad deseaba era redimirme. En los años sesenta lo hubiéramos llamado un viaje de culpabilidad.

–Sí, pero...

Ellis parecía tan vulnerable, que a Jane le resultaba difícil hacerle preguntas directas, pero él necesitaba hablar y ella quería escucharle, de modo que insistió.

–Pero ¿por qué?

–Yo estaba en inteligencia y me ofrecieron la oportunidad de continuar en esa misma línea de trabajo a mi vuelta al mundo civilizado. Me dijeron que podría trabajar encubierto porque ya estaba familiarizado con ese ambiente. Conocían mi pasado radical, ¿sabes? Pensé que atrapando terroristas quizá podría deshacer algunos de los errores que había cometido. De modo que me convertí en un experto antiterrorista. Parece simple cuando lo expreso en palabras, pero he tenido éxito. No soy grato a la agencia porque a veces he rechazado alguna misión, como cuando mataron al presidente de Chile. Se supone que los agentes no pueden rehusar ninguna misión, pero he sido responsable del encarcelamiento de varias personas peligrosas, y me siento orgulloso de mí mismo.

Chantal dormía. Jane la depositó en la caja que le servía de cuna.

—Supongo que debería decir que… que creo que te juzgué mal.

Ellis sonrió.

—Me alegro de oír eso.

Por un momento, Jane se sintió invadida de nostalgia al pensar en la época en que ella y Ellis eran felices y nada se interponía: ninguna agencia, ningún Jean-Pierre, ningún Afganistán. ¿Sólo había transcurrido año y medio desde entonces?

—No puedes olvidarlo, ¿verdad? —inquirió ella—. Todo lo que ha sucedido, tus mentiras, mi ira.

—No.

Ellis se hallaba sentado en el taburete mirando fijamente a Jane, mientras ella permanecía de pie delante de él. Ellis le tendió los brazos y después colocó sus manos en las caderas de Jane con un gesto que podía ser una demostración de afecto fraternal o de algo más. Entonces Chantal se despertó.

Jane se volvió para mirar a su hija, y Ellis apartó las manos. Chantal estaba despierta, agitando sus bracitos y sus piernas en el aire. Jane la cogió en brazos, y la pequeña eructó.

Jane se volvió y miró a Ellis, que se había cruzado de brazos y estaba contemplándola, sonriente. De pronto, Jane no quiso que él se marchara.

–¿Por qué no cenas conmigo? –preguntó súbitamente–. De todos modos, sólo hay pan y cuajada.

–Muy bien.

Ella le entregó a Chantal y dijo:

–Deja que avise a Fara.

Ellis se quedó con el bebé mientras Jane salió al
patio. Fara estaba calentando agua para el baño de
la niña. Jane comprobó la temperatura con el codo y la
encontró en su punto justo.

–Prepara pan para dos personas, por favor –dijo en
dari.

Fara abrió los ojos desorbitadamente, y Jane se dio
cuenta de que era chocante para ella el que una mujer
sola invitase a un hombre a cenar. Al demonio con todo
esto, se dijo, cogió el cacharro con el agua y entró en la
casa.

Ellis estaba sentado en un cojín, debajo de la lámpara de aceite, balanceando a Chantal sobre sus rodillas,
mientras le recitaba un poema en voz baja. Sus grandes
manos velludas rodeaban el cuerpecito rosado de la
niña. Ella lo miraba, gorjeando feliz, y agitando sus
rollizos pies. Jane se detuvo en la puerta, transfigurada
por la escena, y a su mente acudió un pensamiento no
deseado: Ellis hubiera debido ser el padre de Chantal.

¿Era cierto?, se preguntó mientras los contemplaba.
¿Realmente lo deseaba? Ellis acabó la rima y alzó la
mirada hacia ella, sonriendo con algo de timidez. Jane
halló la respuesta: sí lo deseaba.

Subieron la ladera de la montaña a medianoche. Jane
abría el camino y Ellis la seguía con su gran saco de
dormir debajo del brazo. Habían bañado a Chantal y
comido la frugal cena de pan y cuajada. Después Jane
amamantó de nuevo a Chantal y la puso en la cuna, que
llevaron a la azotea para que pasara allí la noche, don-

de dormiría profundamente junto a Fara, que la protegería con su vida. Ellis quería estar con Jane fuera de la casa que había compartido con otro hombre, y ella sentía lo mismo.

—Sé de un lugar al que podemos ir —comentó Jane.

Siguieron andando y, poco después, ella abandonó el sendero de la montaña y condujo a Ellis a través del terreno escarpado hasta su retiro secreto, el rellano oculto donde había tomado el sol desnuda antes de que Chantal naciera. Lo encontró con facilidad a la luz de la luna. Miró hacia abajo, al pueblo, donde los rescoldos de los fogones resplandecían en los patios y algunas lámparas parpadeaban detrás de las ventanas sin cristal. Apenas podía distinguir la forma de su casa. Dentro de pocas horas, tan pronto como el alba rompiera, podría ver los cuerpos de Chantal y Fara durmiendo en la azotea. La muchacha estaría contenta: era la primera vez que le dejaba a Chantal durante toda la noche.

Se volvió. Ellis había abierto la cremallera del saco de dormir y estaba extendiéndolo en el suelo como si fuese una manta. Jane se sintió avergonzada e incómoda. El vehemente deseo que la había abrumado en la casa, cuando vio a Ellis recitar un poema infantil a su pequeña, había desaparecido. En aquel momento sus antiguos sentimientos habían vuelto: la necesidad de tocarle, su amor por la manera de sonreír cuando estaba medio despierto, la necesidad de sentir aquellas grandes manos sobre su piel, el deseo obsesivo de verle desnudo. Unas semanas antes de que Chantal naciera, ella había perdido cualquier interés por el sexo y no había vuelto a sentirlo hasta ese momento. Pero esa sensación se había ido disipando poco a poco en las horas siguientes, mientras lo disponían todo para poder estar solos, como si fuesen un par de adolescentes intentando escapar sigilosamente de sus padres para entregarse a las caricias.

—Ven y siéntate —susurró Ellis.

Jane se sentó junto a él en el saco de dormir. Ambos bajaron la mirada hacia el pueblo oscurecido. No se tocaron. Hubo un momento de tenso silencio.

—Nadie más ha estado nunca en este lugar —comentó Jane, por decir algo.

—¿Qué hacías aquí?

—Oh, solía tenderme al sol y no pensar en nada —respondió y luego pensó: Bueno, qué demonios—. No —añadió—, eso no es del todo cierto. Solía masturbarme.

Ellis se echó a reír, y después la abrazó con fuerza.

—Estoy contento de que sigas hablando sin remilgos —dijo.

Ella se volvió y le miró. Ellis la besó con suavidad en los labios. Le gusto por mis defectos, pensó Jane, mi falta de tacto, mi mal genio, mi hablar rudo, mi cabezonería y mi tenacidad.

—Tú no quieres cambiarme —musitó.

—Oh, Jane, cuánto te he echado de menos… —Ellis cerró los ojos y habló en un murmullo—. Casi todo el tiempo ni siquiera me daba cuenta de ello.

Se tumbó, atrayéndola hacia sí, de modo que ella acabó encima de él. Jane le besó en la cara. El sentimiento de torpeza se desvanecía por momentos. Jane pensó que la última vez que le había besado no llevaba barba. Notó que sus manos se movían sobre su cuerpo: estaba desabrochándole la camisa. Jane no llevaba sostén, porque no disponía de ninguno lo bastante grande, y sintió sus senos súbitamente desnudos. Ella deslizó su mano por debajo de la camisa de Ellis y acarició el largo vello que le rodeaba el pezón. Casi había olvidado la sensación de tocar a un hombre. Durante meses, su vida había estado llena de las voces suaves y los rostros lisos de las mujeres y los niños, pero de pronto, deseaba sentir piel áspera, caderas duras y mejillas rasposas. Entrelazó la barba de Ellis con sus dedos y le abrió la boca con la lengua. Las manos de Ellis encontraron sus pechos hinchados e hicieron que ella sintiese un repentino placer. Entonces supo lo que iba a suceder, pero no tenía poder alguno para detenerlo, pues aunque se separara bruscamente de él, sentía cómo sus pezones derramaban su cálida leche en las manos de Ellis, y se ruborizó de vergüenza.

–Oh, Dios mío –dijo–, lo siento. Qué desagradable, no he podido evitarlo…

Ellis la interrumpió colocando un dedo sobre sus labios.

–Está bien –murmuró.

Le acariciaba los senos mientras hablaba, y no tardaron en quedar mojados de leche.

–Esto es normal. Sucede siempre. Es algo sexual.

No puede ser, pensó Jane. Él cambió de postura y bajó la cara hacia sus senos, comenzó a besarlos y acariciarlos al mismo tiempo, y Jane se relajó para disfrutar de aquella sensación. De pronto, sintió otra oleada de placer cuando gotearon de nuevo, pero esta vez a ella no le importó. Ellis profirió un gemido y rozó con su lengua los tiernos pezones. Jane pensó que si le lamía los pechos ella alcanzaría el orgasmo.

Ellis pareció leerle la mente. Rodeó con los labios uno de los pezones, se lo metió en la boca y succionó mientras sostenía el otro entre los dedos pulgar e índice, presionándolo gentil y rítmicamente. Sin poder impedirlo, Jane cedió a aquella sensación. Y mientras sus pechos chorreaban leche, uno en la mano y el otro dentro de la boca de Ellis, la sensación resultó tan deliciosa que se estremeció de placer.

–¡Oh, Dios…! –gimió hasta perder el control y caer encima de él.

Por un momento, no hubo nada doloroso en la mente de Jane, sólo sensaciones: el aliento cálido de Ellis sobre sus senos, la barba que le rascaba la piel, el aire fresco de la noche rozándole las mejillas ardientes, el saco de dormir de nailon sobre el duro suelo.

—Me estoy ahogando —dijo Ellis con voz queda.

Ella se apartó e inquirió:

—¿Somos raros? —preguntó ella.

—Sí.

Ella se echó a reír.

—¿Habías hecho esto alguna vez?

—Sí —respondió, tras un instante de vacilación.

—¿Qué…?

Todavía se sentía algo avergonzada.

—¿Qué sabor tiene?

—Caliente y dulce, como la leche condensada. ¿Te has corrido?

—¿No lo has notado?

—No estaba seguro. A veces es difícil saberlo con las chicas.

Jane lo besó y susurró:

—Ha sido extraño, pero sin duda me he corrido. ¿Y tú?

—Bueno… casi.

—¿De verdad?

Jane deslizó su mano por el cuerpo de Ellis. Éste llevaba una camisa de algodón fino, parecida a la chaqueta del pijama y los pantalones que los afganos usaban. Jane notó sus costillas y los huesos de su cadera. Ellis había perdido la suave grasa propia de casi todos los occidentales, excepto los más delgados. Su mano palpó el sexo de Ellis, erecto dentro de sus pantalones. Jane lo agarró y susurró:

—Es agradable.

—También para mí.

Jane deseaba darle tanto placer como él le había proporcionado a ella. Se sentó, erguida, desató la cinta de los pantalones y le sacó el pene. Acariciándolo con suavidad, se inclinó y lo besó en la punta. Después preguntó maliciosamente:

–¿Cuántas chicas has tenido después de mí?

–Sigue con lo que estás haciendo y te lo diré.

–Muy bien.

Reanudó sus caricias y besos. Ellis permanecía en silencio.

–Bueno –insistió al cabo de un minuto–, ¿cuántas?

–Espera, todavía estoy contando.

–¡Bastardo! –dijo ella, y le mordió suavemente el pene.

–¡Uf! No muchas, en realidad... ¡Lo juro!

–¿Qué haces cuando no tienes una chica?

–Te doy tres oportunidades para adivinarlo.

Ella no quería ser esquivada.

–¿Lo haces con la mano?

–Oh, vamos, miss Janey, soy un descarado.

–Lo haces –añadió ella con acento triunfal–. ¿Y en qué piensas mientras te masturbas?

–¿Me creerías si digo que en la princesa Diana?

–No.

–Ahora soy yo quien se avergüenza.

–Cuéntame la verdad –insistió Jane, presa de curiosidad.

–Pam Ewing.

–¿Quién diablos es ésa?

–Has estado fuera de la circulación. Es la mujer de Bobby Ewing en *Dallas*.

Atónita, Jane recordó la serie de televisión y la actriz.

–No puedes hablar en serio.

–Tú me has pedido la verdad.

–¡Pero si está hecha de plástico!

–Estamos hablando de nuestras fantasías.

–¿No puedes fantasear con una mujer liberada?

–La fantasía no es el lugar apropiado para la política.

–Estoy asombrada –dijo vacilante–. ¿Cómo lo haces?

–¿El qué?

–Lo que haces… con tu mano.

–Es algo parecido a lo que tú estás haciendo, pero con más energía.

–Demuéstramelo.

–Ya no me siento avergonzado –repuso Ellis–, sino humillado.

–Por favor. Por favor, enséñamelo. Siempre he deseado ver a un hombre hacer eso. Nunca he tenido el suficiente valor de pedirlo antes, y si tú no quieres complacerme, quizá nunca sepa cómo es.

Jane le cogió la mano y la llevó al propio sexo de Ellis.

Al cabo de un momento, él comenzó a mover su mano con lentitud. Al principio pareció dudar, después suspiró, cerró los ojos y comenzó a agitarla.

–¡Lo haces con tanta brusquedad! –exclamó ella.

Ellis se detuvo.

–No puedo… a menos que tú colabores.

–Trato hecho –aceptó ella con voz ansiosa.

Rápidamente se quitó los pantalones y las bragas, se arrodilló junto a él y también comenzó a acariciarse.

–Acércate más –pidió Ellis. Su voz sonó algo ronca–. No puedo verte.

Ellis se hallaba tumbado de espaldas. Jane se arrodilló junto a la cabeza. La luz de la luna hacía que le brillasen los pezones y el vello púbico. Ellis comenzó a frotarse el pene de nuevo, pero esta vez más deprisa, sin dejar de contemplar la mano de ella, como si estuviera transfigurado con la escena.

–Oh, Jane –susurró.

Jane sintió los familiares dardos del placer esparciéndose por la punta de sus dedos. Vio que los labios de Ellis temblaban, siguiendo el ritmo de su propia mano.

–Quiero que tengas un orgasmo –le dijo ella–. Quiero ver cómo eyaculas.

Parte de ella estaba asombrada ante su propio comportamiento, pero la excitación y el deseo eran demasiado intensos para reprimirla.

Él gruñó. Jane le miró a la cara: tenía la boca abierta y respiraba pesadamente. La vista de Ellis permanecía fija en su vagina. Ella se acariciaba el clítoris con el dedo.

–Métete el dedo dentro –suspiró él–. Quiero ver cómo te metes el dedo.

Era algo que ella no solía hacer. Sin embargo, introdujo la punta del dedo. El tacto resultó ser suave y resbaladizo. Finalmente lo introdujo por completo. Ellis dio un respingo y, al verle tan excitado, Jane también se excitó. Dirigió la mirada al miembro de Ellis. Las caderas de él se agitaban más aprisa mientras se masturbaba. Ella se metía y sacaba el dedo con un placer creciente. De pronto, Ellis arqueó la espalda, alzando la pelvis y jadeando, mientras una descarga de semen brotaba de su falo.

–¡Oh, Dios mío! –exclamó Jane instintivamente, contemplando fascinada el intenso y excitante orgasmo de Ellis. Y cn cuanto éste se dejó caer, ella se sintió agitada por espasmos de placer provocados por los rápidos movimientos de su dedo dentro de la vagina, hasta que también quedó exhausta.

Jane se tumbó al lado de Ellis sobre el saco de dormir apoyando la cabeza en la cadera de él. Su verga seguía erecta. Ella se inclinó débilmente y la besó. Notó el sabor salado del semen en su extremo, y advirtió que Ellis frotaba su cara entre las caderas de ella como respuesta.

Durante un rato, permanecieron en silencio. El único sonido fue el de su respiración y el del tumultuoso río en el extremo más lejano del valle. Jane miraba las estrellas. Brillaban mucho en un cielo despejado de nubes. El aire nocturno estaba refrescando. Tendremos que meternos dentro de este saco de dormir, pensó ella. Estaba ilusionada con la idea de dormir de nuevo con Ellis.

–¿Somos raros? –preguntó Ellis, imitándola.

–Oh, sí –respondió ella.

El pene de Ellis yacía, fláccido, sobre su vientre. Ella cosquilleó el pelo rojizo de su entrepierna con la punta de los dedos. Ya casi había olvidado lo que era hacer el amor con Ellis. Resultaba tan distinto de Jean-Pierre... A éste le gustaban los preparativos minuciosos: baño de aceite, perfume, luz de velas, vino, violines... Era un amante fastidioso. Siempre le pedía que se lavase antes de hacer el amor y él corría al cuarto de baño después de hacerlo. Nunca la tocaba mientras ella tenía la menstruación, y sin duda, no hubiera lamido sus pechos y tragado la leche como Ellis había hecho. Ellis sería capaz de hacer cualquier cosa, se dijo Jane, y cuanto más antihigiénica, tanto mejor. Sonrió maliciosamente en la oscuridad. Se le ocurrió pensar que nunca había estado completamente convencida de que a Jean-Pierre le gustase verdaderamente el *cunnilingus*, aunque era muy bueno haciéndolo. Con Ellis no había duda.

Aquel pensamiento volvió a despertar su deseo. Separó las piernas, invitándole. Sintió que él la besaba, rozando con sus labios el vello ensortijado, y después su lengua penetró de forma lasciva en su vagina. Al cabo de un momento, Ellis la hizo tenderse de espaldas, se arrodilló entre sus muslos y colocó las piernas de Jane por encima de sus hombros. Ella se sentía totalmente desnuda, abierta y vulnerable y, por encima de todo, amada. La lengua de Ellis invadió su intimidad, moviéndose con lentitud. Dios mío... pensó Jane. Recuerdo cómo solía hacerlo. Tras recorrer sus nalgas, se detuvo un momento para volver a penetrar en su vagina, con deliciosos intervalos en que sus labios le rozaban el clítoris, temblando entre ellos. Al cabo de unos segundos, ella le sostuvo la cabeza sobre su clítoris y comenzó a mover las caderas indicándole, por la presión de sus dedos en las sienes, que lamiera con más fuerza o suavidad, más arriba o más abajo, más a la izquierda o a la derecha. Sintió la mano de Ellis en su vagina, empujando hasta su interior más húmedo y adivinó lo que él iba a hacer. Poco después sacó la mano y deslizó un dedo húmedo por el ano. Ella recordó cuánto se sorprendió la primera vez que se lo hizo, y con cuánta rapidez se había acostumbrado a sentir placer. Jean-Pierre nunca haría algo semejante ni en un millón de años. Mientras los músculos de su cuerpo comenzaban a tensarse para el orgasmo, Jane pensó que había echado de menos a Ellis mucho más de lo que ella misma había admitido. En realidad, la razón de su enfado durante tanto tiempo era que continuaba amándolo. Al admitirlo, un peso terrible aligeró su mente y comenzó a sentir el orgasmo, temblando como un árbol bajo una tempestad. Ellis introdujo hábilmente su lengua mientras ella sentía temblar su sexo frente a la cara de él.

Parecía que nunca acabaría. Cada vez que las sensaciones remitían, Ellis introducía más el dedo en el ano de Jane, o le lamía el clítoris, o acariciaba su vagina, y todo comenzaba de nuevo, hasta que Jane, por puro cansancio, le suplicó:

—Para, para, ya no me quedan energías, me matarás.

Él alzó la cara de su vagina y le bajó las piernas hasta el suelo.

Se inclinó sobre ella, apoyando el peso de su cuerpo sobre sus propias manos, y la besó en la boca. El olor de su sexo impregnaba la barba de Ellis. Jane estaba tendida de espaldas, demasiado cansada incluso para devolverle el beso. De pronto volvió a sentir la mano de él en su sexo, abriéndolo, y después el pene erecto internándose en él. Ha vuelto a endurecerse, pensó ella. Ha pasado tanto tiempo… ¡Oh, Dios mío, es un auténtico placer!

Ellis la embistió, lentamente al principio y después más deprisa. Jane abrió los ojos y vio que Ellis la miraba fijamente. Después él torció el cuello y miró hacia abajo, donde sus cuerpos se unían. Abrió mucho los ojos y la boca al contemplar su miembro entrando y saliendo de Jane, y ésta también deseó verlo. De pronto, Ellis la penetró hasta el fondo, y ella recordó que solía hacerlo antes del clímax. Ellis la miró profundamente a los ojos.

—Bésame mientras me corro —pidió él y bajó sus labios, que olían a sexo, hasta los de ella.

Jane le besó en la boca, saboreando su lengua. Le encantaba besarle mientras alcanzaba el orgasmo. Arqueaba la espalda, alzaba la cabeza y gemía como un animal salvaje, y sentía su miembro temblando dentro de ella.

Cuando todo terminó, Ellis bajó la cabeza hasta el hombro y movió dulcemente los labios, rozando la suave piel de su cuello, murmurando palabras que ella no podía entender. Al cabo de un par de minutos, dio un suspiro de satisfacción, la besó en la boca, se puso de rodillas y le besó los senos. Después la besó en el sexo. El cuerpo de Jane respondió de inmediato y alzó las caderas para presionar contra los labios de Ellis. Consciente de que volvía a excitarse, Ellis comenzó a lamer y, como siempre, pensar en ello mientras su semen todavía goteaba, casi la enloquecía. Un nuevo orgasmo la sorprendió, y Jane gritó el nombre de Ellis hasta que el espasmo cesó.

Él se dejó caer finalmente a su lado y, de manera instintiva, se colocaron en la postura que siempre adoptaban después de hacer el amor: el brazo de Ellis rodeándola mientras ella apoyaba la cabeza en su hombro y colocaba su cadera por encima de él. Ellis bostezó ruidosamente y Jane soltó una risita. Se tocaron letárgicamente, ella alargando la mano para juguetear con su pene fláccido; él acariciándole la vagina empapada de ella. Jane le lamió el pecho y saboreó el sudor salado de su piel. Miró su cuello. La luna ponía de relieve las arrugas y los surcos, denunciando su edad: Tiene diez años más que yo. Quizá por eso sabe joder con tanta destreza, porque tiene más experiencia.

–¿Por qué jodes tan bien? –preguntó.

Ellis no respondió, estaba dormido. De modo que ella añadió:

–Te amo, amor mío, duerme bien.

Después cerró los ojos.

Al cabo de un año en el valle, Jean-Pierre encontraba la ciudad de Kabul desconcertante y espantosa. Los edificios eran demasiado altos, los coches circulaban demasiado deprisa y había demasiada gente. Tenía que taparse los oídos cuando los convoyes de enormes camiones rusos rugían al pasar. Todo le asaltaba con el choque de lo nuevo: bloques de apartamentos, escolares de uniforme, farolas en las calles, ascensores, manteles, y el sabor del vino. Después de veinticuatro horas, todavía seguía inquieto. Resultaba irónico, ¡él era un parisino!

Se le había asignado una habitación en el alojamiento de los oficiales solteros. Le habían prometido que recibiría un apartamento en cuanto Jane llegase con Chantal. Entretanto, él se sentía como si estuviera viviendo en un hotel barato. El edificio probablemente había sido un hotel antes de que los rusos lo invadieran. Si Jane llegaba esa noche –podía hacerlo en cualquier momento–, los tres tendrían que arreglarse lo mejor posible. No puedo quejarme de esto. Después de todo, no soy ningún héroe… todavía.

Permaneció junto a la ventana, de pie, contemplando Kabul de noche. Durante un par de horas, la ciudad se había quedado sin luz, debido quizá a las contrapartidas urbanas de Masud y sus guerrilleros, pero hacía algunos minutos que había vuelto, y en el centro de la ciudad se veía un brillo débil, reflejo de las farolas. El único ruido que se oía provenía de los motores de los vehículos del ejército, camiones y tanques que recorrían rápidamente la ciudad camino de misteriosos destinos. ¿Qué sería tan urgente, a medianoche, en Kabul? Jean-Pierre había hecho el servicio militar, y pensaba que si el ejército ruso se parecía al francés, la clase de trabajo realizado en mitad de la noche sería como trasladar quinientas sillas de las barracas a un vestíbulo situado al otro lado de la ciudad, para preparar un concierto que había de tener lugar al cabo de dos semanas y que, probablemente, quedaría cancelado.

No podía oler el aire nocturno, pues su ventana estaba herméticamente cerrada. En la puerta había un sargento ruso armado con una pistola. Estaba sentado, con rostro impasible, en una silla de respaldo recto al final del corredor, junto a los lavabos, y Jean-Pierre presentía que si quería salir, quizá el sargento se lo impidiese.

¿Dónde estaría Jane? La incursión en Darg debió de haber terminado hacia la caída de la noche. Un helicóptero que fuese de Darg a Banda para recoger a Jane y a Chantal tardaría pocos minutos. El aparato se trasladaría de Banda a Kabul en menos de una hora. Pero quizá las fuerzas atacantes estaban regresando a Bagram, la base aérea próxima a la entrada del valle, en cuyo caso era posible que Jane tuviera que ir de Bagram a Kabul por carretera, acompañada sin duda por Anatoly.

Estaría tan contenta al ver a su marido, que se hallaría dispuesta a perdonarle el engaño, comprendería su punto de vista sobre Masud, y se olvidaría del pasado. Por un momento se preguntó si sería una idea ilusoria. Decidió que no. Conocía muy bien a Jane y la tenía dominada.

Y ella lo sabría. Sólo algunas personas compartirían

su secreto y comprenderían la magnitud de lo que él había conseguido: se alegraba de que Jane fuese una de ellas.

Confiaba en que Masud hubiera sido capturado, mejor que muerto. Si lo habían capturado los rusos, le juzgarían, de modo que todos los rebeldes supiesen con seguridad que estaba acabado. La muerte era casi tan buena como eso, siempre que ellos pudiesen ver el cuerpo. Si no había cadáver, o éste resultaba irreconocible, los propagandistas rebeldes de Peshawar harían declaraciones a la prensa, asegurando que Masud seguía aún con vida. Por supuesto, con el paso del tiempo sería evidente que había muerto, pero el impacto quedaría algo amortiguado. Jean-Pierre confiaba en que llevasen el cuerpo con ellos.

Oyó caminar a alguien por el pasillo. ¿Sería Anatoly, o Jane, o ambos? Abrió la puerta y vio dos soldados rusos, más bien corpulentos, y una tercera persona, un hombre más bajo con uniforme de oficial. Sin duda habían ido para llevarle junto a Anatoly y Jane. Se desilusionó. Miró al oficial, que le hizo un gesto con la mano. Los dos soldados cruzaron la puerta rudamente. Indignado, Jean-Pierre retrocedió un paso, pero antes de que pudiese hablar, el que estaba más cerca lo agarró por la camisa y le lanzó un formidable puñetazo en la cara.

Jean-Pierre soltó un alarido de dolor y miedo. El otro soldado le propinó una patada en los testículos con su pesada bota. El dolor fue horrible y Jean-Pierre cayó de rodillas, pensando que había llegado el momento más terrible de su vida.

Los dos soldados le pusieron en pie de un tirón y lo mantuvieron erguido, agarrándole cada uno de un brazo, mientras el oficial entraba. A través de un velo de lágrimas, Jean-Pierre vio un hombre joven, de baja estatura, más bien obeso, con alguna clase de deformidad que le hacía tener un lado de la cara enrojecido e hinchado, lo que le daba el aspecto de mantener una mueca permanente. Llevaba una porra en su enguantada mano.

Durante los siguientes cinco minutos, los dos soldados sostuvieron el cuerpo retorcido y tembloroso de Jean-Pierre mientras el oficial le golpeaba sin cesar con la porra de madera en la cara, los hombros, las rodillas, las espinillas, el vientre y, sobre todo, los testículos. Cada golpe estaba calculado con sumo cuidado y era ejecutado sádicamente, con una leve pausa entre el último y el siguiente golpe, para conseguir que la agonía desapareciese el tiempo justo y que Jean-Pierre temiera otro golpe un instante antes de que cayera. Cada golpe le hacía gritar de dolor, y cada pausa le hacía gritar anticipando el siguiente. Finalmente hubo una pausa más larga, y Jean-Pierre comenzó a balbucear, sin saber si podrían entenderlo o no.

–Oh, por favor, no me golpee más… Por favor, no me golpee más, señor. ¡Haré cualquier cosa, pero no me pegue más, por favor!

–¡Basta! –ordenó una voz en francés.

Jean-Pierre abrió los ojos e intentó distinguir, a través de la sangre que le caía por la cara, a su salvador. Era Anatoly.

Los dos soldados dejaron que Jean-Pierre cayera al suelo lentamente. Sentía el cuerpo como si tuviera fuego dentro. Cualquier movimiento era una agonía. Notaba cada uno de sus huesos rotos, sentía los testículos aplastados, parecía que la cara se le había hinchado una enormidad. Abrió la boca y la sangre brotó de ella. Tragó, y habló a través de sus maltrechos labios.

–¿Por… por qué han hecho esto?

–Tú sabes el porqué –respondió Anatoly.

Jean-Pierre negó lentamente con la cabeza, e intentó no hundirse más.

–He arriesgado mi vida por vosotros… Lo he dado todo… ¿Por qué?

–No has tendido una trampa –repuso Anatoly–. Ochenta y un hombres han muerto hoy por tu culpa.

La incursión debe de haber fracasado, pensó Jean-Pierre, y por algún motivo, me culpan a mí.

–No –dijo–, yo no…

–Tú esperabas estar a muchos kilómetros de distancia cuando la trampa saltase –prosiguió Anatoly–. Pero yo te he sorprendido al obligarte a subir al helicóptero y venir hasta aquí. De modo que ahora serás castigado, y tu castigo será muy doloroso y prolongado.

Se volvió para marcharse.

–¡No! –exclamó Jean-Pierre–. ¡Espera!

Anatoly se volvió.

Jean-Pierre se esforzaba por coordinar sus ideas a pesar del dolor.

–Yo he venido aquí… he arriesgado mi vida… os he dado información sobre los convoyes… Vosotros los atacasteis… hicisteis mucho más daño que la pérdida de ochenta y un hombres… ¡No es lógico, no es lógico…!

Trató de concentrar toda su fuerza en una frase coherente.

–Si hubiera sabido que era una trampa, os hubiera advertido ayer suplicando compasión.

–Entonces, ¿cómo sabían en el pueblo que iban a ser atacados? –exigió Anatoly.

–Debieron de adivinarlo…

–¿Cómo?

Jean-Pierre hurgaba en su confusa mente.

–¿Fue bombardeado Skabun?

–Creo que no.

Entonces ha sido eso, se dijo Jean-Pierre. Alguien había descubierto que no hubo bombardeo en Skabun.

–Hubierais debido bombardearlo –masculló.

—Alguien de allí es muy bueno relacionando los hechos —comentó Anatoly con aire pensativo.

¡Jane!, pensó Jean-Pierre y, por un instante, sintió odio hacia ella.

—¿Tiene Ellis Thaler alguna marca que le distinga? —preguntó Anatoly.

Jean-Pierre se sentía desfallecer, pero temía que lo golpearan de nuevo.

—Sí —respondió—. Una gran cicatriz en la espalda en forma de cruz.

—Entonces es él —dijo Anatoly casi en un murmullo.

—¿Quién?

—John Michael Raleigh, edad: treinta y cuatro años, nacido en Nueva Jersey, hijo mayor de un constructor. Abandonó la Universidad de Berkeley, en California, y fue capitán de los marines de Estados Unidos. Ha sido agente de la CIA desde 1972. Estado: casado, divorciado una vez, un hijo; paradero de la familia: un secreto muy bien guardado. —Agitó una mano como queriendo dejar al margen los detalles—. No hay duda de que ha sido él quien hoy se ha anticipado a mí en Darg. Es brillante y muy peligroso. Si yo pudiera escoger de entre todos los agentes de las naciones imperialistas occidentales al que quisiera atrapar, le escogería a él. Durante los últimos diez años, nos ha causado un daño irreparable en tres ocasiones por lo menos. El año pasado, en París, destruyó una red que habíamos tardado siete u ocho años de paciente tarea en establecer. Un año antes descubrió a un agente que habíamos introducido en el Servicio Secreto en 1965, un hombre que hubiera podido asesinar al presidente algún día. Y ahora lo tenemos aquí.

Jean-Pierre, arrodillado en el suelo y abrazando su cuerpo maltrecho, dejó caer su cabeza hacia adelante y cerró los ojos con desesperación. Desde el principio había estado metido hasta el cuello, oponiéndose alegremente contra los grandes maestros de aquel juego implacable, como un niño desnudo en una guarida de leones.

Había albergado tantas y grandes esperanzas. Trabajando solo, intentó asestar a la Resistencia afgana un golpe del que nunca pudiera recuperarse. Hubiera cambiado el curso de la historia en esta zona del globo. Y así se habría vengado de los astutos gobernantes del Oeste, engañando y desorientando al organismo que había traicionado y matado a su padre. Pero en vez de este triunfo, su único logro era la derrota. Todo le había sido arrebatado en el último momento por Ellis.

Oía la voz de Anatoly como un lejano murmullo.

—Podemos estar seguros de que ha logrado lo que quería con los rebeldes. No sabemos los detalles, pero el perfil basta: un pacto de unidad entre los líderes bandidos a cambio de armas americanas. Esto podría mantener la rebelión en marcha durante años. Hemos de detenerla... ¡ahora!

Jean-Pierre abrió los ojos y alzó la mirada.

—¿Cómo?

—Debemos atrapar a ese hombre antes de que pueda regresar a Estados Unidos. De esa manera, nadie sabrá que el tratado se llevó a término, los rebeldes nunca conseguirán las armas y todo el asunto se desvanecerá.

Jean-Pierre escuchaba con atención, a pesar del dolor: ¿existiría alguna posibilidad aún de llevar a cabo su venganza?

—Atraparle nos compensaría el haber perdido a Masud —prosiguió Anatoly, y el corazón de Jean-Pierre dio un brinco con la renovada esperanza—. No sólo hubiéramos neutralizado al agente más peligroso que tienen los imperialistas. Piensa en ello: un auténtico hombre de la CIA atrapado aquí, en Afganistán... Durante tres años, la máquina propagandística americana ha estado repitiendo que los bandidos afganos son luchadores por la libertad, que mantienen una heroica batalla David contra Goliat frente al poder de la Unión Soviética. Ahora tenemos pruebas que demuestran que Masud y los otros son simples lacayos del imperialismo americano. Podemos llevar a Ellis ante un tribunal...

—Pero los periódicos occidentales lo negarán todo —adujo Jean-Pierre—. La prensa capitalista...

—¿Quién se preocupa del Oeste? Son los países no alineados, los vagabundos del Tercer Mundo, y las naciones musulmanas en particular, los que nosotros deseamos impresionar.

Es posible, pensó Jean-Pierre, convertir esto en un triunfo. Además, sería un triunfo personal para él, porque era él quien había alertado a los rusos de la presencia de un agente de la CIA en el valle de los Cinco Leones.

—Y bien —dijo Anatoly—, ¿dónde estará Ellis esta noche?

—Se trasladará con Masud —respondió Jean-Pierre.

No obstante, atrapar a Ellis no sería tan fácil. Jean-Pierre había necesitado un año entero para lograr conocer el paradero de Masud.

—No sé por qué razón debería seguir junto a Masud —dijo Anatoly—. ¿Tenía un lugar fijo como base?

—Sí... Vivía con una familia en Banda, pero no solía estar allí.

—Sin embargo, ése es el lugar por el que comenzar.

Sí, por supuesto, se dijo Jean-Pierre. Si Ellis no se encuentra en Banda, alguien de allí puede saber adónde ha ido... Alguien como Jane. Si Anatoly iba a Banda en busca de Ellis, podría encontrar a Jane al mismo tiempo. El dolor de Jean-Pierre disminuyó al darse cuenta de que quizá consiguiese vengarse del poder establecido, además de capturar a Ellis (que le había robado el triunfo) y reunirse con Jane y Chantal.

—¿Iré contigo a Banda? —preguntó.

Anatoly se quedó pensando unos instantes.

—Creo que sí. Conoces el pueblo y a su gente...
Puede ser útil tenerte a mano.

Jean-Pierre se puso de pie con grandes dificultades,
apretando los dientes ante el dolor de sus testículos.

—¿Cuándo nos marcharemos?

—Ahora —respondió Anatoly.

14

Ellis corría para subir a un tren, y sentía pánico aun cuando sabía que estaba soñando. Primero no pudo aparcar su coche, el Honda de Gill, y después no pudo encontrar la ventanilla de despacho de billetes. Tras decidir subir al tren de todos modos, se encontró abriéndose camino entre una multitud de gente en el vestíbulo de la gran estación central. En aquel momento, recordó que había tenido ese mismo sueño varias veces, y que nunca había cogido el tren. Los sueños le dejaban siempre con la insoportable sensación de que la felicidad había pasado por su lado continuamente y sentía terror de que volviera a sucederle lo mismo. Empujaba entre la multitud con violencia, hasta que finalmente llegó a la entrada, donde siempre se quedaba contemplando la parte posterior del tren alejándose en la distancia. Sin embargo, en esta ocasión el tren estaba parado en la estación. Corrió por el andén y subió de un salto al vagón, justo cuando el tren comenzaba a moverse.

Apenas podía creer que lo hubiera conseguido. Se sentía eufórico. Tomó asiento, y no le pareció extraño encontrar a Jane en su saco de dormir. En el exterior, el alba rompía por encima del valle de los Cinco Leones.

No había una separación concreta entre el sueño y la vigilia. El tren se desvaneció gradualmente hasta que todo lo que quedó fue el saco de dormir, el valle, Jane y la sensación de deleite. Durante la noche, en algún momento habían subido la cremallera del saco y estaban durmiendo abrazados, casi sin poder moverse. Ellis sentía la respiración cálida de Jane en su cuello y los senos aplastándose contra sus costillas. También notaba su cadera y su rodilla, pero no le disgustó. Siempre habían dormido pegados, recordó Ellis. La antigua cama del apartamento de Jane en París era demasiado pequeña para otra cosa. Aunque la cama de Ellis era más grande, incluso allí seguían durmiendo enlazados. Jane solía decir que le molestaba durante la noche, pero él no se acordaba de nada por la mañana.

Llevaba mucho tiempo sin pasar una noche con una mujer. Intentó recordar quién había sido la última, y se dio cuenta de que era Jane. Las chicas que había llevado a su apartamento en Washington nunca se habían quedado a desayunar.

Jane había sido la última y la única con quien había gozado de un sexo tan desinhibido. Mentalmente repasó las cosas que habían hecho la noche anterior, y comenzó a notar una erección. Con ella, tenía la sensación de ser insaciable. A veces, en París habían permanecido en la cama todo el día, levantándose sólo para hacer incursiones a la nevera o abrir alguna botella de vino. Él la penetraba cinco o seis veces, mientras que ella había perdido la cuenta de sus orgasmos. Ellis nunca se había considerado un gran amante, y su experiencia subsiguiente le demostró que no lo era, excepto con Jane, porque liberaba algo que él ocultaba cuando estaba con otras mujeres por miedo, sentimiento de culpa o algo parecido. Nadie más había conseguido algo así, aunque una mujer se había acercado bastante: una vietnamita con quien había sostenido una relación amorosa, breve y condenada, en 1970.

Era obvio que nunca había dejado de amar a Jane.

Durante el año anterior realizó su trabajo, se citó con mujeres, visitó a Petal y fue al supermercado, como un actor interpretando su papel, fingiendo por el bien de la verosimilitud que aquella persona era él realmente, pero sabiendo, en lo más profundo de su ser, que no lo era. De no haber ido a Afganistán, lo hubiera lamentado toda la vida.

A menudo le parecía que había estado ciego en cuanto a los hechos más importantes de sí mismo: en 1968 no se había dado cuenta de que deseaba luchar por su país; de que no quería casarse con Gill; y en Vietnam no se había dado cuenta de que estaba contra la guerra. Cada una de esas revelaciones le había dejado asombrado y había desbaratado su vida. El autoengaño no era algo malo necesariamente, creía Ellis. De hecho, no hubiera podido sobrevivir a la guerra sin ello, y ¿qué hubiera ocurrido si no hubiese ido a Afganistán pensando que lo hacía por otra cosa y no por Jane?

¿Por fin es mía?, se preguntó. Ella no había hablado mucho, pero había dicho: «Te amo, amor mío, duerme bien», cuando él estaba durmiéndose. Pensó que era la cosa más encantadora que había escuchado en su vida.

—¿Qué te hace sonreír?

Ellis abrió los ojos y observó su rostro.

—Creí que estabas dormida —dijo.

—Te contemplaba. Parecías tan feliz...

—Sí.

Aspiró el aire fresco de la mañana y se incorporó, apoyándose en un codo, para mirar a través del valle. Los campos apenas tenían color a la luz de la aurora y el cielo era de un gris perla. Ellis estaba a punto de decirle que se sentía feliz, cuando oyó un zumbido. Inclinó la cabeza para escuchar.

—¿Qué es eso? —preguntó ella.

Ellis le puso un dedo sobre los labios. Un momento después, ella lo oyó también. Al cabo de unos segundos, el sonido se incrementó hasta convertirse en el inconfundible ruido de un helicóptero. Ellis tuvo el presentimiento de un desastre inevitable.

—¡Oh, mierda! —exclamó.

La nave apareció ante su vista por encima de sus cabezas, surgiendo de detrás de la montaña. En realidad eran tres Hind jorobados rebosantes de armamento y un gran Hip transportador de tropas.

—Mete la cabeza dentro —dijo Ellis bruscamente a Jane.

El saco de dormir era marrón y polvoriento, como el terreno que los rodeaba. Si permanecían dentro, pasarían inadvertidos desde el aire. Los guerrilleros utilizaban la misma técnica para ocultarse de la aviación: se cubrían con las mantas color lodo, llamadas *patus*, que todos llevaban consigo.

Jane se acurrucó dentro del saco de dormir. En su parte abierta, el saco tenía una solapa para sostener una almohada, aunque en aquel momento no había ninguna. Si se tapaban con la solapa, sus cabezas quedarían ocultas. Ellis sostuvo a Jane con fuerza y se volvió, de modo que la funda de la almohada quedó sobre ellos. Eran prácticamente invisibles.

Estaban tumbados sobre el estómago, Ellis medio encima de ella, mirando hacia abajo, hacia el pueblo. Los helicópteros parecían descender.

—¿No irán a aterrizar aquí? —inquirió Jane.

Ellis respondió lentamente:

—Creo que van a...

Jane comenzó a incorporarse y dijo:

—He de bajar...

—¡No!

Ellis la cogió por los hombros, obligándola a mantenerse agachada.

—Espera... espera unos segundos y veremos qué sucede...

–Pero Chantal…

–¡Espera!

Jane cesó de luchar, aunque Ellis continuó sujetándola con fuerza. En las azoteas de las casas, la gente despertaba, frotándose los ojos y mirando las grandes máquinas que batían el aire por encima de ellos. Ellis localizó la casa de Jane. Podía distinguir a Fara, de pie, envolviéndose con una manta. Junto a ella estaba el pequeño colchón en el que Chantal yacía oculta por las ropas de la cama.

Los helicópteros dieron una vuelta con precaución. Están dispuestos a aterrizar aquí, pensó Ellis, pero desconfían después de la emboscada de Darg.

Los habitantes del pueblo parecían galvanizados. Algunos de ellos salieron corriendo de sus casas, mientras otros se refugiaban dentro. Los niños y los animales fueron recogidos y conducidos dentro de los patios. Algunas personas intentaban huir, pero uno de los Hind voló bajo, por encima de los caminos que salían del pueblo, y les obligó a regresar.

La escena convenció al comandante ruso de que allí no había emboscada alguna. El Hip que transportaba las tropas y uno de los tres Hind descendieron torpemente y aterrizaron en un campo. Segundos después, los soldados saltaron del voluminoso vientre del Hip como si fueran insectos.

–¡Algo malo está ocurriendo! –gritó Jane–. He de bajar ahora.

–¡Escucha! –le dijo Ellis–. No hay ningún peligro… Cualquier cosa que los rusos busquen, no tiene nada que ver con los bebés. Pero sí podrían buscarte a ti.

–Debo estar junto a ella…

–¡Tranquilízate! –exclamó Ellis–. Si vas con Chantal, será ella quien correrá peligro. Si te quedas aquí, se encontrará a salvo, ¿no lo ves? Correr hacia ella es lo peor que podrías hacer.

–Ellis, no puedo...

–¡Sí puedes, maldita sea!

–¡Oh, Dios mío! –suplicó Jane, cerrando los ojos–. ¡Abrázame fuerte!

Ellis la cogió por los hombros y la apretó contra él.

Las tropas rodearon el pueblo. Sólo una casa quedaba fuera del círculo: la casa del *mullah*, que se hallaba a tres o cuatro kilómetros de distancia, en el sendero que conducía a la falda de la montaña. Mientras Ellis observaba, un hombre trató de escapar. Estaba lo bastante cerca para verle su barba teñida de rojo: era Abdullah. Tres niños de distintas edades y una mujer que llevaba un bebé le siguieron fuera de la casa y corrieron detrás de él por el camino de la montaña. Los rusos los vieron enseguida.

Ellis y Janes metieron la cabeza dentro del saco cuando el helicóptero que permanecía en el aire se desvió del pueblo para sobrevolar el sendero. Se oyó el ruido de la ametralladora, situada en la parte inferior de la nave, y el polvo estalló en una línea trazada limpiamente a los pies de Abdullah. Éste se paró en seco a punto de caer, con aspecto casi cómico, y después se volvió y echó a correr retrocediendo sobre sus pasos, agitando las manos y gritando a su familia que volviese. Cuando se acercaron a la casa, otra ráfaga de advertencia les impidió la entrada y, al cabo de un momento, toda la familia se encaminó hacia el pueblo.

Se oían algunos disparos a través de la vibración opresiva de los rotores, pero parecía que los soldados disparaban al aire para dominar a los habitantes. Estaban entrando en las casas y sacando a sus ocupantes en camisas de dormir y ropa interior. El Hind que había perseguido al *mullah* y su familia comenzó a dar vueltas por encima del pueblo, muy bajo, como si buscase más fugitivos.

–¿Qué van a hacer? –preguntó Jane con voz temblorosa.

—No estoy seguro.

—¿Quizá una… represalia?

—Espero que no.

—Entonces, ¿qué? –insistió ella.

Ellis pensó: ¿Cómo demonios quieres que lo sepa?, pero se limitó a decir:

—Tal vez intenten capturar de nuevo a Masud.

—Pero él nunca permanece cerca del escenario de una batalla.

—Puede que confíen en que se haya vuelto descuidado, o perezoso, o que esté herido…

En realidad, Ellis no sabía qué estaba sucediendo, pero temía que se produjese una matanza estilo My Lai.

La gente del pueblo fue conducida por los soldados rusos, rudamente aunque no con brutalidad, hasta el patio de la mezquita.

—¡Fara! –exclamó Jane de pronto.

—¿Qué sucede?

—¿Qué está haciendo Fara?

Ellis avistó la azotea de la casa de Jane. Fara estaba arrodillada al lado del pequeño colchón de Chantal, y Ellis apenas podía distinguir una pequeña cabecita rosada que asomaba fuera. Al parecer, Chantal seguía durmiendo. Fara le habría dado un biberón durante la noche, pero aunque Chantal aún no estuviese hambrienta, el ruido de los helicópteros quizá la había despertado. Ellis confió en que siguiera durmiendo.

Vio que Fara colocaba un cojín junto a la cabeza de Chantal y después cubría la cara de la niña con la sábana.

—Está escondiéndola –comentó Jane–. El cojín permite que el aire pase por debajo de la sábana.

—Es una chica inteligente.

—Yo desearía estar allí.

Fara arrugó la sábana y después puso otra encima del cuerpo de Chantal. Se detuvo un momento, estudiando el efecto. Desde la distancia, parecía que hubiera un montón de sábanas abandonadas precipitadamente. Fara pareció satisfecha con el efecto, pues se acercó al borde de la azotea y bajó la escalera hasta el patio.

–La abandona –dijo Jane.

–Dadas las circunstancias, Chantal no podría estar más segura...

–¡Lo sé, lo sé!

Fara fue empujada al interior de la mezquina con los otros. Había sido una de las últimas en llegar.

–Todos los bebés están con sus madres –observó Jane–. Creo que Fara hubiera debido coger a Chantal...

–No –repuso Ellis–. Espera. Ya verás.

Todavía no sabía qué iba a suceder, pero si se producía una masacre, Chantal estaba más segura en la azotea.

Cuando todos se encontraban entre los muros de la mezquita, los soldados comenzaron a buscar de nuevo por el pueblo, entrando y saliendo de las casas, disparando al aire. Ellos no sufren escasez de municiones, pensó Ellis. El helicóptero permanecía en el aire, volando bajo y revisando las afueras del pueblo en círculos cada vez más amplios, como si buscasen a alguien.

Uno de los soldados entró en el patio de la casa de Jane.

Ellis notó que ella se estremecía.

–Todo irá bien –le susurró al oído.

El soldado entró en el edificio. Ellis y Jane miraban fijamente la puerta. Al cabo de unos segundos, el ruso volvió a salir y subió por la escalera exterior con rapidez.

–Oh, Dios mío, sálvala –rogó Jane.

El soldado se quedó de pie en la azotea, echó un vistazo a las ropas arrugadas, dirigió la mirada hacia las azoteas cercanas y volvió a observar la de Jane. El colchón de Fara se encontraba cerca de él. Chantal estaba al lado. Empujó un poco el colchón con el pie.

De pronto, se volvió y bajó la escalera a toda prisa.

Ellis respiró hondo y miró a Jane, mortalmente pálida.

—Ya te he dicho que todo iría bien —comentó él.

Ella se echó a temblar.

Ellis volvió a observar la mezquita. Sólo veía una parte del patio interior. La gente parecía estar sentada formando filas, pero había algún movimiento de un lado a otro. Intentó adivinar qué estaba ocurriendo. ¿Estarían siendo interrogados sobre Masud y su paradero? Allá abajo sólo había tres personas que lo conocieran, tres guerrilleros de Banda que no habían huido el día anterior con Masud por las colinas: Shahazai Gul, el que tenía una cicatriz; Alishan Karim, el hermano del *mullah* Abdullah; y Sher Kador, el pastor de cabras. Shahazai y Alishan eran cuarentones y podrían interpretar con facilidad el papel de viejos acobardados. Sher Kador sólo tenía catorce años de edad. Los tres podían negar que supieran nada de Masud. Era un suerte que Mohammed no estuviera allí, los rusos no habrían creído en su inocencia con tanta facilidad. Las armas de los guerrilleros se hallaban hábilmente escondidas en lugares donde los soldados no mirarían: en el techo de un retrete, entre las hojas de una morera, en el interior de un hoyo a la orilla del río.

—¡Oh, mira! —dijo Jane—. ¡Ese hombre que está delante de la mezquita!

Ellis volvió la vista hacia allá.

—¿El oficial ruso que lleva gorra de plato?

—Sí, sé quién es… le he visto antes. Se trata del hombre que estaba en el cabaña de piedra con Jean-Pierre. Es Anatoly.

—Su contacto.

Ellis suspiró. Miró fijamente, intentando memorizar los rasgos del hombre (a aquella distancia parecían orientales). ¿Cómo sería? Se había aventurado él solo en territorio rebelde para encontrarse con Jean-Pierre, de modo que debía de ser valiente. Sin duda estaría enfadado, pues había conducido a los rusos a una emboscada en Darg. Así pues, querría devolver el golpe lo antes posible, recuperar la iniciativa...

Las especulaciones de Ellis fueron interrumpidas bruscamente cuando otra figura salió de la mezquita, un hombre barbudo, vestido con una camisa blanca abierta en el cuello y pantalones oscuros de estilo occidental.

—¡Dios Todopoderoso! —exclamó Ellis—. ¡Es Jean-Pierre!

—¡Oh! —gritó Jane.

—Y ahora, ¿qué demonios está ocurriendo? —murmuró Ellis.

—Creí que nunca más volvería a verle —dijo Jane.

Ellis la miró. Su rostro tenía una expresión extraña. Al cabo de un momento, se dio cuenta de que se trataba de una expresión de remordimiento.

Volvió su atención a la escena del pueblo. Jean-Pierre estaba hablando con el oficial ruso y gesticulaba, señalando hacia la falda de la montaña.

—Se sostiene de pie de un modo extraño —comentó Jane—. Creo que se ha hecho daño.

—¿Está señalándonos a nosotros? —preguntó Ellis.

—Jean-Pierre no conoce este lugar... nadie lo conoce. ¿Acaso puede vernos?

—No.

—Nosotros sí podemos —dijo Jane con acento de duda.

—Pero él está de pie, contra un fondo liso. Nosotros nos encontramos tumbados, a cubierto, en una ladera moteada. No podría descubrirnos aunque supiera hacia dónde mirar.

—En ese caso, señalará a las cuevas.

—Sí.

—Debe de estar indicando a los rusos que busquen allí.

—Claro.

—Pero eso es terrible. ¿Cómo puede Jean-Pierre...? —La voz de Jane se quebró—. Por supuesto... —añadió al cabo de un momento—. Eso es lo que ha estado haciendo desde que vino aquí, traicionar a todos en favor de los rusos.

Ellis observó que Anatoly parecía hablar por un radiotransmisor. De repente, uno de los Hind rugió por encima de las cabezas cubiertas de Jane y Ellis, para aterrizar, audible pero fuera de la vista, en la cumbre de la montaña.

Jean-Pierre y Anatoly estaban alejándose de la mezquita. El primero cojeaba al andar.

—Está herido —dijo Ellis.

—Me pregunto qué habrá sucedido.

Ellis se dijo que parecían haberle dado una paliza, pero guardó silencio, preguntándose al mismo tiempo qué pensamientos circularían por la mente de Jane. Allí está su marido, caminando junto a un oficial del KGB, un coronel, a juzgar por el uniforme. Aquí está ella, en un lecho improvisado, con otro hombre. ¿Se sentiría culpable? ¿Avergonzada? ¿Desleal? ¿Quizá arrepentida? ¿Odiaba a Jean-Pierre, o sólo estaba desilusionada con él? Ella se había enamorado de Jean-Pierre, ¿quedaría algún cariño todavía?

—¿Qué sientes por Jean-Pierre? —preguntó.

Jane le miró fijamente con cierta acritud y, por un momento, Ellis pensó que iba a volverse loca, pero lo único que ocurría era que Jane se había tomado su pregunta muy en serio. Finalmente Jane respondió:

—Tristeza. —Y volvió a dirigir la mirada hacia el pueblo.

Jean-Pierre y Anatoly se dirigían hacia la casa de Jane, donde Chantal yacía oculta en la azotea.

–Creo que están buscándome –dijo Jane.

Su expresión era de cansancio y miedo mientras contemplaba a los dos hombres allá abajo. Ellis no creía que los rusos hubieran recorrido todo aquel camino con tantos hombres y máquinas sólo para ir en busca de Jane, pero no lo dijo.

Jean-Pierre y Anatoly cruzaron el patio de la casa y entraron en el edificio.

–No llores, pequeña –murmuró Jane.

Es un milagro que la niña siga durmiendo, pensó Ellis. Quizá no dormía, quizá se hallaba despierta, pero su llanto quedaba ahogado por el ruido de los helicópteros. Tal vez por eso los soldados no la habían oído. Tal vez las orejas más sensibles de su padre oirían sonidos que no habían llamado la atención de un forastero desinteresado. Quizá...

Los dos hombres salieron de la casa.

Se quedaron un momento en el patio, hablando animadamente. Jean-Pierre se acercó cojeando hasta la escalera de madera que conducía a la azotea. Subió el primer peldaño con evidente dificultad, y después bajó de nuevo. Hubo otro breve intercambio de palabras, y el ruso subió la escalera.

Ellis contuvo la respiración.

Anatoly llegó a lo algo de la escalera y salió a la azotea. Como el soldado había hecho antes, echó un vistazo a las ropas esparcidas, miró las casas de alrededor y después volvió a dedicarse a la de Jane. Como el soldado, dio un leve empujón al colchón de Fara con la punta de su bota. Entonces se inclinó junto a Chantal.

Separó la sábana con suavidad.

Jane lanzó un grito ahogado cuando la carita rosada de Chantal apareció.

Si van detrás de ella, se dijo Ellis, se llevarán a Chantal, pues saben que Jane se entregaría para poder reunirse con su hija.

Anatoly observó el pequeño envoltorio durante unos segundos.

—Oh, Dios mío, no puedo soportarlo —gimió Jane.

Ellis la sostenía con fuerza.

—Espera, espera a ver qué pasa —insistió.

Se esforzaba por ver la expresión de la cara del bebé, pero estaba demasiado lejos.

Daba la sensación de que el ruso estaba meditando. De pronto, pareció tomar una decisión. Dejó caer la sábana, envolvió al bebé con ella, se levantó y se alejó.

Jane rompió en sollozos.

Desde la azotea, Anatoly habló con Jean-Pierre, haciendo un gesto de negación con la cabeza. Después bajó al patio.

—¿Por qué habrá hecho eso? —murmuró Ellis.

Aquel gesto significaba que Anatoly estaba mintiendo a Jean-Pierre. «No hay nadie en la azotea», pareció decirle. Quizá esperaba que Jean-Pierre quisiera llevarse al bebé, pero al ruso no le interesaba que lo hiciera. Lo cual significaba que Jean-Pierre quería encontrar a Jane, pero Anatoly no estaba interesado en ella.

¿Qué buscaba?

Era obvio. Iba detrás de Ellis.

—Creo que lo he jodido todo —susurró Ellis.

Jean-Pierre quería a Jane y Chantal, pero Anatoly le buscaba a él, al espía americano. Quería vengarse de la humillación del día anterior; deseaba impedir que Ellis volviera a su país con el tratado que los comandantes rebeldes habían firmado, y quería llevarlo ante un tribunal para demostrar al mundo que la CIA andaba detrás de la rebelión afgana.

Debería haberlo previsto, reflexionó Ellis con amargura, pero estaba entusiasmado con el éxito y sólo pensaba en Jane. Además, Anatoly podía no haber sabido que yo me hallaba aquí, hubiera podido encontrarme en Darg o Astana, o bien ocultándome en las montañas con Masud. De modo que debe de haber sido una probabilidad entre muchas. Pero casi lo ha conseguido. Anatoly posee un buen olfato. Es un adversario formidable, y la batalla todavía no ha terminado.

Jane estaba llorando. Ellis le acariciaba el cabello y trataba de tranquilizarla mientras vigilaba a Jean-Pierre y Anatoly, que se encaminaban a los helicópteros de nuevo, mientras éstos esperaban en los campos con sus hélices girando en el aire.

El Hind que había aterrizado en la cima de la montaña, cerca de las cuevas, se alzó sobre las cabezas de Jane y Ellis. Éste se preguntó si los siete guerrilleros heridos que estaban en la cueva-enfermería habrían sido interrogados o se los habrían llevado prisioneros, o ambas cosas.

Todo terminó rápidamente. Los soldados aparecieron en la puerta de la mezquita a paso ligero y subieron al Hind con la misma rapidez con que habían saltado de él. Jean-Pierre y Anatoly entraron en uno de los Hind. Los helicópteros se elevaron uno a uno, alzándose vertiginosamente por encima de la colina, y luego se dirigieron hacia el sur en línea recta.

—Espera unos segundos —dijo Ellis, adivinando lo que estaba pensando Jane—. Hasta que los helicópteros se hayan alejado, no te muevas o lo estropearás todo.

Ella asintió con lágrimas en los ojos.

Asustada, la gente comenzó a salir de la mezquita. El último helicóptero se alzó y se dirigió hacia el sur. Jane abandonó el saco de dormir, se puso los pantalones y la camisa y bajó por la colina, tambaleándose y abotonando su camisa mientras corría. Ellis la contempló mientras se alejaba, sintiéndose algo desdeñado por ella. Sabía que era un sentimiento irracional, pero se vio incapaz de reprimirlo. Todavía no la seguiría. La dejaría sola para su encuentro con Chantal.

Jane se perdió de vista después de dejar atrás la casa del *mullah*. Ellis miró el pueblo, que comenzaba a recuperar la normalidad. Oía voces alzadas y excitados gritos. Los niños corrían y fingían ser helicópteros o jugaban apuntando ametralladoras imaginarias, mientras empujaban bandadas de pollos hacia los patios para ser interrogados. La mayoría de los adultos volvían lentamente a sus casas, con aspecto acobardado.

Ellis recordó a lo siete guerrilleros heridos y al muchacho manco que se encontraban en la enfermería y decidió comprobar cómo estaban. Se vistió, enrolló su saco de dormir y comenzó a subir por el sendero de la colina.

Recordó a Allen Wilderman, con su traje gris y su corbata rayada, mientras comía lechuga delicadamente en un restaurante de Washington y decía:

–¿Qué posibilidades tenemos de que los rusos atrapen a nuestro hombre?

–Pocas –había respondido Ellis–. Si no pueden atrapar a Masud, ¿cómo van a ser capaces de atrapar a un agente secreto enviado para encontrarse con aquél?

Pero ya no estaba tan seguro por culpa de Jean-Pierre.

–Maldito Jean-Pierre –dijo Ellis en voz alta.

Llegó al claro. La cueva estaba en silencio. Confió en que los rusos no se hubieran llevado al chico, Mousa, así como tampoco a los guerrilleros heridos. Para Mohammed sería terrible.

Entró en la cueva. El sol estaba alto e iluminaba el interior. Todos estaban allí, tumbados, inmóviles y en silencio.

–¿Estáis bien? –preguntó Ellis en dari.

No hubo respuesta. Ninguno de ellos se movió.

–¡Oh, Dios mío! –murmuró Ellis.

Se arrodilló junto al guerrillero más próximo y le tocó su cara barbuda. El hombre se encontraba tendido en un charco de sangre. Le habían disparado a quema-rropa en la cabeza.

Moviéndose con rapidez, Ellis examinó a cada uno de ellos.

Todos estaban muertos… Y el chico también.

15

Jane cruzó el pueblo corriendo, presa de un pánico ciego, apartando la gente a empujones, chocando con las paredes, tambaleándose, cayendo y levantándose otra vez, sollozando y jadeando al mismo tiempo.

Debe encontrarse bien, se repetía como si fuera una letanía. No obstante, su cerebro insistía: ¿Por qué Chantal no se ha despertado? ¿Qué ha hecho Anatoly? ¿Está herida mi pequeña?

Entró en el patio de la casa y subió por la escalera, saltando los escalones de dos en dos, hasta la azotea. Cayó de rodillas y apartó la sábana que cubría el colchón pequeño. Los ojos de Chantal estaban cerrados. ¿Respira?, se preguntó y de pronto el bebé abrió los ojos, miró a su madre y, por primera vez, sonrió.

Jane la cogió bruscamente y la apretó contra ella con fuerza, sintiendo como si su corazón fuera a estallarle. Chantal se echó a llorar ante aquel abrazo repentino. Jane también lloró, inundada de alegría y alivio porque su pequeña estaba allí, todavía con vida, y porque le había sonreído por primera vez.

Al cabo de un momento, madre e hija se tranquilizaron. Jane la meció, dándole golpecitos rítmicos en la espalda y besándola en su calva y blanda cabeza. Finalmente Jane recordó que había otras personas en el mundo, y se preguntó qué le habría sucedido a la gente que habían reunido en la mezquita y si estarían bien. Bajó al patio y se encontró con Fara.

Por un momento, Jane miró a la silenciosa, tímida e impresionable Fara. ¿Dónde habría encontrado el valor, la presencia de ánimo y el dominio de sus nervios para esconder a Chantal debajo de una sábana arrugada mientras los rusos aterrizaban con sus helicópteros y disparaban sus rifles a pocos metros de distancia?

—Tú la has salvado —dijo Jane.

Fara parecía asustada, como si hubiera hecho algo mal.

Jane cogió a Chantal y la recostó en su cadera, pasando su brazo derecho alrededor de Fara, abrazándola.

—¡Tú has salvado a mi hija! —insistió—. ¡Gracias! ¡Muchas gracias!

Fara esbozó una tímida sonrisa y después prorrumpió en sollozos.

Ella la calmó, consolándola como había hecho con Chantal.

—¿Qué ha sucedido en la mezquita? —preguntó Jane cuando vio que se tranquilizaba—. ¿Qué han hecho? ¿Hay alguien herido?

—Sí —repuso Fara, aturdida.

Jane sonrió. No se podían hacer tres preguntas seguidas a Fara y esperar una respuesta coherente.

—¿Qué ha sucedido cuando habéis entrado en la mezquita?

—Han preguntado dónde estaba el americano.

—¿A quién se lo han preguntado?

—A todo el mundo. Pero nadie lo sabía. El doctor me preguntó dónde estaban usted y el bebé, y yo le dije que no lo sabía. Entonces escogieron a tres de los hombres: primero a mi tío Shahazai, después al *mullah* y luego Alishan Karim, el hermano del *mullah*. Les han preguntado otra vez, pero no ha servido de nada, pues ellos no sabían adónde había ido el americano. De modo que los han golpeado.

–¿Están heridos?

–Sólo ha sido una paliza.

–Les echaré un vistazo –dijo Jane, recordando que Alishan estaba delicado del corazón–. ¿Dónde se encuentran ahora?

–Siguen en la mezquita.

–Ven conmigo.

Jane entró en la casa y Fara la siguió. En la habitación delantera Jane encontró su botiquín de enfermera sobre el viejo mostrador de la tienda. Añadió unas píldoras de nitroglicerina a su provisión regular y salió a toda prisa. Mientras se encaminaba hacia la mezquita, todavía agarrando a Chantal con fuerza, preguntó a Fara:

–¿Qué más ha sucedido?

–El doctor me ha preguntado dónde estaba usted. Yo le he dicho que no lo sabía. Y era verdad.

–¿Te han hecho daño?

–No. El doctor parecía muy enfadado, pero no me han golpeado.

Jane se preguntó si Jean-Pierre estaría enojado porque había adivinado que ella estaba pasando la noche con Ellis. Se dijo que todos en el pueblo pensarían lo mismo. Se preguntaba cómo reaccionarían. Ésa podría ser la prueba final de que ella era la Puta de Babilonia.

Sin embargo, todavía no la expulsarían de allí, no mientras hubiera heridos que necesitasen atención médica. Llegó a la mezquita y entró en el patio. La mujer de Abdullah la vio, se incorporó con gesto orgulloso y la condujo hasta donde él yacía en el suelo. A primera vista parecía encontrarse bien, y puesto que lo que más preocupaba a Jane era el corazón de Alishan, dejó al *mullah*, sin hacer caso de las airadas protestas de su mujer, y se acercó a Alishan, que se hallaba tendido cerca.

Estaba pálido y respiraba con dificultad, con una mano colocada sobre el pecho. Como Jane temía, la paliza había provocado un ataque de angina de pecho. Le dio una píldora.

–Muérdela, pero no te la tragues –le advirtió.

Entregó Chantal a Fara y lo examinó rápidamente. Tenía muchas contusiones, pero no le habían roto ningún hueso.

–¿Con qué te han pegado? –preguntó.

–Con sus rifles –respondió él con voz ronca.

Ella asintió. Alishan había tenido suerte: el único daño importante que había sufrido era el aumento de tensión tan perjudicial para su corazón, y ya estaba recuperándose. Le untó los cortes con yodo y le ordenó que permaneciera tendido durante una hora.

Volvió junto a Abdullah. Sin embargo, cuando el *mullah* vio que se le acercaba, le hizo un gesto despectivo con la mano mientras rugía, airado. Ella sabía lo que le había enfurecido. Sin duda consideraba que tenía derecho a un tratamiento de prioridad, y se sentía insultado porque se había ocupado primero de Alishan. No estaba dispuesta a presentarle ninguna excusa. En el pasado ya le había dicho que ella atendía a la gente por orden de urgencia, y no de estatus. Se volvió, dándole la espalda. No serviría de nada insistir en examinar a aquel viejo estúpido. Si estaba lo bastante bien para gritarle, viviría.

Se acercó a Shahazai, el viejo luchador con el cuerpo lleno de cicatrices. Su hermana Rabia, la comadrona, ya lo había examinado y estaba limpiándole las heridas. Los ungüentos herbales de Rabia no eran tan antisépticos como deberían, pero Jane pensó que no serían perjudiciales, de modo que se contentó con hacerle mover los dedos de los pies y de las manos. Se encontraba bien.

Hemos tenido suerte, se dijo. Hemos escapado de los rusos con heridas leves. Gracias a Dios. Quizá ahora podamos confiar en que nos dejen tranquilos una temporada, puede que hasta el día en que la ruta por el paso de Khyber se abra de nuevo...

–¿Es ruso el doctor? –inquirió Rabia de pronto.

–No.

Por primera vez, Jane se preguntó qué planes tendría Jean-Pierre. Si me hubiera encontrado, ¿qué me habría hecho?

–No, Rabia, no es ruso –respondió–. Pero parece que se ha unido a ellos.

–De modo que es un traidor.

–Sí, supongo que lo es –admitió Jane, preguntándose en qué estaría pensando la vieja Rabia.

–¿Puede una cristiana divorciarse de su marido por ser un traidor?

En Europa uno se divorcia por mucho menos, pensó Jane, que respondió:

–Sí.

–¿Es ésa la razón por la que ahora te has casado con el americano?

Jane adivinó su pensamiento. Al pasar la noche en la montaña con Ellis, había confirmado la acusación de Abdullah de que ella era una ramera occidental. Rabia, que durante mucho tiempo había encabezado la defensa de Jane en el pueblo, planeaba contrarrestar aquella acusación con una interpretación alternativa, según la cual Jane se había divorciado rápidamente del traidor bajo unas leyes cristianas desconocidas para los verdaderos creyentes y se había casado con Ellis siguiendo esas mismas leyes. Que así sea, pensó Jane.

–Sí –dijo–. Por eso me he casado con el americano.

Rabia asintió, satisfecha.

Jane casi sintió como si hubiera un elemento de verdad en el epíteto del *mullah*. Después de todo, había pasado de la cama de un hombre a la de otro con una rapidez indecente. Se sentía algo avergonzada, pero re-

cordó que nunca había permitido que su comportamiento fuese regido por las opiniones de otras personas.
Que piensen lo que les plazca, se dijo.

No se consideraba casada con Ellis, pero ¿se sentía
divorciada de Jean Pierre? La respuesta era no. Sin embargo, consideraba que ya no tenía ninguna obligación
hacia él. Después de lo que ha hecho, no le debo nada.
Aquel pensamiento debería haberla reconfortado, pero
sólo sentía tristeza.

Sus reflexiones se vieron interrumpidas. Se produjo cierta algarabía en la entrada de la mezquita, y Jane
vio que Ellis entraba llevando algo en brazos. Al acercarse, advirtió en su cara una expresión de ira, y a su
mente acudió el recuerdo de una visión parecida del
pasado, cuando un taxista descuidado había girado de
pronto y derribado un muchacho que iba en motocicle-
ta, dejándole malherido. Ellis y Jane habían sido testi-
gos del hecho y habían llamado a una ambulancia, por
aquel entonces ella no tenía conocimientos médicos.

–Tan innecesario, ha sido tan innecesario… –repetía Ellis una y otra vez.

Jane observó el bulto que él levaba en sus brazos:
era el de un niño, y de inmediato se dio cuenta de que
el muchacho estaba muerto. Su primera reacción, vergonzosa, fue la de pensar: Gracias a Dios que no es mi
hija, pero al mirarle de cerca, vio que se trataba del único niño del pueblo que a veces parecía el suyo propio.
Era Mousa, el niño manco, cuya vida ella había salvado.
Sintió la terrible mezcla de frustración y pérdida que
surgía cuando un paciente moría después de que ella y
Jean-Pierre habían luchado larga y duramente por su
vida. Sin embargo, aquello resultaba especialmente doloroso, ya que Mousa se había mostrado valiente y decidido a fin de superar su incapacidad, y su padre estaba tan
orgulloso… ¿Por qué él?, se preguntó Jane mientras las
lágrimas le brotaban de los ojos, ¿por qué él?

La gente se agolpó rodeando a Ellis, pero él la miraba a ella.

–Todos estaban muertos –farfulló, hablando en dari para que todos pudieran comprender.

Algunas de las mujeres del pueblo se echaron a llorar.

–¿Cómo?

–Los rusos les han disparado a quemarropa.

–Oh, Dios mío.

La noche anterior ella había dicho que ninguno de ellos moriría, asegurando que se pondrían bien, con mayor o menor rapidez, y recuperarían su salud y su fuerza bajo los cuidados de ella.

–Todos están muertos… Pero ¿por qué mataron al niño? –gritó.

–Creo que les dio problemas.

Jane frunció el entrecejo, intrigada.

Ellis alzó un poco su carga, de modo que la única mano de Mousa quedase a la vista. Los pequeños dedos asían con fuerza el mango del cuchillo que su padre le había regalado. La hoja estaba manchada de sangre.

De pronto, se oyó un gran lamento y Halima se abrió paso entre el gentío. Arrebató el cuerpo inerte de su hijo a Ellis y se dejó caer al suelo, con el niño en brazos, gritando su nombre. Las mujeres se reunieron alrededor de ella. Jane se volvió.

Indicando a Fara que la siguiera con Chantal, Jane abandonó la mezquita y se dirigió a su casa, caminando lentamente. Sólo unos minutos antes estaba pensando que el pueblo había tenido suerte al escapar. Sin embargo, había siete hombres y un muchacho muertos. A Jane ya no le quedaban lágrimas. Sólo se sentía débil por el dolor.

Entró en la casa y se sentó para amamantar a Chantal.

–Qué paciente has sido, pequeña –dijo mientras ponía la niña en su pecho.

Un par de minutos más tarde, Ellis entró. Se inclinó hacia ella y la besó. La observó un momento y dijo:

—Parece que estés enfadada conmigo.

Jane se dio cuenta de que así era.

—Los hombres sois tan violentos... —dijo ella con amargura—. Sin duda el niño intentó atacar a los rusos con su cuchillo de caza. ¿Quién le enseñó a ser tan temerario? ¿Quién le dijo que su papel en la vida era matar rusos? Cuando se arrojó contra el hombre con el Kalashnikov, ¿quién fue su modelo, a quién imitaba? A su madre no, sino a su padre. Él es el culpable de que el niño muriera. Es culpa de Mohammed y también tuya.

Ellis parecía asombrado.

—¿Por qué mía?

Ella era consciente de la dureza de sus palabras, pero no podía detenerse.

—Les dieron una paliza a Abdullah, Alishan y Shahazai para que dijeran dónde estabas —respondió Jane—. Te buscaban a ti. Ése era el objeto del ejercicio.

—Lo sé. ¿Me hace eso culpable de que mataran al chico?

—Sucedió porque tú estás aquí, en un lugar al que no perteneces.

—Es posible. De todos modos, tengo la solución a ese problema. Me marcho. Mi presencia provoca violencia y derramamiento de sangre, como acabas de decir. Si me quedo, no sólo es posible que me atrapen, ya que tuvimos mucha suerte la noche pasada, sino que mi pequeña y frágil intriga para lograr que estas tribus luchen unidas contra su enemigo común podría fracasar. De hecho, podría ser algo mucho peor. Los rusos me expondrían a un juicio público para conseguir la máxima propaganda. «Ved cómo la CIA intenta sacar provecho de los problemas internos de un país del Tercer Mundo», y cosas así.

—En realidad eres un pez gordo, ¿no es cierto?

Parecía extraño que lo que sucediera allí, en el valle, entre aquel pequeño grupo de gente, pudiera alcanzar unas resonancias mundiales tan importantes.

—Pero no podrás marcharte. La ruta por el paso de Khyber está bloqueada.

—Hay otro camino, el Butter Trail.

—Oh, Ellis… es muy duro y peligroso.

Jane se lo imaginó trepando por aquellos senderos altos, azotado por los vientos cortantes. Podía perderse y morir congelado en la nieve, o que le robasen o le matasen los bárbaros nuristanos.

—Por favor, no lo hagas.

—Si tuviera otra opción, la aprovecharía.

Así pues, iba a perderle de nuevo. Volvería a estar sola. Ese pensamiento la hizo sentirse desgraciada. Era sorprendente. Sólo había pasado una noche con él. Pero ¿qué esperaba? No estaba segura. De cualquier modo, algo más que esa brusca partida.

—No creí que te perdería tan pronto —comentó Jane, y dio a Chantal el otro pecho.

Ellis se arrodilló delante de ella y le cogió la mano.

—No has pensado bien en la situación —dijo—. No olvides a Jean-Pierre. ¿No sabes que desea que vuelvas con él?

Jane se dijo que Ellis tenía razón. Jean-Pierre ahora se sentirá humillado y ofendido; lo único que curaría sus heridas sería que yo regresara junto a él, a su cama y bajo su dominio.

—Pero ¿qué hará conmigo? —preguntó.

—Jean-Pierre querrá que tú y Chantal paséis el resto de vuestras vidas en alguna ciudad minera de Siberia, mientras él espía en Europa. Os visitará cada dos o tres años, a fin de pasar unas vacaciones entre misión y misión.

—¿Qué podría hacerme si yo me negara?

—Podría obligarte. O podría matarte.

Jane recordó a Jean-Pierre cuando la golpeó. Se sintió algo mareada.

–¿Le ayudarán los rusos a encontrarme?

–Sí.

–Pero ¿por qué? ¿Por qué habrían de preocuparse ellos por mí?

–En primer lugar, porque se lo deben; en segundo lugar, porque imaginan que tú le mantendrás feliz. Y en tercero, porque sabes demasiado. Conoces a Jean-Pierre íntimamente y has visto a Anatoly. Podrías dar buenas descripciones de ambos al ordenador de la CIA, si consiguieras regresar a Europa.

De manera que habrá más derramamiento de sangre, pensó Jane. Los rusos harán incursiones en los pueblos, interrogarán a la gente y les pegarán y torturarán para descubrir dónde estoy.

–Ese oficial ruso… se llama Anatoly. Él ha visto a Chantal. –Jane abrazó con más fuerza a su hija mientras recordaba aquellos horribles momentos–. Yo creía que iba a cogerla. ¿No se dio cuenta de que si lo hubiese hecho, yo me habría entregado para estar con ella?

Ellis asintió.

–Eso me intrigó en aquel momento. Pero yo soy más importante para ellos que tú, y creo que decidió que, aunque desea capturarte, entretanto puede sacar provecho de ti de otra manera.

–¿Qué provecho? ¿Qué esperan que haga?

–Retrasarme.

–¿Haciéndote quedar aquí?

–No, marchándote conmigo.

Tan pronto como Ellis lo dijo, Jane supo que él tenía razón, y sobre ella se cernió una sensación de desastre. Tenían que irse con él, ella y su bebé, no había otra alternativa. Si hemos de morir, moriremos. Que así sea.

–Supongo que contigo tendré más oportunidades de escapar de aquí que de hacerlo de Siberia sola –dijo.

Ellis asintió.

–Sí, supongo que sí.

–Comenzaré a empaquetar las cosas –dijo Jane. No había tiempo que perder–. Será mejor que partamos mañana de madrugada.

Ellis meneó la cabeza.

–Quiero estar fuera de aquí antes de una hora.

Jane sintió pánico. Había planeado marcharse, por supuesto, pero no con tanta urgencia y tenía la sensación de no disponer de tiempo para pensar. Nerviosa, comenzó a moverse por la pequeña casa, arrojando ropa, comida y medicamentos en un montón de bolsas, aterrorizada por olvidarse de algo crucial, pero demasiado inquieta para recoger las cosas con sensatez y tranquilidad.

Ellis comprendió su estado de ánimo y la detuvo. La sostuvo por los hombros, la besó en la frente y le habló con calma.

–Jane –susurró–, ¿sabes acaso cuál es la montaña más alta de Gran Bretaña?

Ella se preguntó si Ellis se habría vuelto loco.

–Ben Nevis –respondió–. Está en Escocia.

–¿Qué altura tiene?

–Más de mil doscientos metros.

–Algunos de los pasos que tendremos que cruzar alcanzan una altura de cuatro o cinco mil metros, lo que supone cuatro veces la altura de la montaña más alta de Gran Bretaña. Aunque la distancia a recorrer sea sólo de doscientos treinta kilómetros, tardaremos dos semanas por lo menos. De modo que, detente, piensa y planéalo todo. Si tardas un poco más de una hora en empaquetar, mala suerte. Es mejor eso que marcharnos sin los antibióticos, por ejemplo.

Jane asintió, aspiró hondo y comenzó de nuevo.

Tenía dos alforjas que podían utilizarse como mochilas. En una de ellas puso ropa: los pañales de Chantal, una muda de ropa interior para ellos y el abrigo acolchado de Ellis, que llevó de Nueva York, así como el impermeable forrado de piel, con capucha, que ella había traído de París. Utilizó la otra bolsa para los medicamentos y la comida. Naturalmente no disponían de Pastel Kendal Mint, pero Jane había encontrado un sustituto local, un pastel hecho con moras deshidratadas y nueces, casi indigerible, pero con una gran carga energética. También tenían mucho arroz y un trozo de queso duro. El único recuerdo que Jane se llevaría era su colección de fotografías Polaroid de los habitantes del pueblo. También cogieron sus sacos de dormir, una sartén y el macuto militar de Ellis, que contenía algunos explosivos y equipo detonador, sus únicas armas. Ellis cargó el equipaje sobre *Maggie*, la yegua *unidireccional*.

Su precipitada despedida estuvo cargada de emoción. Jane fue abrazada por Zahara, por la comadrona Rabia e incluso por Halima, la esposa de Mohammed. Abdullah introdujo una nota discordante al pasar junto a ellos y escupir en el suelo, pero pocos segundos después su mujer volvió, con aspecto asustado aunque decidido, y puso en la mano de Jane un regalo para Chantal: una muñeca primitiva de trapo, con un chal miniatura y un velo.

Jane abrazó y besó a Fara, que estaba inconsolable. La muchacha tenía trece años, pronto estaría casada con un hombre a quien adorar. Al cabo de un par de años, se instalaría en el hogar de los padres de su marido. Tendría ocho o diez hijos, la mitad de los cuales quizá alcanzarían los cinco años de vida. Sus hijas se casarían y abandonarían el hogar. Aquellos de sus hijos que sobrevivieran a la lucha también se casarían y llevarían a sus esposas a casa. Poco a poco, cuando la familia creciera demasiado, los hijos, las nueras y los nietos comenzarían a marcharse para comenzar nuevas familias propias. Entonces Fara se convertiría en comadrona, como su abuela Rabia. Confío, pensó Jane, en que recuerde algunas de las lecciones que yo le he dado.

Alishan y Shahazai abrazaron a Ellis y luego iniciaron la partida, bajo los mejores deseos de sus amigos. Los niños del pueblo los acompañaron hasta el río. Jane se detuvo y miró hacia atrás un momento, para contemplar el pequeño grupo de casas que había sido su hogar durante un año. Sabía que nunca regresaría, pero tenía el presentimiento de que, si sobrevivía, contaría historias de Banda a sus nietos.

Caminaron con rapidez a lo largo de la orilla del río. Instintivamente Jane aguzaba el oído por si se acercaban helicópteros. ¿Cuánto tardarían los rusos en iniciar su búsqueda? ¿Mandarían quizá unos cuantos helicópteros para la caza, más o menos al azar, o se tomarían el tiempo necesario para organizar una búsqueda realmente minuciosa? Jane no sabía qué sería lo mejor.

Tardaron menos de una hora en llegar a Dasht-i-Riwath, llamado «El Llano con un Fuerte», un pueblo agradable donde las casitas con sus patios sombreados salpicaban la orilla norte del río. Allí terminaba el tortuoso camino lleno de baches, que pasaba por ser una carretera en el valle de los Cinco Leones. Cualquier vehículo de ruedas lo bastante fuerte para atravesar ese camino, tenía que detenerse allí, de modo que el pueblo hacía algún negocio comerciando caballos. El fuerte mencionado en su nombre se hallaba más alto, en un costado del valle, y era usado como prisión por los guerrilleros, que tenían encerrados allí a algunos soldados del gobierno, un par de rusos y de vez en cuando algún ladrón. Jane lo había visitado en una ocasión para tratar de curar a un nómada miserable del desierto occidental que había sido incorporado al ejército regular, había contraído pulmonía durante el frío invierno en

Kabul y finalmente había desertado. Estaba siendo *reeducado* antes de que le permitieran unirse a las guerrillas.

Era mediodía, pero ninguno de los dos quería detenerse para comer. Confiaban en llegar a Saniz, a quince kilómetros de distancia al inicio del valle, a la caída de la tarde, y aunque no era una distancia excesiva en un terreno llano, en aquella clase de paisaje podría requerir algunas horas.

El último trecho del camino se hacía tortuoso, internándose entre las casas de la orilla norte. La orilla sur era un acantilado de sesenta metros de altura. Ellis conducía la yegua y Jane llevaba a Chantal acomodada en una especie de cabestrillo que había improvisado y que le permitía amamantarla sin detenerse. El pueblo terminaba en un molino de agua, cerca de la entrada al valle llamada Riwat, que conducía a la prisión. Después de pasar aquel punto, ya no pudieron caminar tan deprisa. El terreno comenzaba a empinarse, lentamente al principio y después mucho más. Subían sin detenerse bajo el ardiente sol. Jane se cubrió la cabeza con su *pattu*, la manta marrón que todos los viajeros llevaban. Chantal disponía de sombra dentro de su bolsa. Ellis llevaba su gorro *Chitrali*, regalo de Mohammed.

Cuando alcanzaron la cima del paso, ella observó, con cierta satisfacción, que su respiración seguía un ritmo normal. Nunca había estado tan en forma, y quizá nunca más lo estuviera a partir de entonces. En cambio, Ellis jadeaba y sudaba. Él también se hallaba en magnífica forma, pero no se había endurecido caminando durante horas como ella había hecho. Eso la hizo sentirse algo orgullosa, hasta que recordó que Ellis había sufrido dos heridas de bala hacía sólo nueve días.

Más allá del paso, el sendero recorría la ladera de la montaña, muy alto, por encima del río de los Cinco Leones, que discurría anormalmente lento. Donde el agua era profunda y estaba quieta, aparecía de un verde brillante, el color de las esmeraldas que se encontraban en los alrededores de Dasht-i-Riwat y eran vendidas a Pakistán. Jane se asustó al oír el sonido de un avión. No había ningún lugar donde esconderse en aquella cima desnuda del acantilado y sintió un deseo repentino de saltar al río, que estaba a unos treinta metros más abajo. No obstante, se trataba de un grupo de reactores que volaban, demasiado altos para distinguir a nadie en tierra. Sin embargo, a partir de aquel momento Jane examinaba constantemente el terreno buscando árboles, arbustos y agujeros donde pudieran esconderse. Un diablo en su interior le decía: Tú no tienes por qué hacer esto. Puedes regresar, entregarte y reunirte con tu marido, aunque en realidad no era más que una simple excusa.

La pendiente se suavizó, de modo que avanzaron con más rapidez. Cada dos o tres kilómetros topaban con afluentes que, impetuosos, bajaban de los valles próximos para unirse al río principal (el camino descendía hasta un puente de troncos o un vado). Ellis tenía que arrastrar a la rebelde *Maggie* hacia el agua, mientras Jane gritaba y le arrojaba piedras por detrás.

Un canal de riego recorría toda la longitud de la garganta, en el lado del acantilado, a cierta altura por encima del río. Era utilizado para engrandecer la zona cultivable del llano. Jane se preguntó cuánto tiempo había transcurrido desde que el valle dispuso de tiempo y hombres suficientes para llevar a término semejante proyecto de ingeniería: quizá cientos de años.

La garganta se estrechaba y el río estaba lleno de peñascos de granito. Había cuevas en los acantilados de piedra caliza: Jane los observó como posibles escondrijos. El paisaje se volvió desértico, y un viento frío sopló hacia el valle, haciendo que Jane se estremeciera a pesar del sol. El terreno rocoso y los escarpados ásperos eran buenos para los pájaros, había montones de urracas asiáticas.

Finalmente la garganta dio paso a otro llano. En la distancia, hacia el este, Jane divisó una cadena de montañas y, por encima de éstas, sobresalían las montañas blancas de Nuristán. Oh, Dios mío, allí es adonde vamos, pensó Jane, y tuvo miedo.

En el llano encontraron un pequeño y destartalado grupo de casas.

—Supongo que hemos llegado —comentó Ellis—. Bienvenida a Saniz.

Se adentraron en el llano, buscando una mezquita o una de las cabañas de piedra para los viajeros. Cuando llegaban a la primera de las casas, salió de ella una figura y Jane reconoció el rostro atractivo de Mohammed. Quedó tan sorprendido como Jane. Sin embargo, ésta se sintió horrorizada cuando se dio cuenta de que iba a tener que decirle que habían matado a su hijo.

Ellis trató de ordenar sus pensamientos.

—¿Por qué estás aquí? —preguntó a Mohammed en dari.

—Masud está aquí —replicó Mohammed.

Jane pensó que aquél debía de ser un escondrijo de los guerrilleros.

—¿Por qué estáis vosotros aquí? —preguntó él a su vez.

—Vamos a Pakistán.

—¿Por aquí? —El rostro de Mohammed se tornó grave—. ¿Qué ha sucedido?

Jane supo que debía decírselo. Le conocía desde mucho antes que Ellis.

—Traemos malas noticias, amigo Mohammed. Los rusos han ido a Banda. Han matado a siete hombres y un niño...

Mohammed adivinó entonces lo que ella iba a decirle, y la expresión de dolor de su cara hizo que Jane sintiese ganas de llorar.

–Mousa es ese niño –añadió ella.

Mohammed adoptó una actitud rígida e inquirió:

–¿Cómo..., cómo lo han matado?

–Kalashnikov –dijo Ellis, utilizando una palabra que no necesitaba traducción, y señaló su corazón para indicar el lugar por donde la bala había penetrado.

–Debió de intentar ayudar a los hombres heridos –añadió Jane–, pues había sangre en la hoja de su cuchillo.

Mohammed se hinchó de orgullo, aun cuando sus ojos se llenaron de lágrimas.

–Él los atacó... Hombres adultos, armados con rifles, ¡él los atacó con el cuchillo! ¡El cuchillo que le había regalado su padre! El muchacho con una sola mano seguramente se encuentra ahora en el paraíso del guerrero.

Jane recordó que morir en una guerra santa era el mayor honor posible para un musulmán. Era probable que el pequeño Mousa se convirtiese en un santo menor. Se alegraba de que Mohammed pudiera tener aquel consuelo, pero no pudo evitar pensar con cierto cinismo: Así es como los hombres luchadores tranquilizan sus conciencias, hablando de la gloria.

Ellis abrazó a Mohammed solemnemente, sin decir nada.

De pronto, Jane recordó sus fotografías. Tenía algunas de Mousa. A los afganos les gustaban las fotografías, y Mohammed se sentiría muy feliz si le daba una de su hijo. Abrió una de las bolsas que llevaban sobre el lomo de *Maggie* y buscó entre los medicamentos, hasta encontrar la caja de cartón que contenía las fotografías. Localizó un retrato de Mousa, lo sacó y volvió a colocar la bolsa donde estaba. Luego entregó la fotografía a Mohammed.

Jane nunca había visto un afgano tan profundamente conmovido. Fue incapaz de decir nada. Por un momento, pareció a punto de echarse a llorar. Se volvió, intentando controlarse. Cuando contemplaron su rostro, había recuperado la compostura pero estaba húmedo a causa de las lágrimas.

–Venid conmigo –dijo.

Lo siguieron a través del pueblecito hasta la orilla del río, donde un grupo de quince o veinte guerrilleros se encontraban sentados en el suelo alrededor de un fogón. Mohammed entró dentro del grupo y, sin preámbulos, comenzó a contar la historia de la muerte de Mousa, con lágrimas y gestos.

Jane se volvió. Había visto demasiado dolor.

Miró alrededor con preocupación. ¿Hacia dónde correríamos si viniesen los rusos?, se preguntó. No había nada sino los campos, el río y las pocas casuchas. Pero Masud parecía sentirse seguro. Quizá el pueblo era demasiado pequeño para atraer la atención del ejército.

Ya no le quedaban energías para seguir preocupándose. Se sentó en el suelo, apoyándose en un árbol, agradecida por el descanso, y procedió a dar el pecho a Chantal. Ellis ató a *Maggie* y descargó las bolsas. De inmediato la yegua comenzó a pacer la sabrosa hierba que crecía junto al río. Ha sido un largo día, pensó Jane; y terrible. Además, la última noche no dormí mucho. Sonrió secretamente al recordar la noche anterior.

Ellis sacó los mapas de Jean-Pierre y se sentó junto a ella para estudiarlos bajo la luz de la tarde, que se desvanecía con rapidez. Jane miraba por encima de su hombro. La ruta que pensaban seguir ascendía por el valle hasta un pueblo llamado Comar, donde girarían hacia el sureste, en dirección a otro valle que conducía a Nuristán. Este valle también se llamaba Comar, así como el primer puerto alto que encontrarían.

–Aquí empieza el frío –comentó Ellis, señalando el lugar–. A cuatro mil quinientos metros.

Jane se estremeció.

Cuando Chantal dejó de mamar, Jane le cambió el pañal y lavó el sucio en el río. Volvió y encontró a Ellis conversando animadamente con Masud. Ella se sentó en el suelo junto a los dos.

—Has tomado la decisión justa —dijo Masud—. Debes salir de Afganistán con el tratado en el bolsillo. Si los rusos te cogen, todo estará perdido.

Ellis asintió. Jane pensó que nunca había visto a Ellis tratar a nadie con tanta deferencia.

—Sin embargo —prosiguió Masud—, es un viaje con unas dificultades extraordinarias. Buena parte del camino pasa por encima de las nieves perpetuas. A veces resulta muy difícil encontrar el camino entre la nieve y si te pierdes allí, mueres.

Jane pensó adónde conduciría todo aquello. Le parecía ultrajante que Masud se dirigiera a Ellis exclusivamente y no a ella.

—Yo puedo ayudarte —añadió Masud—. Pero, al igual que tú, deseo hacer un trato.

—Adelante —dijo Ellis.

—Dejaré que Mohammed te acompañe como guía para que os conduzca por el Nuristán hasta Pakistán.

Jane dio un respingo. ¡Mohammed como guía! El viaje sería totalmente distinto.

—¿Cuál es mi parte del trato? —preguntó Ellis.

—Debes ir solo. La mujer del doctor y el bebé se quedarán aquí.

Resultaba descorazonador para Jane el ver con claridad que ella debía estar de acuerdo. Emprender aquel viaje los dos solos era una locura en la que probablemente ambos morirían. Por lo menos, así ella podría salvar la vida de Ellis.

—Debes aceptar —le dijo.

Ellis sonrió y respondió a Masud:

—Ni hablar de esa cuestión.

El guerrillero se levantó, visiblemente ofendido, y se dirigió al círculo que formaban sus hombres.

–¡Oh, Ellis! –susurró Jane–. ¿Crees que has obrado con sensatez?

–No –repuso él, reteniendo su mano–. Pero no voy a dejar que te alejes de mí.

Ella le apretó la mano.

–Yo… yo no te he prometido nada.

–Lo sé –dijo él–. Cuando volvamos a la civilización, serás libre de hacer lo que desees, incluso vivir con Jean-Pierre, si así lo quieres y si puedes encontrarle. Me conformaré con las dos semanas próximas, si eso es todo lo que puedo conseguir. De todos modos, quizá no vivamos tanto tiempo.

Estaba en lo cierto. ¿Por qué agonizar pensando en el mañana, cuando probablemente no tengamos futuro alguno?

–No soy un buen negociador –dijo Masud–. Te prestaré a Mohammed de todos modos.

16

Partieron media hora antes del alba. Uno tras otro, los helicópteros se alzaron del mantel de cemento y desaparecieron en el cielo nocturno, más allá del alcance de los focos. A su vez, el Hind en que Jean-Pierre y Anatoly se hallaban, se elevó en el aire como un pájaro torpe y se unió al convoy. No tardaron en perder de vista las luces de la base aérea y, una vez más, Jean-Pierre y Anatoly volaban por encima de las montañas en dirección al valle de los Cinco Leones.

Anatoly había obrado un milagro. En menos de veinticuatro horas había organizado la que probablemente era la mayor operación en la historia de la guerra en Afganistán, y él se encontraba al mando.

Había pasado casi todo el día anterior pegado al teléfono, hablando con Moscú. Tuvo que galvanizar a la soñolienta burocracia del ejército soviético explicando, primero a sus superiores del KGB y después a una serie de peces gordos militares, lo importante que era cazar a Ellis Thaler. Jean-Pierre había estado escuchando sin comprender las palabras, pero admirando la combinación exacta de autoridad, calma y urgencia que notaba en el tono de voz de Anatoly.

El permiso oficial le fue concedido a última hora de la tarde y, por fin, Anatoly se enfrentó con el desafío de llevarlo a la práctica. Para conseguir el número de helicópteros que necesitaba había pedido favores, recordado viejas deudas y esparcido amenazas y promesas, desde Jalalabad a Moscú. Cuando un general de Kabul se negó a prestar sus aparatos sin una orden escrita, Anatoly telefoneó al KGB en Moscú y persuadió a un viejo amigo de echar un vistazo a la carpeta privada del general. Después llamó al general y le amenazó con cortarle su suministro de pornografía infantil de Alemania.

Los soviéticos tenían seiscientos helicópteros en Afganistán. A las tres de la madrugada, doscientos de esos helicópteros estaban en el campo de Bagram, bajo el mando de Anatoly.

Jean-Pierre y Anatoly habían pasado las últimas horas inclinados sobre mapas, decidiendo hacia dónde debía ir cada uno de los helicópteros y dando las oportunas órdenes a una multitud de oficiales. Los detalles fueron precisos, gracias a la atención instintiva de Anatoly por la minuciosidad y al íntimo conocimiento del terreno que Jean-Pierre poseía.

Aunque Ellis y Jane no se encontraban en el pueblo el día anterior cuando Jean-Pierre y Anatoly fueron a buscarlos, era indudable que sabrían lo ocurrido y se habrían ocultado. No estarían en Banda. Podían encontrarse en una mezquita de algún otro pueblo –los visitantes solían dormir en las mezquitas–, o si dudaban de que los pueblos fueran seguros, se habrían instalado en alguna de las cabañas de piedra para viajeros que salpicaban el campo. Podían estar en cualquier parte del valle, o incluso en alguno de los pequeños valles contiguos.

Anatoly había cubierto todas las posibilidades.

Los helicópteros aterrizarían en los distintos pueblos del valle y en cada caserío. Los pilotos sobrevolarían caminos y senderos. Las tropas, más de un millar de hombres, tenían órdenes de buscar en cada edificio, mirar bajo los grandes árboles y dentro de las cuevas. Anatoly estaba decidido a no fracasar de nuevo. Encontrarían a Ellis ese mismo día... Y a Jane.

El interior del Hind era estrecho y permanecía vacío. No había nada en la cabina del pasajero, salvo un banco sujeto al fuselaje, al otro lado de la puerta. Jean-Pierre lo compartía con Anatoly. Podían ver la cubierta de vuelo. El asiento del piloto estaba elevado unos centímetros por encima del suelo, con un peldaño en un costado para acceder a él. Todo el dinero había sido empleado en el armamento, la velocidad y la maniobrabilidad de la nave, pero no en la comodidad.

Mientras volaban hacia el norte, Jean-Pierre meditaba con tristeza. Ellis había fingido ser su amigo mientras trabajaba todo el tiempo para los americanos. Utilizando esa amistad, había arruinado su proyecto para atrapar a Masud, destruyendo, por consiguiente, un año de afanoso trabajo. Y además, ha seducido a mi mujer, se dijo Jean-Pierre.

Su mente se debatía en círculos, volviendo siempre al último punto. Miraba fijamente hacia la oscuridad, contemplando las luces de los otros helicópteros e imaginando a los dos amantes tal y como debían de haber estado la noche anterior, tendidos sobre una manta, bajo las estrellas, jugando con el cuerpo del otro y murmurándose palabras de amor. Se preguntó si Ellis sería bueno en la cama. Una vez le preguntó a Jane cuál de los dos era mejor amante, pero ella dijo que resultaban distintos. ¿Le diría lo mismo a Ellis? ¿O le confesaría que él, Ellis, era el mejor? Jean-Pierre comenzaba a odiar a Jane también. ¿Cómo podía volver con un hombre que era nueve años mayor que ella, un americano gordo, un fantasma de la CIA?

Observó a Anatoly. El ruso permanecía sentado, quieto y con gesto impasible, como la estatua de piedra de un mandarín chino. Había dormido muy poco durante las últimas cuarenta y ocho horas, pero no parecía cansado, sólo obstinado. Jean-Pierre veía un lado nuevo de aquel hombre. En sus encuentros, el año anterior, Anatoly siempre se había mostrado relajado y afable, pero en ese momento se encontraba tenso, moviéndose y haciendo mover a sus colegas de manera incesante. Se mostraba obsesionado dentro de su calma.

Cuando rompió el alba, divisaron a los otros helicópteros. Era una visión terrible: como una gran nube de abejas gigantes zumbando por encima de las montañas. El ruido de su zumbido debía de resultar ensordecedor en tierra.

Al aproximarse al valle, comenzaron a dividirse en grupos más pequeños. Jean-Pierre y Anatoly se quedaron en el grupo que se dirigía a Comar, el pueblo más al norte. Durante el último trecho del viaje, siguieron el curso del río. La luz matutina, que aumentaba con rapidez, reveló hileras ordenadas de gavillas en los campos de trigo (desde que comenzaron los bombardeos, el cultivo en la parte alta del valle se había alterado por completo).

Tenían el sol de cara cuando descendieron a Comar. El pueblo era un agrupamiento de casas asomadas a una escarpada pared en la ladera de la colina. Jean-Pierre recordó los pueblecitos en las colinas del sur de Francia y sintió una punzada de nostalgia. ¿No sería fantástico volver a casa, oír hablar correctamente el francés y comer pan tierno y comida sabrosa, o entrar en un taxi e ir al cine?

Se agitó en el duro asiento. En ese momento ya sería fantástico poder salir del helicóptero. Desde la paliza, había sentido dolores más o menos constantes. Pero peor aún que el dolor, era el recuerdo de la humillación, sus llantos y gritos suplicando piedad (cada vez que pensaba en ello, se estremecía, deseaba esconderse). Quería vengarse por ese motivo. Sentía que nunca dormiría en paz hasta que hubiera nivelado la situación. Y sólo había una forma de hacerlo: ver a Ellis de la misma manera, con los mismos soldados brutales, hasta que sollozara, gritara y suplicara piedad, pero añadiéndole un refinado elemento extra. Jane estaría contemplándolo.

Hacia mitad de la tarde el fracaso los abofeteó una vez más.

Habían buscado en el pueblo de Comar, en los caseríos de los alrededores, en los valles de la zona y en cada una de las casas de campo que había en la tierra casi estéril al norte del pueblo. Anatoly se hallaba en constante contacto por radio con los comandantes de las otras patrullas. Habían buscado minuciosamente por todo el valle, descubriendo escondrijos de armas en algunas cuevas y casas; habían tenido escaramuzas con varios grupos de hombres –supuestamente guerrilleros–, sobre todo en las colinas próximas a Saniz, pero las refriegas habían revestido gran importancia sólo porque habían caído rusos en cifras superiores a las normales, debido a la nueva destreza de los guerrilleros con los explosivos; habían examinado todas las caras puestas al descubierto de las mujeres veladas y examinado el color de la piel de cada bebé. Sin embargo, seguían sin encontrar a Ellis, a Jane o a Chantal.

Jean-Pierre y Anatoly terminaron en un puesto de caballos, en las montañas, encima de Comar. El lugar no tenía nombre. No era más que un puñado de casas desnudas de piedra y un prado polvoriento, donde unos pencos desnutridos apacentaban la escasa hierba. El único habitante varón parecía ser el tratante en caballos, un viejo descalzo que llevaba un camisón largo con una capucha voluminosa para protegerse de las moscas. Había también un par de mujeres jóvenes y un montón de chiquillos asustados. Sin duda los muchachos del lugar eran guerrilleros y estarían en algún lugar con Masud. No tardaron mucho en registrar el caserío. Luego Anatoly se sentó en el suelo, apoyando la espalda contra un muro de piedra, con aire pensativo. Jean-Pierre se sentó junto a él.

A través de las montañas divisaban el distante pico blanco de Mesmer, de una altura de casi seis mil metros, que había atraído a escaladores de Europa en los viejos tiempos.

–A ver si puedes conseguir un poco de té –ordenó Anatoly.

Jean-Pierre miró alrededor y vio al viejo con su capucha merodeando por allí.

–¡Prepara té! –le gritó en dari.

El hombre se escabulló. Poco después, Jean-Pierre le oyó gritar a las mujeres.

–Ahora traerá el té –comentó a Anatoly en francés.

Al ver que permanecerían un rato allí, los hombres de Anatoly pararon los motores de los helicópteros y se sentaron en el suelo polvoriento, esperando con paciencia.

Anatoly miraba a lo lejos. En su rostro enjuto se reflejaba el cansancio.

–Tenemos problemas –dijo.

Jean-Pierre dio un respingo.

–En nuestra profesión –prosiguió Anatoly– es importante minimizar la relevancia de una misión hasta que uno está seguro del éxito, en cuyo momento comienza a exagerarla. En este caso, no he podido seguir ese consejo. Para asegurarme el uso de doscientos helicópteros y un millar de hombres, he tenido que convencer a mis superiores de la abrumadora importancia de atrapar a Ellis Thaler. Tuve que explicarles con claridad los peligros con que nos enfrentaríamos si él escapa. Lo conseguí. Pero su ira hacia mí, por no haberle atrapado, será mucho mayor ahora. Tu futuro, como es lógico, está atado al mío.

Jean-Pierre no había analizado el tema bajo esa perspectiva.

—¿Qué harás?

—Mi carrera sencillamente se detendrá. Mi salario seguirá siendo el mismo, pero perderé todos los privilegios. No más whisky escocés, ni Rive Gauche para mi mujer; no más vacaciones familiares en el mar Negro, ni más vaqueros y discos de los Rolling Stones para mis hijos… Pero yo podría vivir sin todas esas cosas. Lo que no podré soportar será el puro aburrimiento de la clase de trabajo que se da a los que fracasan en mi profesión. Me enviarán a una pequeña ciudad, en el lejano Este, donde no hay realmente ningún trabajo de seguridad que realizar. Sé cómo pasan el tiempo nuestros hombres en semejantes lugares y cómo justifican su existencia. Tienes que congraciarte con gente que esté algo descontenta, conseguir que confíen en ti y hablen contigo, animarles a que hagan críticas del gobierno y el Partido, arrestarles por subversivos. Es una pérdida tan lamentable de tiempo…

Pareció darse cuenta de que divagaba y se interrumpió.

—¿Y yo? —inquirió Jean-Pierre—. ¿Qué me sucederá a mí?

—Tú serás un don nadie —respondió Anatoly—. No volverás a trabajar para nosotros. Quizá te permitan quedarte en Moscú, pero lo más probable es que te envíen de regreso.

—Si Ellis consigue escapar, yo no puedo regresar a Francia… Me matarían.

—No has cometido ningún crimen en tu país.

—Tampoco mi padre, pero lo mataron.

—Quizá podrías ir a algún país neutral, como Nicaragua o Egipto, por ejemplo.

–Mierda.

–Pero no perdamos la esperanza –agregó Anatoly algo más animado–. La gente no puede desvanecerse en el aire. Nuestros fugitivos tienen que estar en alguna parte.

–Si no podemos encontrarles con un millar de hombres, no creo que podamos hacerlo ni con diez mil –repuso Jean-Pierre con aire sombrío.

–No dispondremos de un millar, y mucho menos de diez mil –puntualizó Anatoly–. A partir de ahora, tendremos que utilizar nuestro cerebro y los recursos mínimos. Hemos agotado nuestro crédito. Intentemos un acercamiento distinto. Piensa… Alguien ha de haberles ayudado a ocultarse, lo que significa que ese «alguien» sabe dónde están.

Jean-Pierre guardó silencio un momento y luego dijo:

–Si han recibido ayuda, habrá sido de los guerrilleros, las personas menos dispuestas a hablar.

–Otros pueden saberlo también.

–Quizá. Pero ¿nos lo dirán?

–Nuestros fugitivos deben de tener algunos enemigos –insistió Anatoly.

Jean-Pierre meneó la cabeza.

–Ellis no ha estado aquí el tiempo suficiente para hacer enemigos, y Jane es una heroína para ellos. La tratan como si fuese Juana de Arco. Nadie está contra ella…

De pronto recordó que aquello no era cierto.

–¿Y bien?

–El *mullah*.

–Vaya.

–Por algún motivo que ignoro, ella lo irritaba más allá de toda razón. Creo que en parte se debía a que las curas de Jane resultaban más efectivas que las de él, pero no sólo por eso, porque también las mías lo eran y él nunca se mostró especialmente antipático conmigo.

—Quizá él la llamaba puta occidental.

—¿Cómo lo has adivinado?

—Siempre lo hacen. ¿Dónde vive ese *mullah*?

—Abdullah vive en Banda, en una casa situada a medio kilómetro del pueblo.

—¿Hablará?

—Creo que sí, odia lo bastante a Jane para denunciarla —respondió Jean-Pierre—. Pero puede que no quiera ser visto haciéndolo. No podemos aterrizar en el pueblo como si tal cosa y cogerle. Todo el mundo sabría lo sucedido y él cerraría el pico. Tendría que encontrarme en secreto con él en alguna parte...

Jean-Pierre pensó que estaba corriendo un nuevo peligro al hablar de aquella manera. Entonces recordó la humillación sufrida, y se dijo que la venganza bien valía correr cualquier riesgo.

—Si me dejas cerca del pueblo, puedo acercarme allí por el sendero que hay entre el resto de las casas y la suya y esconderme hasta que él pase.

—¿Y si él no pasa durante todo el día?

—Sí...

—Tendremos que asegurarnos de que lo hace.

Anatoly frunció el entrecejo.

—Reuniremos a toda esa gente en la mezquita, como hicimos ayer, y después los soltaremos. Seguro que Abdullah volverá a su casa.

—Pero ¿estará solo?

—Bueno, supongamos que primero soltamos a las mujeres y les ordenamos que regresen a sus casas. Cuando los hombres salgan, todos irán a comprobar que sus mujeres estén bien. ¿Vive alguien cerca de Abdullah?

—No.

—En ese caso, tendrá que apresurarse por ese sendero solo. Tú sales de detrás de un arbusto...

—Y él me corta el cuello de oreja a oreja.

–¿Lleva cuchillo?

–¿Has visto alguna vez un afgano que no lo lleve?

Anatoly se encogió de hombros.

–Puedes llevarte mi pistola.

Jean-Pierre se sintió complacido, y algo sorprendido, ante esa prueba de confianza, aunque no hubiera sabido cómo utilizar una pistola.

–Supongo que podría servir como amenaza –dijo con impaciencia–. Necesitaré ropas nativas, por si alguna otra persona me ve, además de Abdullah. ¿Qué sucederá si me encuentro con alguien que me conoce? Tendré que cubrirme la cara con un pañuelo o algo parecido...

–Eso es fácil –dijo Anatoly.

Gritó algo en ruso y tres de los soldados se pusieron en pie de un salto. Desaparecieron entre las casas y volvieron pocos segundos después con el viejo tratante de caballos.

–Puedes quitarte la ropa –comentó Anatoly.

–Bien –dijo Jean-Pierre–. La capucha me ocultará la cara. –Pasó al dari y le gritó al viejo–: ¡Desnúdate!

El hombre comenzó a protestar, la desnudez era la vergüenza más terrible para los afganos. Anatoly dio una brusca orden en ruso y los soldados arrojaron al viejo al suelo, y le quitaron el camisón. Todos se echaron a reír con estrépito al ver sus piernas delgadas como palos saliendo de sus calzoncillos harapientos. Lo soltaron y el hombre se escabulló con las manos sobre los testículos, algo que hizo reír mucho más a los soldados.

Jean-Pierre se encontraba demasiado nervioso para reír. Se quitó la camisa y los pantalones y se puso el camisón con capucha del viejo.

–Hueles a meada de caballo –bromeó Anatoly.

–Es mucho peor desde dentro –replicó Jean-Pierre.

Subieron al helicóptero. Anatoly cogió el equipo de

radio del piloto y habló un buen rato en ruso por el micrófono. Jean-Pierre estaba algo inquieto por lo que se disponía a hacer. ¿Qué ocurriría si tres guerrilleros subían por la montaña y le sorprendían amenazando a Abdullah con la pistola? Casi todos los del valle le conocían. La noticia de que había visitado Banda acompañando a los rusos se había esparcido con rapidez. Sin duda la mayoría de la gente ya sabía que él era un espía. Debía de ser ya el enemigo público número uno. Lo destrozarían.

Quizá me he pasado de listo, pensó. Quizá debería aterrizar, atrapar a Abdullah y hacerle hablar como fuese. No, eso lo intentamos ayer y no resultó. Ésta es la única manera.

Anatoly devolvió al piloto los auriculares, y éste se sentó para poner en marcha el motor del helicóptero. Mientras esperaban, Anatoly sacó su pistola y se la mostró a Jean-Pierre.

—Es una Makarov de nueve milímetros —dijo por encima del ruido de los rotores.

Alzó un gancho del final de la culata y sacó el cargador. Contenía ocho balas. Volvió a colocarlo. Señaló otro botón en el lado izquierdo de la pistola.

—Éste es el seguro. Cuando el punto rojo está oculto, la sujeción está en la posición de seguro.

Sosteniendo la pistola con su mano izquierda, utilizó la derecha para deslizar el percutor encima del cañón.

—Así la pistola está amartillada. —Lo soltó y se colocó en posición otra vez—. Cuando dispares, dale un tirón fuerte al gatillo para volver a amartillar la pistola.

Entregó el arma a Jean-Pierre.

Realmente confía en mí, se dijo Jean-Pierre y, por un momento, el brillo de su placer suavizó el frío de su miedo.

Los helicópteros se elevaron. Siguieron el curso del río de los Cinco Leones hacia el sudoeste, en dirección al valle. Jean-Pierre empezaba a pensar que él y Anatoly formaban un buen equipo. El ruso le recordaba a su padre: un hombre inteligente, decidido y valiente con un compromiso inquebrantable con el comunismo mundial. Si tenemos éxito aquí, quizá podremos volver a trabajar juntos en algún otro campo de batalla. Aquel pensamiento le causó un placer extraordinario.

En Dasht-i-Riwat, donde comenzaba el valle, el helicóptero se dirigió hacia el sudeste, siguiendo el afluente Riwat río arriba hacia las montañas, para acercarse a Banda por detrás.

Anatoly utilizó de nuevo el equipo transmisor del piloto y después se inclinó para gritar al oído de Jean-Pierre:

—Todos están en la mezquita. ¿Cuánto tiempo tardará la mujer en llegar a la casa del *mullah*?

—Cinco o diez minutos —gritó Jean-Pierre como respuesta.

—¿Dónde quieres bajar?

Jean-Pierre lo pensó un momento y dijo:

—Todos los habitantes están en la mezquita, ¿verdad?

—Sí.

—¿Han mirado en las cuevas?

Anatoly volvió a la radio y preguntó. Luego informó a Jean-Pierre:

—Sí, lo han hecho.

—De acuerdo. Que me dejen allí.

—¿Cuánto tardarás en llegar a tu escondrijo?

—Dame diez minutos, después suelta a las mujeres y los niños, y espera otros diez minutos para dejar marchar a los hombres.

—Bien.

El helicóptero descendió en la sombra de la montaña. La tarde estaba oscureciendo, pero todavía faltaba una hora para la caída de la noche. Aterrizaron junto al borde, a pocos metros de las cuevas.

—No vayas todavía —dijo Anatoly a Jean-Pierre—. Inspeccionemos otra vez las cuevas.

A través de la puerta abierta, Jean-Pierre vio que otro Hind aterrizaba. Saltaron seis hombres y corrieron por el borde.

—¿Cómo te indicaré que bajes y me recojas después? —preguntó Jean-Pierre.

—Te esperaremos aquí.

—¿Qué harás si algún habitante del pueblo sube antes de que yo vuelva?

—Lo mataremos.

Ésa era una de las cosas que Anatoly tenía en común con el padre de Jean-Pierre: su crueldad.

El grupo de reconocimiento volvió y uno de los hombres hizo una señal para indicar que todo iba bien.

—Ve —ordenó Anatoly.

Jean-Pierre abrió la puerta y saltó fuera del helicóptero, sosteniendo la pistola de Anatoly todavía en las manos. Se alejó corriendo de las hélices con la cabeza agachada. Cuando llegó a la cresta, miró hacia atrás. Los dos helicópteros seguían allí.

Cruzó el claro, frente a su vieja enfermería en la cueva, y miró hacia el pueblo, abajo. Distinguía el patio de la mezquita desde allí, pero no pudo identificar ninguna de las figuras que veía. Quizá alguna de ellas alzara la mirada en el momento menos oportuno y lo viese —su vista podía ser mejor que la de él—, de modo que se enfundó bien la capucha para ocultar su rostro.

El corazón le latía más aprisa a medida que se alejaba de la seguridad de los helicópteros rusos. Bajó la montaña presurosamente y pasó por delante de la casa del *mullah*. El valle parecía extrañamente quieto a pesar del ruido omnipresente del río y el susurro distante de los rotores de los helicópteros. Se dijo que se debía a la ausencia de voces infantiles.

Giró en una curva y perdió de vista la casa del

mullah. Junto al sendero, había una mata de hierba camello y unos arbustos de enebro. Se puso detrás de ellos y se agachó. Estaba bien escondido, pero veía el sendero con claridad. Se dispuso a esperar.

Reflexionó en lo que le diría a Abdullah. El *mullah* era un misógino histérico, quizá podría aprovecharse de ello.

Un repentino estallido de gritos en el pueblo le indicaron que Anatoly había ordenado que las mujeres y los niños fuesen liberados de la mezquita. La gente se preguntaría cuál sería el propósito de aquel ejercicio, pero lo atribuirían a la notoria demencia de los ejércitos de todo el mundo.

Pocos minutos después, la mujer del *mullah* subía por el camino, llevando su bebé y seguida de tres niños mayores. ¿Estaba realmente bien escondido?, se preguntó Jean-Pierre. ¿Saldrían corriendo los niños del camino y darían con ese arbusto? Qué humillación supondría para él ser descubierto por unos niños. Recordó la pistola que tenía en las manos. ¿Me atrevería a disparar contra niños?

Sin embargo, todos pasaron de largo y giraron hacia la casa.

Poco después, los helicópteros rusos comenzaron a elevarse del campo de trigo, lo que significaba que los hombres habían sido liberados. Como estaba previsto, Abdullah subió resoplando por la colina, una figura rolliza con un turbante y una chaqueta a rayas inglesa. Debía de haber un gran comercio de ropa usada entre Europa y el Este, había pensado Jean-Pierre cuando llegó allí, ya que muchos llevaban ropas que evidentemente habían sido confeccionadas en París o Londres y después habían sido desechadas, quizá por estar pasadas de moda. Este payaso con su chaqueta de corredor de bolsa podría ser la llave de mi futuro, pensó Jean-Pierre, mientras la figura cómica se acercaba. Se puso en pie y salió de detrás de los arbustos.

El *mullah* se sobresaltó y lanzó un alarido de sorpresa. Miró a Jean-Pierre y lo reconoció.

—¡Tú! —exclamó.

Se llevó la mano al cinto, pero Jean-Pierre le mostró la pistola. Abdullah parecía asustado.

—No tengas miedo —susurró Jean-Pierre en dari.

La inseguridad de su voz traicionaba su nerviosismo, y se esforzó por controlarla.

—Nadie sabe que estoy aquí. Tu esposa y tus hijos han pasado sin verme. Están a salvo.

Abdullah parecía suspicaz.

—¿Qué quieres?

—Mi mujer es una adúltera —dijo Jean-Pierre.

Aunque estaba manipulando deliberadamente los prejuicios del *mullah*, su ira no era del todo fingida.

—Se ha llevado a mi hija y me ha abandonado. Se ha marchado como una puta detrás del americano.

—Lo sé —dijo Abdullah, y Jean-Pierre advirtió su creciente indignación.

—He estado buscándola, para hacerla regresar y castigarla.

Abdullah asintió con entusiasmo y en sus ojos apareció la malicia: le gustaba la idea de castigar a las adúlteras.

—Pero la malvada pareja se ha escondido —añadió Jean-Pierre.

Habló lenta y cuidadosamente. En ese momento todos los matices eran importantes.

—Tú eres un hombre de Dios. Dime dónde están. Nadie sabrá nunca cómo lo he descubierto, excepto tú, yo y Dios.

—Se han marchado lejos. —Abdullah escupió y la saliva humedeció su barba teñida de rojo.

—¿Adónde?

Jean-Pierre contuvo la respiración.

—Han abandonado el valle.

–Pero ¿adónde han ido?

–A Pakistán.

¡A Pakistán! ¿De qué estaba hablando ese viejo loco?

–¡Las rutas están cerradas! –replicó Jean-Pierre, exasperado.

–El Butter Trail no.

–*Mon Dieu* –murmuró Jean-Pierre–. El Butter Trail...

Estaba perplejo por su valentía y al mismo tiempo amargamente desilusionado, pues le resultaría imposible encontrarlos.

–¿Se han llevado al bebé?

–Sí.

–Entonces nunca más veré a mi hija.

–Todos morirán en Nuristán –añadió Abdullah con satisfacción–. Una mujer occidental con un bebé nunca podría sobrevivir a esos puertos altos, y el americano morirá intentando salvarla. Dios castiga de esta manera a los que escapan de la justicia de los hombres.

Jean-Pierre se dio cuenta de que tenía que volver lo antes posible al helicóptero.

–Ahora, ve a tu casa –dijo a Abdullah.

–El tratado morirá con ellos, pues Ellis tiene el papel –agregó Abdullah–. Esto es una cosa buena. Aunque necesitamos las armas americanas, es peligroso hacer pactos con los infieles.

–¡Ve! –ordenó Jean-Pierre–. Si no quieres que tu familia me vea, haz que se queden dentro de la casa durante unos minutos.

Abdullah pareció indignado por recibir órdenes, pero dirigió la mirada hacia la pistola y se apresuró a alejarse.

Jean-Pierre se preguntó si todos morirían en Nuristán, tal como había predicho Abdullah siniestramente. No era eso lo que él deseaba. No le proporcionaría ni venganza ni satisfacción. Él quería recuperar a su hija, tener a Jane viva y en su poder, y que Ellis sufriera un terrible castigo y humillaciones.

Dio tiempo a Abdullah de entrar en su casa. Luego se cubrió la cabeza y el rostro con la capucha y, lleno de desilusión, emprendió el camino cuesta arriba. Volvió la cara al pasar frente a la casa, por si alguno de los niños estaba mirando hacia fuera en aquel momento.

Anatoly lo esperaba en el claro, delante de las cuevas. Le tendió la mano, para coger la pistola.

—¿Y bien? —preguntó.

Jean-Pierre le devolvió el arma.

—Se nos han escapado —respondió—. Han salido del valle.

—No pueden haber escapado —dijo Anatoly—. ¿Adónde han ido?

—A Nuristán.

Jean-Pierre señaló hacia los helicópteros.

—¿No deberíamos irnos?

—No podemos hablar en los helicópteros.

—Pero si vienen estas gentes…

—¡Al diablo con estas gentes! ¡Deja de portarte como un perdedor! ¿Qué están haciendo en Nuristán?

—Se dirigen hacia Pakistán por una ruta conocida como Butter Trail.

—Si nosotros conocemos la ruta, podremos encontrarles.

—No lo creo. Sólo existe un camino, pero tiene muchos desvíos.

—Los sobrevolaremos todos.

—No podéis seguir esos caminos desde el aire. Ya es difícil hacerlo desde tierra excepto con un guía nativo.

—Podemos utilizar mapas…

—¿Qué mapas? —inquirió Jean-Pierre—. He visto vuestros mapas y no valen más que mis mapas americanos, que eran los mejores disponibles… No muestran esos puertos y senderos. ¿No sabes que hay regiones en el mundo que nunca han sido trazadas en un mapa? ¡Ahora te encuentras en una de ellas!

–Lo sé… Estoy en inteligencia, ¿recuerdas? –Anatoly bajó la voz–. Te desanimas con demasiada facilidad, amigo mío. Piensa. Si Ellis puede encontrar un guía nativo que le muestre la ruta, nosotros también podemos hacerlo.

Jean-Pierre se preguntó si estaría en lo cierto.

–Pero hay más de un camino.

–Supongamos que haya diez desvíos. Necesitamos diez guías nativos que conduzcan diez grupos de rescate.

De pronto, Jean-Pierre se sintió eufórico al darse cuenta de que todavía existía alguna posibilidad de capturar a Ellis y a Jane.

–Quizá las cosas no estén tan mal –comentó entusiasmado–. Sencillamente podemos investigar por el camino. Una vez hayamos salido de este maldito valle la gente quizá no mantenga la boca tan cerrada. Los nuristaníes no están tan involucrados en la guerra como esta gente de aquí.

–Bien –dijo Anatoly bruscamente–. Está oscureciendo. Esta noche tenemos mucho quehacer. Comenzaremos mañana temprano. ¡Vámonos!

17

Jane se despertó sobresaltada. No sabía dónde estaba, quién era o si los rusos la habían atrapado. Por unos
segundos contempló el lado inferior de un techo de zar-
zo, preguntándose si sería una prisión. Entonces se incorporó de pronto, con el corazón palpitante, y vio a Ellis
en su saco, durmiendo con la boca abierta: Estamos fuera del valle. Hemos escapado. Los rusos no saben dónde nos hallamos y no podrán encontrarnos, recordó.

Se tumbó de nuevo y esperó que su corazón latiera
con normalidad.

Se habían desviado de la ruta que Ellis había planeado en principio. En vez de dirigirse al norte, hacia Comar y después hacia el este, siguiendo el valle de Comar
para entrar en Nuristán, se habían dirigido al sur desde
Saniz y luego hacia el este, a lo largo del valle de Aryu.
Mohammed había sugerido que eso los alejaría del valle de los Cinco Leones con mucha más rapidez, y Ellis
estuvo de acuerdo.

Habían partido antes del alba y caminado todo el
día cuesta arriba. Ellis y Jane se turnaban para llevar a
Chantal y Mohammed conducía a *Maggie*. Al mediodía
se habían detenido en el poblado de chozas de barro
llamado Aryu, y compraron pan a un viejo suspicaz que
tenía un perro belicoso. El pueblo de Aryu era el lími-

te de la civilización. Más allá, no había nada durante kilómetros salvo el río, salpicado de cantos, y las grandes montañas desnudas a ambos lados, hasta llegar a aquel lugar después de una tarde de camino.

Jane volvió a sentarse. Chantal yacía junto a ella, respirando con tranquilidad e irradiando calor como una bolsa de agua caliente. Ellis estaba en su propio saco de dormir. Hubieran podido unir los dos sacos mediante la cremallera para formar uno solo, pero Jane temía que Ellis pudiera echarse sobre Chantal mientras dormía, de modo que se contentaron con estar cerca y sacar la mano del saco para tocarse de vez en cuando. Mohammed se encontraba en la habitación contigua.

Jane se levantó con gran cuidado, intentando no despertar a Chantal. Mientras se ponía la camisa y los pantalones, sintió dolor en la espalda y las piernas. Estaba acostumbrada a caminar, pero no durante todo el día, trepando sin descanso, en un terreno tan áspero.

Se puso las botas sin atarse los cordones y salió afuera. Parpadeó ante la brillante luz fría de las montañas. Se hallaba en un prado de tierras altas, un vasto campo verde cruzado por un arroyo tortuoso. A un lado del prado, la montaña tenía una cuesta inclinada, y al pie de la pendiente había algunas casas de piedra y establos. Las casas estaban desiertas y no había ganado. Aquél era pasto de verano, y los rebaños se habían marchado a sus establos de invierno. Todavía era verano en el valle de los Cinco Leones, pero a esa altitud, el otoño llegaba en septiembre.

Jane se dirigió al arroyo. Estaba lo bastante alejado de las casas de piedra para que pudiera desnudarse sin temor de ofender a Mohammed. Corrió hacia el arroyo y se sumergió de inmediato en el agua. Estaba helada. Salió enseguida, con los dientes castañeteando.

—Al infierno con esto —dijo en voz alta.

Decidió que conservaría la suciedad hasta que retornara a la civilización.

Volvió a vestirse y regresó corriendo a la casa, recogiendo algunas ramitas por el camino. Colocó las ramas encima de los restos del fuego de la noche anterior y sopló sobre los rescoldos hasta que la madera prendió. Tendió sus manos heladas hacia las llamas y esperó a que entraran en calor.

Puso un cazo con agua a calentar sobre el fuego para lavar a Chantal. Mientras esperaba, los otros se despertaron: primero Mohammed, que salió para lavarse; después Ellis, que se quejó de que le dolía todo el cuerpo, y finalmente Chantal, que exigió ser alimentada y fue complacida.

Jane sentía una extraña euforia. Pensó que debería estar preocupada al llevarse a un bebé de dos meses a uno de los lugares más salvajes del mundo, sin embargo esa preocupación quedaba amortiguada por su felicidad. ¿Por qué soy feliz?, se preguntó, y la respuesta le llegó desde el fondo de la mente: Porque estoy con Ellis.

Chantal también parecía feliz, como si absorbiera satisfacción junto con la leche de su madre. La noche anterior, no habían podido comprar comida porque los rebaños se habían marchado y no quedaba nadie a quien poder comprar. Sin embargo, tenían un poco de arroz y sal, que habían hervido aunque no sin dificultades, debido a la altitud. Para el desayuno quedaban restos del arroz del día anterior. Eso desanimó a Jane un poco.

Comió mientras Chantal mamaba. Después la lavó y la cambió. El nuevo pañal, lavado el día anterior en el arroyo, se había secado durante la noche junto al fuego. Jane se lo puso a Chantal y se llevó el pañal sucio al arroyo. Lo sujetaría al equipaje y confiaba en que el viento y el calor del cuerpo del animal lo secaran. ¿Qué pensaría su madre si supiera que su nieta utilizaba un único pañal todo el día? Se horrorizaría. No importaba...

Ellis y Mohammed cargaron la yegua y la pusieron en la dirección correcta. El día sería más duro que el anterior. Tenían que cruzar una cadena de montañas que durante siglos habían mantenido Nuristán aislado del resto del mundo. Subirían al puerto de Aryu, a cuatro mil doscientos metros de altura. Durante buena parte del camino tendrían que luchar contra la nieve y el hielo. Esperaban llegar a un pueblo de Nuristán llamado Linar, que se hallaba a quince kilómetros de distancia en línea recta, aunque podrían darse por satisfechos si se encontraban allí a última hora de la tarde.

El día empezaba a clarear cuando emprendieron la marcha. El aire era frío. Jane llevaba calcetines gruesos, guantes y un viejo jersey bajo su abrigo forrado de piel. Llevaba a Chantal en el cabestrillo, debajo del abrigo, y había desabrochado los botones superiores para que pudiera respirar.

Abandonaron el prado siguiendo el curso del río Aryu, hacia arriba, y muy pronto el paisaje se hizo áspero y hostil. Los fríos acantilados carecían de vegetación. Jane vio en la distancia un grupo de nómadas con sus tiendas en una pendiente pelada. No sabía si alegrarse de ver otros seres humanos cerca de allí o sentirse asustada. El único ser vivo que había visto fue un buitre barbudo, flotando en el fuerte viento.

No había camino visible. Jane se sentía feliz de que Mohammed los acompañase. Al principio siguió el río, pero cuando éste se estrechó y se perdió de vista, Mohammed siguió adelante con una confianza inquebrantable. Jane le preguntó cómo podía estar tan seguro del camino, y él respondió que la ruta estaba señalada por montoncitos de piedras colocados a intervalos. Ella no los había visto hasta que él los señaló.

No tardaron en pisar una fina capa de nieve y los

pies de Jane se enfriaron, a pesar de sus gruesos calcetines y las botas.

Sorprendentemente, Chantal dormía la mayor parte del tiempo. Cada dos horas se detenían unos minutos para descansar, y Jane aprovechaba la oportunidad para darle el pecho, frunciendo el entrecejo cuando exponía sus tiernos senos al aire helado. Comentó a Ellis que pensaba que Chantal estaba portándose muy bien.

–Desde luego –convino él–. Es una maravilla.

A mediodía se detuvieron a la vista del puerto de Aryu para hacer un descanso de media hora. Jane estaba cansada y le dolía la espalda. Estaba hambrienta, así que devoró el pastelito de moras y nueces que tenían para el almuerzo.

La aproximación al puerto fue muy delicada. Contemplando aquel fuerte declive, Jane perdió el ánimo. Creo que me quedaré aquí sentada un poco más, pero hacía frío y comenzó a temblar. Ellis se dio cuenta y se levantó.

–Vámonos, antes de que nos quedemos helados aquí mismo –dijo con tono alegre.

Me gustaría que no trataras de disimular como un estúpido, pensó Jane y se levantó, haciendo un enorme esfuerzo de voluntad.

–Déjame llevar a Chantal –dijo Ellis.

Jane le entregó el bebé, agradecida. Mohammed abría el camino, tirando de las riendas de *Maggie*. Jane se obligó a seguirles. Ellis cerraba la comitiva.

La pendiente era muy pronunciada; el terreno resbaladizo a causa de la nieve. Al cabo de unos minutos, Jane estaba más fatigada que antes de detenerse para descansar. Mientras avanzaba a trompicones, jadeando y sufriendo, recordó haber dicho a Ellis: «Supongo que contigo tendré más oportunidades de escapar de aquí que de hacerlo sola de Siberia.» Quizá tampoco lo consiga con él. No creí que iba a resultar así. Entonces se detuvo y se dijo: Claro que lo sabías, y lo peor aún no ha llegado. Basta de tonterías, criatura patética. En aquel momento, resbaló en el hielo y cayó de lado. Ellis, justo detrás de ella, la cogió por el brazo y la sostuvo. Jane se dio cuenta de que él estaba vigilándola con sumo cuidado, y sintió un arrebato amoroso hacia él. Ellis la adoraba como Jean-Pierre nunca había hecho. Éste hubiera caminado delante, pensando que si necesitaba ayuda ya la pediría, y si ella se hubiera quejado de esa actitud, Jean-Pierre le hubiese preguntado si quería ser tratada como un igual o no.

Casi habían llegado a la cumbre. Jane se inclinó hacia adelante para emprender la ascensión final. Sólo un poco más, sólo un poco más. Se sentía mareada. Delante de ella, *Maggie* resbaló en las piedras sueltas y obligó a Mohammed a correr junto a ella, tratando de sujetarla. Jane caminó despacio detrás de la yegua, contando los pasos. Finalmente llegó al terreno llano de la cima. Se detuvo. La cabeza le daba vueltas. Ellis la rodeó con el brazo y ella cerró los ojos y se apoyó en él.

–A partir de ahora será cuesta abajo durante todo el día –aseguró Ellis.

Ella abrió los ojos. Nunca hubiera imaginado un paisaje tan cruel. No había nada salvo nieve, viento, montañas y una imponente soledad.

–Este lugar parece el fin del mundo –comentó Jane.

Contemplaron el paisaje durante un minuto.

–Hemos de seguir –insistió Ellis.

Prosiguieron el viaje. El camino de bajada era más inclinado. Mohammed, que había estado tirando de las riendas de *Maggie* durante la subida, tuvo que agarrarse a la cola del animal para impedir que la yegua patinara y perdiera el control en la resbaladiza pendiente. Los mojones resultaban difíciles de distinguir entre las piedras desprendidas cubiertas por la nieve, pero Mohammed no mostraba vacilación alguna en cuanto al camino a seguir. Jane pensó que debía ofrecerse para coger a Chantal y dejar que Ellis descansara, pero sabía que no podría cargar con la niña.

Mientras bajaban, la nieve se aclaró, el tiempo se despejó y el camino se hizo visible. Jane seguía oyendo un extraño silbido y al fin encontró energías suficientes para preguntar a Mohammed de qué se trataba. Para responder, el afgano utilizó una palabra dari desconocida para ella. Mohammed no sabía el equivalente francés. Entonces señaló algo, y Jane vio un pequeño animal, parecido a una ardilla, que se escurría fuera del camino: una marmota. Más tarde, vio algunas más y pensó que algo encontrarían allí arriba para comer.

Pronto caminaban de nuevo siguiendo el curso de otro arroyo, esta vez aguas abajo. La interminable superficie pelada de la roca fue reemplazada por una pequeña hierba áspera y algunos arbustos a la orilla del arroyo. No obstante, el viento seguía azotando aquella garganta y penetraba entre las ropas de Jane como agujas de hielo.

Mientras que la subida había ido complicándose poco a poco, el descenso se hacía cada vez más fácil: el sendero era más suave, el aire más caliente y el paisaje más acogedor. Jane seguía exhausta, pero ya no se sentía oprimida y desgraciada. Después de un par de kilómetros, llegaron al primer pueblo de Nuristán. Allí los hombres usaban unos suéteres gruesos y sin mangas, con un vistoso dibujo en blanco y negro, y hablaban un lenguaje autóctono que Mohammed apenas comprendía. Sin embargo, consiguió comprar pan con dinero afgano de Ellis.

Jane estuvo tentada de suplicar a Ellis que se detuviera allí para pasar la noche, pues se sentía totalmente agotada, pero todavía les quedaban algunas horas de luz diurna y habían acordado que intentarían llegar ese mismo día a Linar, de modo que se mordió la lengua y obligó a sus cansadas piernas a caminar.

Con gran alivio, comprobó que los cuatro o cinco kilómetros siguientes eran más suaves, y llegaron mucho antes de la caída de la noche. Jane se dejó caer al suelo, bajo una enorme morera, y permaneció sentada allí durante un rato. Mohammed encendió fuego y comenzó a preparar el té.

Como pudo, Mohammed dio a conocer a los aldeanos que Jane era una enfermera occidental y, más tarde, mientras ella amamantaba y cambiaba a Chantal, se formó un pequeño grupo de pacientes, esperando a una respetuosa distancia. Jane les atendió lo mejor posible. Trató las habituales heridas infectadas, los parásitos intestinales y las enfermedades bronquiales, pero había menos niños desnutridos que en el valle de los Cinco Leones, seguramente porque la guerra apenas había azotado aquel lugar remoto.

Como resultado de la improvisada visita, Mohammed recogió una gallina que hirvió en su cazo. Jane hubiera preferido dormir, pero se obligó a esperar la comida, que tragó con voracidad cuando llegó. Era fibrosa e insulsa, pero jamás en su vida se había sentido tan hambrienta.

Ellis y Jane se alojaron en una habitación de una de las casas del pueblo. Había un colchón para ellos y una tosca cuna de madera para Chantal. Juntaron sus sacos de dormir e hicieron el amor con cansina ternura. Jane se deleitó con el calor y la posibilidad de estar juntos casi tanto como con el sexo. Después Ellis se quedó dormido casi al instante. Jane permaneció despierta unos minutos. Parecía que los músculos le dolían más al estar relajada. Imaginó que se hallaba acostada en una cama de verdad, en un dormitorio corriente, filtrándose las luces de la calle entre las cortinas, y escuchando los portazos de los coches. Imaginó que disponía de un cuarto de baño con depósito de agua corriente en el retrete y un grifo con agua caliente; que había una tienda en la esquina donde comprar bolas de algodón, Pampers y champú infantil No-Más Lágrimas de Johnson's. Hemos escapado de los rusos, pensó, mientras se adormecía, quizá consigamos llegar a casa. Tal vez lo logremos.

Jane se despertó al mismo tiempo que Ellis, presintiendo un peligro inminente. Ellis permaneció junto a ella un momento, conteniendo la respiración y escuchando el ladrido de dos perros. Luego se levantó de la cama con rapidez.

La habitación estaba completamente a oscuras. Jane oyó el chasquido de una cerilla y, a continuación, una vela parpadeó en un rincón. Miró a Chantal, que dormía apaciblemente.

—¿Qué pasa? —preguntó a Ellis.

—No lo sé —murmuró él.

Se puso los pantalones, las botas y el abrigo, y salió.

Jane también se vistió y lo siguió. En la habitación contigua, la luz de la luna que se filtraba por la puerta abierta revelaba cuatro niños juntos en una cama, todos mirando con los ojos muy abiertos por encima de la manta que compartían. Sus padres dormían en otra habitación. Ellis estaba en el umbral de la puerta, mirando hacia fuera.

Jane se quedó a su lado. En lo alto de la colina distinguió, iluminada por la luna, una figura solitaria que corría hacia ellos.

—Los perros lo han oído —murmuró Ellis.

—Pero ¿quién es? —inquirió Jane.

De pronto, alguien más apareció junto a ellos. Jane se sobresaltó. Después reconoció a Mohammed. En su mano brillaba la hoja de un cuchillo.

La figura se acercaba. Su paso le pareció familiar a Jane. De pronto, Mohammed soltó un gruñido y bajó el cuchillo.

—Alí Ghanim —dijo.

Jane reconoció el paso característico de Alí, que corría de aquella forma debido a su espalda ligeramente torcida.

—¿Qué hace aquí? —murmuró ella.

Mohammed dio un paso adelante y agitó la mano. Alí lo vio, le devolvió el saludo y corrió hacia la choza donde los tres se encontraban. Mohammed y él se abrazaron.

Jane esperaba con impaciencia a que Alí recuperara el aliento.

—Los rusos están sobre vuestra pista —farfulló al fin.

El corazón de Jane se aceleró. Creía que habían escapado. ¿Qué había salido mal?

Alí respiró hondo unos segundos más y después prosiguió:

—Masud me ha enviado para preveniros. El día que os marchasteis os buscaron por todo el valle de los Cinco Leones, con cientos de helicópteros y miles de hombres. Hoy, tras fracasar en su búsqueda, han enviado grupos por todos los valles que llevan a Nuristán.

—¿Qué está diciendo? —interrumpió Ellis.

Jane alzó una mano para detener a Alí mientras traducía, ya que Ellis no podía seguir la charla, rápida y jadeante, del afgano.

—¿Cómo han sabido que nos dirigíamos a Nuristán? —preguntó Ellis—. Hubiéramos podido ocultarnos en cualquier parte de este maldito país.

Jane le preguntó a Alí, que no lo sabía.

—¿Hay algún grupo buscándonos en este valle? —inquirió Jane.

—Sí. Los he visto justo antes del puerto de Aryu. Han debido de llegar al último pueblo a la caída de la noche.

–¡Oh, no! –exclamó Jane, desconsolada y tradujo para Ellis. Luego preguntó–: ¿Cómo pueden avanzar más deprisa que nosotros?

Ellis se encogió de hombros, y ella misma respondió su propia pregunta.

–Porque no les retrasan una mujer con un bebé. ¡Oh, mierda!

–Si parten a primera hora de la madrugada, nos atraparán mañana –intervino Ellis.

–¿Qué podemos hacer?

–Partir ahora mismo.

Jane sentía el cansancio en sus huesos y experimentaba un resentimiento irracional hacia Ellis.

–¿No podríamos escondernos en algún lugar? –preguntó con irritación.

–¿Dónde? Aquí sólo hay un camino –dijo Ellis–. Los rusos disponen de hombres suficientes para registrar todas las casas, y no hay muchas. Además, la gente no está necesariamente de nuestro lado. Podrían decirles dónde nos escondemos. No, nuestra única esperanza es escapar de nuestros perseguidores.

Jane miró su reloj. Eran las dos de la madrugada. Se sentía dispuesta a renunciar.

–Prepararé el caballo –añadió Ellis–. Tú amamanta a Chantal. –Volviéndose hacia Mohammed dijo–: ¿Quieres hacer un poco de té? Y dale algo de comer a Alí.

Jane volvió a entrar en la casa, acabó de vestirse y le dio el pecho a Chantal. Mientras lo hacía, Ellis le trajo un cuenco de arcilla con té verde endulzado. Ella lo bebió agradecida.

Mientras Chantal mamaba, Jane se preguntó si Jean-Pierre estaría detrás de esa persecución implacable. Sabía que él había ayudado en la incursión contra Banda, pues lo había visto. Sin duda su conocimiento del valle de los Cinco Leones habría sido muy valioso. Jean-Pierre debía de saber que estaban persiguiendo a su

mujer y su hija como perros acosando ratas. ¿Cómo
podía ayudarlos? Su amor debe de haberse trocado en
odio por resentimiento y celos.

Chantal quedó saciada. Qué agradable debe de ser
desconocer la pasión, los celos, la traición; no tener sentimientos salvo de calor o frío, de estar satisfecho o in-
satisfecho.

–Disfrútalo mientras puedas, pequeña –susurró
Jane.

Se abotonó la camisa con rapidez y se puso su pesado suéter. Colocó el cabestrillo rodeándole el cuello,
acomodó a Chantal dentro y después se puso el abrigo
y salió afuera.

Ellis y Mohammed estaban estudiando el mapa a la
luz de una linterna. Ellis le mostró la ruta a Jane.

–Seguiremos Linar abajo hasta el río Nuristán, entonces giramos de nuevo cuesta arriba, siguiéndolo hacia el norte. Después tomaremos uno de estos valles la-
terales, Mohammed no está muy seguro de cuál será
hasta que lleguemos allí, y nos dirigiremos hacia el paso
de Kantiwar. Me gustaría salir hoy mismo del valle de
Nuristán, eso les creará más dificultades a los rusos para
seguirnos, porque no estarán seguros de qué valle hemos tomado.

–¿A qué distancia se encuentra? –preguntó Jane.

–A veintidós kilómetros, pero si son fáciles o difíciles, dependerá del terreno, por supuesto.

–Partamos –dijo ella.

Se sentía orgullosa de sí misma por aparentar más
determinación de la que realmente poseía.

Emprendieron el camino bajo la luz de la luna.
Mohammed inició una marcha rápida y, de forma implacable, fustigaba a la yegua con una correa de cuero
cuando se retrasaba. Jane sentía un ligero dolor de cabeza y náuseas. Sin embargo, no tenía sueño, se sentía
nerviosamente tensa y cansada.

En plena noche el camino le pareció temible. A veces caminaban por la escasa hierba, junto al río, lo que estaba bien, pero cuando el tortuoso sendero subía por la ladera de la montaña para continuar por el borde del escarpado, a una altura de cientos de metros, con el suelo cubierto de nieve, Jane se sentía aterrorizada por miedo a resbalar, caer y encontrar la muerte con el bebé en brazos.

En ocasiones había posibilidad de escoger: el camino se bifurcaba, y un ramal iba hacia arriba y el otro hacia abajo. Puesto que ninguno de ellos sabía qué ruta tomar, dejaban que Mohammed lo adivinase. La primera vez bajó y acertó, el sendero los condujo a través de una pequeña playa y tuvieron que vadear el río escasamente profundo, pero les ahorró una gran vuelta. Sin embargo, la segunda vez escogieron seguir la orilla del río, y lo lamentaron. Después de kilómetro y medio, el sendero les condujo directamente a un escarpado, y la única solución que había para rodearlo era nadando. Contrariados, retrocedieron hasta la bifurcación y tomaron el sendero ascendente.

En la siguiente ocasión bajaron a la orilla del río de nuevo. Esta vez el sendero los condujo a un saliente a lo largo del escarpado, a unos treinta metros de altura por encima del río. La yegua se puso nerviosa, quizá por la estrechez del camino. Jane estaba asustada. La luz de las estrellas no bastaba para iluminar el río, de modo que la garganta parecía un pozo negro sin fondo. *Maggie* se detenía continuamente, y Mohammed debía tirarle de las riendas para obligarla a avanzar de nuevo.

Cuando el sendero giró a ciegas hacia otro saliente del escarpado, *Maggie* se negó a moverse, mostrándose inquieta. Jane retrocedió, temerosa del movimiento de las patas posteriores del animal. Chantal se echó a llorar, ya fuese porque presentía el momento de tensión o porque no había vuelto a dormir desde que su madre le dio de mamar a las dos de la madrugada. Ellis le entregó Chantal a Jane y se adelantó para ayudar a Mohammed con la yegua.

Ellis se ofreció para cogerle las riendas, pero Mohammed lo rechazó con acritud –también él estaba siendo víctima de la tensión–. Ellis se contentó con empujar a la bestia desde atrás. Jane pensó que casi resultaba cómico cuando *Maggie* retrocedió. Mohammed soltó las riendas y tropezó, la yegua golpeó a Ellis y le hizo tambalearse mientras *Maggie* seguía tirando.

Por fortuna, Ellis cayó hacia la izquierda, hacia la pared del escarpado. Cuando la yegua llegó junto a Jane, ella, con los pies al borde del camino. Se agarró con todas sus fuerzas a una bolsa sujeta al arnés, para evitar que un empujón la hiciera caer al precipicio.

–¡Estúpida bestia! –exclamó.

Chantal, apretada entre Jane y la yegua, también gritó. Jane fue arrastrada algunos pasos, temerosa de perder a su hija. Arriesgándose, se soltó de la bolsa, alargó la mano derecha y se cogió de la brida, apoyó el pie en el suelo, se adelantó al animal y se quedó de pie, junto a su cabeza, tirando de las riendas con fuerza.

–¡Párate! –gritó.

Se quedó un poco sorprendida al ver que *Maggie* obedecía.

Jane se volvió. Ellis y Mohammed estaban poniéndose en pie.

–¿Os encontráis bien? –preguntó en francés.

–Creo que sí –respondió Ellis.

–He perdido la linterna –comentó Mohammed.

–Confío en que los jodidos rusos tengan los mismos problemas –añadió Ellis en inglés.

Jane se dio cuenta de que no habían advertido que la yegua casi la había arrojado por el precipicio. Decidió no decir nada. Buscó la rienda y se la entregó a Ellis.

–Sigamos –dijo Jane–. Ya tendremos tiempo de la-

mentarnos después. –Pasó junto a Ellis y dijo a Mohammed–: Guíanos.

El afgano se animó después de encontrarse libre de
Maggie. Jane se preguntaba si realmente necesitaban un
caballo, pero concluyó que sí, ya que llevaban demasiado equipaje para cargarlo ellos y todo era esencial, aunque deberían haber llevado algo más de comida.

Se apresuraron a cruzar un caserío dormido, en silencio, formado sólo por un puñado de casas junto a
una cascada. Un perro ladró en una de sus casas, hasta
que alguien le hizo callar con una maldición. De nuevo
se encontraron en la soledad de las montañas.

El cielo empezaba a clarear y las estrellas habían
desaparecido. Jane se preguntó qué estarían haciendo los
rusos. Quizá en ese momento los oficiales despertaban
a los hombres, dando voces y puntapiés a aquellos que
se hacían los remolones en salir de sus sacos de dormir.
Un cocinero estaría preparando café mientras el oficial
al mando estudiaba sus mapas. O quizá se habrían levantado temprano, haría ya una hora, mientras todavía
era de noche, para emprender la marcha en pocos minutos, avanzando en fila, siguiendo el curso del río Linar
–tal vez ya hubieran pasado por el pueblo de Linar–.
Quizá hubiesen elegido los caminos acertados en las
bifurcaciones y se hallaran sólo a un par de kilómetros
detrás de su presa.

Jane caminó un poco más deprisa.

El camino serpenteaba por el escarpado y después
bajaba hasta la orilla del río. No había señales de cultivos, pero las pendientes en ambos lados estaban muy
pobladas de bosques. A medida que la luz crecía, Jane
identificó los árboles como robles. Se los señaló a Ellis.

–¿Por qué no podemos escondernos en los bosques?
–preguntó.

–Como último recurso, podríamos hacerlo –respondió él–. Pero los rusos pronto se darían cuenta de que

nos hemos detenido, ya que preguntarían en los pueblos y allí les dirían que no habíamos pasado, de modo que retrocederían y nos buscarían.

Jane asintió resignada, consciente de que estaba buscando una excusa para detenerse.

Justo antes de la salida del sol, torcieron por un recodo y se detuvieron en seco: un desprendimiento de tierra había bloqueado completamente la garganta.

Jane sintió deseos de llorar. Habían caminado tres o cuatro kilómetros siguiendo la orilla por aquel angosto sendero. Retroceder significaba unos seis kilómetros de marcha, incluyendo aquel estrecho que tanto había asustado a *Maggie*.

Los tres se detuvieron, contemplando el obstáculo.

–¿Podríamos trepar? –preguntó Jane.

–La yegua no –repuso Ellis.

Jane se sentía enojada con Ellis por declarar lo que era obvio.

–Uno de nosotros podría volver atrás con el animal –dijo ella, impaciente–. Los otros dos podrían descansar a la espera de reunirnos de nuevo.

–No creo que sea sensato que nos separemos.

–No creas que haremos sólo lo que tú opines que es sensato –repuso con aspereza.

Ellis pareció sorprendido.

–De acuerdo, pero ese montón de tierra y piedras podría desplazarse si alguien intentase encaramarse a él. De hecho, es tanto como decir que yo no pienso intentarlo, a pesar de lo que vosotros dos podáis decidir.

–De modo que ni siquiera vas a discutirlo. Ya entiendo…

Furiosa, Jane se volvió y comenzó a desandar el camino, dejando que los dos hombres la siguieran. ¿Por qué los hombres mostraban esa actitud autoritaria cada vez que surgía un problema físico o mecánico?

Ellis también comete errores, pensó. También puede divagar. A pesar de todas sus declaraciones sobre ser un experto antiterrorista, sigue trabajando para la CIA, que probablemente es el mayor grupo terrorista del mundo. Una parte de él amaba el peligro, la violencia y el engaño. No escojas un hombre romántico, si quieres uno que te respete. En cambio, en favor de Jean-Pierre puede decirse que nunca trata a las mujeres con aire protector. Puede olvidarte, engañarte o ignorarte, pero nunca se mostraría condescendiente contigo. Quizá se deba a que es más joven, pensó.

Pasó por el lugar donde *Maggie* había retrocedido. No esperó a los hombres, que se las arreglaran con la maldita yegua esta vez.

Chantal estaba quejándose, pero Jane la hizo esperar. Siguió caminando hasta llegar a un lugar donde parecía haber un sendero que subía a la cima del escarpado. Allí se sentó y, por su propia cuenta, decretó un descanso. Ellis y Mohammed se reunieron con ella un par de minutos después. Mohammed sacó del equipaje un pastelito de moras y nueces y lo repartió entre los tres. Ellis no dijo nada a Jane.

Después del descanso subieron la cuesta. Cuando llegaron a la cumbre, salieron a pleno sol, y Jane comenzó a sentirse menos enojada. Al cabo de un momento, Ellis la rodeó con el brazo y dijo:

—Discúlpame por haber asumido el mando.

—Gracias —susurró Jane con rigidez.

—¿No crees que quizá has sacado las cosas un poco de quicio?

—No hay duda de que lo he hecho. Lo siento.

—Bien. Déjame coger a Chantal.

Jane le entregó el bebé. Cuando se liberó de su peso, se dio cuenta de que le dolía la espalda. Chantal nunca le había parecido pesada, pero resultaba una considerable carga en una distancia larga. Era como llevar una bolsa de compra durante quince kilómetros.

El aire se hizo más suave a medida que el sol iba ascendiendo en el cielo de la mañana. Jane se desabrochó el abrigo y Ellis se quitó el suyo. Mohammed mantuvo su capote de uniforme ruso, con la característica indiferencia afgana hacia todo excepto los cambios más severos de temperatura.

Hacia mediodía abandonaron la estrecha garganta del Linar para dirigirse al ancho valle de Nuristán. Allí el camino aparecía marcado otra vez, y era casi tan bueno como el que recorría el valle de los Cinco Leones. Se dirigieron hacia el norte, río arriba.

Jane se sentía exhausta y desanimada. Después de levantarse de la cama a las dos de la madrugada, había caminado durante diez horas, pero no habían recorrido más que ocho o diez kilómetros. Ellis quería avanzar quince kilómetros más. Era el tercer día consecutivo de marcha para Jane, y ella sabía que no podría continuar andando hasta la caída de la tarde. Incluso Ellis reflejaba en su cara aquella expresión de malhumor que Jane sabía era señal de agotamiento. El único que parecía incansable era Mohammed.

En el valle del Linar no habían visto a nadie fuera de los pueblos, pero allí encontraron algunos viajeros, la mayoría de ellos vestidos con ropas y turbantes blancos. Las gentes de Nuristán miraban con curiosidad a los dos pálidos y cansados occidentales, pero saludaban a Mohammed con un respeto cauteloso, sin duda a causa del Kalashnikov que llevaba colgado del hombro.

Mientras subían la cuesta junto al río Nuristán, les alcanzó un hombre joven, de ojos brillantes y barba negra, que llevaba diez pescados frescos ensartados en un palo. Habló con Mohammed en una mezcla de lenguas (Jane reconoció algo de dari y alguna palabra francesa), y se entendieron lo suficiente para que Mohammed adquiriese tres de los pescados.

Ellis contó el dinero.

–Quinientos afganis por pescado, ¿cuánto es eso? –preguntó a Jane.

–Quinientos afganis son cincuenta francos franceses, cinco libras.

–Diez pavos –concluyó Ellis–. Un pescado caro.

Jane deseó que Ellis dejase de bromear: Todo lo que ella podía hacer era colocar un pie delante del otro, mientras que él hablaba del precio del pescado.

El joven, que dijo llamarse Halam, contó que había pescado los peces en el lago Mundol, valle abajo, aunque lo más probable era que los hubiese comprado, ya que no tenía aspecto de pescador. Aminoró su paso para andar junto a ellos, hablando con desenfado, como si no le preocupara que lo entendieran o no.

Al igual que el valle de los Cinco Leones, el Nuristán era una garganta rocosa que se ensanchaba a intervalos de pocos kilómetros, formando pequeños llanos cultivables con terrazos. La diferencia más notable estribaba en el bosque de acebos, que cubría las laderas de las montañas como lana en el lomo de una oveja. Jane pensó que esos bosques podrían ocultarles en caso de que fallase todo lo demás.

Avanzaban con más rapidez. No había obstáculos importantes montaña arriba, por lo que Jane se sentía profundamente agradecida. En un lugar del camino, éste aparecía bloqueado por un desprendimiento, pero esta vez Ellis y Jane pudieron trepar y superarlo, mientras que Mohammed y la yegua vadearon el río y se reunieron con ellos unos metros ríos arriba. Poco después, cuando una cornisa sobresalía por encima de la corriente, el camino rodeaba la cara del escarpado sobre un puentecillo inseguro de madera que la yegua no quiso cruzar. Una vez más, Mohammed resolvió el problema metiéndose en el agua.

En aquel momento, Jane se sentía derrotada. Cuando Mohammed regresó, cruzando el río, ella dijo:

—Necesito detenerme y descansar.

—Casi hemos llegado a Gadwal —comentó Mohammed.

—¿A qué distancia está?

Mohammed habló con Halam en dari y en francés.

—Media hora —repuso.

A Jane le pareció que era interminable. No obstante, se dijo que podía caminar media hora más, e intentó pensar en alguna otra cosa que no fuese el dolor de su espalda y la necesidad de tumbarse.

Pero entonces, al doblar la siguiente curva, vieron el pueblo.

Fue una visión tan asombrosa como tranquilizadora: las casas de madera trepaban por la ladera inclinada de la montaña como niños subidos a la espalda de sus madres. Daba la impresión de que si una casa del fondo se hundía, todo el pueblo se derrumbaría y caería por la colina hasta llegar al agua.

Tan pronto como llegaron junto a la primera casa, Jane se detuvo sin más y se sentó a la orilla del río. Cada músculo de su cuerpo le dolía, y apenas tenía fuerzas para coger a Chantal de los brazos de Ellis, que se sentó junto a ella con una prontitud que sugería la idea de que también él estaba agotado. Un rostro curioso se asomó por la casa, y Halam comenzó a hablar con la mujer, seguramente contándole lo que sabía de Ellis y Jane. Mohammed sujetó las riendas de *Maggie* allí donde el animal podía comer hierba, en el margen del río, y después se sentó en el suelo, junto a Ellis.

—Hemos de comprar pan y té —dijo Mohammed.

Jane pensó que necesitaban algo más sustancioso.

—¿Y el pescado? —inquirió.

—Tardaríamos demasiado en limpiarlo y cocerlo —repuso Ellis—. Nos lo comeremos esta noche. No quiero pasar más de media hora aquí.

—Muy bien —contestó Jane.

Pero no estaba segura de poder reemprender la marcha después de descansar sólo media hora. Quizá un poco de comida me devolvería las fuerzas.

Halam los llamó. Jane alzó la mirada y vio que les hacía señales de que fuesen. La mujer hizo lo mismo, invitándoles a entrar en la casa. Ellis y Mohammed se pusieron en pie. Jane dejó a Chantal en el suelo, se levantó y después se inclinó para cogerla. De pronto, su visión de las siluetas se hizo confusa y pareció que perdía el equilibrio. Trató de luchar contra aquella sensación, contemplando el pequeño rostro de Chantal rodeado de un halo vago. Luego las piernas se le doblaron, cayó de rodillas y se vio envuelta por una profunda oscuridad.

Cuando abrió los ojos, vio un círculo de rostros ansiosos, rodeándola. Eran Ellis, Mohammed, Halam y la mujer.

–¿Cómo te sientes? –inquirió Ellis.

–Atontada –repuso ella–. ¿Qué ha pasado?

–Te has desmayado.

Ella se incorporó.

–Estaré bien enseguida.

–No, no es cierto –repuso Ellis–. Hoy ya no podemos seguir.

Lentamente a Jane se le iba aclarando la cabeza. Sabía que Ellis tenía razón. Su cuerpo ya no podía aguantar más, y ningún esfuerzo cambiaría esa situación. Comenzó a hablar en francés para que Mohammed la entendiera.

–Pero lo más seguro es que los rusos lleguen aquí hoy mismo.

–Tendremos que escondernos –comentó Ellis.

–Mirad a esta gente –indicó Mohammed–. ¿Creéis que son capaces de guardar un secreto?

Jane observó a Halam y la mujer. No dejaban de mirarles, fascinados por la conversación, aunque no comprendían ni una palabra. La llegada de los forasteros era quizá el acontecimiento más excitante del año. Al cabo de unos minutos, el pueblo entero se encontraría allí. Estudió a Halam. Decirle que no chismorreara sería como pedirle a un perro que no ladrase. La localización de su paradero sería conocida en todo Nuristán a la caída de la tarde. ¿Podrían alejarse de aquella gente y deslizarse hacia el otro extremo del valle sin ser observados? Quizá. Sin embargo, resultaría imposible que viviesen indefinidamente sin la ayuda de la gente local: en algún momento la comida se terminaría, y eso ocurriría cuando los rusos se dieran cuenta de que se habían detenido y comenzaran a buscar en los bosques y las gargantas. Ellis tenía razón al afirmar que su única esperanza radicaba en permanecer a la cabeza de sus perseguidores.

Mohammed aspiraba el humo de su cigarrillo con aire pensativo.

—Tú y yo tendremos que seguir —le dijo a Ellis—, y dejar a Jane detrás. El pedazo de papel que llevas con las firmas de Masud, Kamil y Azizi, es más importante que la vida de cualquiera de nosotros. Representa el futuro de Afganistán, la libertad por la que mi hijo murió.

Jane pensó que Ellis tendría que proseguir solo. Por lo menos él podría salvarse. Se sentía avergonzada de sí misma por la terrible desesperación que le causaba la posibilidad de perderle. Debería pensar en cómo ayudarle, y no en cómo podía conservarlo junto a ella.

De pronto Jane tuvo una idea.

—Yo podría distraer a los rusos —sugirió—. Si me dejase capturar y después proporcionase a Jean-Pierre toda clase de información falsa sobre el camino que tú habías seguido y cómo ibas a viajar… les enviaría por un camino completamente equivocado, y tú obtendrías una ventaja de varios días… ¡los suficientes para escapar a salvo del país!

Jane se entusiasmó con la idea mientras pensaba en el fondo de su corazón: No me abandones, por favor, no me abandones.

Mohammed miró a Ellis y dijo:

—Es la única solución, Ellis.

—Olvídalo —repuso Ellis—. Eso no ocurrirá así.

—Pero Ellis...

—¡Eso no ocurrirá así! —repitió Ellis—. Olvídalo.

Mohammed calló.

—Pero ¿qué vamos a hacer? —preguntó Jane.

—Los rusos no llegarán hoy hasta aquí —dijo Ellis—. Todavía les llevamos ventaja... Esta mañana nos hemos levantado muy temprano... Pasaremos la noche aquí y mañana saldremos otra vez de madrugada. Recordad, siempre queda algo de esperanza. Puede suceder cualquier cosa. Alguien, en Moscú, quizá decida que Anatoly está loco y le ordene que cese la búsqueda.

—Imposible —repuso Jane en inglés, pero en su interior se sentía contenta, porque Ellis rehusaba proseguir solo.

—Tengo otra sugerencia que hacer —añadió Mohammed—. Yo volveré atrás y distraeré a los rusos.

El corazón de Jane dio un brinco.

—¿Cómo? —preguntó Ellis.

—Me ofreceré a los rusos como guía e intérprete, y los llevaré hacia el sur, por el valle del Nuristán, alejándolos de vosotros, hacia el lago Mundol.

—Ya deben de tener un guía —intervino Jane, decepcionada.

—Puede ser un buen hombre del valle de los Cinco Leones a quien han obligado a ayudarles en contra de su voluntad. En ese caso, yo hablaré con él y arreglaré las cosas.

—¿Y si no quiere cooperar?

—En ese caso, no es un buen hombre al que han obligado a ayudarles, sino un traidor que colabora con el enemigo para su beneficio personal. Así pues, lo mataré.

–No quiero que muera nadie por culpa mía –dijo Jane.

–No es por ti –repuso Ellis con voz ronca–, sino por mí... Yo he rehusado proseguir solo.

Jane guardó silencio.

Ellis estaba pensando en cosas prácticas.

–No vas vestido como un nuristaní –dijo a Mohammed.

–Me cambiaré las ropas con Halam.

–No dominas el dialecto local.

–Hay muchos dialectos en Nuristán. Fingiré proceder de un lugar donde utilizan una lengua distinta. De todos modos, los rusos no hablan ninguno de estos dialectos, así que nunca lo sabrán.

–¿Qué harás con tu pistola?

Mohammed estuvo pensándolo.

–¿Me darás tu bolsa?

–Es demasiado pequeña.

–Mi Kalashnikov es del tipo de los que tienen la culata plegable.

–Claro –dijo Ellis–. Puedes quedarte con mi bolsa.

Jane se preguntó si ello despertaría sospechas, pero decidió que no, las bolsas afganas eran tan extrañas y variadas como sus vestidos. No obstante, Mohammed, despertaría sospechas tarde o temprano.

–¿Qué sucederá –dijo Jane– cuando finalmente se den cuenta de que van por un camino equivocado? –inquirió Jane.

–Antes de que eso suceda, me habré escapado durante la noche, dejándoles en medio de ninguna parte.

–Es muy peligroso –comentó Jane.

Mohammed intentó aparentar un heroísmo despreocupado que no sentía. Como la mayoría de los guerrilleros, era un verdadero valiente, pero también presumido hasta el ridículo.

–Si no aciertas el momento –intervino Ellis–, y ellos sospechan de ti antes de haberles abandonado, te torturarán para saber el camino que nosotros hemos seguido.

–Nunca me atraparán vivo –afirmó Mohammed.

Jane le creyó.

–Pero nosotros no tendremos guía –dijo Ellis.

–Os encontraré otro –prometió Mohammed.

Se volvió hacia Halam e inició una conversación rápida en varias lenguas. Jane comprendió que Mohammed estaba proponiendo a Halam que fuese el guía. A Jane no le gustaba, ya que era demasiado buen comerciante para confiar en él del todo, pero resultaba obvio que era un viajero, de modo que escogerle a él era la mejor opción. La mayoría de la gente del lugar probablemente nunca se habría aventurado más allá de su propio valle.

–Asegura conocer el camino –dijo Mohammed, en francés–. Os llevará a Kantiwar y allí os pondrá en contacto con otro guía que os lleve hasta el próximo paso. De esta manera, llegaréis a Pakistán. Os cobrará cinco mil afganis.

–Me parece un precio razonable –comentó Ellis–, pero ¿cuántos guías más tendremos que contratar antes de llegar a Chitral?

–Cinco o seis –respondió Mohammed.

–No tenemos treinta mil afganis –dijo Ellis, meneando la cabeza–. Y hemos de comprar comida.

–Tendréis que conseguir comida ofreciendo servicio médico a cambio –dijo Mohammed–. Y una vez en Pakistán, el camino es más fácil. Quizá al final ya no necesitaréis guías.

Ellis parecía dudar.

–¿Qué opinas tú? –le preguntó a Jane.

–Hay otra alternativa –respondió ella–, podríais proseguir sin mí.

–No –repuso él–. Eso no es una alternativa. Seguiremos juntos.

18

Durante el primer día, los grupos de búsqueda no encontraron rastro de Ellis y Jane.

Jean-Pierre y Anatoly, sentados en unas rígidas sillas de madera, se hallaban en una espartana oficina sin ventanas de la base aérea de Bagram, controlando los informes a medida que llegaban por la radio. Los grupos de búsqueda habían salido antes del amanecer... Al principio había seis: un grupo por cada uno de los cinco lugares principales de los valles que conducían al este desde los Cinco Leones, y el otro para seguir el río hacia el norte, hacia sus fuentes, y más allá. Cada una de las partidas incluía por lo menos un oficial que hablase dari del ejército regular afgano. Habían aterrizado con sus helicópteros en seis pueblos distintos del valle, y media hora después los seis grupos informaban de que habían encontrado guías locales.

—Han ido rápido —musitó Jean-Pierre, tras estudiar el informe—. ¿Cómo lo han conseguido?

—Muy sencillo —dijo Anatoly—, le piden a alguien que sea guía. Él dice que no y le pegan un tiro. Luego se lo piden a otro. No se tarda mucho en encontrar un voluntario.

Uno de los grupos de búsqueda intentó seguir el camino señalado desde el aire, pero el experimento resultó un fracaso. Los senderos eran más bien difíciles de seguir desde tierra pero imposibles desde el aire. Además, ninguno de los guías había estado antes en un helicóptero y la nueva experiencia era totalmente desconcertante para ellos. Así pues, todos los grupos de búsqueda fueron a pie, algunos con caballerías para transportar su bagaje.

Jean-Pierre no esperaba más noticias por la mañana, pues los fugitivos les sacaban un día de ventaja. Sin embargo, los soldados andarían más deprisa que Jane, sobre todo porque ella cargaba a Chantal...

Jean-Pierre sentía una punzada de remordimiento cada vez que pensaba en Chantal. Su rabia por lo que su mujer estaba haciendo no se extendía a su hija y, sin embargo, ésta estaba sufriendo las consecuencias, expuesta al frío de las nieves perpetuas, atravesando pasos de montaña azotados por los vientos helados...

Su mente volvió, como a menudo ocurría últimamente, a la cuestión de qué sucedería si Jane moría y Chantal sobrevivía. Se imaginó a Ellis capturado; el cadáver de Jane hallado a una distancia de dos o tres kilómetros, abandonado, congelada, con el bebé todavía vivo de milagro entre sus brazos. Volvería a París como una figura trágica, romántica, pensaba Jean-Pierre; un viudo con una hija recién nacida, un veterano de la guerra de Afganistán... ¡Cómo me agasajarán! Soy perfectamente capaz de criar un bebé. Qué relación más intensa habría entre nosotros cuando ella creciera. Tendría que contratar una niñera, claro está, pero me aseguraría de que ella no ocupase el lugar de una madre en el afecto de la niña. No yo sería al mismo tiempo padre y madre para ella.

Cuanto más pensaba en ello, tanto más ofendido se sentía porque Jane estaba arriesgando la vida de la niña.

Jane había perdido todos sus derechos de madre con aquella huida. Jean-Pierre pensó que quizá él podría conseguir la custodia legal de la niña en un tribunal europeo sobre la base del abandono...

A medida que avanzaba la tarde, Anatoly se aburría y Jean-Pierre estaba cada vez más nervioso. En realidad, ambos lo estaban. Anatoly sostenía largas conversaciones en ruso con otros oficiales que acudían a la pequeña habitación, y su charla interminable irritaba los nervios de Jean-Pierre. Al principio, Anatoly traducía los informes radiados por las patrullas de búsqueda, pero después sólo comentaba: «Nada.» Jean-Pierre había estado señalando las rutas de los grupos en un juego de mapas marcando sus localizaciones con alfileres rojos, pero al finalizar la tarde, estaban siguiendo sus caminos por lechos secos de ríos que no aparecían en los mapas, y si sus informes por radio indicaban las pistas de sus paraderos, Anatoly no le comunicaba nada a él.

Los grupos montaron el campamento a la caída de la tarde sin haber dado ninguna señal de los fugitivos. Los perseguidores habían recibido instrucciones de inquirir entre los habitantes de los pueblos por los que pasaban. Los campesinos les respondían que no habían visto forasteros, lo cual no era sorprendente, ya que los rusos se hallaban todavía en el costado de Cinco Leones de los grandes pasos que conducían a Nuristán. Las personas a las que preguntaban eran, por lo general, fieles a Masud —para ellos, ayudar a los rusos era traición—. Cuando al día siguiente se internaran en Nuristán, la gente se mostraría más colaboradora.

Sin embargo, Jean-Pierre se sentía desanimado cuando aquella noche él y Anatoly salían de la oficina y se dirigían hacia la cantina, cruzando el patio de hormigón. Tomaron una cena lamentable, compuesta de salchichas en conserva y puré de patatas recalentado. Después, contrariado, Anatoly salió para beber vodka con algunos oficiales, dejando a Jean-Pierre al cuidado de un sargento que sólo hablaba ruso. Jugaron una partida de ajedrez, pero el sargento resultó ser demasiado bueno para Jean-Pierre, así que éste se retiró temprano y se mantuvo despierto sobre un duro colchón del ejército, imaginando a Ellis y a Jane juntos en la cama.

Al día siguiente Anatoly le despertó, con su rostro oriental sonriente, ajeno a toda irritación, y Jean-Pierre se sintió como un niño travieso al que hubieran perdonado, aunque hasta donde podía juzgar no había hecho nada malo. Tomaron un repugnante desayuno en la cantina. Anatoly ya había hablado con cada uno de los grupos de búsqueda, los cuales habían levantado el campamento para reemprender la marcha al romper el alba.

–Hoy atraparemos a tu mujer, amigo mío –aseguró Anatoly con tono alegre, y Jean-Pierre sintió un impulso de feliz optimismo.

Tan pronto como llegaron a la oficina, Anatoly se puso en contacto de nuevo con los perseguidores. Les pidió que describiesen el entorno, y Jean-Pierre utilizó sus descripciones de arroyos, lagos, depresiones y morrenas para intentar establecer su localización. Parecían avanzar lentamente, pero se encontraban en un terreno difícil y escarpado, y los mismos factores reducirían la marcha de Ellis y Jane.

Cada grupo disponía de un guía, y cuando llegaron a un punto donde el camino se bifurcaba y ambos senderos conducían a Nuristán, contrataron un guía adicional del pueblo más cercano y se dividieron en dos grupos. Al mediodía, el mapa de Jean-Pierre estaba moteado con pequeños alfileres rojos, como en un caso de sarampión.

A media tarde, se produjo un hecho inesperado. Un general, con gafas, que realizaba una vuelta de inspección de cinco días por Afganistán, aterrizó en Bagram y decidió averiguar cómo gastaba Anatoly el dinero de los contribuyentes. Jean-Pierre se enteró por el resumen de Anatoly, segundos antes de que el general irrumpiera en la pequeña oficina, seguido de oficiales ansiosos como anadones corriendo detrás de su madre gansa.

Jean-Pierre quedó fascinado al ver la destreza con que Anatoly manejó la situación. Se puso en pie de un salto, con aspecto enérgico pero firme, estrechó la mano del general y le ofreció una silla. Luego dio una serie de órdenes a través de la puerta abierta; habló con el general alrededor de un minuto, rápido pero con deferencia; se excusó y habló por la radio; tradujo, en beneficio de Jean-Pierre, la respuesta que recibió entre crujidos a través de la atmósfera de Nuristán; y presentó el general a Jean-Pierre en francés.

El militar comenzó a hacer preguntas, y Anatoly señalaba los alfileres en el mapa de Jean-Pierre a medida que iba respondiéndolas. De pronto uno de los grupos llamó sin ser requerido, y se oyó una voz excitada hablando en ruso. Anatoly hizo callar al general con cortesía a media frase para poder escuchar.

Jean-Pierre estaba sentado al borde de un duro asiento y anhelaba una traducción.

La voz se interrumpió. Anatoly hizo una pregunta y obtuvo una respuesta.

–¿Qué ha visto? –inquirió Jean-Pierre, incapaz de permanecer en silencio más tiempo.

Anatoly lo ignoró por unos momentos y habló con el general. Finalmente se volvió hacia Jean-Pierre y dijo:

–Han encontrado dos americanos en un pueblo llamado Atati, en el valle de Nuristán.

–¡Maravilloso! –exclamó Jean-Pierre–. ¡Son ellos!

–Así lo creo –convino Anatoly.

Jean-Pierre no entendía su falta de entusiasmo.

–¡Por supuesto que lo son! Vuestras tropas no conocen la diferencia entre americanos e ingleses.

–Quizá no, pero dicen que no hay ningún bebé.

–¡No hay bebé! –Jean-Pierre frunció el entrecejo.

¿Cómo era posible? ¿Habría dejado Jane a Chantal en el valle de los Cinco Leones, para que la cuidasen

Rabia, Zahara o Fara? No podía creerlo. ¿Habría escondido la niña con alguna familia en ese pueblo, Atati, unos segundos antes de ser sorprendidos por la partida de búsqueda? Eso parecía improbable, el instinto de Jane la impulsaría a no separarse de la pequeña en momentos de peligro.

¿Habría muerto Chantal?

Tal vez era un error de comunicación, una interferencia atmosférica o quizá problemas de enlace, o incluso un oficial medio ciego que sencillamente no había visto a la criatura.

–No especulemos –comentó a Anatoly–. Hemos de ir a comprobarlo.

–Quiero que vayas con la patrulla de arresto –ordenó Anatoly.

–Por supuesto –dijo Jean-Pierre, y después inquirió–: ¿Quieres decir que tú no vendrás?

–Así es.

–¿Por qué no?

–Me necesitan aquí.

Anatoly lanzó una mirada al general.

–Muy bien.

Sin duda había dos juegos de poder con la burocracia militar. Anatoly no quería abandonar la base mientras el general estuviera merodeando todavía por allí, pues temía que algún rival le difamase a sus espaldas.

Anatoly dio una serie de órdenes en ruso por el teléfono del despacho. Mientras hablaba, llegó un ayudante a la habitación y le hizo una seña a Jean-Pierre. Anatoly puso la mano encima del auricular del teléfono.

–Te darán un abrigo adecuado… Ya es invierno en Nuristán. *À bientôt* –dijo.

Jean-Pierre salió con el asistente. Cruzaron la pista de cemento. Dos helicópteros los esperaban con el motor en marcha: un Hind, con las vainas de los cohetes cargadas debajo de sus alas, y un Hip, algo mayor,

400

con una hilera de ventanillas a lo largo del fuselaje. Jean-Pierre se preguntó para qué sería el Hip, y de inmediato se dijo que para llevar de vuelta al grupo de búsqueda. Justo antes de llegar a los aparatos, un soldado corrió hacia ellos con un gran capote de uniforme que entregó a Jean-Pierre. Éste lo colgó de su hombro y subió al Hind.

Partieron inmediatamente. Jean-Pierre se sentía inquieto. Se sentó en el banco, en la cabina de pasajeros, con media docena de miembros de la tropa. Se dirigieron hacia el noreste.

Cuando se alejaron de la base aérea, el piloto hizo señas a Jean-Pierre de que se acercara. Él se inclinó hacia adelante y se quedó en el peldaño para que el piloto pudiera hablarle.

–¡Yo seré su intérprete! –le dijo el hombre en un francés vacilante.

–¡Gracias! ¿Sabe hacia dónde nos dirigimos?

–¡Sí, señor! Tenemos las coordenadas, y puedo hablar por radio con el jefe de grupo de búsqueda.

–Excelente.

Jean-Pierre se quedó sorprendido ante tanta deferencia. Le parecía haber adquirido rango honorífico por su asociación con un coronel del KGB.

Mientras volvía a su asiento, trató de imaginar la cara que pondría Jane cuando él se le acercara. ¿Se sentiría aliviada? ¿Quizá simplemente agotada? ¿O adoptaría una actitud desafiante? Ellis estaría desesperado y humillado, por supuesto. ¿Cómo actuaré yo?, se preguntó. Quiero que se retuerzan, pero debo mantener mi dignidad. ¿Qué podría decirles?

Intentó visualizar la escena. Ellis y Jane estarían en el patio de alguna mezquita, o sentados en el suelo de una choza de piedra, quizá atados, vigilados por soldados armados con Kalashnikov. Tal vez tendrían frío y hambre, y se sentirían miserables. Jean-Pierre entraría con paso firme, luciendo su abrigo ruso, con aspecto confiado y autoritario, seguido de los jóvenes oficiales respetuosos. Les dirigiría una mirada fría y penetrante y luego diría...

¿Qué diría? «Nos encontramos otra vez...» Sonaba terriblemente melodramático. «¿Creíais de verdad que podríais escapar de nosotros?», era demasiado retórico. «No teníais ninguna posibilidad...», eso sonaba mejor, pero algo frío.

La temperatura disminuía deprisa a medida que se acercaban a las montañas. Jean-Pierre se puso el abrigo y se quedó de pie al lado de la puerta abierta, mirando hacia abajo, donde se veía un valle parecido al de los Cinco Leones, con un río en el centro fluyendo de las montañas. La nieve coronaba los picos y las crestas a ambos lados, pero no había nieve en el valle.

Jean-Pierre se inclinó hacia la cubierta de vuelo y habló al oído del piloto.

–¿Dónde estamos?

–Éste es el valle llamado de Sakardara –respondió el piloto–. A medida que avanzamos hacia el norte, cambia su nombre por valle del Nuristán. Nos llevará a Atati.

–¿Cuánto tardaremos?

–Unos veinte minutos.

Parecía interminable. Controlando su impaciencia con esfuerzo, Jean-Pierre volvió a sentarse en el banco entre los soldados. Éstos permanecían en silencio e inmóviles, vigilándole. Parecían temerle. Quizá creían que pertenecía al KGB.

Yo estoy en el KGB, pensó Jean-Pierre de pronto.

Se preguntó en qué estarían pensando los hombres. ¿Quizá en amigas y esposas de su país? A partir de entonces, su país también sería el de él. Dispondría de un apartamento en Moscú. Se preguntó si sería posible disfrutar de una vida matrimonial feliz con Jane. Quería instalarla, con Chantal, en su apartamento mientras él, como esos soldados, libraría batallas en países extranjeros y esperaría, ansioso, volver a casa en los períodos de permiso, para acostarse con su mujer y ver cuánto había crecido su hija. Yo he traicionado a Jane, y ella me ha traicionado a mí. Quizá podamos perdonarnos mutuamente, aunque sólo sea por el bien de Chantal.

¿Qué le habría sucedido a Chantal?

Pronto lo descubriría. El helicóptero perdía altura. Casi habían llegado. Jean-Pierre se levantó para mirar de nuevo por la puerta abierta. Estaban descendiendo a un prado, donde un afluente se unía al río principal. Era un lugar hermoso, con algunas casas esparcidas por la ladera de la colina, cada una dominando la otra de más abajo, al estilo de Nuristán. Jean-Pierre recordó haber visto fotografías de pueblos parecidos a ése con vistas del Himalaya.

El helicóptero tomó tierra.

Jean-Pierre saltó al suelo. En el otro lado del prado, un grupo de soldados rusos (el grupo de búsqueda) emergió de la más baja de un montón de casas de madera. Esperó impacientemente al piloto, su intérprete. Al fin, el hombre salió del helicóptero.

–¡Vámonos! –exclamó Jean-Pierre y echó a andar a través del prado.

Contuvo su deseo de correr. Ellis y Jane probablemente estarían dentro de la casa de donde estaba saliendo el grupo de persecución, y se encaminó hacia allí a grandes zancadas. Se sentía enojado; su rabia, largamente controlada durante todo ese tiempo, latía dentro de él. Al diablo con mostrarse digno. Voy a decirles a esos dos lo que pienso de ellos.

Cuando se acercaba al grupo de búsqueda, el oficial que lo encabezaba comenzó a hablar. Jean-Pierre se volvió hacia su piloto.

–Pregúntale dónde están –ordenó.

El piloto hizo la pregunta y el oficial señaló la caseta de madera. Sin entretenerse, Jean-Pierre pasó junto a los soldados y se dirigió hacia la casa.

Su ira estaba a punto de estallar cuando entró como una tromba en la tosca construcción. Había algunos soldados de pie en un rincón. Miraron a Jean-Pierre, sorprendidos.

Al fondo de la habitación había dos personas atadas a un banco.

Jean-Pierre las miró, asombrado. Se quedó boquiabierto y lívido. Había un muchacho delgado, de aspecto anémico, de unos dieciocho o diecinueve años, con cabello largo y sucio; y una chica rubia de pecho abundante. El muchacho miró a Jean-Pierre con alivio.

–Eh, hombre –dijo en inglés–, ¿nos ayudará? Estamos hasta el cuello de mierda.

Jean-Pierre se sentía fuera de sí. Sólo se trataba de un par de hippies camino de Katmandú, turistas que seguían allí a pesar de la guerra. ¡Qué desilusión! ¿Qué demonios hacían allí cuando todo el mundo estaba buscando una pareja occidental fugitiva?

Jean-Pierre no estaba dispuesto a ayudar a un par de degenerados drogadictos. Se volvió y salió.

Al ver la expresión airada de Jean-Pierre, el piloto preguntó:

–¿Qué pasa?

–Algo inaudito. Venga conmigo.

El hombre se apresuró a seguir a Jean-Pierre.

–¿No son ellos? ¿No son los americanos?

–Son americanos, pero no los que estamos buscando.

–¿Qué va a hacer ahora?

–Hablar con Anatoly. Necesito que se comunique con él.

Cruzaron el prado y subieron al helicóptero. Jean-Pierre se sentó en el asiento del artillero y se puso los auriculares. Golpeaba impacientemente con el pie en el suelo metálico, mientras el piloto hablaba en ruso por la radio. Al fin le llegó la voz de Anatoly, sonando muy distante y punteada por unos crujidos estáticos.

–Jean-Pierre, amigo mío, aquí Anatoly. ¿Dónde estáis?

–En Atati. Los dos americanos que han capturado no son Ellis y Jane. Repito, no son Ellis y Jane. Sólo se trata de un par de idiotas que buscan el Nirvana. Corto y cambio.

–Eso no me sorprende, Jean-Pierre…

–¿Qué? –le interrumpió Jean-Pierre, olvidando que la comunicación tenía sólo una dirección.

–… He recibido una serie de informes que indican que Ellis y Jane han sido vistos en el valle del Linar. El grupo de búsqueda no ha establecido contacto con ellos, pero están sobre su pista. Corto.

La ira de Jean-Pierre concentrada en los hippies se desvaneció y recuperó parte de su ansiedad.

–El valle del Linar… ¿Dónde está eso? Corto.

–Cerca de vuestra posición actual. Llega al valle de Nuristán, a unos treinta kilómetros al sur de Atati. Corto.

–El grupo de caza ha recibido algunos informes en los pueblos por los que han pasado. Las descripciones encajan con Ellis y Jane. Y mencionan un bebé. Corto.

Eran ellos.

–¿Podríamos calcular dónde pueden estar ahora? Corto.

–Todavía no. Yo voy de camino para unirme al grupo de búsqueda. Entonces tendré más detalles. Corto.

–¿Quieres decir que no estás en Bagram? ¿Qué ha sucedido con tu… visitante? Corto.

–Se ha marchado –respondió Anatoly con alegría–. En este momento estoy en el aire y a punto de encontrarme con un grupo de un pueblo llamado Mundol. Está en el valle de Nuristán, río abajo del punto en que

Linar se une con el Nuristán, y se encuentra cerca de un gran lago también llamado Mundol. Reúnete allí conmigo. Pasaremos la noche y después supervisaremos la búsqueda por la mañana. Corto.

–¡Ahí estaré! –exclamó Jean-Pierre–. ¿Qué hacemos con los hippies? Corto.

–Los haré llevar a Kabul para interrogarles. Allí tenemos algunas personas que les recordarán la realidad del mundo en que viven. Déjame hablar con tu piloto. Corto.

–Nos veremos en Mundol. Corto.

Anatoly comenzó a hablar en ruso con el piloto y Jean-Pierre se quitó los auriculares. Se preguntó por qué Anatoly quería perder tiempo interrogando a un par de hippies inofensivos. Resultaba obvio que no eran espías. De pronto reparó en que la única persona que realmente sabía si se trataba o no de Ellis y Jane era él. Quizá Anatoly, aunque resultase muy improbable, pensaba que Ellis y Jane habían logrado persuadirles de que los soltaran e informasen de que el grupo de búsqueda había capturado a una pareja de hippies.

Ese ruso era un suspicaz hijo de perra, se dijo Jean-Pierre, esperando con impaciencia que Anatoly terminase de hablar con el piloto. Parecía como si el grupo de búsqueda en Mundol estuviese cerca de su presa. Quizá mañana Ellis y Jane sean atrapados, se dijo. Su intento de escapar había sido inútil desde el principio, pero eso no dejaba de preocupar a Jean-Pierre, y padecería una agonía de ansiedad hasta que estuvieran atados de pies y manos y encerrados en una celda rusa.

El piloto se quitó los auriculares y comentó:

–Voy a llevarle a Mundol en este helicóptero. El Hip se llevará a los otros de regreso a la base.

–De acuerdo.

Pocos minutos después se encontraban en el aire, dejando que los otros se tomasen su tiempo. Casi había anochecido, y Jean-Pierre se preguntó si sería difícil dar con el pueblo de Mundol.

La noche caía con rapidez mientras ellos volaban siguiendo el curso del río. El paisaje desaparecía en la oscuridad. El piloto hablaba constantemente por radio y Jean-Pierre supuso que desde tierra, en Mundol, estaban guiándole. Diez o quince minutos más tarde, unas luces poderosas se encendieron en el suelo. A un kilómetro de distancia, la luna brillaba sobre la superficie de una gran extensión de agua. El helicóptero descendió y aterrizó en un campo, cerca de otro helicóptero. Un soldado que los esperaba condujo a Jean-Pierre a través de la hierba hasta un pueblo situado en la ladera de la colina. Las siluetas de las casitas de madera resaltaban iluminadas por la luz de luna. Jean-Pierre siguió al soldado al interior de una de las casas. Allí, sentado en una silla plegable y envuelto en un enorme abrigo de piel de oso, se hallaba Anatoly.

Estaba entusiasmado.

—¡Jean-Pierre, mi amigo francés, estamos cerca del éxito! —exclamó eufórico.

Resultaba extraño ver a un hombre de rostro oriental expresarse con aire jovial y alegre.

—Toma un poco de café con vodka.

Jean-Pierre aceptó un vaso de papel de una mujer afgana que parecía estar sirviendo a Anatoly. Luego se sentó en una silla plegable, como la del ruso. Parecían sillas del ejército. Si los rusos llevaban tanto equipo, sillas plegables, café, vasos de papel y vodka, quizá no avanzaran con la misma rapidez que Ellis y Jane.

Anatoly leyó su mente y dijo con una sonrisa:

—He traído algunos lujos en mi helicóptero. El KGB también tiene dignidad, ¿sabes?

Jean-Pierre no sabía si estaba bromeando o no. Cambió de tema.

—¿Cuáles son las últimas noticias?

–Es seguro que nuestros fugitivos han pasado hoy por los pueblos de Bosaydur y Linar. En algún lugar, esta tarde nuestro grupo de búsqueda ha perdido el guía. Ha desaparecido, sin más. Lo más probable es que haya decidido volver a casa.

Anatoly frunció el entrecejo, como si ese cabo suelto le preocupase, y después siguió informando al francés.

–Por fortuna, encontraron otro guía casi de inmediato.

–Empleando vuestra usual y persuasiva técnica de reclutamiento, supongo –ironizó Jean-Pierre.

–No, por una vez no. Me han dicho que éste es un voluntario auténtico. Se encuentra aquí, en el pueblo, por alguna parte.

–Por supuesto, es más fácil que haya voluntarios aquí, en Nuristán –comentó Jean-Pierre–. Apenas están involucrados en la guerra… y, en cualquier caso, se cuenta que carecen de escrúpulos.

–Este nuevo guía declara haber visto a los fugitivos hoy, antes de unirse a nosotros. Se cruzaron con él donde el Linar desemboca en el Nuristán. Les vio girar hacia el sur y tomar esa dirección.

–¡Bien!

–Esta noche, después de que llegara el grupo de búsqueda, nuestro hombre preguntó a varias personas del pueblo y se enteró de que dos extranjeros con un bebé han pasado por aquí esta tarde, dirigiéndose hacia el sur.

–En ese caso, no hay duda –dijo Jean-Pierre con satisfacción.

–Así es –asintió Anatoly–. Los atraparemos mañana. Seguro.

A la mañana siguiente Jean-Pierre despertó en un colchón inflable, otro lujo del KGB, sobre el suelo sucio de la casa. El fuego se había apagado durante la noche y el aire era frío. La cama de Anatoly, al otro lado de la habitación escasamente iluminada, se hallaba vacía. Jean-Pierre ignoraba si los propietarios de la casa habían pasado la noche allí. Después, cuando les trajeron comida y se la sirvieron, Anatoly les ordenó que salieran. Trataba a todos los afganos como si estuviera en su reino personal. Quizá era así.

Jean-Pierre se sentó y se frotó los ojos, y entonces vio a Anatoly de pie en el umbral de la puerta, mirándole con aire de duda.

–Buenos días –dijo Jean-Pierre.

–¿Habías estado aquí antes? –le preguntó Anatoly sin preámbulos.

Jean-Pierre todavía se hallaba confuso por el sueño.

–¿Dónde?

–En Nuristán –respondió Anatoly, impaciente.

–No.

–Qué extraño.

Jean-Pierre encontró irritante aquel enigmático estilo de conversación, por la mañana tan temprano.

–¿Por qué? –preguntó con acritud–. ¿Por qué es extraño?

–He estado hablando con el nuevo guía hace unos minutos.

–¿Cómo se llama?

–Mohammed, Muhammad, Mahomet… No sé, uno de esos nombres tan corrientes por aquí.

–¿Qué lenguaje has usado con él, con un nuristaní?

–Francés, ruso, dari e inglés, la mezcla acostumbrada. Deseaba saber quién había llegado en el segundo helicóptero la noche pasada. Yo le he respondido: «Un francés que puede identificar a los fugitivos», o algo parecido. Me ha preguntado tu nombre, así que se lo he dicho. Quería que continuase hablando hasta descubrir por qué estaba tan interesado. Pero no ha hecho más preguntas. Parecía conocerte.

–Imposible.

–Por supuesto.

–¿Por qué no se lo preguntas a él? –sugirió Jean-Pierre y pensó que no era propio de Anatoly mostrarse tímido.

–De nada sirve preguntar algo a un hombre hasta que hayas descubierto si tiene algún motivo para mentirte –respondió el ruso y abandonó la estancia.

Jean-Pierre se levantó. Había dormido con camisa y ropa interior. Se puso los pantalones y las botas, se colocó el abrigo sobre los hombros y salió afuera.

Se encontró en una especie de porche de madera tosca que dominaba todo el valle. Abajo, muy al fondo, el río se retorcía entre los campos, ancho y perezoso. Algo más lejos, al sur, se internaba en un lago alargado y estrecho, bordeado de montañas. El sol no había salido todavía. Una neblina sobre el agua oscurecía el extremo más alejado del lago. Era una escena agradable. Es lógico, recordó Jean-Pierre, ésta es la parte más fértil y poblada de Nuristán. Casi todo el resto permanece salvaje.

Los rusos habían excavado una letrina de campo, observó Jean-Pierre con aprobación. La práctica afgana de utilizar los arroyos de los que sacaban el agua para beber era el motivo de que todos tuvieran lombrices en el estómago. Los rusos pondrán en condiciones este país cuando obtengan el control, pensó.

Se encaminó al prado, utilizó la letrina, se lavó en el río y obtuvo un vaso de café de un grupo de soldados que se encontraban de pie alrededor de un fuego.

El grupo de búsqueda estaba dispuesto para salir. Anatoly había decidido por la noche que él dirigiría la búsqueda personalmente desde allí, permaneciendo en contacto continuo por radio con el pelotón. Los helicópteros estarían a punto para llevarles, a él y a Jean-Pierre, con los perseguidores tan pronto como divisasen su presa.

Mientras Jean-Pierre se bebía el café, Anatoly llegó al campo procedente del pueblo.

–¿Has visto a ese maldito guía? –preguntó con brusquedad.

–No.

–Parece que también se ha largado.

Jean-Pierre arqueó las cejas.

–Como el anterior.

–Estas gentes son imposibles. Tendré que preguntar a los del pueblo. Ven conmigo y traduce.

–Yo no hablo su lenguaje.

–Quizá ellos comprendan tu dari.

Jean-Pierre volvió al pueblo con Anatoly. Mientras subían por el estrecho e inmundo sendero entre las desvencijadas casas, alguien llamó a Anatoly en ruso. Se detuvieron y miraron a un lado. Diez o doce hombres, algunos nuristaníes de blanco y varios rusos de uniforme, se agolpaban en una esquina, contemplando algo que había en el suelo. El grupo se apartó para permitir el paso a Anatoly y Jean-Pierre. Lo que yacía en el suelo era un hombre muerto.

Las gentes del pueblo charlaban con tono indignado y señalaban el cuerpo. La garganta del hombre había sido cortada, la herida estaba horriblemente abierta y la cabeza colgaba, fláccida. La sangre ya se había secado, indicando la posibilidad de que lo hubieran matado el día anterior.

–¿Es éste Mohammed, el guía? –inquirió Jean-Pierre.

–No –respondió Anatoly y preguntó a uno de los soldados. Luego informó a Jean-Pierre–: Es el otro guía, el que había desaparecido.

–¿Qué ha sucedido? –preguntó Jean-Pierre a los del pueblo, hablando en dari muy despacio.

Al cabo de un momento, un viejo arrugado, con una fea oclusión en su ojo derecho, replicó en el mismo lenguaje:

—¡Ha sido asesinado!

Jean-Pierre comenzó a hacerle preguntas y, poco a poco, comprendió lo ocurrido. El muerto era de un pueblo del valle del Linar, que había sido contratado por los rusos como guía. Su cuerpo, ocultado entre un grupo de arbustos, había sido descubierto por el perro de un pastor de ovejas. La familia del hombre creía que los rusos lo habían matado y habían llevado su cuerpo allí esa misma mañana, en un intento dramático de descubrir el porqué.

Jean-Pierre se lo explicó a Anatoly.

—Están indignados porque creen que tus hombres lo han matado —concluyó.

—¿Indignados? —replicó Anatoly—. ¿No saben que hay una guerra? Se mata a la gente todos los días, ésa es la verdadera intención.

—Es obvio que ellos no ven mucha acción aquí. ¿Lo habéis matado vosotros?

—Lo descubriré.

Anatoly habló con sus soldados. Algunos respondieron al unísono con tono animado.

—Nosotros no lo hemos matado —tradujo Anatoly para Jean-Pierre.

—¿Quién pudo hacerlo entonces? ¿Quizá la gente del pueblo mataría a nuestros guías por colaborar con sus enemigos?

—No —repuso Anatoly—. Si ellos lo hubieran matado, no armarían tanto jaleo sobre este asunto. Diles que somos inocentes… Cálmalos.

Jean-Pierre habló con el tuerto.

—Los extranjeros no han matado a este hombre. Ellos quieren saber quién lo ha hecho.

El hombre tradujo y la gente reaccionó, consternada.

—Quizá ese Mohammed mató a este hombre para conseguir el trabajo —aventuró Anatoly con aire pensativo.

—¿Pagáis bien? —preguntó Jean-Pierre.

—Lo dudo —respondió Anatoly.

Preguntó a un sargento y tradujo la respuesta.

—Quinientos afganis al día.

—Es un buen salario para un afgano, pero no tan valioso como para matar… aunque se dice que un nuristaní te matará para quitarte las sandalias si son nuevas.

—Pregúntales si saben dónde está Mohammed.

Tras la pregunta, hubo alguna discusión. La mayoría de los habitantes del pueblo negó con la cabeza, pero un hombre alzó la voz por encima de los demás y señaló con insistencia hacia el norte. Finalmente el tuerto se dirigió a Jean-Pierre.

—Ha salido del pueblo esta mañana. Abdul dice que le vio ir hacia el norte.

—¿Se marchó antes o después de haber traído aquí este cadáver?

—Antes.

Jean-Pierre se lo tradujo a Anatoly.

—Me pregunto por qué, en este caso, se habrá marchado antes.

—Se comporta como una persona culpable de algo.

—Debe de haberse largado inmediatamente después de hablar contigo esta mañana, como si le inquietara mi llegada.

Anatoly asintió, pensativo.

—En cualquier caso, creo que ese hombre sabe algo que nosotros ignoramos. Es mejor que vayamos tras él. No importa que perdamos un poco de tiempo, de todos modos, podemos permitírnoslo.

—¿Cuánto tiempo hace que has hablado con él?

Anatoly miró su reloj.

—Algo más de una hora.

—No puede haber ido demasiado lejos.

—Cierto.

Anatoly se volvió y dio una serie de órdenes rápidas. Los soldados quedaron súbitamente galvanizados. Dos de ellos agarraron al hombre tuerto y le hicieron marchar hacia el prado. Otro corrió hacia los helicópteros. Anatoly cogió a Jean-Pierre por el brazo y caminaron con decisión detrás de los soldados.

—Nos llevaremos al tuerto, por si necesitásemos un intérprete.

Cuando llegaron al campo, los dos helicópteros estaban ya en marcha. Anatoly y Jean-Pierre subieron a uno de ellos. El anciano ya se encontraba dentro, con expresión de susto y emoción al mismo tiempo. Durante el resto de su vida contará la historia de lo ocurrido hoy, pensó Jean-Pierre.

Unos minutos después, ya estaban en el aire. Ambos, Anatoly y Jean-Pierre, permanecieron de pie junto a la puerta abierta, mirando hacia abajo. Un sendero bien trazado, claramente visible, conducía desde el pueblo hasta la cima de la montaña, y desaparecía después entre los árboles. Anatoly habló por la radio del piloto e informó a Jean-Pierre.

—He enviado algunas tropas a dar una batida por esos bosques, en previsión de que haya decidido esconderse.

El fugitivo habrá llegado más lejos, se dijo Jean-Pierre, pero Anatoly se muestra precavido, como de costumbre.

Volaron junto al río durante unos dos kilómetros y después alcanzaron la boca del Linar. ¿Habría continuado Mohammed valle arriba, hasta el frío corazón de Nuristán, o se habría dirigido al este, hacia el valle del Linar, para encaminarse luego al de los Cinco Leones?

—¿De dónde procedía Mohammed? —preguntó Jean-Pierre al hombre tuerto.

—No lo sé —respondió el anciano—. Pero era un *tajik*.

Eso significaba que quizá procediese del valle del Linar más que del de Nuristán. Jean-Pierre se lo explicó a Anatoly, y éste dio instrucciones al piloto de que virase hacia la izquierda y siguiera el curso del Linar.

Jean-Pierre pensó que ésta era la demostración evidente de por qué la búsqueda de Ellis y Jane no podía llevarse a cabo desde un helicóptero. Mohammed les aventajaba sólo en una hora y quizá ya le habían perdido la pista. Cuando los fugitivos les llevaban todo un día de ventaja, como era el caso de Ellis y Jane, surgía el agravante de que había muchas más rutas alternativas y lugares donde ocultarse.

Si existía algún camino que cruzara el valle del Linar, no resultaba visible desde el aire. El piloto del helicóptero se limitaba a seguir el curso del río. Las laderas de las colinas se hallaban desnudas de vegetación, pero no estaban cubiertas por la nieve, de modo que si el fugitivo estaba allí, no tendría lugar donde esconderse.

Lo descubrieron pocos minutos después.

Sus ropas blancas y su turbante destacaban con claridad contra el suelo grisáceo. Caminaba deprisa por la cumbre de la montaña, con el paso firme e incansable de los viajeros afganos, llevando sus pertenencias en una bolsa colgada del hombro. Cuando oyó el ruido de los helicópteros, se detuvo y miró hacia atrás, pero continuó andando.

–¿Es él? –preguntó Jean-Pierre.

–Eso creo –respondió Anatoly–. Pronto lo sabremos.

Cogió el auricular de la radio del piloto y habló con el otro helicóptero. Éste siguió sobrevolando la figura que trataba de huir y después aterrizaron a un centenar de metros delante de él. El hombre anduvo hacia ellos con despreocupación.

–¿Por qué no aterrizamos también nosotros? –preguntó Jean-Pierre.

–Una mera precaución, nada más.

La puerta lateral del otro helicóptero se abrió y seis

soldados saltaron a tierra. El hombre vestido de blanco caminó directamente hacia ellos mientras descolgaba su bolsa. Era grande, como un macuto militar, y al verla, una señal de alarma sonó en la mente de Jean-Pierre, pero antes de descubrir qué le recordaba exactamente, Mohammed levantó la bolsa y apuntó hacia los soldados. Jean-Pierre comprendió lo que iba a hacer y abrió la boca para lanzarles una advertencia inútil.

Fue como intentar gritar en sueños o correr bajo el agua: los acontecimientos se desarrollaban con lentitud, pero él se movía aún más lentamente. Antes de que pudiera decir nada, vio el cañón de una ametralladora que emergía de la bolsa.

El sonido de los disparos quedaba ahogado por el ruido de los helicópteros, lo que producía la extraña impresión de que todo tenía lugar en un silencio mortal. Uno de los soldados rusos se llevó las manos al vientre y cayó hacia adelante; otro alzó los brazos y se desplomó hacia atrás; y la cara de un tercero estalló entre sangre y carne. Los tres restantes empuñaban sus armas. Uno de ellos murió antes de disparar, pero los otros dos descargaron una tempestad de balas y, aunque Anatoly estaba gritando «*Niet! Niet! Niet!*» en la radio, el cuerpo de Mohammed se alzó del suelo y fue arrojado hacia atrás, para caer a tierra envuelto en un charco de sangre.

Anatoly seguía gritando a través de la radio. El helicóptero bajó rápidamente. Jean-Pierre tembló de excitación, sintiendo deseos de reír, correr o danzar. Por su mente centelleó un pensamiento: Yo solía desear curar a la gente.

El aparato tocó el suelo. Contrariado, Anatoly se sacó los auriculares.

—Ahora nunca sabremos por qué degollaron a ese guía.

Bajó del helicóptero, y Jean-Pierre lo siguió.

Se encaminaron hacia el afgano muerto. Tenía el pecho acribillado y el rostro desfigurado.

–Es ese guía, estoy seguro –dijo Anatoly–. Su mismo tipo, su mismo color, y reconozco su bolsa.

Se inclinó y recogió la ametralladora con sumo cuidado.

–Pero ¿por qué llevaba una ametralladora?

De la bolsa había caído un pedazo de papel. Jean-Pierre lo recogió y lo miró. Era una fotografía de Mousa.

–Oh, Dios mío –masculló–. Creo que ya lo entiendo.

–¿De qué se trata? –preguntó Anatoly.

–Este hombre es del valle de los Cinco Leones –respondió Jean-Pierre–. Se trata de uno de los lugartenientes de Masud. Ésta es una fotografía de su hijo Mousa. Fue tomada por Jane. También reconozco la bolsa en que escondió su arma, pertenecía a Ellis.

–¿Y qué? –preguntó Anatoly con impaciencia–. ¿Qué conclusión sacas de todo ello?

Desesperado, Jean-Pierre trató de ordenar sus ideas.

–Mohammed mató a tu guía para ocupar su lugar –dijo–. Tú ignorabas que él no era lo que fingía ser. Los nuristaníes sabían que no era uno de ellos, por supuesto, pero no les importaba, porque o no sabían que él pretendía hacerse pasar por uno de ellos, o aunque lo supieran, no podían decírtelo ya que él también era tu intérprete. De hecho, sólo había una persona que hubiera podido descubrirle…

–Tú –repuso Anatoly–. Porque tú lo conocías…

–Sin duda comprendió el peligro que corría. Por eso, esta mañana te preguntó quién había llegado ayer después de oscurecer. Tú le dijiste mi nombre y él se marchó enseguida.

Jean-Pierre frunció el entrecejo, había algo que no encajaba.

–Pero ¿por qué permaneció en terreno abierto? Hubiera podido ocultarse en los bosques, o en una cueva. Hubiésemos tardado mucho más en encontrarle. Es como si esperase que le persiguiéramos.

–¿Por qué había de hacerlo? –inquirió Anatoly–. Cuando desapareció el primer guía, no enviamos ningún grupo a perseguirle, lo único que hicimos fue contratar otro sin iniciar ninguna investigación ni persecución. Lo que ha cambiado esta vez, y lo que le ha salido mal a Mohammed, ha sido que la gente del pueblo encontrase el cuerpo y nos acusara a nosotros de asesinato. Eso nos ha hecho sospechar de él, aunque habíamos determinado olvidarle y seguir con nuestro plan. Ha tenido mala suerte.

–Él no sabía que estaba tratando con un hombre tan meticuloso como tú –comentó Jean-Pierre–. Ahora bien, ¿qué motivos tenía para hacer todo esto? ¿Por qué se tomó tantas molestias para sustituir al primer guía?

–Lo más probable es que decidiera llevarnos por caminos equivocados. Estoy seguro de que todo lo que nos contó era mentira. Él no vio a Ellis y a Jane ayer por la tarde en la boca del valle del Linar. No tomaron el camino hacia el sur para llegar a Nuristán. Lo del pueblo de Mundol no nos confirmaron que dos extranjeros con un bebé habían pasado por el pueblo ayer, camino del sur. Mohammed ni siquiera les hizo esa pregunta. Él sabía dónde estaban los fugitivos…

–Y nos guiaba en dirección opuesta, ¡por supuesto! –añadió Jean-Pierre, sintiendo una gran frustración–. El guía desapareció justo después de que el grupo de búsqueda abandonara el pueblo de Linar, ¿no es cierto?

–Sí. Así pues, debemos suponer que los informes que teníamos hasta aquel momento son ciertos y, por tanto, Ellis y Jane pasaron realmente por ese pueblo. Después Mohammed se ocupó del asunto para conducirnos hacia el sur…

–¡Porque Ellis y Jane se dirigían hacia el norte! –exclamó Jean-Pierre con aire triunfal.

Anatoly asintió maliciosamente.

–Como mucho, Mohammed les ha hecho ganar un día –dijo Anatoly–. Por eso ha dado su vida. ¿Valía la pena?

Jean-Pierre miró la fotografía de Mousa otra vez. El viento gélido la hacía agitarse en su mano.

–Creo que Mohammed hubiera respondido que sí valía la pena.

19

Dejaron Gadwal en plena oscuridad, antes de que amaneciera, esperando ganar terreno a los rusos si emprendían la marcha tan temprano. Ellis sabía lo difícil que resultaba, incluso para el oficial más eficiente, conseguir que una patrulla de soldados se pusiera en marcha antes del alba. Todos tenían algo que hacer: el cocinero preparar el desayuno, el furriel levantar el campo, el operador de radio contactar con el cuartel general y los hombres comer. Y todo ello requería tiempo. La única ventaja que Ellis tenía sobre el comandante ruso era que él no debía hacer nada, sólo cargar la yegua, mientras Jane amamantaba a Chantal, y despertar a Halam.

Ante ellos tenían una larga y lenta ascensión por el valle del Nuristán, en un trecho de unos trece o catorce kilómetros, para después subir hacia un valle lateral. La primera parte no resultaría demasiado difícil incluso en la oscuridad, pensó Ellis, pues había algo parecido a una carretera. Si Jane podía continuar andando, podrían ascender al valle por la tarde y subir algunos kilómetros más antes de la caída de la noche. Cuando hubieran salido del valle del Nuristán, sería mucho más difícil que les siguieran la pista, pues los rusos no sabrían qué otro valle habían tomado.

Halam echó a andar vestido con las ropas de Mohammed, incluyendo su gorro *Chitrali*. Jane lo seguía llevando a Chantal, y Ellis cerraba la marcha, conduciendo a *Maggie*. La yegua transportaba una bolsa menos: Mohammed se había llevado la bolsa del equipo y Ellis no había encontrado otra para guardarlo. Se había visto obligado a abandonar la mayor parte de su equipo de explosivos en Gadwal. Sin embargo, había conservado un poco de TNT, un trozo de Primacord, algunos detonadores y el anillo del mecanismo de disparo, metiéndolos en los espaciosos bolsillos de su abrigo acolchado.

Jane se sentía animada. El descanso del día anterior había renovado sus reservas de energía. Se encontraba maravillosamente vigorosa, y Ellis se sentía orgulloso de ella, aunque cuando lo pensaba con detenimiento no comprendía por qué.

Halam llevaba una linterna de vela que arrojaba sombras grotescas en las paredes del escarpado. Parecía malhumorado. El día anterior, no había dejado de sonreír, aparentemente complacido por formar parte de esa extraña expedición, pero por la mañana estaba de mal humor y taciturno. Ellis pensó que se debería al hecho de salir tan temprano.

El sendero se deslizaba, tortuoso, a lo largo de la ladera de la montaña, rodeando promontorios que sobresalían por encima del arroyo, a veces rozando el borde del agua y otras subiendo a la cima de la colina. Después de recorrer algo más de un kilómetro, llegaron a un lugar donde el sendero desaparecía, había un declive a la izquierda y el río a la derecha. Halam dijo que el sendero había sido arrastrado en una tempestad de lluvia y tendrían que esperar a que amaneciera para encontrar alguna manera de rodear el río.

Ellis no estaba dispuesto a perder tiempo. Se sacó las botas y los pantalones y vadeó el río de agua gélida. En su parte más profunda, sólo le llegaba hasta la cintura, y alcanzó fácilmente la orilla opuesta. Volvió e hizo cruzar a *Maggie*. Después regresó en busca de Jane y Chantal. Halam pasó el último, pero el pudor le impedía desnudarse incluso en la oscuridad, de modo que tuvo que proseguir la marcha con los pantalones empapados, lo cual empeoró su mal humor.

Pasaron por un pueblo, seguidos durante un trecho por un par de perros sarnosos que ladraban desde una distancia prudencial. Poco después, el alba irrumpió en el cielo oriental, y Halam apagó la linterna.

Tuvieron que vadear el río varias veces por los lugares donde el camino se interrumpía o estaba bloqueado por una avalancha. Halam cedió y se remangó los holgados pantalones por encima de las rodillas. En una ocasión se encontraron con un viajero acompañado de una oveja de cola gruesa, a la que cogió en brazos para cruzar el río. Halam sostuvo una larga conversación con él en lengua nuristana, y Ellis sospechó, por la manera en que movían los brazos, que estaban hablando de las rutas que cruzaban las montañas.

Después de separarse del viajero, Ellis se dirigió a Halam en dari.

–No cuentes a nadie hacia dónde vamos.

Halam fingió no haberle comprendido.

Jane repitió lo que Ellis había dicho. Ella hablaba con mayor fluidez, utilizaba gestos enfáticos y movía la cabeza como solían hacer los hombres afganos.

–Los rusos preguntarán a todos los viajeros –le explicó ella.

Halam pareció comprender, pero hizo lo mismo con el siguiente viajero que encontraron, un hombre joven de aspecto peligroso, que llevaba un venerable rifle Lee-Enfield. Durante la conversación, Ellis creyó entender que Halam pronunciaba la palabra «Kantiwar», el nombre del paso hacia donde se encaminaban, y un momento después el viajero repitió la palabra. Halam jugaba con sus vidas, pero el daño ya estaba hecho, de modo que Ellis controló su impulso de intervenir y esperó con paciencia hasta que reemprendieron la marcha.

Tan pronto como el hombre joven del rifle se alejó, Ellis dijo:

–Te he dicho que no contases a nadie hacia dónde nos dirigíamos.

–No le he dicho nada –repuso Halam, indignado.

–Lo has hecho –afirmó Ellis–. A partir de este momento, no quiero que hables con los otros viajeros.

Halam no respondió.

–No hablarás con los viajeros que encontremos –intervino Jane–, ¿lo has entendido?

–Sí –respondió Halam de mala gana.

Ellis intuía que era importante hacerle callar. Creía saber por qué Halam quería discutir las rutas con otras personas: quizá conocían factores tales como avalanchas, nevadas o inundaciones en las montañas, que podían haber bloqueado un valle y hacer preferible el acercamiento por otro. Halam no había comprendido el hecho de que Ellis y Jane estaban huyendo de los rusos. La existencia de rutas alternativas era casi el único factor en su favor, pues los rusos debían controlar todas las posibles. Se afanarían por eliminar algunas de ellas interrogando a la gente, sobre todo a los viajeros. Cuanta menos información recogieran de esa manera, más difícil y prolongada sería su búsqueda, y mayores sus posibilidades de escapar.

Poco después se encontraron con un *mullah* vestido de blanco, que lucía una barba teñida de rojo. Con gran frustración de Ellis, Halam entabló conversación con el hombre de la misma forma que lo había hecho con los viajeros anteriores.

Ellis vaciló sólo un momento. Luego se acercó a Halam, le agarró con una dolorosa llave doblándole el brazo y le obligó a seguir andando.

Halam se debatió brevemente, pero pronto se detuvo porque le dolía. Gritó algo, pero el *mullah* se limitó a contemplarles boquiabierto, sin hacer nada. Mirando hacia atrás, Ellis vio que Jane había cogido las riendas y estaba siguiéndoles con *Maggie*.

Unos cien metros más adelante, Ellis soltó a Halam y comentó:

–Si los rusos me encuentran, me matarán. Por eso no debes hablar con nadie.

Halam no respondió, pero puso mala cara.

–Temo que nos dará problemas por lo sucedido –dijo Jane al cabo de un rato.

–Supongo que sí –convino Ellis–. Pero tenía que hacerle callar de alguna manera.

–Debe de haber algún modo mejor de hacerlo.

Ellis se esforzó en reprimir la irritación que el comentario de Jane le causó, ya que no era el momento de discutir. Halam se cruzó con el siguiente viajero limitándose a saludarlo brevemente. Bueno, parece que ha servido de algo, pensó Ellis.

Al principio, su avance fue mucho más lento de lo que Ellis había previsto. El sendero tortuoso, el terreno desigual, la pronunciada cuesta y las continuas interrupciones implicaron que a media mañana sólo habían avanzado siete u ocho kilómetros en línea recta, calculó Ellis. Sin embargo, después, el camino se hizo más fácil, cruzando los bosques altos por encima del río.

Todavía encontraban algún pueblo o aldea cada kilómetro y medio, pero en vez de las casuchas de madera apiladas en las laderas de las colinas, como sillas plegables arrojadas al azar, se trataba de casas de forma cuadrada, construidas con las mismas piedras de los escalones en cuyos lados se alzaban precariamente, como nidos de gaviota.

A mediodía se detuvieron en un pueblo, y Halam consiguió que les invitaran a una casa y les ofrecieran té.

Era un edificio de dos pisos —el bajo daba la impresión de ser utilizado como almacén, como en las casas medievales inglesas que Ellis recordaba de sus lecciones de historia—. Jane regaló a la dueña de la casa una pequeña botella con medicina para las lombrices intestinales de sus hijos y, a cambio, recibió tortas de pan y un delicioso queso de cabra. Se sentaron en esteras sobre el suelo de tierra, alrededor de un cálido fuego, contemplando las vigas de chopo y los listones de sauce del tejado. No había chimenea, de modo que el humo del hogar subía en espiral hacia las vigas y se filtraba por el tejado.

Le hubiese gustado que Jane descansara un poco después de comer, pero no se atrevió a correr ese riesgo ya que ignoraba lo cerca que podían estar los rusos. Ella parecía cansada, pero aún resistía. No tardaron en partir, impidiendo que Halam entrase en conversación con las gentes del pueblo.

Ellis no dejaba de vigilar a Jane mientras subían por el valle. Le pidió que guiase a la yegua mientras él llevaba a Chantal, ya que transportar al bebé era más fatigoso.

Cada vez que llegaban a un lado del valle, en dirección al este, Halam se detenía y lo estudiaba con cuidado. Después meneaba la cabeza y seguía caminando. Era evidente que no estaba seguro de la dirección, aunque lo negó con cierta arrogancia cuando Jane se lo preguntó. Resultaba irritante, en especial para Ellis, porque deseaba salir del valle del Nuristán lo antes posible, pero se consolaba pensando que si Halam no estaba seguro del valle que debían escoger, tampoco los rusos sabrían qué camino habían tomado.

Empezaba a preguntarse si Halan estaría pensando en dar la vuelta, cuando finalmente éste se detuvo en el punto donde un arroyo desembocaba en el río Nuristán y anunció que su ruta seguía en ascenso por ese valle. Parecía desear detenerse a descansar, como si le costase abandonar el territorio conocido, pero Ellis le obligó a seguir adelante.

Muy pronto se encontraron subiendo por un bosque de abedules y el valle principal desapareció detrás de ellos. Delante sólo se veía la cordillera que tenían que cruzar, una pared enorme cubierta de nieve que se alzaba hacia el cielo. Aunque escapemos de los rusos, ¿cómo podremos trepar por aquí?, se preguntó Ellis. Jane tropezó dos veces y lanzó una maldición, lo que Ellis interpretó como señal de que estaba cada vez más cansada, aunque no se quejaba.

En el crepúsculo pasaron del bosque a un paisaje desnudo, árido y deshabitado. Ellis se dijo que no encontrarían cobijo alguno en semejante terreno, de modo que sugirió pasar la noche en una cabaña de piedra que habían dejado atrás media hora antes. Jane y Halam estuvieron de acuerdo y volvieron sobre sus pasos.

Ellis insistió en que Halam encendiese el fuego dentro de la cabaña, para que no se formara una columna de humo delatora en el aire. Su precaución se vio confirmada poco después, cuando oyeron el zumbido de un helicóptero en lo alto. Eso significa que los rusos no están muy lejos, supuso Ellis, pero en este país, una distancia corta para un helicóptero puede ser un viaje imposible a pie. Los rusos podían estar al otro lado de una montaña infranqueable o sólo a un kilómetro de distancia en el camino. Era una suerte que el paisaje fuese tan salvaje y el camino tan difícil de distinguir desde el aire, para que la búsqueda desde un helicóptero fuese viable.

Ellis dio grano a la yegua. Jane alimentó y cambió a Chantal y después se quedó dormida. Ellis la despertó para que se metiera dentro del saco de dormir, después se llevó el pañal de Chantal al arroyo, lo lavó y lo colocó junto al fuego para que se secara. Se tumbó un rato junto a Jane, contemplando su rostro a la luz vacilante del fuego mientras Halam roncaba en el otro lado de la cabaña. Jane parecía exhausta, y su rostro delgado y tenso, su cabello sucio y sus mejillas manchadas de tierra así lo reflejaban. Dormía inquieta, frunciendo el entrecejo, haciendo muecas y moviendo la boca en una charla silenciosa. Ellis se preguntó cuánto tiempo podría resistir así. Era la rapidez lo que la consumía. Si pudiera ir más despacio, ella lo superaría bien. Si los rusos renunciasen, o fuesen llamados a alguna otra batalla en otra parte de aquel desgraciado país...

Pensó en el helicóptero que habían oído. Quizá había salido para una misión que no tenía nada que ver con Ellis, aunque parecía improbable. Si formaba parte de un grupo de búsqueda, el intento de Mohammed de engañar a los rusos desviándolos de su camino debía de haber tenido un éxito relativo.

Se permitió pensar qué sucedería si los capturaban. Para él habría un juicio lento, durante el cual los rusos demostrarían a los países escépticos no alineados que los rebeldes afganos no eran sino hombres de paja de la CIA. El acuerdo entre Masud, Kamil y Azizi se derrumbaría. No habría armas americanas para los rebeldes. Desanimada, la Resistencia se debilitaría y podría no durar otro verano.

Después del juicio, Ellis sería interrogado por el KGB. Haría una demostración inicial de resistir la tortura, y después fingiría ceder y les contaría todo, pero no serían más que mentiras. Ellos, por supuesto, estaban preparados para eso y le torturarían un poco más, y esta vez Ellis les ofrecería una derrota más convincente, pues les contaría una mezcla de realidad y ficción que a los rusos les sería difícil de comprobar. De ese modo, confiaba en sobrevivir. Si lo conseguía, pronto sería enviado a Siberia. Al cabo de unos años, quizá sería intercambiado por un espía soviético capturado en Estados Unidos. Si no, moriría en los campos.

Lo que más le dolería sería su separación de Jane. La

había encontrado y perdido, para reencontrarla más tarde, un golpe de suerte que todavía le atolondraba cuando pensaba en ello. Perderla una segunda vez sería insoportable. Se quedó contemplándola durante un buen rato, intentando no dormirse por miedo a que no se hallara allí cuando él despertase.

Jane soñó que estaba en el hotel Jorge V de Peshawar, en Pakistán. El Jorge V estaba en París, por supuesto, pero en su sueño ella no observó esta anomalía. Llamó al servicio de habitaciones y encargó un filete poco hecho, con puré de patatas, y una botella de Château Ausone de 1971. Estaba terriblemente hambrienta, pero no podía recordar por qué había esperado tanto tiempo antes de encargar la comida. Decidió bañarse mientras le preparaban la cena. El cuarto de baño resultaba caliente y estaba alfombrado. Abrió el grifo, vertió algunas sales de baño en el agua y la habitación se llenó de vapor perfumado. Jane no lograba comprender cómo se había permitido llegar a ese estado de dejadez: resultaba un milagro que la hubieran admitido en el hotel. Estaba a punto de meterse en el agua caliente cuando oyó que alguien la llamaba por su nombre. Debía de ser el servicio de habitaciones, pensó. Qué molesto, tendría que comer antes de lavarse o dejar que la comida se enfriase. Estaba tentada de meterse en la bañera e ignorar la voz. Además, era una grosería por parte de ellos llamarla «Jane», en vez de «Madame», pero era una voz insistente, y de alguna manera familiar. De hecho, no se trataba del servicio de habitaciones, sino de Ellis, y estaba sacudiéndole el hombro. Con un sentimiento trágico de desilusión, Jane se dio cuenta de que el Jorge V era un sueño y que, en realidad, se encontraba en el interior de una fría choza de piedra en Nuristán, a un millón de kilómetros de un baño caliente.

Abrió los ojos y vio la cara de Ellis.

—Despierta —insistía.

Jane era incapaz de moverse.

—¿Ya es de día?

—No, estamos en mitad de la noche.

—¿Qué hora es?

—La una y media.

—Mierda.

Se sintió enojada con él por perturbar su sueño.

—¿Por qué me has despertado? —preguntó irritada.

—Halam se ha marchado.

—¿Marchado? —Todavía confusa y soñolienta, inquirió—: ¿Adónde? ¿Por qué? ¿Va a volver?

—No me lo ha dicho. Me he despertado y he visto que se había marchado.

—¿Crees que nos ha abandonado?

—Sí.

—Oh, Dios mío. ¿Cómo vamos a encontrar el camino sin un guía?

Jane imaginó la pesadilla de perderse en la nieve con Chantal en sus brazos.

—Creo que podría ser peor que eso —comentó Ellis.

—¿Qué quieres decir?

—Dijiste que nos haría sufrir por haberle humillado delante de aquel *mullah*. Espero que abandonarnos sea venganza suficiente para él. Pero supongamos que ha vuelto por donde hemos venido. Puede encontrarse con los rusos. No creo que tarden en convencerle de que les diga el punto exacto donde nos ha dejado.

—Es demasiado —dijo Jane.

De pronto le invadió un sentimiento de aflicción. Le parecía que alguna divinidad maligna estaba conspirando contra ellos.

—Estoy demasiado cansada —masculló—. Voy a seguir aquí tumbada y dormiré hasta que vengan los rusos y me hagan prisionera.

Chantal había estado agitándose en silencio, moviendo la cabeza de un lado a otro y emitiendo suaves jadeos. Finalmente se echó a llorar. Jane se sentó y la cogió en brazos.

—Si nos marchamos ahora, todavía podemos escapar —aseguró Ellis—. Cargaré la yegua mientras tú le das de mamar.

—De acuerdo —dijo Jane.

Se puso a Chantal al pecho. Ellis la contempló un instante, sonriendo débilmente, y después salió afuera. Jane pensó que podrían escapar con facilidad si no tuvieran a Chantal. Se preguntó qué pensaría Ellis al respecto. Después de todo, era la hija de otro hombre. Sin embargo, a él no parecía importarle. Consideraba a Chantal parte de Jane. ¿O estaría ocultando algún resentimiento?

¿Le gustaría a Ellis ser el padre de Chantal?, se preguntó Jane. Contempló el pequeño rostro y los ojos azules muy abiertos le devolvieron la mirada. ¿Quién podría no querer a esa niña indefensa?

De pronto, Jane dudó de todo. No estaba segura de cuánto amaba a Ellis; no sabía lo que sentía por Jean-Pierre, el marido que estaba persiguiéndola; no podía imaginar cuál era su deber hacia la niña. Tenía miedo de la nieve, de las montañas y los rusos, y había estado cansada y fría durante demasiado tiempo.

Cambió a Chantal, utilizando el pañal que estaba seco junto al fuego. No recordaba haberla cambiado la noche anterior. Le parecía que se había quedado dormida después de amamantarla. Frunció el entrecejo, dudando de su memoria, y entonces recordó que Ellis la había despertado un momento para que se metiera en el saco de dormir. Él debió de llevarse el pañal sucio al arroyo para lavarlo, retorcerlo y colgarlo en un palo junto al fuego para que se secara. Jane se echó a llorar.

Se sentía estúpida, pero no podía parar, de modo

que continuó vistiendo a Chantal mientras las lágrimas le corrían por las mejillas. Ellis entró mientras ella acomodaba la niña en el cabestrillo.

–El maldito caballo tampoco quería despertar –dijo Ellis y al ver la cara de Jane, preguntó–: ¿Qué sucede?

–No sé por qué te abandoné una vez –respondió ella–. Eres el mejor hombre que he conocido en mi vida, y nunca he dejado de amarte. Por favor, perdóname.

Ellis las rodeó a ambas con los brazos.

–Lo único que tienes que hacer es no volver a repetirlo, eso es todo.

Permanecieron un rato abrazados.

–Estoy lista –dijo Jane finalmente.

–Bien. Vámonos.

Salieron y emprendieron la marcha montaña arriba, a través del bosque que iba aclarándose. Halam se había llevado la linterna, pero había luna llena y veían con claridad. El aire era tan frío que dolía al respirar. Jane se preocupó por Chantal. Enfundada en su abrigo forrado de piel, Jane confiaba en que su cuerpo calentase el aire que Chantal respiraba. ¿Podía enfermar un bebé al respirar aire frío? Jane no tenía la menor idea.

Delante de ellos se alzaba el paso de Kantiwar, a cuatro mil quinientos metros, mucho más alto que el paso de Aryu. Jane sabía que pronto iba a pasar más frío y a sentirse más cansada que nunca en su vida, y quizá también más asustada, pero su ánimo estaba alto. En lo profundo de sí misma, sentía que había resuelto algo. Si vivo, pensó, quiero hacerlo con Ellis. Uno de estos días le diré que es así porque ha lavado un pañal sucio. No tardaron en dejar atrás los árboles y comenzaron a cruzar un altiplano parecido a un paisaje lunar, con peñas, cráteres y montones de nieve. Siguieron una línea de grandes piedras planas, como el camino de un gigante. Continuaban subiendo, aunque la cuesta no era tan pronunciada, y la temperatura bajaba cada vez más, hasta que el suelo quedó cubierto de nieve casi por completo.

La tensión mantuvo en marcha a Jane durante casi toda la primera hora, pero después, a medida que se acomodaba a la marcha interminable, el cansancio la abrumó de nuevo. Quería preguntar a qué distancia estarían y si llegarían pronto, como había hecho de niña en la parte trasera del coche de su padre en aquellas largas excursiones por las selvas rodesianas.

En algún punto de la ascensión cruzaron la línea de hielo. Jane se dio cuenta del nuevo peligro cuando la yegua resbaló, relinchó de miedo y estuvo a punto de perder el equilibrio. Entonces observó que la luz de la luna reflejaba los peñascos como si estuvieran glaseados –las rocas eran como diamantes, frías, duras y relucientes–. Sus botas se agarraban mejor que las herraduras de *Maggie*. Sin embargo, poco después Jane resbaló y casi se cayó. A partir de aquel momento, se sintió aterrorizada, temiendo caer y aplastar a Chantal. Caminaba con sumo cuidado, al borde de la desesperación.

Al cabo de un par de horas, llegaron al lado más alejado del altiplano y se encontraron frente a un camino empinado que ascendía por la ladera de una montaña nevada. Ellis pasó primero, arrastrando a *Maggie* detrás de él. Jane le seguía a una distancia prudencial por si la yegua resbalaba. Subieron la montaña lentamente.

El camino parecía estar claramente marcado. Suponían que se encontraba allí donde el terreno era más bajo que en las zonas contiguas. Jane ansiaba algún signo más seguro que indicase que ésa era la ruta: los restos de un fuego, el esqueleto limpio de un pollo, incluso una caja de cerillas… cualquier cosa que indicase que otros seres humanos habían pasado antes por aquel lugar. Comenzó obsesivamente a imaginar que estaban perdidos por completo, lejos del camino, vagando sin rumbo a través de las nieves perpetuas, y que continuarían errando durante días hasta quedar sin comida, sin energía y sin voluntad. Finalmente se tenderían en la nieve, los tres, para congelarse y morir juntos.

El dolor de la espalda le resultaba insoportable. De mala gana tendió Chantal a Ellis y ella tomó las riendas de la yegua, para transferir la tensión a un juego diferente de músculos. El pobre animal tropezaba constantemente. En cierto lugar, resbaló con una piedra helada y cayó. Jane tuvo que tirar implacablemente de las riendas para conseguir que se levantase. Cuando por fin la yegua se incorporó, Jane vio una mancha oscura en la nieve, era sangre. Examinándola de cerca, vio un corte en su rodilla izquierda. La herida no parecía grave, así que obligó a *Maggie* a caminar.

Puesto que ella iba delante, tuvo que decidir dónde estaba el sendero, y la pesadilla de perderse irremediablemente pesaba en cada vacilación. A veces, el camino parecía bifurcarse y tenía que adivinar la dirección. A menudo, el terreno se hacía desigual, de modo que tenía que seguir su instinto hasta reencontrar el supuesto camino. En un momento dado, se encontró forcejeando dentro de una pila de nieve amontonada, de donde tuvo que ser extraída por Ellis y la yegua.

De vez en cuando el camino los conducía hasta un rellano que daba la vuelta, subiendo por la ladera de la montaña. Estaban muy arriba, mirar hacia abajo, a través de la meseta, la aturdía un poco. ¿Estarían muy lejos del paso?

El saliente era inclinado, helado y de una anchura de pocos metros. Más allá se extendía un imponente abismo. Jane caminaba con un cuidado extraordinario, pero a pesar de ello, tropezó varias veces y una de ellas cayó de rodillas, dañándoselas. El cuerpo le dolía tanto que apenas sintió aquel nuevo dolor. *Maggie* resbalaba constantemente, hasta que Jane dejó de molestarse en volverse cuando oía que los cascos se escurrían y simplemente tiraba con más fuerza de las riendas. Le hubiera gustado reajustar la carga de la yegua para que los pesados fardos se inclinasen hacia adelante, lo que hubiera ayudado a la estabilidad del animal en la fuerte subida, pero no quedaba espacio en la plataforma y Jane temía que si se paraba no podría reanudar la marcha de nuevo.

El saliente se estrechaba cada vez más, dando rodeos a causa de algunos precipicios. Jane pisó con cuidado al cruzar la parte más estrecha, pero a pesar de su cautela, o quizá porque estaba muy nerviosa, resbaló. Por un terrible momento creyó que iba a caer por el precipicio, pero quedó arrodillada y se afirmó en el suelo con ambas manos. De reojo vio las cuestas nevadas a cientos de metros por debajo de ella. Se echó a temblar y trató de controlarse haciendo un gran esfuerzo.

Se levantó poco a poco y se volvió. Había soltado las riendas, que estaban colgando en el precipicio. La yegua estaba observándola, con las patas rígidas y temblorosas, evidentemente aterrorizada. Jane alargó la mano para coger la brida y la yegua dio un paso atrás.

–¡Deténte! –gritó Jane, y después se obligó a calmarse y habló con dulzura–. No hagas eso. Ven hacia mí. Todo irá bien.

Ellis la llamó desde el otro lado del saliente.

–¿Qué pasa?

–Calla –dijo ella con voz queda–. *Maggie* está asustada. No te muevas.

Jane era terriblemente consciente de que Ellis llevaba a Chantal a cuestas. Siguió susurrando a la yegua para tranquilizarla, mientras avanzaba lentamente hacia ella. El animal la miraba, con los ojos muy abiertos, despidiendo nubes de vapor de las dilatadas ventanas de la nariz. Jane llegó al alcance del animal y cogió la brida.

La yegua movió la cabeza, dio otro paso atrás, resbaló y perdió el equilibrio.

Cuando la cabeza del animal se impulsó, Jane la cogió de las riendas, pero las patas resbalaron y cayó hacia la derecha. Jane soltó las riendas y, ante su horror inexplicable, la yegua se deslizó lentamente de espaldas por el borde del saliente y cayó, relinchando de terror.

Ellis apareció.

—¡Quieta! —vociferó a Jane, y ella se dio cuenta de que estaba gritando.

Se tapó la boca. Ellis se arrodilló y miró por el borde de la plataforma, agarrando a Chantal por debajo de su abrigo acolchado. Jane controló su histeria y se arrodilló junto a él.

Esperaba ver el cuerpo de la yegua clavado en la nieve, a cientos de metros al fondo. De hecho, se había detenido en un saliente, justo a un par de metros por debajo de ellos, y estaba tumbada de lado, agitando las patas en el vacío.

—¡Todavía está viva! —gritó Jane—. ¡Gracias a Dios!

—Y nuestros suministros intactos —añadió Ellis sin sentimentalismos.

—Pero ¿cómo podremos hacerla subir hasta aquí?

Ellis la miró y no respondió.

Jane comprendió que no sería posible salvar al animal.

—¡Pero no podemos dejarla ahí y que muera congelada! —exclamó Jane.

—Lo siento —respondió Ellis.

—¡Oh, Dios mío, es insoportable!

Ellis abrió la cremallera de su abrigo acolchado y descolgó a Chantal. Jane la cogió y la puso dentro de su propio abrigo.

—Primero iré a buscar la comida —comentó Ellis.

Se tumbó boca abajo en el borde del saliente, y después pasó los pies por encima. Se desprendió un poco de nieve que cayó encima del animal yacente. Tanteando con los pies, Ellis bajó lentamente, buscando el saliente. Tocó suelo firme, soltó los codos de la plataforma superior y, con sumo cuidado, se volvió.

Jane lo contemplaba, horrorizada. Entre el lomo del animal y la cara del acantilado no había espacio suficiente para los pies de Ellis. Así pues, tendría que poner un pie detrás del otro, como la figura de un antiguo egipcio. Dobló las rodillas y, muy despacio, se agachó para coger el entramado de correas de cuero que sostenía la bolsa de lona con las raciones de emergencia.

En aquel momento, la yegua decidió levantarse.

Dobló sus patas delanteras y, de alguna manera, consiguió meterlas debajo de su cuerpo. Después, con una sacudida, alzó su parte delantera e intentó volver las patas posteriores al saliente.

Casi lo consiguió.

Sus patas posteriores resbalaron hacia atrás, perdió el equilibrio y sus cuartos traseros se deslizaron de lado. Ellis agarró la bolsa de la comida. Centímetro a centímetro la yegua fue cayendo, deslizándose mientras se agitaba aterrorizada. Jane temía que dañase a Ellis. Inexorablemente el animal fue resbalando por el borde. Ellis tiró de las correas olvidándose de intentar salvar a la yegua, confiando tan sólo en recuperar la bolsa de la comida. Parecía tan decidido, que Jane temió que dejaría que el caballo le arrastrara por el precipicio. La yegua se deslizó algo más aprisa, arrastrando a Ellis hasta el borde. En el último momento, Ellis soltó la bolsa, con un grito de frustración, y el animal cayó, rodando mientras se precipitaba al vacío, llevándose consigo toda la comida, las medicinas, el saco de dormir y el pañal sobrante de Chantal.

Jane se echó a llorar.

Segundos después, Ellis trepó hasta el saliente, junto a ella. Permanecieron abrazados un minuto, arrodillados, mientras Jane lloraba por la yegua, por los suministros, por sus piernas doloridas y sus pies helados. Después Ellis se levantó y la ayudó dulcemente a incorporarse.

—No debemos pararnos —dijo.

—Pero ¿cómo vamos a seguir? —gritó ella—. ¡No tenemos comida, no podemos hervir agua, no tenemos saco de dormir, ni medicinas...!

—Nos tenemos el uno al otro —respondió él.

Ella lo abrazó con fuerza recordando lo cerca que había estado de la muerte.

Si conseguimos salir de esto, pensó Jane, si escapamos de los rusos y volvemos juntos a Europa, nunca más lo perderé de vista, lo juro.

—Ve tú primero —sugirió él, soltando a Jane—. Quiero verte todo el rato.

Le dio un suave empujón y ella echó a andar cuesta arriba. Poco a poco su desesperación volvió. Decidió que su objetivo sería sólo el de seguir caminando hasta que cayese muerta. Al cabo de un rato, Chantal comenzó a llorar. Jane no le hizo caso y se detuvo un momento.

Poco después —podían haber sido minutos u horas, pues Jane había perdido la noción del tiempo—, Ellis se puso junto a ella y la detuvo, colocando una mano en su brazo.

—Mira —le dijo, señalando hacia delante.

El camino conducía hacia una enorme cuenca de colinas bordeadas por montañas de picos nevados. Al principio Jane no comprendió lo que había llamado la atención de Ellis, pero luego se dio cuenta de que el camino descendía.

—¿Es ésta la cima? —preguntó de manera estúpida.

—Lo es —respondió él—. Éste es el paso de Kantiwar. Hemos superado la peor parte del viaje. Durante los próximos dos días, descenderemos y el tiempo mejorará.

Jane se sentó en una peña helada. Lo he conseguido, se decía, lo he conseguido.

Mientras ambos contemplaban las colinas negras, el cielo pasó de un gris perla a un tono rosado. La aurora estaba llegando. A medida que la luz iba tiñendo el cielo, surgió un halo de esperanza en el corazón de Jane. Cuesta abajo… y menos frío. Quizá escaparemos, se dijo.

Chantal lloró de nuevo. Por suerte, su alimento no se había perdido con *Maggie*. Jane la amamantó, sentada en la peña helada, sobre el techo del mundo, mientras Ellis derretía nieve en sus manos para que Jane pudiera beber.

El descenso hasta el valle de Kantiwar era un declive relativamente suave, pero helado al principio. Sin embargo, tras librarse de la preocupación por el caballo, resultaba menos inquietante. Ellis, que no había resbalado en todo el camino de ascenso, cargaba con Chantal.

Frente a ellos, el cielo matutino adoptó un tono rojizo, como si el mundo, más allá de las montañas, estuviera ardiendo. Jane todavía tenía los pies insensibles por el frío, pero el rostro había entrado en calor. De pronto, se dio cuenta de que estaba hambrienta. No obstante, tendría que seguir caminando hasta que llegaran a algún lugar habitado. Todo lo que les quedaba para comerciar, era el TNT en los bolsillos de Ellis. Cuando también se hubiera terminado, tendrían que confiar en la hospitalidad tradicional de los afganos.

Tampoco tenían ropa de abrigo para dormir. Deberían dormir con los abrigos y las botas puestas. Sin embargo, Jane presentía que pronto se resolverían todos sus problemas. Incluso encontrar el camino parecía fácil, pues las paredes del valle en ambos lados suponían una guía constante y limitaban la distancia por la que pudieran desviarse. No tardaron en encontrar un pequeño arroyo. Estaban de nuevo por debajo de los glaciares. El terreno aparecía bastante nivelado y, de haber tenido la yegua, hubieran podido montarla.

Dos horas más tarde se detuvieron para descansar en la entrada de una garganta y Jane cogió a Chantal. Delante de ellos, el descenso se hizo brusco e inclinado, pero al encontrarse por debajo de la línea del hielo, ya no resbalaban. La garganta era muy estrecha y fácilmente bloqueable.

–Espero que allá abajo no encontremos avalanchas –dijo Jane.

Ellis miraba al otro lado, valle arriba. De pronto se sobresaltó y exclamó:

–¡Dios mío!

–¿Qué sucede ahora?

Jane se volvió, siguió su mirada y, de inmediato, su corazón desfalleció. Detrás de ellos, a unos dos kilómetros valle arriba, había media docena de hombres uniformados, y un caballo.

Después de todo esto, después de todo lo que hemos pasado, nos atraparán de todos modos, pensó Jane, sintiéndose tan desdichada que no podía ni llorar.

Ellis la agarró por el brazo y dijo:

–Rápido, vámonos.

Comenzó a bajar a toda prisa por la garganta, tirando de Jane detrás de él.

–¿De qué servirá? –inquirió Jane, exhausta–. Nos cogerán de todos modos.

–Todavía tenemos una oportunidad.

Mientras caminaba, Ellis examinaba los costados inclinados y pedregosos de la garganta.

–¿Cuál?

–Una avalancha de piedras.

–Encontrarán el modo de rodearla.

–No, si están sepultados debajo.

Se detuvo en un lugar donde el suelo de la garganta tenía poco menos de un metro de anchura, junto a una pared imponente.

–Un lugar perfecto –comentó Ellis.

Sacó de los bolsillos de su abrigo un bloque de TNT, un rollo de cable marcado Primacord, un pequeño objeto metálico del tamaño del capuchón de una pluma estilográfica, y algo que parecía una jeringuilla de metal, aunque en su extremo redondeado llevaba una anilla para tirar de ella en lugar del clásico émbolo. Depositó los objetos en el suelo.

Jane lo contemplaba, aturdida. No se atrevía a concebir esperanzas.

Ellis fijó el pequeño objeto metálico a un extremo del Primacord, apretando la grapa con los dientes; después lo ajustó al extremo afilado de la jeringa y entregó el artilugio a Jane.

–Escúchame bien –comenzó–. Baja por la garganta tirando del cable. Intenta ocultarlo. No importa si lo tiendes por el arroyo, este material arde debajo del agua. Cuando llegues al límite del cable, tira de los pernos de seguridad de esta manera.

Le mostró dos puntas partidas que punzaban el cilindro de la jeringa. Las sacó y volvió a colocarlas.

–A partir de ese momento, no me pierdas de vista. Espera que yo agite los brazos por encima de la cabeza, de esta manera. –Le indicó a qué se refería–. Entonces tira de la anilla. Si lo hacemos en el momento justo, podemos matarlos a todos. ¡Ve!

Jane siguió las órdenes como un autómata, sin pensar. Bajó por la garganta, soltando cable. Al principio lo escondió detrás de una hilera de arbustos bajos, después lo colocó en el lecho del río. Chantal dormía en su cabestrillo, balanceándose suavemente cuando Jane caminaba dejando libres sus brazos.

Al cabo de un minuto, miró hacia atrás. Ellis estaba introduciendo el TNT en una grieta de la roca. Jane siempre había creído que los explosivos estallaban espontáneamente si uno los trataba sin cuidado. Se dio cuenta de que estaba equivocada.

Siguió caminando hasta que el cable se tensó en su mano. Luego volvió a mirar hacia atrás. Ellis estaba escalando la pared del cañón, seguramente buscaba la mejor posición desde donde observar a los rusos cuando cayeran en la trampa.

Ella se sentó junto al arroyo. El pequeño cuerpo de Chantal descansaba en su regazo. El cabestrillo estaba flojo, suavizando el peso de su espalda. En su mente, se repetían las palabras de Ellis: «Si lo hacemos en el momento justo, podemos matarlos a todos.» ¿Dará resultado?, se preguntó. ¿Acabaremos con todos?

¿Qué harían los otros rusos entonces? La mente de Jane comenzó a aclararse y trató de considerar las posibles consecuencias de los acontecimientos. Al cabo de un par de horas, alguien se daría cuenta de que ese pequeño grupo no había llamado por radio durante algún tiempo y tratarían de ponerse en contacto con él. Ante la imposibilidad de hacerlo, supondrían que el grupo se hallaría en una garganta profunda, o que su radio estaba estropeada. Pasadas un par de horas más sin establecer contacto, enviarían un helicóptero para localizar el grupo, suponiendo que el oficial al mando tuviera el sentido común suficiente para encender un fuego y facilitar su localización desde el aire. Cuando aquello fracasara, en el cuartel general comenzarían a preocuparse. Tarde o temprano enviarían una expedición de rescate para encontrar el grupo desaparecido. Sin duda no completarían ese viaje en un día, y sería imposible buscar durante la noche con buenos resultados. Cuando encontrasen los cuerpos, ellos tres llevarían un día y medio de ventaja por lo menos. Será suficiente, pensó Jane. Para entonces, Ellis y ella habrían pasado por tantas bifurcaciones y rutas alternativas que no podrían seguirles la pista. Me pregunto si éste podría ser el fin. Quisiera que los soldados se apresurasen. No puedo soportar la espera. ¡Tengo tanto miedo!

Podía distinguir a Ellis con claridad, arrastrándose por la cumbre de la colina sobre rodillas y manos. Veía también al grupo de perseguidores, mientras avanzaban por el valle. Incluso a esa distancia, su paso cansino evidenciaba su cansancio y desánimo. Todavía no la habían visto, ya que se confundía con el paisaje.

Ellis se agachó detrás de una roca y miró por un lado hacia los soldados que se acercaban. Era claramente visible para Jane, pero permanecía oculto a la mirada de los rusos, y tenía una visión clara del lugar donde había colocado los explosivos.

Los soldados llegaron a la cabeza de la garganta y comenzaron a bajar. Uno de ellos llevaba un gorro *Chitrali*. Ése es Halam, pensó Jane, el traidor. Después de lo que Jean-Pierre había hecho, la traición le parecía a Jane un crimen imperdonable. Iban cinco más, y todos llevaban el cabello corto y gorras de uniforme, sus rostros eran juveniles y bien afeitados. Dos hombres y cinco muchachos, pensó Jane.

Miró a Ellis, que le haría la señal en cualquier momento. Comenzó a dolerle el cuello por la tensión de mirar hacia arriba. Los soldados aún no la habían visto, estaban pendientes de encontrar su camino entre el terreno pedregoso. Finalmente Ellis se volvió hacia ella y, lenta y deliberadamente, agitó ambos brazos en el aire, por encima de su cabeza.

Jane volvió a dirigir la mirada hacia los soldados. Uno de ellos alargó el brazo y cogió las riendas del caballo, para ayudarle en el irregular terreno. Jane sostenía el mecanismo en su mano izquierda y el dedo índice de su mano derecha estaba metido dentro de la anilla. Un tirón encendería el fusible, haría estallar el TNT y derrumbaría el despeñadero sobre sus perseguidores. Cinco muchachos, pensó Jane. Pertenecientes al ejército porque eran pobres o idiotas, o ambas cosas, o porque habían sido llamados a filas, enviados a un país frío e inhóspito donde la gente los odiaba, marchando a través de un terreno montañoso, salvaje y helado. Pronto yacerían enterrados bajo toneladas de piedras, con las cabezas rotas, los pulmones perforados, las espaldas quebradas y los pechos aplastados, gritando y ahogándose hasta morir, llenos de agonía y terror. Cinco cartas deberían ser escritas a padres orgullosos y madres ansiosas, esperando en casa: «Lamentamos informar... Murieron en acción... Lucha histórica contra las fuerzas reaccionarias. Un acto de heroísmo... Medalla póstuma... Nuestras sinceras condolencias.» ¡Sinceras condolencias! El desprecio de la madre por esas delicadas palabras mientras recordaba cómo había parido al hijo con dolor y temor, alimentándolo durante los malos y los buenos tiempos, cómo le había enseñado a caminar erguido y le había lavado las manos y deletreado su nombre y le había enviado a la escuela; cómo le había visto crecer hasta que finalmente ya casi era tan alto como ella, y después más alto todavía, hasta hallarse dispuesto a ganarse la vida y casarse con una hermosa muchacha e iniciar una familia propia, y darles nietos... La aflicción de la madre cuando se diera cuenta de que todo lo que había hecho, el dolor, el trabajo y la inquietud, todo, no había servido de nada, cuando comprendiera que su hijo había sido destruido por hombres orgullosos en una guerra estúpida y vana, sería insoportable.

Jane oyó que Ellis le gritaba. Ella alzó la mirada. Estaba de pie, sin preocuparse de si le veían o no, agitando los brazos y gritando:

–¡Ahora! ¡Ahora!

Ella depositó el mecanismo de disparo en tierra, junto al impetuoso arroyo, con sumo cuidado.

Los soldados les habían visto a ambos. Dos hombres comenzaron a trepar por un costado de la garganta hacia donde Ellis se encontraba de pie. Los otros rodearon a Jane, apuntándola con los rifles, con aspecto avergonzado y estúpido. Ella siguió mirando a Ellis, que bajó por un lado de la garganta. Los hombres, que habían estado trepando hacia él, se detuvieron y esperaron para ver qué iba a hacer.

Ellis llegó al terreno llano y se acercó a Jane lentamente. Se quedó en pie delante de ella.

—¿Por qué? —preguntó—. ¿Por qué no lo has hecho?

Porque son tan jóvenes, pensó Jane, porque son jóvenes e inocentes, y no quieren matarme. Porque habría sido un asesinato. Pero sobre todo…

—Porque tienen madres —contestó ella.

Jean-Pierre abrió los ojos. La figura corpulenta de Anatoly estaba agachada junto al lecho de campaña. Detrás de él, la brillante luz del sol entraba a raudales por la puerta abierta de la tienda. Jean-Pierre sufrió un momento de pánico, sin saber por qué habría dormido hasta tan tarde o qué se habría perdido. Después, en una rápida visión, recordó los acontecimientos de la noche anterior.

Anatoly y él estaban acampados cerca del paso de Kantiwar. Sobre las dos y media de la madrugada, fueron despertados por el capitán que dirigía el grupo de búsqueda, quien a su vez había sido despertado por el soldado de guardia. Un joven afgano, llamado Halam, había entrado vacilante en el campamento, dijo el capitán. Utilizando una mezcla de francés, inglés y ruso, Halam le dijo que había estado guiando a los fugitivos americanos, pero que éstos le habían insultado de tal modo que los había abandonado. Al ser preguntado dónde se encontraban, se había ofrecido para guiar a los rusos hasta la cabaña de piedra, donde en ese momento los fugitivos descansaban, ignorando que él se había marchado.

Jean-Pierre hubiera querido saltar al helicóptero y salir de inmediato. Pero Anatoly se había mostrado más circunspecto.

–En Mongolia tenemos un dicho: «No levantes tu mástil hasta que la puta abra las piernas» –comentó–. Puede que Halam esté mintiendo. Si dice la verdad, quizá no encuentre la cabaña, sobre todo de noche y desde el aire. E incluso si la encuentra, quizá ellos se hayan marchado ya.

–¿Qué crees entonces que podemos hacer?

–Enviar una avanzadilla: un capitán, cinco soldados y un caballo, con este Halam, claro está. Pueden salir ahora mismo. Nosotros descansaremos hasta que encuentren a los fugitivos.

Su precaución se había confirmado. El grupo de reconocimiento había informado por radio una hora más tarde, que la choza se hallaba vacía. Sin embargo, añadieron, el fuego estaba encendido todavía, de modo que Halam probablemente decía la verdad.

Anatoly y Jean-Pierre concluyeron que Ellis y Jane se habían despertado durante la noche y, al ver que su guía había desaparecido, decidieron huir. Anatoly ordenó que el grupo de reconocimiento fuese tras ellos, confiando en Halam para que les indicase la ruta más probable a seguir.

En aquel punto, Jean-Pierre había vuelto a la cama para caer en un sueño profundo, por cuyo motivo no se había despertado al alba.

Medio dormido, miró a Anatoly.

–¿Qué hora es? –preguntó.

–Las ocho en punto. Y los hemos cogido.

El corazón de Jean-Pierre latió con fuerza. Entonces recordó que ya se había sentido antes de ese modo, y que después tuvo una desilusión.

–¿Seguro? –inquirió.

–Podemos ir a comprobarlo tan pronto como te pongas los pantalones.

Todo sucedió casi al unísono. Un helicóptero de abastecimiento llegó justo cuando estaban a punto de subir a bordo, y Anatoly creyó prudente esperar unos minutos mientras les llenaban los depósitos, de modo que Jean-Pierre tuvo que controlar su apasionada impaciencia.

Salieron pocos minutos después. Jean-Pierre contemplaba el paisaje a través de la puerta abierta. Mientras ascendían por encima de las montañas, Jean-Pierre observó que ése era el territorio más áspero y duro que había visto en Afganistán. ¿Había cruzado Jane realmente ese paisaje lunar, desnudo, cruel y helado, con un bebé en los brazos? Debe de odiarme mucho, pensó Jean-Pierre, para pasar tantas penurias sólo por alejarse de mí. Ahora sabrá que todo ha sido en vano. Ella es mía para siempre.

Pero ¿la habrían cogido realmente? Temía sufrir otra desilusión. Cuando aterrizara, ¿descubriría que el grupo de reconocimiento había capturado otro par de hippies, o dos escaladores fanáticos, o incluso una pareja de nómadas que parecían vagamente europeos?

Anatoly señaló el paso de Kantiwar cuando lo sobrevolaron.

—Parece que perdieron el caballo —gritó al oído de Jean-Pierre por encima del ruido de los motores y del viento. Jean-Pierre vio el perfil de un caballo muerto entre la nieve, por debajo del paso. Se preguntó si sería *Maggie*. Confío en que fuese aquella bestia testaruda.

Bajaron en el valle de Kantiwar, escudriñando el suelo en busca del grupo de reconocimiento. Finalmente vieron humo, alguien había encendido un fuego para guiarles. Descendieron hacia un terreno llano cerca de la entrada de una garganta. Jean-Pierre examinó la zona mientras bajaban. Vio tres o cuatro hombres con uniformes rusos, pero no descubrió a Jane.

El helicóptero aterrizó. Desesperado, Jean-Pierre saltó a tierra, sintiéndose mareado y tenso. Anatoly salió detrás de él. El capitán los guió, alejándose de los helicópteros, en descenso por la garganta. Y allí estaban.

Jean-Pierre se sintió como alguien que hubiera sido torturado y después tuviera al verdugo en su poder. Jane se hallaba sentada en el suelo, al lado de un pequeño arroyo, con Chantal en el regazo; Ellis de pie, junto a ella. Ambos parecían exhaustos, derrotados y desmoralizados.

Jean-Pierre se detuvo y ordenó a Jane:

—¡Ven aquí!

Ella se incorporó y se dirigió hacia él. Jean-Pierre vio que llevaba a Chantal colgada en una especie de cabestrillo, que le dejaba las manos libres. Ellis comenzó a seguirla.

—Tú no —repuso Jean-Pierre.

Ellis se detuvo.

De pie, delante de Jean-Pierre, Jane alzó la mirada con orgullo. El francés levantó la mano derecha y le dio un bofetón en la mejilla con todas sus fuerzas. Era el golpe más satisfactorio que había dado en toda su vida. Jane se tambaleó hacia atrás, titubeando, de modo que Jean-Pierre pensó que caería. Sin embargo, mantuvo el equilibrio y le miró fijamente, con aire desafiante y lágrimas de dolor resbalándole por las mejillas. Por encima del hombro de Jane, Jean-Pierre vio que Ellis daba un paso adelante y después se detenía. Jean-Pierre se sentía algo desilusionado, ya que si Ellis hubiera tratado de intervenir, los soldados se hubieran abalanzado sobre él y le hubieran golpeado. No importa. Pronto tendrá su merecido.

Jean-Pierre alzó la mano para abofetear a Jane de nuevo. Ella cerró los ojos y protegió a Chantal, cubriéndola con sus brazos. Jean-Pierre cambió de actitud.

—Ya tendremos tiempo de sobra para esto más adelante —farfulló mientras bajaba la mano—. Sí, tiempo suficiente.

Jean-Pierre se volvió y se encaminó al helicóptero. Jane miró a Chantal, que estaba despierta, pero no hambrienta. Jane la abrazó, como si fuese la pequeña quien necesitase consuelo. En cierto modo, se sentía satisfecha del bofetón de Jean-Pierre, aunque la cara todavía le ardía por el dolor y la humillación. El golpe era como la resolución absoluta de un divorcio, significaba que su matrimonio había acabado oficialmente y que ella ya no tenía ninguna responsabilidad. Si él hubiese llorado, le hubiese pedido perdón o hubiese suplicado que lo odiase por lo que había hecho, ella se hubiera sentido culpable. Pero aquel golpe había acabado con todo. Ya no albergaba ningún sentimiento por Jean-Pierre, ni amor o respeto, ni siquiera compasión. Es irónico, pensó, que me sienta tan libre de él cuando finalmente me ha capturado.

Hasta ese momento, el capitán que montaba en el caballo había estado al cargo, pero Anatoly tomó el mando. Jane reconoció al contacto de aspecto oriental de Jean-Pierre. Mientras daba órdenes, ella se dio cuenta de que sabía lo que él estaba diciendo. No había transcurrido más de un año desde que había oído hablar en ruso y, al principio, le pareció confuso, pero no tardó en entender cada una de las palabras. En aquel momento estaba ordenando a un soldado que atase las manos de Ellis. El soldado sacó un par de esposas. Ellis tendió las manos delante de él y el soldado se las esposó.

Ellis parecía acobardado y frustrado. Al verle atado, derrotado, Jane sintió un impulso de compasión y desesperación. Las lágrimas acudieron a sus ojos.

El soldado preguntó si tenía que esposar a Jane.

–No –repuso Anatoly–. Ella lleva el bebé.

Fueron conducidos al helicóptero.

–Lo siento –se disculpó Ellis–, refiriéndose a Jean-Pierre–. No pude cogerle a tiempo.

Jane meneó la cabeza para indicar que no había necesidad de disculpas, pero fue incapaz de hablar. La extrema sumisión de Ellis la irritaba, no porque se sintiera enojada con él, sino con todos los demás que hacían que fuese de aquella manera: Jean-Pierre, Anatoly, Halam y los rusos. Por un momento deseó haber hecho detonar la carga explosiva.

Ellis saltó al helicóptero y después se agachó para ayudarla a ella a subir. Jane sostenía a Chantal con el brazo izquierdo, para que el cabestrillo se sostuviera firme, y le tendió la mano derecha. Ellis tiró de Jane hacia arriba y le susurró al oído:

—Tan pronto como nos elevemos, abofetea a Jean-Pierre.

Jane estaba demasiado sorprendida para reaccionar, lo que probablemente fue una suerte. Nadie parecía haber oído a Ellis, aunque de todos modos ninguno de ellos hablaba inglés con fluidez. Jane se concentró en intentar aparentar normalidad.

La cabina de pasajeros era pequeña y con un techo bajo, de modo que los hombres tenían que agacharse. En el interior sólo había un banco bajo sujeto al fuselaje, al otro lado de la puerta. Jane se sentó con alivio. Podía ver la cabina del piloto, cuyo asiento se encontraba a diez o doce centímetros por encima del suelo, con un peldaño para acceder a él. El piloto todavía estaba allí, porque la tripulación no había desembarcado y las hélices seguían girando. El ruido era ensordecedor.

Ellis se agachó junto a Jane, entre el banco y el asiento del piloto.

Anatoly subió a bordo acompañado de un soldado, al que comentó algo y le señaló a Jane. Ésta no pudo oír lo que había dicho, pero por la reacción del soldado, resultaba evidente que le habían ordenado que vigilase a Ellis. El muchacho descolgó el rifle y lo sostuvo entre las manos.

Jean-Pierre fue el último en subir. Se quedó de pie, junto a la puerta, mirando hacia fuera, mientras el helicóptero ascendía. Jane sintió pánico. Estaba muy bien que Ellis le dijera que abofetease a Jean-Pierre cuando se elevaran en el aire, pero ¿cómo lo haría? Jean-Pierre estaba de espaldas a ella y seguía de pie junto a la puerta abierta. Si intentaba golpearle, probablemente ella perdería el equilibrio y caería al vacío. Miró a Ellis, esperando una seña. En su rostro vio reflejada una expresión fija, pero no la miró.

El helicóptero se alzó dos o tres metros en el aire, se detuvo, descendió un poco y luego ganó velocidad para ascender de nuevo.

Jean-Pierre se volvió de espaldas a la puerta, avanzó por la cabina y vio que no tenía lugar donde sentarse. Vaciló. Jane sabía que debía levantarse y abofetearle, aunque no tenía idea del motivo. No obstante, permanecía en su sitio, paralizada por el pánico. Entonces Jean-Pierre le hizo una seña con el dedo pulgar, indicándole que tenía que levantarse.

En ese momento ella saltó.

Se sentía cansada y desgraciada, dolorida y hambrienta, pero Jean-Pierre quería que se levantara, cargando con el peso del bebé, para que él pudiera sentarse. Aquel gesto brusco y desdeñoso parecía resumir toda su crueldad y maldad. Llena de ira, se levantó, con Chantal colgada de su cuello, y le gritó a la cara:

–¡Bastardo! ¡Hijo de puta!

Sus palabras se perdieron entre el ensordecedor ruido de las hélices, pero la expresión de su rostro pareció asombrar a Jean-Pierre, pues dio un paso hacia atrás.

–¡Te odio! –exclamó Jane.

De pronto se abalanzó sobre él y le empujó con todas sus fuerzas. Jean-Pierre perdió el equilibrio, y cayó por la puerta abierta.

Los rusos habían cometido un pequeño error, pero era la única oportunidad de Ellis y estaba dispuesto a aprovecharla. Su error consistió en atarle las manos al frente y no a la espalda.

Había confiado en que no lo atasen, por eso se había resistido a actuar cuando Jean-Pierre abofeteó cruelmente a Jane. Existía la posibilidad de que no le atasen, después de todo, se hallaba solo y desarmado. Pero al parecer, Anatoly era un hombre muy precavido.

Por fortuna, no había sido Anatoly quien le había esposado, sino un soldado. Los soldados sabían que era más fácil vigilar a un prisionero con las manos atadas delante, ya que de esta forma podía entrar y salir de los camiones sin ayuda. Así pues, cuando Ellis tendió las manos al frente con sumisión, el soldado no había vacilado en esposárselas.

Él solo no podía vencer a tres hombres, sobre todo si uno de los tres iba armado. Sus posibilidades en una lucha directa eran nulas. Su única esperanza residía en provocar un accidente con el helicóptero.

Por un instante el tiempo pareció detenerse cuando Jane se quedó de pie, junto a la puerta abierta, con el bebé colgando de su cuello y mirando, horrorizada, la caída de Jean-Pierre al exterior. Ellis pensó que sólo se hallaban a cuatro o cinco metros de altura y aquel bastardo probablemente sobreviviría, lo que sería una lástima. Anatoly se levantó de un salto y cogió a Jane por detrás, sujetándola. Ella y el ruso se quedaron de pie entre Ellis y el soldado que estaba al otro lado de la cabina.

Ellis giró en redondo, saltó junto al asiento del piloto, pasó por encima de la cabeza de éste sus manos esposadas y le rodeó el cuello con la cadena. Luego tiró con fuerza.

El piloto no perdió la calma.

Manteniendo los pies en los pedales y la mano izquierda en la palanca de elevación, alzó su mano derecha y agarró los puños de Ellis.

Éste se sintió atemorizado un instante. Era su última oportunidad y sólo disponía de un par de segundos. El soldado de la cabina temería utilizar el rifle por miedo a herir al piloto, y Anatoly, suponiendo que también fuese armado, compartiría el mismo temor. Pero uno de ellos no tardaría en darse cuenta de que no tenían nada que perder, ya que si no disparaban contra Ellis sufrirían un accidente, de modo que se arriesgarían.

Alguien agarró a Ellis por los hombros. De reojo vio que era Anatoly. En la parte inferior del helicóptero el artillero se volvió, vio lo que estaba sucediendo y comenzó a levantarse de su asiento.

Ellis dio un fuerte tirón a la cadena. El dolor era excesivo para el piloto, que alzó las manos y se levantó del asiento.

En cuanto soltó los controles, el helicóptero comenzó a balancearse en el aire. Ellis estaba preparado para eso, y se mantuvo de pie apoyándose en el asiento del piloto, mientras que Anatoly, detrás de él, perdió el equilibrio y lo soltó.

Ellis apartó al piloto de su asiento y lo arrojó al suelo. Después tomó los controles y empujó hacia abajo la palanca de elevación.

El helicóptero cayó como una piedra.

Ellis se volvió y se preparó para el impacto.

El piloto estaba en el suelo de la cabina, a los pies de Ellis, agarrándose la garganta. Anatoly había caído en medio de la cabina. Jane estaba agachada en un rincón, rodeando a Chantal con los brazos. El soldado también había caído, pero había recuperado el equilibrio y se hallaba arrodillado, alzando su Kalashnikov hacia Ellis.

Mientras apretaba el gatillo, las ruedas del helicóptero impactaron contra el suelo.

El choque hizo caer de rodillas a Ellis, pero logró mantener el equilibrio. El soldado vaciló hacia un costado y sus disparos agujerearon el fuselaje a un par de centímetros de distancia de la cabeza de Ellis. A continuación cayó hacia adelante, perdió el arma y trató de amortiguar la caída con las manos. Ellis se agachó, cogió el rifle y lo sostuvo como pudo entre sus manos esposadas.

Fue un momento de puro gozo.

Estaba luchando. Había huido, había sido capturado y humillado, había sufrido frío, hambruna y miedo, y había contemplado sin hacer nada cómo abofeteaban a Jane; pero finalmente tenía una posibilidad para alzarse y pelear.

Puso el dedo en el gatillo. Llevaba las manos atadas demasiado cerca para sostener el Kalashnikov en la posición normal, pero podía alzar el cañón con la mano izquierda.

En aquel momento el motor del helicóptero se detuvo y las hélices dejaron de girar. Ellis echó un vistazo a la cubierta de vuelo y vio al artillero, que salía por la puerta lateral del piloto. Tenía que lograr el control de la situación rápidamente, antes de que los rusos que se encontraban fuera se dieran cuenta de lo que sucedía.

Se movió de manera que Anatoly, tendido en el suelo, quedase entre él y la puerta. Luego apoyó la boca del cañón en la mejilla de Anatoly.

El soldado lo miraba, con aspecto asustado.

–Sal –ordenó Ellis con un movimiento de la cabeza.

El soldado le comprendió y saltó por la puerta.

El piloto seguía tendido, al parecer con dificultades para respirar. Ellis le dio un puntapié y después le dijo que abandonara el helicóptero. El hombre se incorporó con dificultad, todavía agarrándose la garganta, y salió por la misma puerta.

–Di a este individuo –dijo Ellis a Jane–, que salga del helicóptero y se mantenga muy cerca de mí, de espaldas. ¡Rápido! ¡Rápido!

Jane tradujo el mensaje de Ellis a Anatoly. Éste se puso en pie, dirigió una fría mirada de odio a Ellis y saltó del helicóptero.

Ellis apoyó la boca del cañón en su nuca.

—Dile que ordene a los otros que permanezcan quietos —dijo a Jane.

Jane habló de nuevo y Anatoly dio una orden. Ellis miró alrededor. Tanto el piloto, el artillero como el soldado permanecían cerca de allí. Justo detrás de ellos se encontraba Jean-Pierre, sentado en el suelo y agarrándose un tobillo. Debe de haber caído bien, pensó Ellis, no le ha pasado nada. A cierta distancia, había más soldados, el capitán y Halam.

—Dile a Anatoly —vociferó Ellis— que se desabroche el abrigo, que saque su pistola lentamente y que te la entregue.

Jane tradujo. Ellis apretó el rifle con más fuerza contra la nuca de Anatoly mientras éste sacaba la pistola de su funda y la tendía hacia atrás con la mano.

Jane la cogió.

—¿Es una Makarov? —preguntó Ellis.

—Sí.

—Verás un seguro en el lado izquierdo. Muévelo hasta que cubra el punto rojo. Para disparar, primero tira del percutor hacia atrás, encima de la culata, y después aprieta el gatillo. ¿Entendido?

—Entendido —respondió Jane. Estaba pálida y temblorosa, pero poseía una expresión de firmeza.

—Dile —dijo Ellis a Jane— que ordene a los soldados que traigan sus armas aquí, una a una, y las arrojen dentro del helicóptero —añadió Ellis.

Jane tradujo y Anatoly dio la orden.

—Apúntales con la pistola cuando se acerquen.

Uno a uno, los soldados se aproximaron y fueron dejando las armas.

—Cinco hombres jóvenes... —murmuró Jane.

–¿De qué estás hablando?

–Había un capitán, Halam y cinco hombres jóvenes. Sólo veo a cuatro.

–Dile a Anatoly que encuentre al otro si quiere vivir.

Jane informó a Anatoly y Ellis quedó sorprendido por la vehemencia de su voz. El ruso parecía asustado mientras, gritaba la orden. Poco después el quinto soldado apareció por la cola del helicóptero y entregó su rifle como los otros habían hecho.

–Bien –dijo Ellis a Jane–. Éste hubiera podido estropearlo todo. Ahora diles que se tiendan en el suelo.

Segundos después, todos obedecieron.

–Tendrás que disparar contra mis esposas –comentó a Jane.

Ellis dejó el rifle y permaneció de pie, con las manos tendidas hacia la puerta del helicóptero. Jane tiró hacia atrás el percutor de la pistola y después colocó la boca del cañón junto a la cadena. Se colocaron de modo que la bala pasara a través de la puerta abierta.

–Espero que esto no me rompa la maldita muñeca –ironizó Ellis.

Jane cerró los ojos y apretó el gatillo.

–¡Oh, mierda! –rugió Ellis, al sentir el fuerte dolor de las muñecas, pero luego se dio cuenta de que no estaban rotas, pero la cadena sí lo estaba.

Cogió su rifle.

–Ahora quiero su radio –dijo.

Siguiendo una orden de Anatoly, el capitán comenzó a soltar una gran caja del lomo del caballo.

Ellis se preguntó si el helicóptero volvería a volar. Tenía el tren de aterrizaje destrozado, por supuesto, y podía haber toda clase de daños, pero el motor y las principales líneas de control estaban arriba. Recordó que durante la batalla de Darg había visto pasar un Hind como aquél, que se estrelló contra el suelo desde una altura de seis o siete metros y después se elevó de nuevo. Si aquél voló, pensó Ellis, este bastardo también lo hará. Y si no...

No sabía qué harían si no volaba.

El capitán llevó la radio y la puso en el helicóptero. Después se alejó de nuevo.

Ellis se permitió un momento de alivio. Mientras tuviera la radio en su poder, los rusos no podrían ponerse en contacto con la base. Eso significaba que no conseguirían refuerzos, ni lograrían avisar a nadie para comunicar lo sucedido. Si Ellis conseguía hacer que el helicóptero se elevara, estarían a salvo.

—No dejes de apuntar a Anatoly —dijo a Jane—. Voy a comprobar si este chisme vuela.

El arma le resultaba sorprendentemente pesada. Jane mantuvo el brazo rígido mientras apuntaba a Anatoly, pero pronto tuvo que bajarlo para que descansara. Con la mano izquierda daba golpecitos en la espalda de Chantal. La niña había llorado de vez en cuando durante los últimos minutos, pero ya se había calmado.

El motor del helicóptero se puso en marcha, vacilando. Por favor, ponte en marcha, rogó ella en silencio, por favor, ponte en marcha.

Finalmente el motor rugió, cobró vida y ella vio girar las hélices.

Jean-Pierre alzó la mirada desde el suelo.

¡No te atrevas!, se dijo Jane. ¡No te muevas!

Jean-Pierre se incorporó, la miró y después se puso penosamente en pie.

Jane lo apuntó con la pistola.

Él comenzó a caminar hacia el aparato.

—¡No me obligues a disparar contra ti! —chilló ella, pero su voz quedó ahogada por el creciente rugido del helicóptero.

Anatoly debió de ver a Jean-Pierre, pues rodó sobre sí mismo y se sentó. Jane lo apuntó con el arma. Él alzó las manos en un gesto de rendición. Jane volvió a apuntar a Jean-Pierre, pero él seguía acercándose.

De pronto advirtió que el helicóptero se estremecía y comenzaba a elevarse.

Jean-Pierre estaba cada vez más cerca. Veía su rostro con toda claridad. Extendía las manos con un gesto de súplica, pero había una luz demencial en su mirada. Se ha vuelto loco, pensó Jane; aunque eso quizá ya sucedió hace mucho tiempo.

–¡Lo haré! –aulló Jane, consciente de que él no podía oírla–. ¡Dispararé contra ti!

El helicóptero se alzó del suelo y Jean-Pierre echó a correr.

Mientras la nave se elevaba, Jean-Pierre dio un salto y cayó en el interior. Jane confiaba en que volviese a caer fuera, pero él recuperó el equilibrio. La miró con odio en los ojos y se dispuso a saltar sobre ella.

Jane cerró los ojos y apretó el gatillo.

Notó el fuerte retroceso de la pistola, torciéndose en su mano.

Ella abrió los ojos de nuevo. Jean-Pierre seguía allí, de pie, con una expresión de asombro en el rostro. En el pecho de su abrigo había una mancha oscura que iba extendiéndose. Presa de pánico, Jane apretó el gatillo otras tres veces. Los dos primeros disparos no alcanzaron su objetivo, pero el tercero pareció herirle en el hombro. Jean-Pierre se volvió y cayó por la puerta abierta.

Lo he matado, se dijo Jane.

Al principio sintió una especie de exaltación salvaje. Él había intentado capturarla para encerrarla y así convertirla en su esclava. La había perseguido como a un animal. La había traicionado y golpeado. Y ella lo había matado.

Entonces se sintió invadida por la aflicción. Se sentó en la cubierta y sollozó. Chantal también se echó a llorar, y Jane la acunó mientras lloraba al mismo tiempo.

No sabía cuánto tiempo permaneció así. Finalmente se puso en pie y se dirigió hacia la cabina del piloto.

–¿Estás bien? –gritó Ellis.

Ella asintió e intentó esbozar una sonrisa.

Ellis también sonrió, le señaló una válvula y exclamó:

–¡Mira…! ¡Depósitos llenos!

Ella lo besó en la mejilla. Algún día le contaría que había disparado contra Jean-Pierre, pero todavía no.

–¿Está muy lejos la frontera? –preguntó ella.

–A menos de una hora. Y no pueden enviar a nadie detrás de nosotros porque tenemos su radio.

Jane miró por el parabrisas. Frente a ella podía contemplar las montañas de blancos picos que hubieran tenido que escalar. No creo que lo hubiera conseguido, se dijo. Supongo que me hubiera tumbado en la nieve y hubiese muerto.

Ellis tenía una expresión pensativa en el rostro.

–¿En qué piensas? –le preguntó ella.

–Estaba pensando en lo mucho que me apetece comer un bocadillo con pan integral de carne asada con lechuga, tomate y mayonesa –respondió Ellis.

Jane sonrió.

Chantal se agitó y lloró. Ellis soltó una mano de los controles y le tocó la sonrosada mejilla.

–Tiene hambre –dijo Ellis.

–Iré detrás y me ocuparé de ella –comentó Jane.

Volvió a la cabina de pasaje y se sentó en el banco. Se desabrochó el abrigo y la camisa, y amamantó a su bebé mientras el helicóptero volaba hacia el sol naciente.

TERCERA PARTE

1983

20

Jane se sentía complacida mientras bajaba por la avenida y subía al asiento delantero del coche de Ellis. Había sido una tarde satisfactoria. Las pizzas eran buenas y su hija Petal había quedado encantada con *Flashdance*. Ellis parecía estar nervioso al presentar a Jane a su hija, pero ésta se entusiasmó con Chantal, de seis meses, y todo había resultado fácil. Ellis incluso había sugerido a Jane que le acompañara a saludar a Gill. Ésta les había invitado a entrar, de modo que Jane tuvo que conocer a la ex esposa de Ellis y a su hija en una sola tarde.

Jane no podía acostumbrarse al hecho de que en realidad él se llamase John y había decidido llamarle Ellis. Éste instaló a Chantal en el asiento trasero y entró en el vehículo, junto a Jane.

—Bueno, ¿qué te parece? —preguntó, mientras se alejaban.

—No me habías dicho que era tan bonita —respondió Jane.

—¿Petal es bonita?

—Me refiero a Gill —repuso Jane, echándose a reír.

—Sí, es bonita.

—Son buena gente y no merecen mezclarse con alguien como tú.

Ella bromeaba, pero Ellis asintió sombríamente.

Jane se inclinó y lo tocó en la cadera.

—No hablaba en serio —dijo.

—Sin embargo, es cierto.

Avanzaron en silencio durante un rato. Habían transcurrido seis meses desde el día que habían escapado de Afganistán. De vez en cuando, Jane rompía en sollozos sin motivo aparente, pero había dejado de tener pesadillas en las que disparaba contra Jean-Pierre una y otra vez. Nadie, salvo ella y Ellis, sabía lo sucedido. Ellis incluso había mentido a sus superiores sobre el modo en que Jean-Pierre había muerto y Jane había decidido que le contaría a Chantal que su padre había muerto en Afganistán durante la guerra.

En vez de volver a la ciudad, Ellis pasó por una serie de callejones y finalmente se paró junto a un espacio de terreno vacío que daba al agua.

—¿Qué vamos a hacer aquí? —preguntó Jane—. ¿Echar una canita al aire?

—Si quieres. Pero me gustaría hablar.

—De acuerdo.

—Ha sido un buen día.

—Sí.

—Petal ha estado mucho más relajada conmigo hoy de lo que había estado nunca.

—Me pregunto por qué.

—Tengo una teoría —dijo Ellis—. Es por ti y por Chantal. Ahora que formo parte de una familia ya no represento amenaza alguna para su casa y su estabilidad. Creo que es eso.

—Tiene sentido. ¿Querías hablar de eso?

—No —repuso vacilante—. Voy a dejar la agencia.

Jane asintió y dijo con una sonrisa:

—Estoy muy contenta.

Había estado esperando algo así. Ellis estaba saldando sus cuentas y cerrando los libros del pasado.

–La misión en Afganistán ha terminado –prosiguió él–. El programa de entrenamiento de Masud está en marcha y ya han recibido el primer cargamento de armas. Masud es tan fuerte que ha negociado una tregua invernal con los rusos.

–¡Bien! –exclamó Jane–. Estoy a favor de cualquier cosa que conduzca a un cese-el-fuego.

–Mientras me encontraba en Washington y tú te hallabas en Londres, me ofrecieron otro trabajo. Es algo que realmente deseo hacer, y además pagan bien.

–¿Qué es? –preguntó Jane, intrigada.

–Trabajar en un nuevo grupo de fuerzas presidenciales contra el crimen organizado.

El miedo prendió en el corazón de Jane.

–¿Será peligroso?

–No para mí. Ya soy demasiado viejo para trabajar de espía. Mi tarea consistirá en dirigir a los demás espías.

Jane intuía que Ellis no era totalmente sincero con ella.

–Cuéntame la verdad, bastardo –dijo.

–Bueno, es mucho menos peligroso que lo que he estado haciendo hasta ahora, pero no es tan seguro como estar en un jardín de infancia.

Ella le sonrió. Sabía adónde conduciría eso y la hacía feliz.

–Además –añadió Ellis–, estaré aquí, en Nueva York.

–¿De verdad? –inquirió Jane, sorprendida.

–¿Por qué te sorprende tanto?

–Porque he solicitado un trabajo en las Naciones Unidas, aquí en Nueva York.

–¡No me habías dicho que ibas a hacer algo así! –exclamó él, con aspecto ofendido.

–Tampoco tú me habías contado tus planes –repuso ella, indignada.

–Te los he contado ahora.

–Yo también.

–Pero... ¿me hubieras dejado?

–¿Por qué hemos de vivir allí donde trabajes tú? ¿Por qué no podemos vivir donde trabaje yo?

–Durante el mes que hemos estado separados he olvidado por completo lo condenadamente quisquillosa que eres.

–Cierto.

Al cabo de unos segundos, Ellis dijo:

–Bueno, de todos modos, ya que ambos vamos a vivir en Nueva York...

–¿Podríamos compartir la vivienda?

–Sí –respondió él, vacilante.

De pronto, Jane lamentó haberse enfadado. Ellis no era realmente desconsiderado, sólo un poco tonto. Ella casi le había perdido, allí en Afganistán, y no podría enfadarse con él durante mucho tiempo, porque siempre recordaría cuánto se asustó al pensar que podrían separarse para siempre, y lo feliz que se había sentido al permanecer juntos y sobrevivir.

–De acuerdo –susurró Jane–. Partamos las tareas domésticas.

–En realidad... yo pensaba en oficializarlo... Si quieres.

Eso era lo que Jane había estado esperando.

–¿Oficial? –repitió ella, como si no lo comprendiera.

–Sí –dijo Ellis torpemente–. Quiero decir que podríamos casarnos... Si tú quieres.

Ella se echó a reír de puro placer.

–¡Hazlo como es debido, Ellis! –exclamó–. ¡Declárate!

Él le cogió una mano.

–Jane, querida mía, te amo. ¿Quieres casarte conmigo?

–¡Sí! ¡Sí! –aceptó ella–. ¡Tan pronto como sea posible! ¡Mañana! ¡Hoy!

–Gracias –dijo él.

Ella se inclinó y lo besó.

–Yo también te amo.

Permanecieron sentados en silencio, cogidos de la mano y contemplando la puesta de sol. Era extraño, pensó Jane, pero Afganistán parecía tan irreal como una pesadilla, viva pero ya no espantosa. Recordaba bien a la gente: el *mullah*, Abdullah, y Rabia, la comadrona; el guapo Mohammed, la sensual Zahara y la leal Fara; pero las bombas y los helicópteros, el miedo y las dificultades, todo se desvanecía en su memoria. Ésa era la auténtica aventura, sentía Jane: casarse y criar a Chantal, y hacer que el mundo fuese un lugar donde ella pudiera vivir.

–¿Nos vamos? –sugirió Ellis.

–Sí.

Jane le dio otro apretón de manos y después se soltó.

–Tenemos mucho que hacer.

Ellis puso el coche en marcha y volvieron a la ciudad.

BIBLIOGRAFÍA

Los siguientes libros tratan de Afganistán. Sus autores los escribieron una vez visitado el país, después de la invasión rusa en 1979:

CHALIAND, Gerard: *Report from Afghanistan* (Nueva York: Penguin, 1982).

FULLERTON, John: *The Soviet Occupation of Afghanistan* (Londres: Methuen, 1984).

GALL, Sandy: *Behind Russian Lines* (Londres: Sidgwick and Jackson, 1983).

MARTIN, Mike: *Afghanistan: Inside a Rebel Stronghold* (Poole, England: Blandford Press, 1984).

RYAN, Nigel: *A Hitch of Two in Afghanistan* (Londres: Weidenfeld and Nicholson, 1983).

VAN DYCK, Jere: *In Afghanistan* (Nueva York: Coward-McCann, 1983).

LIBRO ESTÁNDAR DE REFERENCIAS SOBRE AFGANISTÁN:

DUPREE, Louis: *Afghanistan* (Princeton: Princeton University Press, 1980).

SOBRE MUJERES Y NIÑOS RECOMIENDO
LOS SIGUIENTES:

Bailleau, Lajoinie, Simone: *Conditions de Femmes en Afghanistan* (París: Éditions Sociales, 1980).

Hunte, Pamela Anne: *The Sociocultural Context of Perinatality in Afghanistan* (Ann Harbor: University Microfilms International, 1984).

Van Oudenhoven, Nico J. A.: *Common Afghan Street Games* (Lisse: Sweets and Zeitlinger, 1979).

EL LIBRO DE VIAJES CLÁSICOS
SOBRE EL VALLE PANISHER
Y EL NURISTÁN ES:

Newby, Eric: *A Short Walk in the Hindu Kush* (Londres: Secker and Warburg, 1958).